Eric Bernt

Speed of Sound – Das Echo der Erinnerung

EDITION M

Das Buch

Eddie Parks möchte nur eines: Die Stimme seiner verstorbenen Mutter hören. Deshalb arbeitet der hochbegabte Autist an einer »Echo-Box«, die Schallwellen aus der Vergangenheit rekonstruieren kann. Diese wird zum begehrten Objekt machthungriger und gefährlicher Organisationen – bedeutet deren Einsatz doch das Ende aller Geheimnisse.

Eddies neue einfühlsame Ärztin Dr. Skylar Drummond erkennt, was die wahren Absichten der Förderer sind. Sie riskiert alles, um ihren Patienten und seine Erfindung zu beschützen. Eine dramatische Verfolgungsjagd nimmt ihren Lauf. Denn sollte die Echo-Box den einflussreichen Drahtziehern in die Hände fallen, muss der junge Mann zum Schweigen gebracht werden ...

Der Autor

Eric Bernt ist in Marion, Ohio, geboren und in Gladwyne, Pennsylvania, und Madison, Wisconsin, aufgewachsen. Nach der Schule besuchte er die Northwestern University, wo er merkte, dass aus ihm kein Journalist werden würde – aber ein Geschichtenerzähler. Nach seinem Abschluss zog er nach Hollywood und schrieb sieben Drehbücher für Spielfilme, unter anderem für »Virtuosity« (mit Denzel Washington und Russell Crowe) und »Surviving the Game – Tötet ihn!« (mit Rutger Hauer, Gary Busey und F. Murray Abraham). Für das Fernsehen schrieb er außerdem »Z Nation«. Eric Bernt lebt mit seiner Frau und seinen drei Kindern in Agoura Hills, Kalifornien.

ERIC BERNT

SPEED OF SOUND

DAS ECHO DER ERINNERUNG

THRILLER

Aus dem Amerikanische von Annette Hahn

EDITION M

Die amerikanische Ausgabe erschien 2018 unter dem Titel
»The Speed of Sound« bei Thomas & Mercer, Seattle.

Deutsche Erstveröffentlichung bei
Edition M, Amazon Media EU S.à r.l.
5 Rue Plaetis, L-2338 Luxembourg
Januar 2019

Die Übersetzung dieses Buches wurde durch AmazonCrossing ermöglicht.

Umschlaggestaltung: semper smile, München, www.sempersmile.de
Umschlagmotiv: © Kindlena/Shutterstock,
© Jonathan Knowles/Getty Images
Lektorat: Renate Novak
Korrektorat: Traudl Kupfer
Gedruckt durch:
Amazon Distribution GmbH, Amazonstraße 1, 04347 Leipzig /
Canon Deutschland Business Services GmbH, Ferdinand-Jühlke-Str. 7,
99095 Erfurt /
CPI Books GmbH, Birkstraße 10, 25917 Leck

ISBN: 978-2-91980-540-2

www.edition-m-verlag.de

Es scheint, als sei für Erfolge in Wissenschaft und Kunst ein Schuss Autismus unentbehrlich. Für den Erfolg mag es notwendig sein, sich von der Alltagswelt, vom einfach Praktischen abwenden zu können, um einen Gegenstand mit Originalität neu zu überdenken und so auf unkonventionellen Wegen kreativ zu sein.

Hans Asperger, 1944

In der Ausgabe der wissenschaftlichen Fachzeitschrift Proceedings of the IEEE *vom August 1969 verwendete Richard Woodbridge III. den Ausdruck »akustische Archäologie«.*

»Wenn wir sprechen, bringen Schallwellen die Moleküle in der Luft in Bewegung, prallen von den Wänden ab und bewegen die Moleküle erneut …«, erklärte [Klangexperte] St. Croix. »Es wäre heutzutage nicht mehr schwierig, ein Gespräch zu rekonstruieren, das Sie für vertraulich hielten.«

»Audio-Archäologie; Die Vergangenheit belauschen«,
New York Times Magazine, 3. Dezember 2000

Echo. Echo. Echo. Echo. Echo. Echo. Echo. Echo. Echo.
Echo. Echo. Echo. Echo. Echo. Echo.
Echo. Echo. Echo. Echo. Echo. Echo. Echo. Echo. Echo.
Echo. Echo. Echo. Echo. Echo. Echo.
Echo. Echo. Echo. Echo. Echo. Echo. Echo. Echo. Echo.
Echo. Echo. Echo. Echo. Echo. Echo.
Echo. Echo. Echo. Echo. Echo. Echo. Echo. Echo. Echo.
Echo. Echo. Echo. Echo. Echo. Echo.
Echo. Echo. Echo. Echo. Echo. Echo. Echo. Echo. Echo.
Echo. Echo. Echo. Echo. Echo. Echo.
Echo. Echo. Echo. Echo. Echo. Echo. Echo. Echo. Echo.
Echo. Echo. Echo. Echo. Echo. Echo.
Echo. Echo. Echo. Echo. Echo. Echo. Echo. Echo. Echo.
Echo. Echo. Echo. Echo. Echo. Echo.
Echo. Echo. Echo. Echo. Echo. Echo. Echo. Echo. Echo.
Echo. Echo. Echo. Echo. Echo. Echo.
Echo. Echo. Echo. Echo. Echo. Echo. Echo. Echo. Echo.
Echo. Echo. Echo. Echo. Echo. Echo.
Echo. Echo. Echo. Echo. Echo. Echo. Echo. Echo. Echo.
Echo. Echo. Echo. Echo. Echo. Echo.
Echo. Echo. Echo. Echo. Echo. Echo. Echo. Echo. Echo.
Echo. Echo. Echo. Echo. Echo. Echo.
Echo. Echo. Echo. Echo. Echo. Echo. Echo. Echo. Echo.
Echo. Echo. Echo. Echo. Echo. Echo.

Echo. Echo. Echo. Echo. Echo. Echo. Echo. Echo. Echo.
Echo. Echo. Echo. Echo. Echo. Echo.
Echo. Echo. Echo. Echo. Echo. Echo. Echo. Echo. Echo.
Echo. Echo. Echo. Echo. Echo. Echo.
Echo. Echo. Echo. Echo. Echo. Echo. Echo. Echo. Echo.
Echo. Echo. Echo. Echo. Echo. Echo.
Echo. Echo. Echo. Echo. Echo. Echo. Echo. Echo. Echo.
Echo. Echo. Echo. Echo. Echo. Echo.
Echo. Echo. Echo. Echo. Echo. Echo. Echo. Echo. Echo.
Echo. Echo. Echo. Echo. Echo. Echo.
Echo. Echo. Echo. Echo. Echo. Echo. Echo. Echo. Echo.
Echo. Echo. Echo. Echo. Echo. Echo.
Echo. Echo. Echo. Echo. Echo. Echo. Echo. Echo. Echo.
Echo. Echo. Echo. Echo. Echo. Echo.
Echo. Echo. Echo. Echo. Echo. Echo. Echo. Echo. Echo.
Echo. Echo. Echo. Echo. Echo. Echo.
Echo. Echo. Echo. Echo. Echo. Echo. Echo. Echo.

Echo. Echo. Echo. Echo. Echo. Echo. Echo. Echo. Echo.
Echo. Echo. Echo. Echo. Echo.

Kapitel 1

Harmony House, Woodbury, New Jersey, 19. Mai, 16:09 Uhr

Dr. Marcus Fenton, der hoch angesehene leitende Arzt der von der Regierung finanzierten Einrichtung Harmony House, musterte die Bewerberin aufmerksam. Skylar Drummond. Der Lebenslauf der jungen Frau war tadellos, stellte aber nur einen Bruchteil dessen dar, was er bereits von ihr wusste. Sie stammte aus Richmond, Virginia, und kam aus einfachen Verhältnissen. Die Eltern waren seit ihrer Kindheit geschieden. Großgezogen vom Vater, der als Dozent an einer unbedeutenden Hochschule arbeitete. Ihr Talent in der Ballsportart Lacrosse verhalf ihr zu einem vollen Stipendium an der Universität von Virginia, wo sie in allen vier Jahren in die Schulmannschaft berufen wurde. Im Studium zeigte sie sogar noch bessere Leistungen, weshalb sie danach auch an der Harvard Medical School keinen Cent bezahlen musste.

»Sie haben eine Menge Optionen. Duke University. Pittsburgh Medical Center. Warum das Harmony House?«

»Ich bin überzeugt, dass Ihre Patienten die Welt verändern können.«

»Eine bemerkenswerte Aussage.«

»Das ist ein Zitat. Von Ihnen.«

Natürlich zitierte sie ihn. Er registrierte die Schmeichelei mit Wohlwollen. Dann wurde er ernst. »Würde es Ihnen etwas ausmachen, über Ihren Bruder zu sprechen?«

Sie versteifte sich kaum merklich. »Nicht im Geringsten.«

Er bewunderte ihren Mut. Ihren Wunsch, anderen Menschen zu helfen, weil sie dem einen nicht hatte helfen können. Und was sonst noch Antrieb dafür sein mochte, dass sie ihm jetzt auf dem kalten metallenen Klappstuhl gegenübersaß. »Hätte er die Welt verändern können?«

»Theoretisch ja. Aber von Christophers Ideen bis zu einer wirkungsvollen Umsetzung in die Realität war es noch ein weiter Weg.« Ein Anflug von Traurigkeit zog über ihr Gesicht. Es folgte ein langes, unangenehmes Schweigen, aber sie hielt dem Blick des Arztes stand.

»Auf welchem Gebiet lag sein Hauptinteresse?«

»Quantenphysik.«

»Genauer?«

Sie zögerte kurz, weil sie wusste, wie lächerlich es klang. »Reisen mittels schwarzer Löcher. Christopher war überzeugt, dass er durch das aktive Krümmen von Zeit und Raum die Reiseindustrie revolutionieren würde.«

Der alte Mann zeigte keine Regung, zum einen aus Respekt vor ihrem verstorbenen Bruder, zum anderen eingedenk der scheinbar absurden Theorien, mit denen er im Lauf seiner Arbeit an Patienten am hochfunktionalen Ende des Autismus-Spektrums konfrontiert gewesen war. Da das weitreichende Denken dieser Menschen gelegentlich zu revolutionären Erfindungen führte, war das Harmony House überhaupt erst gegründet worden. Dr. Fenton besaß die Fähigkeit, früher als andere das in seinen Patienten schlummernde Potenzial zu erkennen. Das besondere Denken besonderer Menschen. Die Art von Forschung, die im normalen Forschungsbetrieb niemand unternehmen würde und die sich doch sehr oft als richtungsweisend erwiesen hatte – und eine Bedeutung gewonnen hatte, von der selbst die weltweit erfolgreichsten Wissenschaftler nur träumen konnten.

Nur wenige Leute wussten, dass ein paar der beeindruckendsten wissenschaftlichen Fortschritte der letzten zwanzig Jahre von Menschen stammten, die sich nicht einmal selbst den Hintern abwischen konnten.

»Es kann gut sein, dass Christopher seiner Zeit einfach ein bisschen voraus war«, sagte Fenton.

»Wenn Sie die Zeichnungen gesehen hätten, die er als technisches Design bezeichnete, würden Sie merken, wie großzügig diese Aussage ist.«

»Genau das ist ja die Herausforderung – ihre Denkweise in die unsere zu übersetzen.« Er hielt inne und überlegte, wie oft er sich dieser Herausforderung hatte stellen müssen. In der Mehrzahl der Fälle waren seine Bemühungen nicht von Erfolg gekrönt gewesen, aber vermutlich war er der einzige Wissenschaftler, der mehr als nur eine Handvoll positive Ergebnisse vorweisen konnte.

Dr. Marcus Fenton und all seine Errungenschaften waren der Grund, weshalb Skylar sich für sein Institut entschieden hatte, obwohl sie zwischen unzähligen prestigeträchtigeren und lukrativeren Posten hatte wählen können. Sie glaubte aufrichtig an Fenton und seine Arbeit und dass ein Patient dieser Einrichtung die Welt verändern könnte. Dass sich eine der radikalen Ideen tatsächlich »übersetzen« ließe.

Sie konnte nicht wissen, bei wie vielen es tatsächlich schon funktioniert hatte.

Nach einer letzten schriftlichen Anmerkung, die Skylar nicht sehen konnte, schloss Dr. Fenton ihre Bewerbungsmappe. Jetzt wurde es ernst. Der Moment der Wahrheit war gekommen. Er beobachtete, wie sie tief einatmete – wie jemand, der geübt darin war. *Durch die Nase einatmen. Durch den Mund ausatmen. Langsam und bewusst. Kontrollier deinen Atem, kontrollier dein Denken.*

Er genoss den Augenblick, während er sich langsam erhob. Dr. Marcus Fenton war sich seiner Entscheidung sicher. Er streckte die Hand über den Schreibtisch. »Herzlichen Glückwunsch. Sie haben den Job.«

Kapitel 2

Eddies Zimmer, Harmony House, 19. Mai, 16:13 Uhr

Reglos saß Eddie auf dem Bett seines Zimmers, das genauso groß war wie die Zimmer aller anderen Patienten im Harmony House. Zwölf Fuß mal achtzehn Fuß oder, wie Edward Maxwell Parks es lieber formulierte, 3×2^2 auf 2×3^2. Die Symmetrie der Dimension löste bei Eddie ein Wohlgefühl aus, und sich wohlzufühlen, war ihm wichtig. Wenn er sich nicht wohlfühlte, konnte er nicht denken. Und wenn er nicht denken konnte, setzte Panik ein. Und wenn Panik einsetzte … nun, das war etwas, worüber Eddie nicht gern nachdachte. Aber es hielt ihn nicht davon ab, gelegentlich doch darüber nachzugrübeln, also wandte er eine Technik an, die er schon als Kind entwickelt hatte, um solche Gedanken sofort zu unterbinden. Sie bestand darin, sich so fest und KLATSCHEND zu ohrfeigen, wie er nur konnte.

Nach einer Ohrfeige wurde seine Wange feuerrot, abgesehen von den Stellen, die von Narbengewebe bedeckt waren – eine Reihe schmaler, sich überschneidender Narben, die seine rechte Wange überzogen. Auf der linken Wange gab es keine Narben, weil Eddie Rechtshänder war. Wenn er sich selbst schlug, bekam die rechte Seite die volle Wucht seiner Aggression zu spüren. Die Narben erinnerten daran, wie schlimm solche Ausbrüche werden konnten.

Eddie sah in den Spiegel und begutachtete seine Wange. Kein Blut. Das war gut. Er sah auf seine Armbanduhr und notierte die exakte Zeit der Ohrfeige in dem Ordner mit der Nummer 101 neben ihm. Es war seine dritte Ohrfeige an diesem Tag, womit er über den täglichen Durchschnitt von 2,7 kam. Eddie war sicher, Dr. Fenton würde in der nächsten Therapiesitzung etwas dazu sagen, weil Eddie sich seltener schlagen sollte und nicht häufiger, aber immerhin waren jetzt keine Bilderrahmen oder Küchenutensilien mehr beteiligt. Solche Dinge waren es, die zu Blut und Narben führten. Als Eddie draußen auf dem Gang Schritte hörte, legte er den Ordner hastig beiseite.

Eddies Zimmer war einzigartig, weil es als einziges Patientenzimmer an Wänden und Decke mit Schalldämmplatten versehen war. Als er in die Einrichtung kam, war er so extrem lärmempfindlich gewesen, dass niemand sich vorstellen konnte, wie er so lange in der Außenwelt hatte überleben können. Extreme Sensibilität war bei Patienten mit Autismus-Spektrum-Störungen nichts Ungewöhnliches, aber bei Eddie schien eine ganz neue Dimension erreicht. Schon das kleinste Geräusch brachte ihn zum Schreien, und seine Schmerzensschreie hatten die anderen Patienten derart verstört, dass es fast eine Rebellion gegeben hätte. Und egal, wie wertvoll ein bestimmter Patient und seine Fähigkeiten auch sein mochten, zählte er doch nicht mehr als alle anderen zusammen.

Zumindest *noch* nicht.

Die Schalldämmplatten in Eddies Zimmer waren anders als die, die üblicherweise in Tonstudios zu finden waren. Sie waren nach Eddies genau beschriebenen Anforderungen gefertigt worden, zu einem Preis von 91 Dollar pro Platte. Im Raum befanden sich 335 Platten. Inklusive Montage hatte die Ausstattung die amerikanischen Steuerzahler am Ende fast 35.000 Dollar gekostet. Eddie selbst hatte die Kosten ein wenig gesenkt, indem er einen Kunstharzkleber für die Befestigung der Platten entwickelte, allerdings waren die Ausgaben kein ausschlaggebender Faktor gewesen. Eddie hatte keinen Sinn für Wirtschafts- oder Geldsysteme. In seinem Leben hatte Geld nie eine Rolle gespielt. Seine Sorge bestand vielmehr darin, dass die Monteure einen Klebstoff mit inakzeptabel niedrigem Adhäsionsfaktor verwenden wollten. Der falsche Kleber hätte die Akustik des Raumes und dadurch Eddies Leben ruinieren können. Und das wollte Dr. Fenton nicht zulassen.

Die Platten waren nicht besonders schön. Tatsächlich waren sie geradezu hässlich, weil ihr Aussehen für Eddie schlichtweg keine Rolle spielte. (Das Design wurde später von den Ingenieuren verbessert, die mit der Weiterentwicklung der Platten für die kommerzielle Nutzung beauftragt worden waren. Die Gesamterlöse beliefen sich bislang auf über 17 Millionen Dollar, gegen die sich die anfängliche Investition von 35.000 Dollar recht bescheiden ausnahm.) Nur ein einziger Aspekt war ihm wichtig gewesen: wie sich die Platten auf den Raumklang auswirken würden.

Das Ergebnis war verblüffend. Schon die Luft im Raum schien leiser zu sein als irgendwo sonst in der gesamten Einrichtung. Und das war sie tatsächlich. Messbar. Schon mehrfach hatte Dr. Fenton es hochrangigen Besuchern demonstriert. Im Vergleich dazu schien jedes Geräusch an jedem beliebigen Ort der Einrichtung um ein Vielfaches verstärkt. Wie die SCHRITTE der jungen Frau, die von Dr. Fentons Büro aus zügig durch den Flur stöckelte, was er durch den Spalt unter seiner Tür nur allzu deutlich hörte.

Während er lauschte, verfiel Eddie in absolute Reglosigkeit. Er hörte sogar auf zu blinzeln. Die Schritte hatten einen leichten, aber klar erkennbaren HALL. Seltsam war, dass Eddie die

Schritte nicht zuordnen konnte. Jeden einzelnen Mitarbeiter des Harmony House – Ärzte, Schwestern, Pfleger, Köche, Hausmeister, Sicherheitspersonal, Lieferanten, Handwerker – und sogar die regelmäßigen Besucher mancher Patienten konnte er am Klang ihrer Schritte erkennen. Außerdem kannte er die meisten beim Namen, wusste, woher sie kamen, sowie etliches andere, das er den Gesprächsfetzen entnehmen konnte, die in sein Zimmer drangen.

Eddie selbst bekam keinen Besuch, und mit kaum einem der Menschen, deren Schritte ihm so vertraut waren, hatte er selbst gesprochen. In Gegenwart anderer fühlte er sich unwohl, vor allem in Gegenwart Fremder. Sie machten ihn nervös, weil er nie wusste, was sie als Nächstes tun würden. Eddie mochte keine Überraschungen. Und schlimmer noch: Die meisten Fremden starrten ihn an, als käme er direkt aus dem Panoptikum, was ihm jedes Mal vor Augen führte, dass er so ganz anders war als andere. Und so allein. In den siebenundzwanzig Jahren seines Lebens hatte er noch nie einen Freund gehabt. Er überlegte oft, wie es sich wohl anfühlen mochte, aber er ahnte, dass er wohl nie einen Freund haben würde. Also gab er sich damit zufrieden, dem Kommen und Gehen anderer zu lauschen und so viel wie möglich über jeden zu erfahren.

Ein Mensch, über den Eddie jedoch gar nichts wusste, war der muskulöse Mann, den er hin und wieder in einem beigefarbenen Chevrolet Impala auf dem Parkplatz sah. Offensichtlich arbeitete der Mann im Harmony House, sonst wäre er nicht fast jeden Tag da, aber Eddie hatte keine Ahnung, was er machte. Schon mehrmals hatte er Dr. Fenton nach dem geheimnisvollen Mann gefragt, aber der hatte jedes Mal erwidert, dass der Mann ihn überhaupt nicht zu kümmern brauche.

Wer auch immer die Fremde im Flur draußen war, sie war eine Stunde und dreizehn Minuten in Dr. Fentons Büro gewesen – eine ungewöhnlich lange Zeit. Der alte Arzt bekam selten Besuch, der länger als dreißig Minuten blieb, noch seltener eine volle Stunde. Eddie notierte die Zeit in dem Ordner mit der Nummer 37, in dem er Dr. Fentons Besuche der letzten sechs Monate verzeichnete. Chroniken über vorherige Besuchstermine des Arztes waren in den Ordnern 1 bis 36 vermerkt, in jedem etwa für ein halbes Jahr. Das erste Datum in Ordner Nummer 1 lautete 14. April 2001: Eddies erster Tag im Harmony House mit elf Jahren. Die Schwestern und Pfleger nannten Eddies Ordner, zumindest die von 1 bis 37, »Die Boss-Bücher«. Den Ordner 101 bezeichneten sie als »Die Ohrfeigen-Akten«, aber nie, wenn Eddie dabei war. Dafür mochten sie ihn zu gern – und ihre Jobs.

Andere der nummerierten Ordner, etwa 121 bis 125, enthielten Aufzeichnungen über das Wetter, in den Ordnern ab 131 wurde das Essen der Cafeteria aufgelistet und bewertet. In der 150er-Reihe vermerkte er die Anzahl der Menschen, die während bestimmter Stunden an seiner Tür vorbeigegangen waren. Klarer Sieger war die Stunde zwischen 17 und 18 Uhr, weil das die Zeit war, in der das Tagespersonal die Einrichtung verließ.

Die Ordner standen systematisch aufgereiht in fünf Holzregalböden mit exakt gleichem Abstand. Eddie hatte nichts dagegen, wenn einer der Angestellten seine Aufzeichnungen einsah, solange er die Ordner wieder an den ursprünglichen Platz zurückstellte. Allerdings wunderte er sich, wie wenige der Ärzte und Pfleger seine Daten nutzten, denn es ließ sich so vieles daraus ablesen.

Eines Tages würde er es ihnen zeigen.

Er lauschte immer noch den unbekannten Schritten und neigte den Kopf erst zu der einen, dann zu der anderen Seite. Er schätzte die Fremde auf etwa fünfundzwanzig: das durchschnittliche Alter von Ärzten, die im Harmony House zu arbeiten begannen. Die meisten waren etwas jünger als Eddie, weshalb er manchmal dachte, dass er ihr Arzt sein sollte und nicht umgekehrt. Diese Tatsache gehörte zu einer langen Liste von Dingen, die Eddie gern verstehen würde, doch er bezweifelte, dass ihm das je gelänge. Wie zu allem anderen führte er auch zu diesem unerreichbaren Wissen eine Liste. Es war Eddies »Buch der Fragen« im Ordner Nummer 1000. Die Zahl hatte er gewählt, nachdem er ausgerechnet hatte, dass er binnen einer eher unwahrscheinlich langen Lebenszeit alle Zahlen bis 999 für andere Themen aufbrauchen könnte, aber 1000 erschien ihm sicher. Und es war eine schöne Zahl, unter anderem, weil sie als zehn hoch drei geschrieben werden konnte.

Die Schritte auf dem Linoleumboden klangen forsch. Nicht so, als wäre die Fremde in Eile, sondern eher, als wäre sie aufgeregt. Glücklich. Als könne sie es nicht erwarten, jemandem etwas zu erzählen. Eddie kannte das Gefühl. Schon sein ganzes Leben lang. Das Gefühl, als befände er sich an der Schwelle zu etwas so Besonderem, so Großartigem, so Erstaunlichem, dass er für immer und ewig glücklich wäre. Zumindest hatte er versucht, es so zu beschreiben. Doch wenn Eddie über seine Gefühle redete, kam es den meisten Leuten so vor, als hätte er keine Ahnung, wovon er sprach. Als würde er nur raten. Oder etwas nachplappern. Aber das stimmte nicht. Wie die meisten Menschen mit Asperger-Syndrom war Eddie zwar in der Lage, unterschiedliche Gefühle zu empfinden, er tat sich nur unglaublich schwer damit, sie zu identifizieren oder mitzuteilen. Er wusste nicht, wie er Gefühle zeigen sollte – zumindest nicht so, wie Leute im neurologischen Mainstream das konnten. Die »Normalen«, als die sie sich selbst bezeichneten: die durchschnittlich 67 von 68 Menschen, die nicht dem Autismus-Spektrum angehörten und damit als Mehrheit das Standardverhalten für zwischenmenschliche Kommunikation definierten. Und das ließ oft keinen Raum für diejenigen, die mit dem Ausdrücken von Gefühlen Schwierigkeiten hatten.

Gäbe es doch nur eine Gefühlsübersetzungs-App für Menschen mit Autismus! Vielleicht würde eines Tages irgendjemand genau so eine App erfinden – jemand am hochfunktionalen Ende des Spektrums, jemand mit dem Asperger-Syndrom, jener Gruppe von Menschen, die Hans Asperger 1944 erstmalig als »kleine Professoren« bezeichnet hatte.

Bis dahin jedoch würde Eddie die passenden Reaktionen auf bestimmte Situationen auswendig lernen müssen. Er verbrachte Hunderte von Stunden vor dem Spiegel und übte: ein trauriges Gesicht, wenn er etwas Trauriges gesagt bekam, ein besorgtes Gesicht, wenn man ihm etwas Besorgniserregendes mitteilte, während er in solchen Momenten in Wahrheit überhaupt nichts empfand. Während Eddie also in Zimmer 237 auf seiner Batman-Bettwäsche saß und der ihn umgebenden Welt lauschte, nahm er sich vor, diese Frau, sollte er sie jemals treffen, zu bitten, ihm ihre Gefühle zu beschreiben, damit er sie eines Tages zitieren und sich so anhören könnte, als wisse er genau, wovon er sprach.

Kapitel 3

Parkplatz des Harmony House, 19. Mai, 16:16 Uhr

Forschen Schritts marschierte Skylar zum Parkplatz des Harmony House, wo ihr alter Honda Accord mit den Virginia-Nummernschildern stand. Nicht ahnend, dass ein Hochleistungsfernglas auf sie gerichtet war, stieg sie ein. Der Mann, der sie beobachtete, hatte eine ruhige Hand. Nach sechzehn Jahren, die er mit dem Überwachen von Leuten verbracht hatte, sollte er die auch haben. Michael Barnes besaß alle für eine Beschattung erforderlichen Fähigkeiten. Das Abhören von Telefonen. Das Beschaffen persönlicher Daten. Einbrechen. Hätte er sich nicht entschieden, für die Regierung zu arbeiten, hätte er einen exzellenten Kriminellen abgegeben.

Er besaß große und wettergegerbte Hände – intensiv genutzte Arbeitsgeräte von zerstörerischer Kraft wie auch überraschender Präzision. Barnes beobachtete Skylar eingehend, während sie in ihrem Honda telefonierte. Auf dem Bildschirm des Laptops neben ihm auf dem Beifahrersitz erschien die gewählte Nummer: Vorwahl 212, also New York City. Die Nummer gehörte Jacob Hendrix, ihrem Freund.

In den drei Monaten, die Barnes sie nun schon beobachtete – also seit Dr. Fenton sie als ernsthafte Kandidatin für die Assistenzarztstelle im Harmony House in Betracht gezogen hatte –, hatte Barnes weit mehr über ihre Beziehung zu Hendrix erfahren, als ein Außenstehender über ihre Beziehung wissen sollte. Eine der interessantesten Beobachtungen des Überwachungsexperten bestand darin, dass Skylar überaus kontrolliert war. Sie verstand es geschickt, ihren Freund emotional auf Abstand zu halten, was Barnes ihrem beruflichen Ehrgeiz zuschrieb. Sie war sozusagen mit ihrer Karriere verheiratet. Wer auch immer sich auf sie einließ, konnte nie mehr als ein Liebhaber sein. In seiner Generation kannte Barnes das nur von Männern, aber heutzutage war das natürlich anders. Was Barnes faszinierte. Tatsächlich konnte er sich Skylar mittlerweile auch gut als Mann vorstellen – allerdings als den bestaussehenden Mann, den er je beschattet hatte.

Als Skylar vor zwei Wochen in Jacobs Wohnung gezogen war, hatte Barnes die Räume innerhalb weniger Stunden verwanzt. Allerdings hatte er noch keine Gelegenheit gehabt, auch den Sender zu installieren, über den er die Wohnung aus größerer Distanz abhören könnte. Im Moment musste er sich dazu in unmittelbarer Nähe des Gebäudes befinden, was ihm aber gleichermaßen recht war. Sofern die Zeit und Umstände es erlaubten, machte er sich gern mit einem oberservierten Ort vertraut, bevor er sich in sein Bürokabuff im Harmony House zurückzog.

Jacob nahm den Anruf auf seinem Handy entgegen; Barnes lauschte über seinen Laptop. »Wie ist es gelaufen?«, fragte der junge Hochschulprofessor gespannt. Er hatte schlechten Empfang, wie immer, wenn er sich auf dem Gelände der New Yorker Universität befand. Barnes überlegte, ob die Regierung möglicherweise eine der Fakultäten anzapfte. Vom Campus fast jeder größeren Universität aus lief mindestens eine verdeckte

Operation. In manchen sogar über ein Dutzend. Institute höherer Bildung boten einen perfekten Schutz, und solche Operationen konnten über Jahre hinweg durchgeführt werden, ohne dass jemand etwas davon mitbekam. Außer natürlich jemand wie Michael Barnes.

Der Empfang auf dem Campus der NYU war genauso schlecht wie in der Nähe staatlicher Gebäude, und dort war er schlecht, weil die Regierung es so wollte. Wenn es nach ihr ginge, würde sie uns wohl gern meilenweit auf Distanz halten, aber selbst die Regierung musste sich gewissen Auflagen beugen.

Zumindest sollten wir das glauben.

»Ach, wahrscheinlich sollen manche Dinge einfach nicht passieren.« Durch übertrieben tiefes Ausatmen spielte Skylar Enttäuschung vor.

Barnes begann zu grinsen. Das Mädchen hatte schon was! Kein Wunder, dass der alte Mann von ihr begeistert war. Barnes stellte die Schärfe seines Fernglases auf den Hinterkopf der dunkelblonden Frau in etwa dreißig Meter Entfernung ein. Er konnte sie atmen hören.

»Das tut mir leid. Ich weiß, wie sehr du es dir gewünscht hast.« Jacobs Stimme klang mitfühlend. »Bist du noch in Woodbury?«

»Ja.« Ihre Stimme zitterte nur leicht. Sie hatte Mühe, ihre Aufregung zu verbergen. »Aber ich schätze, daran muss ich mich jetzt gewöhnen …«

Jetzt zögerte er. Der Mann war nicht blöd. »Du verarschst mich, oder?«

Sie hielt an sich, solange sie konnte. »Ja, ich hab's geschafft! Ich habe den Job!«

»Herzlichen Glückwunsch! Du hast ihn verdient.« Er schwieg einen Moment, ehrlich beeindruckt. »Beeil dich und komm zurück in die Stadt, damit wir ausgehen und feiern können.«

»Ich habe nicht die Absicht auszugehen – das ganze Wochenende nicht …«

Barnes beobachtete, wie sie vom Parkplatz fuhr, nicht durch das Fenster, sondern auf seinem Laptop. Ein Peilsender über ihrem rechten Hinterreifen übermittelte ihre exakte Position – eine zusätzliche Sicherheitsmaßnahme für den Fall, dass der GPS-Sender in ihrem Handy ausfiel. Abgesehen davon war der Sender im Radschacht viel genauer. Über das Handy war ihre Position nur bis auf etwa fünf Meter zu ermitteln, während der Sender am Auto bis zu zehn Zentimeter exakt war. Möglicherweise war das sogar zu viel des Guten, aber Barnes konnte auch nichts Schlechtes daran finden.

Bevor er den Motor anließ, um der neuen Ärztin nach Manhattan zu folgen, schickte er eine Aufnahme des Telefongesprächs an Fenton. Nichts darin wäre für den alten Mann relevant, denn es war harmloses Geplänkel. Ansonsten hatten Psychiater etwas mehr Spielraum als andere Leute, die er sonst abhörte – sie waren an die Abgründe der Menschen gewöhnt, was sich dann oft auch in ihrer Sprache bemerkbar machte. Das war auch einer der Gründe, weshalb Michael Barnes seine Arbeit für das Harmony House in den letzten vierzehn Jahren so genossen hatte. Es versöhnte ihn mit seinen eigenen Abgründen.

Es sei denn, er wurde beauftragt, jemanden zu töten.

Kapitel 4

Kunstakademie Tisch, New York University, 19. Mai, 16:17 Uhr

Jacob Hendrix saß in seinem kleinen, vollgepfropften Büroraum und beendete das Gespräch. Mit sechsunddreißig war er der jüngste Lehrstuhlinhaber an der Kunstakademie Tisch der NYU. Noch bevor er in Harvard seinen Doktortitel erhalten hatte, waren ihm von der Northwestern, der UCLA, von Stanford und auch Duke ähnliche Positionen angeboten worden. Wahrscheinlich würden diese Institutionen eines Tages eine Standardvorlage für die Rekrutierung junger Überflieger entwerfen müssen, so wie es im Sport bereits üblich war. Vielleicht würde man darüber sogar in den Nachrichten informieren.

Die NYU konnte sich glücklich schätzen, Jacobs gewonnen zu haben. Er hatte Buchveröffentlichungen vorzuweisen. Verfilmungen. Preise. Und bei alledem sah er nicht nur gut aus – er war *cool.* Was bei Akademikern eher selten der Fall war.

Der Lärm der Stadt war selbst durch die zwei Fenster mit Spezialdichtung und Isolierverglasung zu hören. Neue Gebäude, neue Materialien, neue Technologien – alles dazu gedacht, die umgebende Stadt verstummen zu lassen, jedoch alles mit nur nominellen Auswirkungen. Eine Bestie der Größe von New York City konnte zwar nie vollends zum Schweigen gebracht, aber immerhin gezähmt werden – so oder ähnlich musste der namhafte Architekt gedacht haben, dessen angesehenes Planungsbüro das für die Erweiterung des Campus zuständige Komitee der Universität überzeugt und dieses Bauwerk der höheren Bildung errichtet hatte … um danach genau wie seine Vorgänger eines Besseren belehrt zu werden.

Jacob gegenüber saß einer seiner Studenten, Barry Handelman. Er war neunzehn Jahre alt und trug die Last eines zu reichen Elternhauses. Das Kind eines Hedgefonds-Managers. Matisse im Esszimmer, Monet im Salon. Aber das konnte man ihm nicht ankreiden. Barry wollte Filmemacher werden, das konnte man ihm ankreiden. Jacob entschuldigte sich für die Unterbrechung durch Skylars Anruf.

Barry schüttelte kurz den Kopf. »Kein Problem.« Sein Haarschnitt kostete mehr, als die meisten Studenten monatlich für ihr Essen ausgaben.

»Wo waren wir gerade?«

»Als ich die Filme der anderen gesehen hatte, wurde mir klar, wie beschissen meiner war.«

»Da haben Sie recht. Er war wirklich nicht besonders gut.«

Barry nickte, dankbar für die ehrliche Antwort, auch wenn er vermutlich etwas anderes erwartet hatte als gleich den knallharten Abschuss zwischen die Augen. »Dann denken Sie, ich sollte aufhören?«

Herrje, diese reichen Schnösel! »Lassen Sie mich Ihnen eine Frage stellen. Sind Sie hier, weil Sie es wollen, oder nur, um Ihrem Vater eins auszuwischen?«

»Weil ich es will.« Es klang aufrichtig.

»Meine Arbeit lässt sich in zwei Kategorien einteilen: guter Scheiß und schlechter Scheiß. Guter Scheiß verschafft einem Jobs wie diesen, lässt die Leute nette Dinge über einen sagen und macht einen vielleicht sogar berühmt, hilft einem aber nicht beim Wachsen. Nicht als Mensch. Nicht als Künstler. Nicht als irgendwas. Schlechter Scheiß schon. Die Sachen, für die man sich den Arsch aufreißt und abgrundtief leidet und die sich dann als absoluter Müll erweisen. Denn die Art, wie man damit umgeht – ob man die Kritik vertragen kann und welche Konsequenzen man daraus zieht –, das bestimmt, ob man in der Zukunft etwas Aussagekräftiges schafft oder ob man aufhören und sich nur darum kümmern sollte, wie viel Geld man verdienen kann.«

Barry lächelte schwach. »Ich könnte tatsächlich viel verdienen …« Jacob war sicher, dass der Student an eine mindestens zehnstellige Summe dachte.

»Das weiß ich.« Jacob sah seinem Schüler direkt in die Augen. »Aber das wäre einfach, oder?«

Trotzig starrte Barry zurück. »Ich bin kein großer Fan von einfach.«

»Dann beweisen Sie es.« Der Mentor hielt den Blickkontakt. Sein Protegé ebenso. Dann stand Barry auf. Er nahm die Herausforderung an.

Kapitel 5

Jacob Hendrix' Wohnung, Greenwich Village, New York City, 19. Mai, 21:33 Uhr

Unten auf der Bleecker Street schrillte eine Polizeisirene vorbei, aber oben im dritten Stock nahm keiner der beiden Notiz davon. Jacob und Skylar waren zu sehr damit beschäftigt, wieder zu Atem zu kommen. Er lag nackt auf der Couch, sein Brustkorb hob und senkte sich heftig. Sie lag auf dem Boden, inmitten ihrer achtlos hingeworfenen, zerknüllten Kleidung.

Ihr übliches Getränk zum Feiern war Veuve Clicquot. Damit hatten sie angestoßen, als Jacob das Angebot der NYU angenommen und als Skylar ihr Medizinstudium in Harvard als Jahrgangsbeste abgeschlossen hatte. Und auch jetzt standen wieder Champagnergläser auf dem Tisch. Als ihr Atem sich beruhigt hatte, nahm Skylar einen Schluck. »Wie war denn dein Tag?«

»Nicht ganz so gut wie deiner.« Er lächelte auf diese entwaffnende Art, die sie schon bei ihrer ersten Begegnung in den Bann gezogen hatte.

»Na, dein Tag ist ja noch nicht vorbei.« Sie leerte ihr Glas und schenkte sich nach.

»Gut, dass ich eine zweite Flasche gekauft habe.«

Die Geräusche der Stadt drangen durch das halb offene Fenster. Eine zweite Sirene folgte der ersten, diesmal in Richtung MacDougal Street, begleitet von quietschenden Reifen.

((•))

Wer dem Polizeiwagen nahe genug war, konnte den Geruch von verbranntem Gummi wahrnehmen: ein vornübergebeugter alter Mann, der langsam über den Gehweg schlurfte, eine Albanerin mit schreiendem Kind über der Schulter und ein muskulöser Mann in einem Chevy Impala, der auf einen Laptop starrte und dem Gespräch lauschte, das damit aufgezeichnet wurde.

Den vorbeirasenden Streifenwagen beachtete Michael Barnes nicht weiter. Er war selbst einmal Polizist gewesen ... vor langer Zeit ... quasi ein Leben entfernt. Sein jetziger Job, für den er überaus gut bezahlt wurde, bestand darin, den Schutz von Amerikas wichtigster und am wenigsten bekannter Forschungseinrichtung zu gewährleisten. Zumindest stand das jedes Jahr so im staatlichen Haushaltsplan: »wissenschaftliche Forschungseinrichtung«. Außerhalb des *Senate Select Committee on Intelligence* – des Geheimdienstausschusses des Senats – und außer dem aktuellen Amtsinhaber im Oval Office war keine Person in der Regierung über das Harmony House und dessen Bedeutung informiert. So lief es nun schon seit fünfundzwanzig Jahren. Und wenn es nach Barnes ginge, würde es in den nächsten fünfundzwanzig Jahren auch so bleiben.

Er ignorierte den Lärm um sich herum. Das schreiende Kind. Das streitende Pärchen. Und die in Lautstärke miteinander konkurrierenden Fernsehgeräte. Das siebte Inning der New York Mets gegen die spanische Synchronfassung einer Folge von *I Love Lucy*. Barnes filterte das weiße Rauschen aus und lauschte nur einer einzigen Tonquelle.

Er hatte sieben Wanzen in Hendrix' Wohnung versteckt. Eines der Adjektive, mit denen Barnes in jedem Bericht beschrieben wurde, war »sorgfältig«, und das aus gutem Grund. Er hatte kein Privatleben. Keine Hobbys. Keine ernsthaften Beziehungen. Und es gefiel ihm so. Um in seinem Job so gut zu sein, gab es keinen anderen Weg. Und er war wirklich außerordentlich gut.

Barnes hörte, wie ein weiterer Korken ploppte. Es würde wohl eine lange Nacht werden. Für manche länger als für andere.

Kapitel 6

Rittenhouse Hotel in Philadelphia, Pennsylvania, 20. Mai, 0:01 Uhr

Um die Lines aus Kokain vorzubereiten, benutzte der Kongressabgeordnete des 17. New Yorker Districts bevorzugt seine American Express Platinum Card, und aus demselben Grund rollte er einen Hundert-Dollar-Schein zusammen, um sie sich in die Nase zu ziehen: weil es die jungen Dinger beeindruckte, denen er ein hübsches Sümmchen dafür zahlte, dass sie die Drogen mit ihm zusammen konsumierten. Den meisten war offenbar egal, dass er der mächtigste Repräsentant des »besten aller Bundesstaaten« war, wie seine Einwohner ihn selbstbewusst bezeichneten. Und kaum eine schien davon beeindruckt, dass nicht wenige Demokraten in ihm einen möglichen Kandidaten für die nächste Präsidentschaftswahl sahen. Vielleicht lag es daran, dass die kleinen Schlampen ihm nicht glaubten. Aber wie sollten sie auch ahnen können, wie viel Geld und Macht tatsächlich hinter ihm standen? Und das nicht nur wegen seiner Familie.

Der Escort-Service hatte eine Reihe gebildeter und artikulierter junger Frauen in seinem Katalog, aber wenn Henry

Townsend mit jemandem diskutieren wollte, könnte er genauso gut zu Hause bleiben und mit seiner Frau streiten. Genau davon nahm er sich ja aber eine Auszeit. Von ihr, den Kindern, den Bediensteten, der Presse … von allem, und sei es nur für ein paar Stunden. Ein Miniurlaub. Ein kurzer Zwischenstopp in Walhall. Wo die Zeit stillstand. Wo er den Ausblick aus der Penthouse-Suite irgendeines Hotels in ebenjener Stadt genießen konnte, in der er sich gerade befand, während er feine kleine Koks-Lines für sich selbst und Wie-auch-immer-sie-heißen-mochte zog.

Heute Nacht war es das Rittenhouse Hotel in Philadelphia, und sie hieß Allison. Zumindest hatte sie das behauptet. Allison hatte das Kokain mitgebracht, weil es in den 5.000 Dollar enthalten war, die der Kongressabgeordnete ihrem Boss bereits telegrafiert hatte. Die Agentur war die exklusivste, verlässlichste und diskreteste ihrer Art auf der Welt. Bevor sie ihre Dienste in Anspruch nehmen durften, wurden neue Kunden gründlich überprüft. Und hätte Terence Townsend als langjähriger Kunde nicht höchstpersönlich für seinen Sohn gebürgt, hätte die Agentur Henry nicht akzeptiert.

Vom Koks nahm der Kongressabgeordnete selbst nicht viel. Das Zeug war hauptsächlich für die Mädchen. Er mochte es, wenn sie high waren. Mit seinem eigenen Konsum musste er sich vorsehen, weil er mit zu viel Stoff nicht performen konnte. Eine oder zwei Lines brachten ihn hoch wie sonst nichts. Der Rest war für sie. Für Allison. Oder wie auch immer sie hieß. Es war ihm egal. Sie wollte Spaß, und genau dafür war sie hier. Sie beugte sich über den Spiegel auf dem Bett, inhalierte zwei Lines und warf den Kopf zurück.

Henry bewunderte ihr hübsches junges Gesicht und die fantastischen Kurven unter den Dessous von Victoria's Secret, die nagelneu aussahen.

Er zerhackte die nächste Portion weißes Pulver und schob zwölf weitere Lines zusammen. Zwei für ihn, zehn für sie. Nach ihrer achten machte sie eine Pause, um ihm zu Diensten zu sein. Er war von Anfang an grob mit ihr umgegangen, so wie er es auch für den Rest der Nacht vorhatte. Er riss ihr die neue Reizwäsche vom Leib und drang von hinten in sie ein. Seine Hände legte er ihr dabei um den Hals. Nicht, um sie zu würgen, sondern um es nur anzudeuten. Um sie spüren zu lassen, dass er es jeden Moment tun könnte. Denn das war es, was ihm einen Kick gab: wenn sie genau das spürte.

»Allison« beugte sich wieder über den Spiegel, um die letzten zwei Lines zu ziehen, die dann für eine Weile reichen sollten.

Alles, was Henry denken konnte, war, wie wunderbar sie sich doch zwei Aufgaben gleichzeitig widmen könnte. Er riss sie an den Haaren zurück und zitterte plötzlich vor Erwartung. Oh ja, mit dieser jungen Dame hatte er noch einiges vor!

Da er hinter ihr kniete, konnte er ihr Gesicht nicht sehen, als es passierte. Die hübschen Augen traten ihr aus dem Kopf, mehr aus Schock denn vor Schmerz, weil sie plötzlich keine Luft mehr bekam. Ihre Haut wurde bleich. Ihre Hände krampften sich in die Bettdecke, während sie einen Herzstillstand erlitt, der, wie später festgestellt werden würde, auf einer angeborenen Anomalie der linken Herzkranzarterie beruhte. In diesem Moment wusste sie nur, dass sie schreien wollte, es aber nicht konnte.

Sie bäumte sich auf, verkrampfte und sackte in sich zusammen. Zuerst dachte er, das Mädchen sei ohnmächtig geworden, was eine Enttäuschung, aber keine Katastrophe gewesen wäre. So etwas war schon einmal passiert. Doch als er sie auf den Rücken drehte, sah er, dass sie blau angelaufen war. Es war deutlich zu erkennen, dass sie nicht mehr atmete. Und dass er nun doch eine Katastrophe erlebte. »Bitte nicht ... das kann nicht sein!«

Es war über zwanzig Jahre her, dass er einen Wiederbelebungskurs absolviert hatte, aber er tat sein Bestes, sich an die Grundlagen zu erinnern. Er bog ihren Kopf nach hinten und hob gleichzeitig ihr Kinn, um die Atemwege freizumachen, dann blies er dreimal kräftig in ihre Lunge. Danach legte er beide Hände auf ihren Brustkorb und drückte dreimal fest zu. Nichts passierte. Er wiederholte den Ablauf. Immer noch nichts. »Komm schon, atme, du blöde Schlampe!« Er setzte die Druckmassage fort und pausierte gelegentlich, um ihre Lunge wieder mit Luft zu füllen. Seine Wut wandelte sich in Verzweiflung. »Bitte, lieber Gott … Atme!«

In den nächsten Minuten wurde sein Bitten immer flehender. Aber er konnte nichts mehr für sie tun. Das Mädchen war tot. Schließlich hielt er inne, um selbst wieder zu Atem zu kommen, und sah sich um. Über das ganze Bett war Kokain verteilt. Auf dem Boden lagen zerrissene Reizwäsche und leere Champagnerflaschen.

Ohne das tote Mädchen wäre es ein einladendes Setting. Aber da lag sie, reglos und kalt. Und machte alles kaputt.

Henry stand auf, tigerte durch den Raum und überlegte, was er tun sollte. Einen sauberen Weg aus dieser Sache gab es nicht. Die Suite war auf seinen Namen gebucht. Das Hotel verfügte über jede Menge Sicherheitskameras, die sein Kommen und Gehen zweifellos aufzeichneten. Er hatte kein eigenes Fahrzeug vor Ort, selbst wenn es ihm irgendwie gelingen sollte, die Leiche irgendwie aus dem Zimmer zu schaffen. Außerdem war er viel zu high, um ans Autofahren nur zu denken. Die Vorstellung, mit einer toten Nutte im Kofferraum von der Polizei angehalten zu werden, war so entsetzlich, dass sie fast schon wieder lustig war.

Henry brauchte Hilfe, und er wusste genau, an wen er sich wenden würde. An genau diejenigen, die seine gesamte politische Karriere aus dem Hintergrund gelenkt und ihm geholfen hatten, wann und wie auch immer es notwendig gewesen war. Etwa bei seiner unvorteilhaften College-Akte, die irgendwie bereinigt worden war. Und bei den vielen anderen Malheurchen, die nie ans Tageslicht gekommen waren. Vor allem aber hatte er durch sie jede Wahl gewonnen, zu der er sich gestellt hatte, indem er genau das getan hatte, was man ihm sagte. Diese Leute besaßen nicht nur die Mittel, seine Vergangenheit neu zu schreiben, sie konnten auch seine Zukunft bestimmen.

Ihren Anweisungen oder Empfehlungen hatte Henry sich kein einziges Mal widersetzt, denn während sein Charakter in gewisser Hinsicht verbesserungswürdig war, besaß er doch einen ausgeprägten Überlebensinstinkt. Er wusste, dass es besser wäre, ihnen zu gehorchen ... wer auch immer sie sein mochten.

Er holte das spezielle Handy hervor, zu dem er ebenfalls genaue Instruktionen erhalten hatte: Gebrauch nur im äußersten Notfall. Nun, dies war mit Sicherheit ein Notfall. Henry drückte die Eins und wählte damit die einzige Nummer, die er von diesem Handy aus jemals anrufen würde.

»Ja, bitte?«

»Ich brauche Hilfe.« Henrys Stimme zitterte leicht. Er wusste, sie klang zu hoch.

»Ist es dringend?«

»Sonst hätte ich nicht angerufen.«

Der GPS-Sender des Handys zeigte dem Mann am anderen Ende der Leitung, dass Henry aus einem Hotel in Philadelphia anrief. »Wie lautet Ihre Zimmernummer?«

»3902.« Henry entschied, nicht weiter darüber nachzudenken, wie unheimlich er es fand, dass sie bereits wussten, in welchem Hotel er war. Er versicherte sich selbst, dass das eine gute Sache sei.

»In spätestens neunzig Minuten werden zwei Freunde kommen. Verlassen Sie nicht das Zimmer. Kommunizieren Sie mit niemandem. Wenn die beiden vor der Tür stehen, schicke ich Ihnen eine Nachricht.«

Die Männer kamen sieben Minuten vor Ablauf der Zeit. Um 2:28 Uhr Ortszeit erschien auf Henrys Handy die Textnachricht: Klopf, klopf.

Henry spähte durch den Spion und sah zwei Männer mit ausdruckslosen Gesichtern. Sie trugen Sportanzüge aus Nylon und Baseballcaps. Philadelphia Phillies und New York Mets. Henry hatte die beiden noch nie zuvor gesehen und wusste, er würde ihnen auch in Zukunft nie wieder begegnen. Er öffnete die Tür und ließ sie herein. Beide zogen Gummihandschuhe an. Sie würden keine sichtbaren Spuren hinterlassen. Zügig marschierten sie ins Zimmer, um die Situation zu begutachten.

Sie war schlimm.

Henry folgte zögernd. »Bitte sagen Sie mir, dass Sie das hier in Ordnung bringen können.«

Der Mets-Fan drehte sich zu ihm um und sprach ruhig und artikuliert: »Sie müssen genau das tun, was wir Ihnen sagen.«

»Sagen Sie mir einfach, was.«

Der Phillies-Fan deutete auf den beigefarbenen Teppich neben dem Bett, auf dem das tote Mädchen lag. »Stellen Sie sich da hin.«

Henry tat, wie ihm geheißen. Es erschien ihm ein wenig seltsam, aber er würde verdammt noch mal keine Fragen stellen.

»Sehen Sie sie an.«

Henry drehte sich zu der Leiche um, obwohl sein Instinkt ihm sagte, dass irgendetwas falsch lief.

Er hatte leider recht.

Die zwei Männer bewegten sich schnell und absolut synchron. Der Mets-Fan stellte sich hinter Henry und hielt ihn fest. Der Phillies-Fan packte seinen rechten Arm, drückte ihm eine Waffe in die Hand und zwang seine Finger um den Griff.

Der Mann war unfassbar stark. Henry konnte nichts dagegen tun, dass er ihm den Lauf in den Mund schob.

Da sie die Szene oft genug geübt hatten, duckte sich der Mets-Fan in genau dem Moment, als der Phillies-Fan den Abzug drückte. Der hintere Schädel des Kongressabgeordneten war über den Großteil der Wand verteilt, als er tot zu Boden sank. Dabei hielt er noch immer die Waffe in der Hand. Die Schmauchspuren auf seinen Fingern würden eindeutig beweisen, dass er selbst den Abzug gedrückt hatte. Jeder Gerichtsmediziner der Welt würde bestätigen, dass es sich um einen Selbstmord handelte. Der Kongressabgeordnete war viel zu lang mit viel zu viel davongekommen. Jeder, der Zeitung las, wusste Bescheid. Doch nun hatte sein Glück ihn verlassen.

Der Mets-Fan zog ihm das geheime Handy aus der Tasche, und die zwei Männer verließen den Raum. Die Leiche würde kurz nach neun entdeckt werden, wenn Henry Townsend nicht zum Frühstück mit seinem Stabschef erschien. Um 9:17 Uhr würde ein Sicherheitsbediensteter des Hotels die Nachricht per Twitter verbreiten. Binnen fünfzehn Minuten würde der Mann von drei verschiedenen Nachrichtensendern sechsstellige Angebote erhalten, die Fotos vom Tatort veröffentlichen wollten.

Für die bevorstehende Präsidentschaftswahl würden die Demokraten einen neuen Kandidaten finden müssen. Und der Mann, der Henry Townsends Tod angeordnet hatte, wusste bereits genau, um wen es sich dabei handeln würde.

Kapitel 7

Harmony House, Woodbury, New Jersey, 20. Mai, 5:30 Uhr

Als Eddie die Augen aufschlug, war es wie üblich früh am Morgen. Diese allerersten Momente waren seine liebste Tageszeit. Denn danach würde es nie mehr so ruhig, so friedlich oder so schön sein wie gerade jetzt. Er lag einfach da, den Kopf auf das Batman-Kissen gebettet, und lauschte der grandiosen STILLE. Im Harmony House rührte sich nichts und niemand. Aber draußen vor dem Fenster war das vollkommen anders. Eddie öffnete das Fenster einen kleinen Spalt – nicht mehr als zwei bis drei Zentimeter, denn das reichte aus, um dem famosen Chorgesang Einlass zu verschaffen.

Heute Morgen waren es eine Schwarzkopfmeise und eine Einsiedlerdrossel. Andere Male hörte er Fluss-Seeschwalben oder Carolinakrickenten. Wenn er richtig Glück hatte, stimmte auch ein Rothalstaucher in den Vogelchor ein, doch das geschah nur selten. Das Zwitschern einer jeden Vogelart war einzigartig, und Eddie konnte sie alle perfekt imitieren. Er stülpte die Lippen vor, sog die Wangen an die Zähne und ließ die Luft mithilfe der Zunge in kleinen feinen Stößen entweichen, sodass aus dem Duett ein Trio wurde.

Eddie konnte mit Vögeln sprechen.

Und offenbar hatten die drei Vögel viel zu erzählen. ZWITSCHER, ZWITSCHER, FLÖT, FLÖT, KRA-KRA, TRRRRILL ... Es dauerte eine Minute. Dann zwei. Doch ihm kam es vor wie ganze Tage. Nach seiner Zählung hatten schon siebenunddreißig verschiedene Vogelarten mit ihm musiziert, und er hoffte, es würden noch mehr werden. Vielleicht ein Gürtelfischer oder ein Schwalbenweih. Wenn es einen Himmel gab, so hoffte er, eines Tages in einem Chor singen zu können, in dem ein Exemplar jeder existierenden Vogelart vertreten wäre. Das wäre wahrlich paradiesisch.

Das Einzige, was Eddies Vorstellung nach noch schöner klingen würde, wäre die Stimme seiner Mutter. Sie war die eine Stimme, die er am liebsten hören wollte, und zugleich diejenige, die er niemals hören könnte. Denn seine Mutter war bei seiner Geburt gestorben. Eine der gnädigen Auswirkungen des Asperger-Syndroms war, dass es Eddie vor dem Gefühl der Schuld bewahrte, das andere in seiner Situation vielleicht empfunden hätten. Schuldgefühl ist bei den meisten Menschen mit einer Autismus-Spektrum-Störung nicht vorhanden. Eddie wusste nur, dass er seine Mutter hören wollte.

Viele, die Michelle Parks im Laufe ihres kurzen Lebens kennengelernt hatten, hatten Eddie erzählt, ihre Stimme sei von außerordentlicher Schönheit gewesen. Dass sie wie ein Engel gesungen habe. Dass sie die Menschen mehr als einmal zum Weinen gebracht habe. Eddie fand das verwirrend, auch wenn man ihm erklärte, es scien Freudentränen gewesen. Er hatte genickt und so getan, als hätte er das verstanden, während er es gleichzeitig nicht nett von seiner Mutter fand, dass sie andere zum Weinen gebracht hatte. Er weinte nur, wenn ihm etwas wehtat oder er sich hilflos und beunruhigt fühlte, und keins von beidem war ein gutes Gefühl. Aber er war fest davon überzeugt, dass seine Mutter ein guter Mensch gewesen war, und deshalb gleichermaßen sicher, dass sie nie absichtlich jemanden zum Weinen gebracht hatte.

Auch waren viele überzeugt, dass Eddies Mutter eine große Schallplattenkarriere in Aussicht gestanden hatte, als sie so frühzeitig verstarb. Leider hatte sich vor dem tragischen Ereignis niemand die Mühe gemacht, ihre Stimme vernünftig aufzunehmen. Sicher, es hatte die übliche Sammlung von Heimvideos gegeben, doch die zählte aus zwei Gründen nicht: Zum einen war die Audioqualität der VHS-Bänder so schlecht, dass es fast unmöglich war, ihre Stimme zu hören, und zum anderen hatten Michelles Eltern die Bänder nach ihrem Tod so oft abgespielt, dass sie am Ende nicht mehr zu gebrauchen gewesen waren und schließlich weggeworfen wurden, als die Eltern ihr Haus verkauften. Es war einfach zu frustrierend gewesen, etwas darauf erkennen zu wollen.

Aber Eddie ließ sich von alldem nicht abschrecken. Solange er denken konnte, bestand sein höchstes Lebensziel darin, die Stimme seiner Mutter zu hören. Er wollte den Engel hören. Seinen Engel. Und er wusste, er würde einen Weg finden. Jeden Tag seit seiner Ankunft im Harmony House arbeitete er daran.

Eines Tages würde er seine Mutter singen hören.

Der Grund, weshalb es keine Aufnahme ihrer Stimme gab, lag Eddies Meinung nach darin, dass man Engel sowieso nicht aufnehmen sollte. Dabei war es egal, dass seine Mutter im Osten Pennsylvanias geboren wurde, in einem Kaff namens Saylan Hills mit 811 Einwohnern. Und dass Eddie auch nicht sicher wusste, was Engel eigentlich waren, auch wenn er unzählige Definitionen aus verschiedenen Quellen dazu auswendig gelernt hatte. Er sah jedoch, dass die Leute anerkennend nickten, wenn er sagte, dass Engelsstimmen nicht aufgenommen werden sollten, deshalb sagte er es jedes Mal, wenn er über seine Mutter sprach. Es gefiel ihm, wenn andere dachten, er wüsste, wovon er redete, weil sie ihn dann nicht mehr so seltsam ansahen und er sich nicht mehr so unwohl fühlte.

Denn viel häufiger wussten sie, dass er keine Ahnung hatte.

Eddie sah zu dem Kamerakoffer aus Hartplastik, der auf seinem einfachen Holzschreibtisch stand. Zumindest sah es wie ein Kamerakoffer aus. Aber das war es nicht. Es war ein Apparat. Ein Prototyp. Und der Hauptgrund, weshalb Eddie im Harmony House aufgenommen worden war. Die Echo-Box. Bis dato hatte die Regierung 27.358.916 Dollar in ihre Entwicklung investiert, aber noch nichts davon gesehen. Zumindest nichts effektiv Einsetzbares. Alles, was sie hatten, waren Eddies Theorien, Theoreme, Algorithmen und mathematische Gleichungen, Tausende davon, die über dreißig der ordentlich aufgereihten Ordner in seinem Regal füllten. Und keiner der von der Regierung beauftragten Wissenschaftler, einschließlich der hellsten und klügsten Köpfe des Landes, hatte in diesen Aufzeichnungen irgendeinen Sinn erkennen können. Tatsächlich waren viele von ihnen mittlerweile überzeugt, dass Eddies Vorhaben absoluter Blödsinn war. Ein Hirngespinst.

Fassungslos mussten die hochrangigen Wissenschaftler hinnehmen, dass Unmengen an Forschungsgeldern für diesen Quatsch ausgegeben wurden, wo es in ihren Augen doch weitaus bessere Verwendungsmöglichkeiten gab: für realistische oder sogar praktisch umsetzbare Projekte. *Warum mussten sie selbst hinter einem geistig Behinderten zurückstehen?* Mittlerweile brodelte fast ein Aufstand, dessen Showdown sich für die jährliche, hinter verschlossenen Türen stattfindende Budgetkonferenz des *Senate Select Committee on Intelligence*, des SSCI, in drei Tagen ankündigte. Die Frage war nur, ob eines der im sozialen Umgang eher gehemmten Superhirne gewillt war, sich gegen eine so autoritäre Größe wie Fenton aufzulehnen.

Was sie nicht ahnen konnten, war, dass sie durch die Einflussnahme einer weiteren Macht von außen ohnehin keine Chance hatten.

Kapitel 8

Jacob Hendrix' Wohnung, Greenwich Village, New York City, 20. Mai, 11:22 Uhr

Jacob und Skylar schliefen aus, solange sie konnten. Keiner von ihnen hatte es besonders eilig, aufzustehen. Sie waren nach drei Uhr ins Bett gegangen, hatten aber erst kurz vor fünf in den Schlaf gefunden.

Ganz langsam öffnete Skylar die Augen. Ihr Kopf schmerzte. Was kein Wunder war. Als ihr nach einem kurzen Moment wieder einfiel, warum, musste sie grinsen. Sie sah zu dem Mann, der sie seinerseits bereits beobachtete. »Wie lange bist du schon wach?«

»Seit ein paar Minuten.«

»Wie lange starrst du mich schon an?«

»Seit ein paar Minuten.«

Sie sah ihm unverwandt in die Augen. »Wenn ich dich sehr nett bitte, würdest du mir dann drei Kopfschmerztabletten holen?«

Er zögerte, damit sie dachte, dass es eine Zumutung wäre. Dann: »Guck mal hinter dich.«

Skylar drehte sich um und entdeckte drei Ibuprofen und ein Glas Wasser auf dem Nachtschrank. Sie schluckte die Tabletten mit der gesamten Flüssigkeit, dann rollte sie sich wieder zu Jacob herum und grinste. »Es hat trotzdem Spaß gemacht.«

Er grinste ebenfalls. »Hmm, ja … war nicht schlecht.« Sie schlug mit ihrem Kissen nach ihm. »Jetzt erzähl mir noch mal von deinem Job, damit ich genau weiß, was du da machst.«

Sie schüttelte den Kopf und stöhnte kurz, weil das wieder wehtat. »Da gibt es eigentlich nicht viel zu erzählen.«

»Weil du noch nicht angefangen hast oder weil du es nicht darfst?«

»Beides.«

Er grinste verschlagen. »Du weißt doch: Je weniger du sagst, desto mehr will ich wissen.«

»Das gilt doch für alles, oder?«

»Eins zu null.«

Sie überlegte kurz und stellte fest, dass sie tatsächlich über ihren neuen Job reden wollte. »Mein Boss ist eine Legende. Dr. Marcus Fenton. Wahrscheinlich der berühmteste Autismus-Forscher seit Hans Asperger.«

»Asperger war ein Nazi, oder?«

»Er fügte sich dem System, so wie jeder andere Österreicher während des Krieges. Es war die einzige Möglichkeit, um weiterhin Patienten behandeln zu können.«

»Ich dachte, Hitler hätte alle, die nicht blond, perfekt und arisch waren, fleißig eliminiert.«

»Das hat er auch. Deshalb war Aspergers Arbeit ja so besonders. Selbst unter den damaligen Umständen konnte er den Wert neurologischer Sonderfälle aufzeigen.«

Ehrfurchtsvoll sah Jacob sie an. »Ich kann nur hoffen, dass ich mit wenigstens halb so viel Leidenschaft über meine Arbeit spreche wie du über deine Patienten.«

»Warte, bis ich anfange, tatsächlich mit ihnen zu arbeiten.«

Kapitel 9

Harmony House, Woodbury, New Jersey, 20. Mai, 12:03 Uhr

Eddie nahm den Ordner 138 zum Mittagessen mit in die Cafeteria. Sorgsam schob er ihn unter den rechten Arm, bevor er sich ein Plastiktablett nahm und in die Schlange der anderen Patienten einreihte, also derjenigen, die in der Lage waren, sich ihr Essen selbst zu holen. Es war Samstag. Hackbratentag. Hackbraten und grüne Bohnen und Kartoffelpüree und ein Chocolate-Chip-Cookie, dazu eine Auswahl von sieben Getränken an der Zapfstation. Eddie gefiel der Speiseplan am Hackbratentag, nicht unbedingt wegen der Hauptspeise, sondern weil es der eine Tag in der Woche war, an dem er sicher sein konnte, dass kein lilafarbenes Essen serviert wurde.

Folglich gab es heute weder Trauben noch Auberginen noch Blaubeeren noch Pflaumen. Es gab auch keinen Traubensaft, keine Traubenlimonade und keinen Nachtisch mit irgendeiner lila Dekoration, wie es an Feiertagen oder Patientengeburtstagen manchmal der Fall war. Lila war die Farbe von Prellungen, und Prellungen taten weh, deshalb konnte es nicht gut sein, lila Essen zu sich zu nehmen. Eddie mochte rotes Essen und gelbes Essen, also eigentlich alle anderen Farben, nur eben lila nicht.

Sollte er je Präsident werden, so hatte er als Kind gedacht, dann würde er lila Essen verbieten. Doch diese Vorstellung hatte er irgendwann aufgegeben, als ihm klar wurde, dass ein Autist wohl nie Präsident werden würde. Allerdings wurde vor Kurzem die Theorie veröffentlicht, dass zwei der vier letzten Präsidenten dem Autismus-Spektrum zuzuordnen seien. Wie auch immer – Eddie hoffte, eines Tages irgendeinen Präsidenten davon überzeugen zu können, dass lila Essen niemandem guttat.

Immer wenn Eddie die Cafeteria aufsuchte, wiederholte er eine bestimmte Routine: Er neigte den Kopf erst zu der einen, dann zu der anderen Seite; danach drehte er den Kopf langsam nach links und anschließend nach rechts. Es war für ihn eine Art akustische Bestandsaufnahme, mit der er sich der Vertrautheit der mittlerweile gut bekannten Geräusche versicherte.

Der Raum war der größte im Harmony House und wies daher den stärksten Hall auf. Da war das KLIRREN von Besteck. Das DRÖHNEN von Geräten. Das MURMELN gedämpfter Stimmen. Das QUIETSCHEN von Gummisohlen. Die Leuchtstoffröhren an der Decke erzeugten ein leises, dauerhaftes BRUMMEN, über das Eddie sich schon mehrfach beschwert hatte, aber ohne Erfolg. Selbst Eddie bekam nicht alles, worum er bat. Einmal, im Jahr 2008, war Eddie so frustriert gewesen, dass er versucht hatte, in den Hungerstreik zu treten, aber er hielt nur so lange durch, bis er nach dem ersten ausgefallenen Mittagessen wieder Hunger bekam. Noch unerträglicher als der Hunger war für ihn allerdings die Unterbrechung der Routine gewesen. Fenton hatte ihn ermahnt, er solle den anderen Patienten ein Vorbild sein. Eddie hatte es versprochen.

Das erklärte, weshalb aus seinen Ohren zerknüllte Taschentücher ragten. Es war Jahre her, seit er die Cafeteria ohne diesen Schallschutz betreten hatte. Eddie stand in der Schlange und atmete tief durch die Nase, um seine Umgebung zu erschnuppern. Er wandte sich an den nächstbesten Bediensteten der Cafeteria, Jerome Barris.

»Der Hackbraten riecht, als wäre er wieder angebrannt.«

»Nich alles.« Jerome war in Harlem geboren und aufgewachsen, und das hörte man bei jedem Wort.

»Wie viel ist nicht angebrannt?«

»Fünfunddreißig Komma acht zwo Prozent.« Jerome grinste. Er mochte Eddie gern und wollte, dass Eddie das merkte.

Eddie machte ein BUZZER-Geräusch. »Falsch.«

Der junge Mann hinter der Theke, der ein Netz über dem kurz geschorenen Haar trug, sah Eddie fragend an. »Woher wissen Sie, dass das falsch ist?«

»Es ist höchst unwahrscheinlich, dass Sie mit Ihrer eingeschränkten Ausrüstung so eine akkurate Messung vornehmen können.«

»Na gut, okay. Ungefähr die Hälfte. Ist das besser?«

»Ja, das ist besser. Das ist eine angemessene Schätzung. Ich hätte gern eine Scheibe von dem Teil, der nicht angebrannt ist, bitte.«

Jerome nahm einen Plastikspatel, um die Hackbratenscheiben genau zu inspizieren. Er wählte die mit den am wenigsten verkohlten Stellen aus und legte sie auf Eddies Teller. »Eins sag ich Ihnen, Mann. Sie sind verdammt höflich. Ihre Mama hat Sie gut erzogen.«

Eddie blinzelte. »Nein, das hat sie nicht. Sie ist bei meiner Geburt gestorben.«

Jerome erstarrte. An seinem Gesichtsausdruck war zu erkennen, dass er sich schlecht fühlte. »Tut mir leid, Mann.«

»Was tut Ihnen leid?«

»Das mit Ihrer Mama.«

»Kannten Sie sie denn?«

Jerome begann zu schwitzen. Er wusste, dass er sich auf dünnes Eis begeben hatte, was seiner Vorgesetzten sicher nicht entgangen war. Bei einer Größe von etwas über einem Meter sechzig wog Ida Peroni hundertzwanzig Kilo, bewegte sich aber mit der Anmut einer Tänzerin. Jetzt stand sie in Nullkommanix neben ihm. »Nein, Eddie, Jerome hat deine Mutter nicht gekannt. Er wollte nur sein Mitgefühl ausdrücken, weil du deine Mutter nicht kennenlernen konntest. Verstehst du jetzt?«

»Ja.« Eddie wandte sich wieder an Jerome und sagte automatenhaft: »Danke, Jerome, dass Sie Ihr Mitgefühl ausgedrückt haben, weil ich meine Mutter nicht kennenlernen konnte.«

Jerome warf einen Seitenblick auf Ida, um sicherzustellen, dass er das Gespräch fortsetzen durfte. »Gern geschehen.«

»Kannten Sie Ihre Mutter?«

»Ja. Sie war eine tolle Frau.«

»Ist sie tot?«

Jerome nickte. »Im nächsten Monat schon sieben Jahre.«

Eddie berechnete die ungefähre Anzahl von Tagen in seinem Kopf: 2.525. »Fehlt sie Ihnen?«

Jerome nickte erneut. »Jeden einzelnen Tag.«

Eddie nickte ebenfalls, wie um Jerome zu spiegeln. Danach schwieg er einen kurzen, unbehaglichen Moment. »Ich werde meine Mutter eines Tages singen hören, wussten Sie das?«

Jerome zögerte. Er hatte keine Ahnung, was er darauf antworten sollte. Ida Peroni kam ihm zu Hilfe. »Ja, Eddie, das weiß Jerome. Sobald du dein Dingsbums zum Laufen kriegst.«

»Sie meinen meine Echo-Box.«

»Ja, genau die meinte ich. Aber jetzt geh und iss, bevor es kalt wird. Ich will keine schlechte Bewertung zur Serviertemperatur kriegen, nur weil wir hier rumstehen und quatschen.« Sie reckte das Kinn in Richtung des Ordners unter Eddies Arm.

»Keine Sorge, Ida. Die extra Zeit für das Gespräch werde ich natürlich berücksichtigen.« Eddie ging etwa zehn Meter zu einem freien Tisch. Er legte den Ordner neben das Tablett und stellte dann einen Teller nach dem anderen auf den Tisch, alle im gleichen Abstand zueinander.

Während Eddie sein Mittagsritual ausführte, funkelte Ida ihren Mitarbeiter wütend an. Sie sprach leise, aber eindringlich, ohne Eddie dabei aus den Augen zu lassen. »Sie spinnen wohl! Das war ganz und gar unangemessen!«

»Es wird nie wieder passieren.«

»Da haben Sie verdammt noch mal recht. Eigentlich sollte ich Sie auf der Stelle feuern.«

Jeromes Blick wurde flehend. »Sie wissen, dass ich den Job brauche.«

Ida sah ihn so lange streng an, dass dem jungen Mann ganz mulmig wurde. Aber sie konnte ihn gut einschätzen und hatte nicht vor, ihn zu feuern. »Dann benehmen Sie sich nicht wie ein Idiot. Ich weiß, dass Sie nur nett sein wollten, aber das nächste Mal halten Sie lieber den Mund, okay?«

Jerome nickte und sah überallhin, nur nicht zu ihr. Ein Mann, der das mitmachen musste, was er mitmachte, hatte keine andere Wahl, als sich zu fügen.

Ihr Blick wurde sanft. »Wie geht es Marla?«, fragte sie mitfühlend.

»Beschissen. Ich weiß nicht, was schlimmer für sie ist: die Kotzerei oder dass sie eine Glatze kriegt.«

»Mit Übelkeit kommen Frauen zurecht, das haben sie für die Schwangerschaft in ihren Genen. Aber die Haare zu verlieren, ist etwas ganz anderes. Sie sagen ihr hoffentlich immer, wie hübsch sie ist?«

»Jeden Abend.«

»Gut so.« Sie legte ihm eine Hand auf die Schulter und ging weiter, stutzte jedoch, als sie Eddie das gesamte Gespräch wiederholen hörte. Seine Stimme und der Rhythmus klangen eher mechanisch, doch der Tonfall war perfekt imitiert.

»Es wird nie wieder passieren. Da haben Sie verdammt noch mal recht. Eigentlich sollte ich Sie auf der Stelle feuern. Sie wissen, dass ich den Job brauche. Dann benehmen Sie sich nicht wie ein Idiot. Ich weiß, dass Sie nur nett sein wollten, aber das nächste Mal halten Sie lieber den Mund, okay? Wie geht es Marla? Beschissen. Ich weiß nicht, was schlimmer für sie ist: die Kotzerei oder dass sie eine Glatze kriegt. Mit Übelkeit kommen Frauen zurecht, das haben sie für die Schwangerschaft in ihren Genen. Aber die Haare zu verlieren, ist etwas ganz anderes. Sie sagen ihr hoffentlich immer, wie hübsch sie ist? Jeden Abend. Gut so.«

Ohne aufzublicken und mit reglosem Gesichtsausdruck nahm Eddie die Bewertung der Mahlzeit vor. Seine Skala reichte von eins bis fünf. Ida ging hin, um nachzusehen, ob die Papiertücher immer noch in seinen Ohren steckten. »Unglaublich.«

Eddie sah noch immer nicht auf. »Was bezeichnen Sie als unglaublich, Ida?«

»Dass du selbst mit Watte im Ohr noch so gut hören kannst.«

»Das ist keine Watte. Das sind Taschentücher.«

Sie unterdrückte ein Schmunzeln. »Eddie, nur weil du etwas hören kannst, bedeutet das nicht, dass du es wiederholen solltest.«

Jetzt blickte er auf. »Wie meinen Sie das?«

Sie suchte nach den richtigen Worten. »Ich meine, wenn du etwas hörst, musst du nach bestem Ermessen entscheiden, ob du es wiederholen solltest oder nicht.«

»Was ist mein bestes Ermessen?«

»Das bedeutet, dass du erst einmal versuchst, die Gefühle der Leute einzuschätzen, bevor du einfach wiederholst, was sie gesagt haben.«

»Ich bin nicht gut darin, die Gefühle anderer Leute einzuschätzen. Ich habe schon bei meinen eigenen Gefühlen Probleme.«

»Die Leute mögen es nicht, wenn man sie belauscht, Eddie. Das verstehst du doch, oder?«

»Ich will niemanden belauschen. Ich höre einfach. Alles. Das kann ich nicht abstellen.«

»Aber du hättest es nicht wiederholen müssen, oder?« Sie sah ihn eindringlich an und wartete auf seine Reaktion. Schließlich schüttelte er den Kopf. »Also, wenn du das nächste Mal etwas hörst, dann bleibst du einfach still, und keiner bekommt etwas mit.« Sie zwinkerte ihm zu.

Er versuchte zurückzuzwinkern, dann trank er einen Schluck Fruchtsaft und zuckte zusammen. »Igitt! Zu wässrig.« Er bewertete das Getränk mit Drei. Der Hackbraten hatte eine Fünf bekommen, was dessen durchschnittliche Punktzahl in diesem Jahr auf 4,27 anhob, wie Eddie im Kopf ausrechnete. Das erklärte auch, warum er mit dem Hauptgericht heute so schnell fertig war. Aber der Cookie entsprach nicht dem üblichen Niveau und konnte nur mit Zwei bewertet werden. Weil Eddie nichts aß, was weniger als eine Drei bekam, spuckte er das abgebissene Keksstück aus, trug sein Tablett zum Förderband unter dem Schild »Schmutziges Geschirr« und stellte es darauf ab. Auf dem Rückweg zu seinem Zimmer zählte er die Schritte. Es waren wie immer 113, eine Primzahl, und das gefiel ihm.

Kapitel 10

Russell Senate Office Building, Washington, D. C., 21. Mai, 21:32 Uhr

Es war bereits ein 14-Stunden-Tag. Die meisten aus Corbin Davis' Team wirkten erschöpft, sogar sein Stabschef, obwohl er ein Workaholic war. Doch der jederzeit kamerataugliche Senator aus Indiana sah aus, als käme er gerade frisch aus der Dusche. Sein gutes Aussehen hatte ihm die Heirat in eine reiche Familie ermöglicht, was ihm wiederum die Finanzierung zweier – leider erfolgloser – Kampagnen zur Wahl in den Kongress ermöglicht hatte, bis es ihm beim dritten Anlauf schließlich gelungen war, seinen Gegner finanziell vier zu eins zu überbieten. Allen, die für ihn arbeiteten, war klar, dass Corbin nicht eher aufhören würde, bevor er nicht den *Big Job* ergattert hätte. Und natürlich wäre ein Einzug ins Weiße Haus am Ende für alle sehr gut, weshalb seine sechs wichtigsten Mitarbeiter tagaus, tagein unermüdlich schufteten. So wie heute Nacht.

Der Beistelltisch in seinem Büro war übersät mit leeren Sandwichpackungen und Styroporbechern. Der letzte Punkt auf der Tagesordnung war die Agenda des folgenden Tages, die immer mit einem Frühstückstermin begann, sofern er in der Hauptstadt war.

Der Name kam dem Senator bekannt vor, aber er konnte sich nicht mehr erinnern, woher. »Frühstück mit Bob Stenson von der *American Heritage Foundation?*«

»Diese Stiftung hat uns letzte Woche fünfzig Riesen gespendet. Unaufgefordert.«

»Was wollen die?«

»Frühstück.«

»Und das ist alles?«

»Ich bin sicher, Sie werden es morgen herausfinden.«

»Was wissen wir über die?«

»Nicht besonders viel …«, gestand sein Stabschef mit einigem Unbehagen.

»Tja, wer steckt dahinter?«

»Da sind wir uns auch nicht ganz sicher.«

»Na, kommen Sie …« Der Senator war sicher, dass das ein Scherz sein sollte.

»Im Ernst.« Der Stabschef sah zum jüngsten Mitglied ihres Teams, einem jungen Überflieger in den Zwanzigern, der mit Detailrecherchen und Datenakquise betraut war.

Der junge Mitarbeiter teilte seinen Chefs einige Arbeitsblätter aus, damit sie seinen Ausführungen folgen konnten. »Es ist die geheimnisvollste Organisation, mit der wir es je zu tun hatten. Abgesehen von einem Postfach und einer Telefonnummer, bei der sofort ein Anrufbeantworter anspringt, haben wir keine weiteren Informationen.«

Ungläubig schüttelte der Senator den Kopf. »Wie ist das möglich?«

Der fünfundzwanzigjährige Absolvent des renommierten Massachusetts Instituts für Technologie zuckte die Achseln. »Das versuche ich immer noch zu ergründen.«

»Was ist mit dem Kerl, den ich morgen zum Frühstück treffe, diesem Stenson?«

Der junge Mitarbeiter las das wenige vor, was er herausbekommen hatte. »Abschluss summa cum laude 1976 an der University of Virginia, dann direkt zur CIA. Vielversprechende Karriere als Agent, bis er 1988 von der *American Heritage Foundation* angeheuert wurde, für die er seither ununterbrochen arbeitet.«

»Das ist alles? Mehr gibt es über die letzten neunundzwanzig Jahre des Mannes nicht zu sagen?«

»Leider nein.«

»Ich dachte, Sie könnten alles über jeden rauskriegen.« Davis sah zu seinem Stabschef, mit dem er später wohl noch ein Wörtchen würde reden müssen.

»Normalerweise schon, deshalb habe ich auch weitergegraben.« Der junge Mann drehte sich zu seinem direkten Vorgesetzten um, da es ihm offenbar lieber war, dass sein Boss dem großen Boss das Ergebnis enthüllte.

Der Senator wurde allmählich ungeduldig. »Und?«

Der Stabschef sprach mit gepresster Stimme, als könnte er selbst noch nicht glauben, was er gleich sagen würde. »Soweit wir in Erfahrung bringen konnten – und ich habe das mithilfe jeder uns zur Verfügung stehenden Quelle überprüft –, hat diese *Heritage Foundation* in den letzten zwanzig Jahren siebenunddreißig Kandidaten unterstützt.«

»Was soll das heißen?«

Der Stabschef hielt kurz inne. »Jeder Kandidat, den sie unterstützt haben, ist gewählt worden.«

Corbin Davis begann zu lachen, dann merkte er, dass sein erster Mann es ernst meinte. »Jeder?«

»Jeder. Siebenunddreißig Wahlsiege bei siebenunddreißig Kandidaturen.« Im Raum wurde es still, als der Stabschef dem Senator die Liste überreichte, auf der Gouverneure, Senatoren,

Kongressabgeordnete und alle Präsidenten der letzten zwanzig Jahre standen – bis auf einen.

»Das kann nicht wahr sein.«

»Das habe ich auch gedacht«, erwiderte der Stabschef. »Und das ist der Grund, weshalb unser junger Freund hier seit drei Tagen nicht mehr geschlafen hat.«

Er deutete auf den MIT-Absolventen, der wie aufs Stichwort gähnte. »Ich habe jeden Kandidaten dreifach überprüft. So etwas sollte nicht möglich sein. Vor allem habe ich keine Ahnung, wie diese Stiftung so unauffällig bleiben konnte, aber irgendwie schaffen sie es, jegliche Daten über sich zu eliminieren.«

Senator Davis starrte aus dem Fenster auf die Lichter der Hauptstadt. »Na, wie es aussieht, wird das morgen ja ein interessanter Tag.«

Kapitel 11

Harmony House, Woodbury, New Jersey, 22. Mai, 5:30 Uhr

Eddie begann seinen Montag so, wie er jeden Morgen begann: mit Vogelstimmen. Diesmal waren es ein Sterntaucher und ein Ohrentaucher. Dann duschte er exakt zwei Minuten und vierundzwanzig Sekunden, nachdem das Wasser die richtige Temperatur von einunddreißig Grad Celsius erreicht hatte, was er mit einem Digitalthermometer maß. Zwei Minuten und vierundzwanzig Sekunden war die ideale Zeit zum Duschen, weil es hundertvierundvierzig Sekunden waren, was wiederum zwölf im Quadrat war und damit drei mal vier hoch zwei. Er empfand das als sehr beruhigend, deshalb erledigte er auch alle anderen Vorgänge in dieser Zeit: zwei Minuten vierundzwanzig Sekunden für die Rasur mit dem selbstreinigenden elektrischen Braun-Rasierer und für das Zähneputzen mit der elektrischen Zahnbürste von Sonicare, deren Bürstenkopf sich dreißigtausendmal pro Minute hin und her bewegte. Wenn man davon ausging, dass ein normaler Mensch eine Zahnbürste mit der Hand höchstens dreihundertmal pro Minute hin und her bewegen konnte, so sparte ihm dieses Gerät jeden Tag fast drei Stunden und siebenundfünfzig Minuten Zeit, sofern er per

Hand dieselbe Effizienz erreichen wollte. Das war gut, denn sich jeden Tag die Zähne zweimal fast vier Stunden lang zu putzen, würde ihm nicht mehr viel Zeit für andere Dinge lassen, und das wäre schlecht.

Dreimal pro Woche – montags, mittwochs und freitags – verwandelte sich der Aufenthaltsraum der Patienten vormittags in einen Vortragssaal. Alle sechsundsiebzig Patienten, die im Harmony House ein Zuhause gefunden hatten, hielten vor einem Publikum von etwa zwölf Mitpatienten in regelmäßigen Abständen einen zwanzigminütigen Vortrag über ein Thema ihrer Wahl. Das bedeutete, dass jeder Patient alle sechs Monate an der Reihe war. Aber wie das bei Autisten nun mal häufig so ist, wählte natürlich jeder Patient jedes Mal dasselbe Thema. Allerdings hatte sich noch nie jemand über die Wiederholungen beschwert, und es war so gut wie sicher, dass das auch weiterhin niemand tun würde.

Heute war Eddie an der Reihe. Er trug die Kleidung, in der er sich am ehesten wie ein Professor vorkam – ein Sakko mit Hahnentrittmuster und ein Oxford-Hemd über der Hose –, während die zehn anderen Patienten im Raum Sweatshirts mit Schriftzügen renommierter Hochschulen trugen: Harvard, Yale, MIT, Stanford, Caltech. Mit offenkundigem Interesse beobachteten sie, wie Eddie das große Whiteboard mit denselben komplexen Gleichungen füllte, wie sie auch in seinen Ordnern standen.

Das Geräusch, das der abwischbare Stift auf der weißen Tafel machte, empfand Eddie als beruhigend. Nicht, weil es angenehm war – weit davon entfernt. Aber das QUIETSCHENDE Geräusch bedeutete, dass er als Lehrer auftrat oder zumindest als jemand, der anderen etwas beibringen konnte, und das gab ihm ein gutes Gefühl. Ein Gefühl von Wichtigkeit. Sogar Gelehrtheit. Oder wenigstens seine persönliche Version dieser Gefühle. Nicht wenige der Menschen, die er auf dieser Welt am meisten bewunderte, waren Lehrer gewesen. Während ein paar der Pädagogen seiner früheren Schulen von der Aufgabe, einen Förderschüler mit einem IQ von 193 zu unterrichten, schlichtweg überfordert waren, begriffen einige wenige, dass Eddie anders war als alle Schüler, die sie je unterrichtet hatten, und freuten sich über diese besondere Chance. Sie waren es, denen Eddie nacheiferte.

Alle Personen im Aufenthaltsraum bis auf eine hatten diesen Vortrag schon mehrere Male gehört, aber es schien ihnen nichts auszumachen – so wie es Eddie nichts ausmachte, ihren Vorträgen zu lauschen, wenn sie an der Reihe waren. Diese »akademische Therapie«, wie sie von den Ärzten genannt wurde, war das Ergebnis eines von Dr. Marcus Fenton initiierten Brainstormings. Es war wie bei Kindern, die Familie spielten, nur dass hier intelligente Menschen mit unterschiedlichen neurologischen Besonderheiten Universität spielten.

Heute gab Eddie den Professor, und die anderen Patienten spielten seine Studenten. Zwei davon waren Jugendliche, die älteste war in den Sechzigern, die anderen sieben lagen irgendwo dazwischen. Einige wirkten neurotypisch, wie ganz normale Zuhörer eines Vortrags über Akustik von einem weltweit führenden Experten. Andere, wie der Mann, der sich mit einer ungeheuren Intensität dem Nasebohren widmete, würden außerhalb dieser Einrichtung sicher spontan als geistig minderbemittelt eingestuft, selbst wenn sie einmal regionale Ansprechpartner bei Mensa gewesen waren.

Die Themen der anderen Patienten umfassten String-Theorien, kalte Fusion, Molekularbiologie, lautlose Antriebssysteme und maschinelles Lernen. Zum Personal, das die Vorträge organisierte, gehörte auch Gloria Pruitt, die von allen Patienten »Schwester Gloria« genannt wurde. Sie arbeitete seit 2007 in der Einrichtung und strahlte eine natürliche Autorität aus. Eine Weisheit, die sich aus Alter und Erfahrung speiste. Gloria stand mit auf dem Rücken verschränkten

Händen an der Tür. Sie hatte Eddies Vortrag schon viele Male gehört, was man ihr jedoch in keiner Weise ansah.

Ebenfalls an der Tür stand die eine Person, die Eddies Vortrag noch nie gehört hatte: die neue Assistenzärztin, die Eddie erst am heutigen Morgen persönlich kennengelernt hatte.

Kurz nach seinem Frühstück aus Froot Loops (die lilafarbenen hatte er aussortiert) und Orangensaft, die er beide mit Vier bewertet hatte, saß Eddie wieder in seinem Zimmer und hörte draußen Schritte. Er erkannte sie, noch ehe Dr. Fenton in Begleitung der jungen Ärztin an seine Zimmertür klopfte. Eddie wusste sofort, was er sie fragen wollte, was er auch tat, noch ehe er sie überhaupt zu Gesicht bekam. »Was haben Sie am letzten Freitagnachmittag gefühlt, als Sie aus Dr. Fentons Büro kamen?«

Lächelnd schob der alte Mann die Tür auf. »Eddie, ich möchte dir unsere neue Assistenzärztin vorstellen: Dr. Skylar Drummond.«

Sie wusste, dass sie gar nicht erst zu versuchen brauchte, ihm die Hand zu geben. Viele Menschen mit Asperger-Syndrom können Körperkontakt nur schwer ertragen, vor allem mit Fremden. Skylar hob also die Hand und winkte. »Hallo, Eddie.« Auch wie sie ihn ansprechen sollte, hatte Dr. Fenton ihr bereits gesagt. Da er als Kind ins Harmony House gekommen war, fühlte er sich auch jetzt noch wohler, wenn er mit »du« angesprochen wurde.

Eddie musterte sie eine Weile, wobei sein Gesicht – natürlich – ohne jeden Ausdruck blieb. Er schwieg.

»Ist alles in Ordnung, Eddie?«, erkundigte sich Dr. Fenton besorgt.

Ohne zu blinzeln, starrte der Patient seine neue Ärztin an. »Sie sind hübsch.«

»Vielen Dank.«

Fenton sah zu dem gerahmten Foto auf Eddies Schreibtisch, das seine Eltern zeigte. Skylars Ähnlichkeit mit Michelle Parks war unverkennbar. Und kein Zufall.

Eddie starrte sie immer noch an. »Hübsche Menschen bekommen das oft zu hören. Bekommen Sie das oft zu hören, Dr. Drummond?«

»Nein, eigentlich nicht.«

Eddie gab einen Ton von sich, der wie ein BUZZER bei einer Gameshow klang, wenn ein Teilnehmer eine falsche Antwort gab.

Fenton wandte sich an Skylar. »Eddie ist ein wandelnder Lügendetektor. Es ist sinnlos, in seiner Gegenwart etwas anderes als die Wahrheit zu sagen.« Er schwieg kurz, als wollte er »ja, tatsächlich« hinzufügen. »Sie werden sich daran gewöhnen.«

Bemüht, sich ihre Überraschung nicht anmerken zu lassen, sagte Skylar: »Ich freue mich, dich kennenzulernen.«

Kein BUZZER. Sie sprach die Wahrheit. »Danke«, antwortete er mechanisch. Ihm gefiel der Klang ihrer Stimme. Er war beruhigend. Warm. Er wiederholte seine Frage, was sie gefühlt habe, als er zum ersten Mal ihre Schritte hörte.

»Dr. Fenton hatte mich gerade eingestellt, und ich war glücklich.«

»War es ein Gefühl, als würden Sie für den Rest Ihres Lebens glücklich sein?« Eddie hoffte, die Antwort wäre ja.

»Na ja, vielleicht nicht für den Rest meines Lebens, aber ich wusste, dass ich in dem Moment glücklich bin und es wahrscheinlich auf unbestimmte Zeit bleiben würde.«

Eddie notierte sich ihre Worte in einem seiner Ordner, dann schien er nachzudenken. »Was würden Sie sagen, wie lange so eine unbestimmte Zeit dauert?«

Edward Parks war tatsächlich genau so, wie Dr. Fenton ihn beschrieben hatte. »Na ja, ich bin davon ausgegangen, dass sie bis mindestens zum Ende des Tages dauert.«

Offenbar zufrieden mit der Antwort, nickte Eddie. »Dr. Drummond, würden Sie nachher gern zu meinem Vortrag kommen?«

»Ja, das würde ich sehr gern, Eddie. Aber, bitte, nenn mich doch Skylar.«

»Er beginnt um Punkt neun Uhr, Skylar.«

»Dann werde ich pünktlich dort sein.«

Er sah sie emotionslos an. »Ich auch.«

Als sie Eddies Zimmer verließen, spiegelte Skylars Gesicht dasselbe Erstaunen, das jeder zeigte, nachdem er Eddie erlebt hatte. Dr. Fenton sah sie an. »Das war etwas Besonderes, das kann ich Ihnen versichern.«

»Was denn?«

»Dass er Sie zu seinem Vortrag eingeladen hat. Normalerweise braucht Eddie eine Weile, bis er sich mit jemandem wohl genug fühlt, um ihn in seine Arbeit einzuweihen.«

»Warum wollte er wissen, wie ich mich nach meiner Einstellung gefühlt habe?«

»Damit er es das nächste Mal zitieren kann, wenn ihn jemand fragt, wie er sich fühlt.«

»Aber er hatte mich doch gar nicht gesehen.«

»Das spielt keine Rolle. Er hat Sie gehört. So, wie er uns auch jetzt hören kann.« Sie waren mittlerweile mehr als fünfzehn Meter von Eddies Zimmertür entfernt.

Sie sah sich um. »Sie machen Witze.«

»Wenn sich die Gelegenheit ergibt, bitten Sie ihn, dieses Gespräch zu wiederholen. Eddie besitzt ein erstaunliches Hörvermögen.«

»Hängt das mit dem Asperger-Syndrom zusammen?«

Fenton nickte. »Dass einer der Sinne besonders stark ausgeprägt ist, ist bei Patienten mit Autismus-Spektrum-Störungen nicht ungewöhnlich. Wir sind der Meinung, dass diejenigen am niedrigfunktionalen Ende des Autismus-Spektrums ihre

Eindrücke nur nicht kommunizieren können, was bei ihnen das Gefühl von Überforderung und Frustration noch verstärkt. Das ist das Besondere an Eddie. Er kann es uns mitteilen.«

»Hört er besser als wir, oder kann er das, was wir auch hören, einfach nur besser verarbeiten?«

»Da sind wir uns, ehrlich gesagt, nicht sicher.«

Die Antwort überraschte sie. »Warum nicht?« Allmählich begriff sie, warum sie als Bestandteil ihres Vertrags eine siebzehnseitige Vertraulichkeitserklärung hatte unterschreiben müssen.

»Bei einer MRT hatte er einmal eine so schwere Panikattacke, dass er das Gerät zerstörte. Er kann keine Elektroden ertragen oder sonst irgendetwas, das wir an seinem Körper befestigen müssten, um verwertbare Daten zu erhalten.«

»Ich glaube, dabei kann ich helfen.«

»Das glaube ich auch. Ich möchte, dass Sie sich vor allem um Eddie kümmern. Er steht kurz vor einem Durchbruch.«

»Was für eine Art von Durchbruch?« Sie nahm an, er bezog sich auf Eddies neurologische Entwicklung.

»Nach seinem Vortrag werden Sie es wissen.«

Der Hall ihrer Schritte änderte sich, je näher sie und Fenton dem Ende des Gangs kamen. »Jetzt kann er uns aber nicht mehr hören, oder?«, fragte sie leise.

Fast dreißig Meter hinter ihnen streckte Eddie seinen Kopf durch die Tür, »Nach seinem Vortrag werden Sie es wissen.« Eddies Wiedergabe klang zwar eher wie eine männliche Version von Siri, war aber trotzdem beeindruckend. Danach schloss er die Tür wieder.

Während sie um die Ecke bogen, schüttelte Skylar den Kopf. »Erstaunlich.«

»Sie haben keine Vorstellung.«

Kapitel 12

Hay-Adams Hotel, Washington, D. C., 22. Mai, 8:30 Uhr

Wer ins *Lafayette* ging, gab damit ein Statement ab. Wie oft und an welchem Tisch jemand dort zu Abend aß, zeigte der Welt haargenau, wo diese Person im politischen System rangierte. Es war wie eine endlose Reise nach Jerusalem. Derjenige allerdings, der sich den privaten Nebenraum leisten konnte, erkaufte sich damit einen weiteren Vorzug: Man wurde im Restaurant gesehen, musste aber nicht in Kauf nehmen, beim Essen beobachtet zu werden. Was bedeutete, dass alle wahren Geschäfte, die im *Lafayette* verhandelt wurden, in diesem Nebenraum stattfanden.

Der Kellner begrüßte Corbin Davis, den Senator aus Indiana. »Willkommen zurück, Senator.«

»Danke, Antonio.«

Dezent korrigierte der Kellner: »Alfonso.«

»Alfonso, richtig.«

»Sie werden schon erwartet. Bitte folgen Sie mir.«

Während der Senator dem Kellner durch das Restaurant zum Nebenraum folgte, wechselte er hier und da ein paar Worte mit anderen Politikern und einflussreichen Lobbyisten.

Sein Frühstückspartner stand auf, als der Senator das Zimmer betrat. »Senator, ich freue mich sehr, Sie kennenzulernen. Bob Stenson.«

Davis schüttelte dem Mann kraftvoll die Hand. »Das Vergnügen ist ganz auf meiner Seite, Bob.« Er sah kurz zu Alfonso, der sich umgehend entschuldigte.

Davis war genau so gekleidet, wie es Stensons Recherche hatte vermuten lassen: dunkelblauer Nadelstreifenanzug, maßgeschneidert; eierschalenfarbenes Hemd, leicht gestärkt; Krawatte von Brooks Brothers, gelb; Manschettenknöpfe von Tiffany aus gebürstetem Platin; Uhr von Patek Philippe, antik. Irgendwann würde Stenson ihm sagen, dass die Uhr eine schlechte Wahl war, selbst wenn es das Hochzeitsgeschenk seines Schwiegervaters wäre, aber das hatte noch Zeit. »Bitte, setzen Sie sich.« Die beiden nahmen am Tisch Platz. »Ich habe Ihnen einen doppelten Cappuccino mit fettarmer Milch bestellt. So trinken Sie Ihren Kaffee doch, oder?«

»Stimmt.« Davis nahm einen Schluck. »Sie haben Ihre Hausaufgaben gemacht.«

Stenson unterdrückte ein Schmunzeln. »Das habe ich.« Ungefähr die letzten fünfzehn Jahre lang.

»Fünfzigtausend Dollar sind eine Menge Geld, Stenson. Es ist ziemlich ungewöhnlich, einen so hohen Betrag ohne großes Tamtam zu spenden.«

»Wir geben nicht viel auf Tamtam oder sonstige Art von Publicity.«

Der Senator nickte, während er den anderen musterte. »Meine Recherchen haben ergeben, dass die *American Heritage Foundation* durchaus nicht unbekannt ist, dass aber niemand genau weiß, was sie macht.« Ungerührt erwiderte Stenson seinen Blick. »Abgesehen davon, dass jeder Kandidat, den sie in den letzten zwanzig Jahren unterstützte, gewonnen hat.«

Stensons Miene blieb weiterhin ausdruckslos. »Wir sind äußerst wählerisch.«

»Ich nehme an, ich sollte mich geschmeichelt fühlen.«

»Das kommt darauf an.« Stenson trank einen Schluck Wasser.

»Worauf?«

»Ob Sie der nächste Präsident der Vereinigten Staaten werden wollen.« Er sah dem perfekt gebräunten Mann direkt in die Augen.

Davis wusste, dass das kein Scherz war. Seine nächsten Worte wären vermutlich die wichtigsten seiner gesamten politischen Laufbahn. »Das will ich sogar sehr.«

Stenson nippte erneut an seinem Wasser. »Das können wir arrangieren.«

Von jedem anderen wäre diese Aussage lächerlich vermessen gewesen. Von Stenson klang sie absolut glaubwürdig. »Angesichts Ihrer Erfolgsstatistik werde ich das nicht anzweifeln.«

»Möchten Sie unsere Unterstützung?« Stenson blinzelte nicht. Er behielt sein Ziel fest im Blick.

»Warum sollte ich sie ablehnen?«

»Wir sind das, was die Leute altmodisch nennen. Wir verlangen absolutes Vertrauen. Und absolute Diskretion.«

»Ich habe noch nie im Leben einen Freund hintergangen.«

»Sonst würde ich auch nicht mit Ihnen frühstücken.« Stenson schob einen braunen Umschlag über den Tisch.

»Was ist das?«

»Wir müssen wissen, ob wir etwas übersehen haben.«

Davis öffnete den Umschlag und zog einen Stapel Unterlagen heraus, darunter Nachweise über Bestechungsgelder in Höhe von 175.000 Dollar von einem Gewerkschaftsvertreter im Jahr 2005, über Davis' aktuelle Affäre mit einer dreiundzwanzigjährigen Mitarbeiterin sowie über seine kurzzeitige

Festnahme wegen Alkohols am Steuer im Jahr 2013, deren Spuren er mit beträchtlichen Summen hatte tilgen lassen. Jeder Vorfall war ausführlich mit Fotos, Schriftverkehr und weiteren Belegen dokumentiert.

Sie wussten alles.

Der Senator wurde blass. Er fröstelte. Diese Unterlagen sollten überhaupt nicht existieren. »Wo zum Teufel haben Sie das alles her?«

»Das ist nicht wichtig. Wichtig ist, dass wir alles wissen. Ohne Ihre vollständige Offenheit können wir Sie nicht schützen.« Stenson nippte an seinem Wasser. »Gibt es irgendetwas, das wir übersehen haben?«

»Ich … ich denke nicht.« Davis konnte gerade keinen klaren Gedanken fassen. In seinem Kopf wirbelten nur Fragen. *Wie konnten sie das alles wissen? Wie sind sie an all die Nachweise gekommen?*

Mein Gott, wer sind diese Leute?

Stenson wirkte in keiner Weise bedrohlich. »Wenn Ihnen später noch etwas einfällt, zögern Sie nicht, uns zu informieren.« Er legte ein Kryptohandy auf den Tisch. Es war dasselbe Modell, mit dem Henry Townsend in der Nacht seiner Ermordung mit Stenson telefoniert hatte, nur dass dieses brandneu war. »Führen Sie das hier immer bei sich. Um uns zu erreichen, drücken Sie die Eins. Wählen Sie mit diesem Gerät unter keinen Umständen irgendeine andere Nummer.«

Wie gebannt starrte Davis noch immer auf die Unterlagen. »Und Sie können sicherstellen, dass nichts davon mich irgendwann wieder einholen wird?«

»Ja.«

»Darf ich fragen, wie?«

Stenson trank einen Schluck und schwieg. Die Antwort lautete natürlich nein. »Dieses Handy wird das vornehmliche

Mittel unserer Kontaktaufnahme mit Ihnen sein. Wenn wir Sie anrufen, erwarten wir, dass Sie drangehen.«

»Das scheint mir nicht zu viel verlangt.« Er musterte das Handy und schob es in die Tasche, als ein Kellner kam, um ihre Bestellung entgegenzunehmen. Stenson bestellte den Porridge, Davis die Eggs Florentine mit über Apfelholz geräuchertem Schinken zu achtzehn Dollar, genau wie es die Detailrecherche der Stiftung vorausgesagt hatte.

Stenson wartete, bis der Kellner den Raum verlassen hatte. »Senator, wir möchten Sie um einen kleinen Gefallen bitten.«

Seit dem Betreten des Raumes hatte Davis darauf gewartet zu erfahren, was genau ihn dieses Frühstück wohl kosten würde. »Was kann ich für Sie tun?«

»Auf der jährlichen Budgetkonferenz des SSCI ist ein Punkt der Tagesordnung für uns von besonderem Interesse.«

Kapitel 13

Aufenthaltsraum des Harmony House, Woodbury, 22. Mai, 9:15 Uhr

Bis Eddie seine Gleichungen vervollständigt hatte, vergingen fünfzehn Minuten. Dann wandte er sich von der Tafel ab und ließ seinen Blick über die anwesenden Patienten schweifen. »Guten Morgen.« Alle sahen ihn erwartungsvoll an. Auch der Mann, dem ein Speichelfaden aus dem Mund lief. Eddie räusperte sich, atmete tief durch und begann: »Materie kann weder erschaffen noch zerstört werden, aber sie kann von einer Zustandsform in eine andere umgewandelt werden.«

Sein Vortrag war langsam, methodisch und überraschend dramatisch. *Als würde er sich selbst in eine andere Zustandsform umwandeln,* dachte Skylar. Als sei irgendetwas in seinem Inneren angeknipst worden. Er imitierte nicht nur, er verlieh sich selbst Ausdruck. Was bedeutete, dass er dazu fähig war. Auf Skylars mentaler Prioritätenliste rückte das Ergründen des dazugehörigen Auslösers gerade an erste Stelle.

Eddie stellte sich neben einen Plattenspieler, der ebenso alt war wie er selbst. Selbstbewusst sah er zu seinem Publikum, dann hob er den Tonarm und schaltete dadurch das Gerät ein.

Die Vinylscheibe auf dem Plattenteller begann sich zu drehen und beschleunigte kontinuierlich, bis sie konstante 33 ⅓ Umdrehungen pro Minute erreichte.

Behutsam setzte Eddie die Nadel auf das äußerste Ende der Rille. Was erklang, war Schuberts Impromptu D.935, gespielt von Wilhelm Kempff – für Eddie eines der schönsten Klavierstücke der Welt, präsentiert von einem der besten Schubert-Interpreten der Welt.

Eddie schloss die Augen, um ganz in dem Gefühl zu schwelgen, das von ihm Besitz ergriff. Die anderen beobachteten ihn neidisch und wünschten, sie könnten auch nur einen Teil dessen erfassen, was er gerade hörte. Er wackelte mit dem rechten Zeigefinger in schnellen Bewegungen auf und ab und dann hin und her. »Die Nadel des Tonabnehmers schwingt gleichzeitig in vertikaler sowie horizontaler Richtung, und diese Schwingungen werden in elektrische Spannung umgewandelt, die wiederum tontechnisch verarbeitet und an die Lautsprecher weitergeleitet wird.« Er deutete auf die Lautsprecherboxen rechts und links neben sich. »Mechanische Bewegung wird also in elektrische Energie umgewandelt und diese wiederum in akustische.«

Nach einer Weile hob er den Tonarm von der Schallplatte, und die Musik brach ab. »Wenn sie aber nicht mehr zu hören ist, wo geht diese Energie dann hin?« Wie ein erfahrener Showmaster blickte er nacheinander auf die einzelnen Zuhörer. »Ha! Falsche Frage, oder? Wir wissen ja, dass sie hier ist. Wir wissen es ganz genau …« Er sah in eine Ecke, dann in eine andere. Er hob einen Papierkorb hoch, dann spähte er hinter das Whiteboard.

Es herrschte STILLE im Raum. Nun gut, in Anbetracht der Leuchtstoffröhren, Heizlüfter und anderen störenden Geräte, die Eddie geflissentlich zu ignorieren versuchte, war es immerhin die Annäherung an Stille. Er fuhr fort: »Die Frage lautet also: In welcher Form?«

Skylar machte große Augen, als Eddie auf den Prototyp seiner Echo-Box zuging, die jetzt an einen etwas klobig aussehenden Laptop angeschlossen war. Auf Knopfdruck öffneten sich die Seiten der Box, und zum Vorschein kamen acht zweieinhalb Zentimeter große, unterschiedlich ausgerichtete Parabolmikrofone. Jedes einzelne hatte zwanzigtausend Dollar gekostet. Als Eddie etwas in den Laptop tippte, erwachten die kleinen Hohlspiegel zum Leben und führten einen hübsch anzusehenden synchronisierten Tanz aus, um den Raum akustisch abzutasten.

Die Bewegungen waren hypnotisierend. Ihre Programmierung hatte neun Monate gedauert, während derer Eddie sein Zimmer so gut wie nie verlassen hatte. Alle aus dem Team hatten sich damals Sorgen um Eddie gemacht, bis auf Dr. Fenton, der ihnen versichert hatte, er werde nicht zulassen, dass irgendeinem ihrer Patienten ein Leid geschähe, vor allem nicht Eddie.

Allerdings war das eine Lüge gewesen, die Eddie, wäre sie ihm zu Ohren gekommen, sofort als solche erkannt hätte. Weshalb Dr. Fenton diesen Satz noch nie in seiner Gegenwart geäußert hatte.

Alle im Raum starrten wie gebannt auf die Echo-Box, nur Schwester Gloria ging mit langsamen Schritten auf Eddie zu.

»Theorien über das Einfangen und Rekonstruieren von Schallwellen, sogenannte ›akustische Archäologie‹, bestehen seit 1969. Allerdings standen uns bislang keine ausreichend empfindlichen Geräte zur Verfügung, um einen Raum akustisch abzutasten, oder die notwendigen Algorithmen, um die ursprünglichen Schallwellen zu rekonstruieren.« Er machte eine bedeutungsvolle Pause. »Bis jetzt.«

Wer den Rechner etwas genauer betrachtete, konnte erkennen, dass er keiner der gängigen Marken angehörte. Das lag daran, dass dieses Gerät nicht im allgemeinen Handel zu erwerben war. Es war ein tragbarer Supercomputer, einer von wenigen Exemplaren auf der ganzen Welt. Mit einer Prozessorleistung von 17,2 PFLOPS (Petaflops oder einer Billiarde Gleitkommaoperationen pro Sekunde) hätte dieser Rechner auf der alle zwei Jahre von der *International Supercomputing Conference* erstellten Liste der fünfhundert schnellsten Hochleistungsrechner der Welt stehen können, wenn die Regierung seine Existenz öffentlich gemacht hätte. Diese Leistung erbrachten weniger als ein Dutzend Laptops auf der ganzen Welt, und das Ding kostete über drei Millionen Dollar – was Eddie nicht das Geringste bedeutete, da er in seinem ganzen Leben noch nie mit Geld zu tun gehabt hatte. Als er klein war, hatte ihm sein Vater nie erlaubt, etwas zu kaufen, und die Bewohner des Harmony House brauchten kein eigenes Geld. Sie durften die Einrichtung nicht verlassen, weshalb ihnen nie jemand etwas über Geld und dessen Sinn und Zweck erzählt hatte.

Unterdessen steuerte Gloria weiter auf ihn zu.

»Während eine Schallwelle in Richtung Unendlichkeit immer schwächer wird, behält sie trotzdem die ihr eigene Charakteristik bei, was uns erlaubt, ihr Original zu rekonstruieren – so wie wir aus einem noch so kleinen Knochenfragment auch wieder ein Mastodon rekonstruieren können.« Eddie hatte von dem erst kürzlich erfolgten Nachweis von Gravitationswellen gelesen, erfasst durch je zwei Laser-Interferometer von fast vier Kilometern Länge. Das gemessene Ergebnis war kleiner als ein Trilliardstel, ein geradezu unvorstellbarer Empfindlichkeitsgrad, weshalb Einstein damals auch überzeugt gewesen war, dass niemand seine 1916 entwickelte Relativitätstheorie je würde beweisen können. Tja, es hatte nur hundert Jahre gedauert. Im Vergleich dazu war Eddies wissenschaftlicher Glaubenssprung nur ein kleiner Hopser. Er war absolut sicher, dass der Beweis seiner Theorie in genau jenem

Moment verfügbar wäre, da er den Befehl »Rekonstruieren« in seinen Laptop eingab. Allerdings schwieg das Gerät erst eine ganze Weile, und dann ertönte ein grauenhaft schrilles KREISCHEN.

Eddie zuckte zusammen und klappte den Rechner zu. Dann schrie er aus Leibeskräften: *»… sobald ich die richtigen Gleichungen gefunden habe!«*, und bekam einen Anfall.

Er verpasste sich selbst eine KLATSCHENDE Ohrfeige. Einmal. Zweimal. Dann griff er wahllos nach einem scharfen Gegenstand, um die Verletzung zu verstärken. Schwester Gloria sprang auf ihn zu und hielt ihn fest. Mit fuchtelnden Armen schlug er ihr mehrere Male ins Gesicht und zog sie an den Haaren, aber sie ließ ihn nicht los, sondern biss die Zähne zusammen und hielt ihn weiter fest umklammert. »Ruhig, Eddie. Beruhige dich.« Er hyperventilierte und war kurz davor, das Bewusstsein zu verlieren.

Die anderen Patienten reagierten ebenfalls. Die scheue Frau mit dem Harvard-Pulli in der ersten Reihe begann zu wimmern. Der beleibte Dartmouth-Mann, der hinten gesessen hatte, raufte sich die Haare und rannte aus dem Zimmer. Stanford, Princeton, Northwestern und alle anderen schrien oder weinten und stammelten zusammenhanglose Wörter.

Mit einer Stimme, die laut genug war, um die Kakofonie zu übertönen, jedoch ohne weitere Panik auszulösen, rief Schwester Gloria: »Das war's für heute. Bitte kehren Sie auf Ihre Zimmer zurück.«

Mittlerweile war Verstärkung eingetroffen, und zwar so schnell, dass man meinen könnte, dieser Vorfall wäre absehbar gewesen. Und das war er natürlich auch. Alle aus dem Team wussten genau, was sie zu tun hatten, und bewegten sich mit äußerster Präzision. Es war beeindruckend.

Skylar ging zu Schwester Gloria, die Eddie immer noch festhielt und langsam zu Boden brachte. Die Schwester sah zu

Skylar hoch. »Tun Sie uns allen bitte einen Gefallen. Bevor Sie sie als Genies ansehen, betrachten Sie sie lieber als Kinder, denn das sind sie.«

»Woran haben Sie erkannt, was passieren würde?«

Die erfahrene Schwester konnte über die junge Ärztin nur den Kopf schütteln. Trotz ihrer Ausbildung erkannte sie nicht das Offensichtliche. »Ich habe nichts ›erkannt‹, Dr. Drummond. Das passiert jedes Mal an genau demselben Punkt seines Vortrags.«

»Jedes Mal?«

»Seit seinem allerersten Vortrag.«

Kapitel 14

Eddies Elternhaus, Philadelphia, Pennsylvania, 9. April 2001, 16:00 Uhr

Eddie war elf Jahre, zwei Monate, sieben Tage und acht Stunden alt, als sein Vater den Umschlag mit der Informationsbroschüre aus dem Briefkasten nahm und ins Haus brachte. »Was zum Teufel ist das Harmony House?«, murmelte er mit einem Akzent, der eindeutig Philadelphia zugeordnet werden konnte. Sie bewohnten ein kleines, aber sauberes und für einen einfachen Elektriker durchaus respektables Haus im Süden der Stadt.

»Ich weiß nicht, was das Harmony House ist«, erwiderte Eddie. Er sprach vollkommen akzentfrei.

Victor Parks erhielt selten derart amtlich aussehende Briefe, abgesehen von denen, die er sofort als unerwünscht einstufte, etwa von der Steuerbehörde oder irgendeinem blöden Anwalt. »Sei still, Eddie. Ich hab nicht mit dir geredet.«

»Mit wem dann? Ich bin doch der Einzige hier außer dir.«

Victor starrte seinen Sohn an. »Weißt du nicht mehr, dass ich dir gesagt habe, dass es Momente gibt, in denen du einfach still sein sollst?«

»Doch.«

»Dies ist so ein Moment.«

Eddie widmete sich wieder dem Computer, den er auseinandergenommen hatte und dessen Einzelteile jetzt auf dem Küchentisch verstreut lagen.

Victor ging an ihm vorbei, betrachtete wieder den Umschlag und sah dann zum Tisch. »Du kannst das aber alles wieder zusammensetzen, oder?«

Eddie schwieg.

Victor wiederholte seine Frage etwas lauter.

Eddie schwieg noch immer.

»Das kannst du doch, verdammt noch mal, oder? Warum sagst du nichts?«

»Ich dachte, dies sei einer der Momente, in denen ich still sein soll.«

»Beantworte meine Frage!«, brüllte Victor.

»Ja, ich kann das alles wieder zusammensetzen!«, brüllte Eddie zurück.

Victor schüttelte den Kopf und ging ins Wohnzimmer, wo er den Umschlag öffnete und die Broschüre über das Harmony House mit dem beiliegenden, an ihn persönlich adressierten Brief herausholte: *Sehr geehrter Mr. Parks, das Harmony House ist eine von der Regierung finanzierte Einrichtung, die Ihrem Sohn Edward eine speziell auf ihn zugeschnittene Unterstützung bieten kann …*

Je mehr Victor las, desto aufmerksamer wurde er. Eddie hörte, wie sich die Atmung seines Vaters beschleunigte, so wie sie es auch tat, wenn er im Fernsehen ein Footballspiel mit den Eagles anschaute. Im Harmony House würden Menschen mit besonderen Bedürfnissen, also Menschen wie Eddie, gut versorgt und auf eine Weise gefördert werden wie sonst nirgends, stand dort.

Und das Beste wäre, dass es Victor keinen Cent kosten würde.

Die meisten Menschen, die einen Lotteriegewinn erhalten, fragen nicht danach, warum ausgerechnet sie ihn bekommen haben. Dasselbe galt für Eltern, die eine Broschüre des Harmony House erhielten.

Fünf Tage später packte Eddie seinen mit Teenage Mutant Ninjas bedruckten Koffer und stieg zu seinem Vater ins Auto. »Es ist nur zu deinem Besten«, sagte Victor auf der Fahrt von Philadelphia nach Woodbury. »Das sind Menschen, die dir viel besser helfen können als ich. Es ist ja nicht so, dass ich es nicht will, das musst du mir glauben.«

Eddie nickte, obwohl er mit Sicherheit wusste, dass sein Vater log. Er verstand nicht, warum Menschen manchmal die Wahrheit sagten und manchmal nicht. Er wusste nur, dass es so war. Später würde Dr. Fenton ihm versichern, dass er der beste menschliche Lügendetektor sei, der je getestet wurde.

Nach der letzten Ausfahrt Richtung Woodbury sagte Victor: »Die wollen dir sogar bei deinen Experimenten helfen, und du weißt, dass ich dazu nie in der Lage wäre.« Zumindest diese Aussage war korrekt. Der Grund, aus dem sie Eddie helfen wollten, war allerdings ein ganz spezieller.

Während sie die lange Auffahrt zum Harmony House entlangfuhren, sah Eddie aus dem Fenster des VW Käfer und registrierte den zwei Meter fünfzig hohen Stacheldrahtzaun, der das Gelände umgab. Der Großteil davon war jedoch hinter Büschen und Bäumen verborgen, die am Rand der weitläufigen, gepflegten Rasenflächen und Blumenbeete standen. Am Tor begrüßte sie ein Wachmann, der ihre Namen bereits kannte. Sie wurden erwartet. Victor wunderte sich, wie schlecht die Einrichtung ausgeschildert war, als würde man verhindern wollen, dass jemand zufällig auf sie aufmerksam wurde.

»Gibt es da auch Eis und heiß?« Eddie verzog das Gesicht zu einem verkrampften Lächeln. Er konnte sein Lieblingsessen nicht erwähnen, ohne merkwürdig zu grinsen, was die einzige Art von Lächeln war, die er zustande brachte. Eis mit heißer Heidelbeersoße oder anderes Essen mit violetter Farbe lösten allerdings genau das Gegenteil aus. Aber »Eis und heiß« war das Einzige, was er genauso gern sagte wie aß. Denn Eddies Frage war gleichzeitig die Einladung zu dem einzigen Spiel, das er und sein Vater zusammen spielen konnten. Das Reimspiel.

»Ich sag es dir leis', sobald ich es weiß. Aber, äh … zur Not gibt's sicher Brot.«

»Und wenn sie mich nicht verstehen, dann kann ich einfach gehen?«

Victor musste sich anstrengen, um eine gereimte Antwort zu finden. »Nein, du musst dortbleiben – du kannst mir aber schreiben.«

»Dann bin ich also eingesperrt? Und auch Kaution wird mir verwehrt?«

»Nein, Eddie, so darfst du das nicht sehen.«

Triumphierend riss Eddie die Arme hoch, weil sein Vater nicht mehr gereimt hatte. »Sieger – und noch immer Champion!« Diesen Satz hatte er vom professionellen Wrestling im Fernsehen gelernt. Eddie spielte gern. Er wünschte, sein Vater würde mehr mit ihm spielen, aber Victor schien andere Spiele nicht zu mögen, also gab Eddie sich mit dem Reimspiel zufrieden.

»Eis und heiß.« Als Eddie aus dem Auto stieg und das Gelände des Harmony House zum ersten Mal betrat, schwand sein Lächeln nach und nach. Er schloss die Augen und verharrte vollkommen reglos, während er den Kopf von einer Seite zur anderen drehte. Victor wusste, dass es besser war, erst einmal nicht auszusteigen und auch nichts zu fragen, bevor sein Sohn gesprochen hätte.

Eddie gefiel, was er hörte, denn das war so gut wie nichts. Keine vorbeifahrenden Züge. Kein Autobahnrauschen. Nur Blätter, die im Wind RASCHELTEN. Irgendwo in der Ferne BELLTE ein Hund. Es war ein Rottweiler. Und er war alt. Das konnte Eddie erkennen, weil seine Großeltern auf ihrer kleinen Farm in Saylan Hills ebenfalls einen Hund hatten.

Auf ihrer Farm bauten sie unter anderem auch Auberginen an, und Eddie konnte nicht umhin, bei jedem Besuch seine Einstellung gegenüber lila Essen zu verkünden. Es schien ihnen nicht besonders zu gefallen, was vielleicht erklärte, warum sie Nein sagten, als Victor vor ein paar Jahren gefragt hatte, ob sie Eddie zu sich nehmen könnten.

Endlich öffnete Eddie die Augen und sah seinen Vater an. »Okay.«

»Okay was?«

»Okay, ich kann hierbleiben.«

Mit einladendem Lächeln trat Dr. Marcus Fenton auf sie zu. »Willkommen im Harmony House, Edward. Ich bin Dr. Marcus Fenton.«

Eddie sah zu Boden. »Ich mag nicht gern Edward genannt werden.«

»Wie soll ich dich denn dann nennen?«

»Eddie.«

»Also gut, dann werde ich dich Eddie nennen.«

Sein freundlicher Tonfall ließ Eddie jeglichen Widerstand vergessen. Er versuchte nicht nur zu lächeln, sondern sah dem Arzt sogar kurz in die Augen. Dabei fühlte er sich nicht so unwohl wie bei den meisten anderen Leuten. Eddie nahm sich vor, später zu fragen, warum das so war.

»Ich möchte gern der Erste sein, der dich hier in deinem neuen Zuhause begrüßt.«

»Warum möchten Sie der Erste sein?«

»Weil ich mich schon lange auf deine Ankunft gefreut habe.«

»Wie lange?«

»Seit Dr. Tuffli mir zum ersten Mal von dir geschrieben hat, vor ein paar Monaten.«

»Was hat er geschrieben?«

»Dass du ein außergewöhnlicher junger Mann bist.«

»Haben Sie mich deshalb eingeladen, hier zu wohnen?«

»Wir haben dich hierher eingeladen, weil wir glauben, dass es der beste Ort für dich ist.« Fenton sah seinen neuen Patienten unverwandt an. »Eddie, möchtest du dich in deinem neuen Zuhause umsehen?«

Eddie nickte. »Mein Vater kann mitkommen.«

Fenton zeigte ihnen sein Büro, den Schulhof, die Cafeteria, den Aufenthaltsraum, die Krankenstube und jeden anderen gemeinschaftlich genutzten Raum der Einrichtung. Überall schloss Eddie die Augen, blieb reglos stehen und drehte den Kopf von einer Seite zur anderen. Victor wurde mit jedem Mal ungeduldiger, aber Fenton vermittelte den Eindruck, als hätte er alle Zeit der Welt. Er verstand Eddie besser als sein eigener Vater und wusste, dass der Junge Zeit brauchte, um jeden Raum auf die ihm eigene Art zu erkunden.

Als sie schließlich Zimmer 237 erreichten, an dem bereits der Name *Edward Parks* auf einem Schild stand, atmete Victor erleichtert auf. Erst jetzt konnte er endgültig glauben, dass die Einladung ernst gemeint gewesen war. Sie betraten das standardisierte Patientenzimmer. Nachdem Eddie seinen Kopf hin und her gedreht hatte, sagte er zu Dr. Fenton: »Hier kann ich auf keinen Fall wohnen.«

»Sei still, Eddie«, platzte Victor heraus.

»Warum nicht?«

»Zu hart. Die Wände. Die Decke. Die Oberflächen sind zu hart.«

»Ich verstehe.« Fenton sah sich um. Das ganze Gebäude war aus Betonblöcken gebaut. Er hätte es voraussehen müssen.

Schlagartig sank Eddies Laune. »Harte Oberflächen erzeugen Hall. Hören Sie das nicht?« Er drehte wieder den Kopf und lauschte dem Hall, den nur er hören konnte. »Ich kriege Kopfweh.«

Dr. Fenton versuchte, Eddies Bedenken zu zerstreuen. »Nein, Eddie, ich höre keinen Hall.«

»Ich würde mich in diesem Raum nicht wohlfühlen.«

Victor verlor die Geduld. »Eddie, verdammt noch mal …«

Sofort unterbrach ihn der Arzt. »Vielleicht könnten Vorhänge helfen.«

Eddie dachte kurz nach. »Ja, Vorhänge könnten helfen.«

»Ich lasse sofort welche anbringen.«

»Wirklich?« Victor traute seinen Ohren nicht.

»Wirklich. Eddie, hast du eine Lieblingsfarbe?«

»Rot, Gelb, Blau, Grün und Orange. In dieser Reihenfolge. Rot mag ich am liebsten. Aber kein Lila. Lila auf gar keinen Fall.«

»Rot, Gelb, Blau, Grün, Orange, kein Lila. Verstanden.«

»Ich muss doch auch kein lila Essen essen, oder?«

»Nein, Eddie. Du musst überhaupt nichts essen, was du nicht magst.«

»Ich mag kein lila Essen. Ich mag keine Pflaumen, ich mag keine Auberginen, ich mag keine Brombeeren, und ich mag keine lila Trauben. Auch wenn man sie ›rot‹ nennt. Grüne Trauben sind okay, auch wenn es komisch ist, dass man sie ›weiß‹ nennt. Aber lila Trauben nicht. Die sehen wie Prellungen aus, und Prellungen tun weh. Lila Essen erinnert mich an Prellungen.«

»Ich verspreche dir, dass dich niemand hier zwingen wird, lila Essen zu essen.« Und das entsprach der Wahrheit. Der menschliche Lügendetektor konnte es bestätigen. Der älteste

Arzt des Harmony House entschuldigte sich, um das Aufhängen der nicht lilafarbenen Vorhänge in Auftrag zu geben, die Eddie später zu den Schalldämmplatten inspirieren würden.

»Vergiss nicht, dass ich dich lieb habe und immer lieb haben werde« waren Victors letzte Worte an seinen Sohn, bevor er ging. Eddie nickte. Automatisch wiederholte er den Satz. In Stimmlage und Betonung war er allerdings weit vom Original entfernt.

Sein Vater drehte sich noch einmal um, und Eddie hörte, dass er weinte, während er sich auf den kalten Linoleumfliesen, die Eddie bald so vertraut sein würden, Schritt für Schritt von ihm entfernte. Es war das letzte Mal, dass er seinen Vater sah.

Victor schlug die Hände vors Gesicht und ging zu seinem Wagen.

Für Michael Barnes, der zu jener Zeit als freier Mitarbeiter im Harmony House arbeitete, war der Anblick weinender Eltern keine Überraschung mehr. Ungerührt beobachtete er, wie Victor Parks ins Auto stieg und sein einziges Kind zurückließ. Szenen wie diese hatte Barnes schon etliche Male erlebt.

Allerdings überraschte ihn, dass keiner der Eltern ahnte, was genau hier passierte. Die Kinder wurden zum Schutz nationaler Interessen hergebracht und um der Regierung Geld zu sparen. Es war kostengünstiger, potenzielle Sicherheitsrisiken wie Eddie in Einrichtungen wie dem Harmony House zu verwahren, als sie draußen in der realen Welt überwachen zu lassen, wo sie so schlecht für ihr eigenes Überleben ausgestattet waren, geschweige denn sich selbst schützen konnten.

Die Talentabwanderung aus Nazideutschland und dem übrigen Europa hatte den Vereinigten Staaten die Atombombe beschert und den Traum von arischer Überlegenheit zunichtegemacht. Nun ja, das und die Entführung hochkarätiger deutscher Atomphysiker, die gezwungen wurden, ihre Arbeit nicht für die Herren-, sondern für eine Rasse aus Mischlingen zu vollenden. Während des Manhattan-Projekts sagte Robert Oppenheimer einmal, die größte Bedrohung der nationalen Sicherheit seien die Geheimnisse in den Köpfen seiner Mitarbeiter, wenn sie abends nach Hause gingen.

Wenn das wirklich stimmte, hatte Dr. Marcus Fenton eines schicksalhaften Sonntagnachmittags dem damaligen Präsidenten Ronald Reagan im Oval Office gesagt, dann bestehe die größte Bedrohung der modernen Welt in den Köpfen der »kleinen Professoren«. Auch wenn die Mehrzahl von ihnen zu abgehoben sei, um irgendjemandem zu nützen, gebe es dennoch die eine oder andere Nadel im Heuhaufen, und die USA könnten nicht riskieren, sie an eine andere Macht zu verlieren. An jenem Frühlingstag im Jahr 1987 brauchte Reagan nur dreizehn Minuten, um ein zehnjähriges, hoch dotiertes Förderprojekt zu bewilligen.

Kapitel 15

Eddies Zimmer, Harmony House, 22. Mai, 11:47 Uhr

Eddie saß mit gesenktem Kopf auf dem Bett und hielt die zerknitterte Broschüre umklammert. Dort, wo er sich geohrfeigt hatte, glühte seine Wange immer noch rot. Er erkannte Skylar an ihren Schritten, noch ehe sie dreimal KLOPFTE. Behutsam schwang sie die Tür auf und setzte sich neben ihn auf die Batman-Decke, die sie an die Bettwäsche ihres Bruders erinnerte, nur dass Christopher Raketen geliebt hatte. Skylar sprach über eine Minute lang kein Wort. Das hatte sie bei ihrem Bruder gelernt, als er noch klein gewesen war – da hatte sie stundenlang einfach bei ihm gesessen und geschwiegen. Sie war der einzige Mensch auf der Welt, der einfach nur bei ihm sein wollte. Irgendwann schien er das zu begreifen und schaffte es, sich ihr zu öffnen. Sie konnte nur hoffen, dass es bei Eddie genauso funktionieren würde.

Es funktionierte überraschend schnell, denn Eddie wurde neugierig. Die anderen Ärzte, die zu ihm aufs Zimmer kamen, fingen normalerweise sofort zu reden an und stellten ihm alle möglichen Fragen. Eddie mochte das nicht, vor allem nicht bei denen, deren Stimme er unangenehm fand. Skylar fiel nicht in diese Kategorie. Sie war anders. »Dr. Drummond, warum sitzen Sie einfach nur da?«

Sie machte keine Anstalten, ihn anzusehen. Sie sah einfach zu Boden, genau wie er. Die Hände hielt sie gefaltet auf dem Schoß. »Tatsächlich tue ich viel mehr als nur dasitzen.«

»Was tun Sie denn sonst noch?« Er sah sie von der Seite an, und Skylar wusste, dass allein das schon ein Sieg war. Eddie musterte sie von oben bis unten. Soweit er es erkennen konnte, tat sie nichts anderes, und das verwirrte ihn.

»Zum einen kommuniziere ich gerade nonverbal mit dir.«

»Was kommunizieren Sie nonverbal?«

»Dass du mir wichtig bist und wissen sollst, dass ich für dich da bin.«

»Wie kommunizieren Sie das?«

»Indem ich schweige.« Sie schmunzelte ein kleines bisschen, so wie ein Katzenbesitzer, der seiner neuen Katze zum ersten Mal ein Wollknäuel zeigt, aber es noch außer Reichweite hält.

Eddie war verblüfft. »Das verstehe ich nicht.«

»Ich versuche, dir ohne Worte zu vermitteln, dass du dich bei mir sicher fühlen kannst. Kennst du die Redensart ›Taten sagen mehr als …‹«

Er unterbrach sie. »Will jeder, der sich neben mich setzt, mir vermitteln, dass ich bei ihm sicher bin?«

»Ganz bestimmt nicht.«

»Wie weiß ich dann, was jemand nonverbal kommuniziert, wenn er sich neben mich setzt?«

»Das möchte ich dir gern beibringen.«

Eddie blinzelte einige Male, während er die Information verarbeitete. »Dr. Drummond, warum benutzen Sie nicht einfach Wörter, damit ich mich bei Ihnen sicher fühle? Das wäre doch viel einfacher.«

»Es wäre aber auch weniger einprägsam. Sag mir mal, wie viele Menschen dir bisher erzählt haben, dass du bei ihnen sicher bist?«

»Die genaue Anzahl kenne ich nicht, aber ich schätze, es waren mindestens siebenundzwanzig.«

»Ich will nicht nur die achtundzwanzigste Person sein. Ich will anders sein. Um mich von den anderen zu unterscheiden.«

Eddie dachte einen Moment darüber nach. »Sie wollen mir also Sicherheit vermitteln, und Sie wollen mir zeigen, dass Sie anders sind als andere.«

»Ja.«

»Sie haben recht. Das ist viel mehr, als nur neben mir zu sitzen.«

Skylar lächelte und staunte dann über die unglaubliche Stille in Zimmer 237. »Es ist wirklich still hier drin.«

»Ich mag keine Geräusche.« Er sah aus dem Fenster auf die verlassenen Zweige. Es war kein einziger Vogel zu entdecken.

»Geht es dir gut, Eddie?«

Er sah weiter aus dem Fenster. Er wusste nicht, wie er die Frage korrekt beantworten sollte, also schwieg er.

»Ich meine, wegen dem, was vorhin passiert ist … bei deinem Vortrag.«

Er nickte und tat so, als würde er erst jetzt verstehen, was sie meinte. Ohne sichtbare Gefühlsregung überlegte er, welche seiner auswendig gelernten Antworten er geben sollte. »Ja, es geht mir gut.« Er schrieb etwas in sein Buch der Fragen.

Skylar imitierte sein BUZZER-Geräusch, woraufhin er innehielt und sie überrascht ansah.

»Warum haben Sie das gemacht?«

»Das ist das Geräusch, das du machst, wenn du denkst, dass jemand nicht die Wahrheit sagt, oder?«

»Ja, aber das soll ich nicht. Hat Dr. Fenton gesagt.«

Aus dramaturgischen Gründen schwieg sie einen Moment, bevor sie antwortete. »Ich finde es in Ordnung.«

Er wirkte überrascht. »Ja?«

»Jeder von uns hat seine eigene Art der Kommunikation, die ja ein Teil von uns ist. Ich zum Beispiel sitze manchmal gern neben jemandem und sage nichts. Du machst manchmal ein Buzzer-Geräusch, wenn du glaubst, jemand sagt nicht die Wahrheit.«

Eddie nickte, froh darüber, dass er mit der neuen Ärztin etwas gemeinsam hatte. Zumindest hatte sie es so ausgedrückt. »Warum dachten Sie, ich sage nicht die Wahrheit?«

»Es ist nicht so, dass ich glaube, dass du unaufrichtig warst. Ich glaube, du hast mir die Antwort gegeben, bei der du dachtest, dass ich dann keine Fragen zu deinem Vortrag stellen würde.«

Er schrieb seine Notiz fertig und fühlte sich sofort unwohl.

Skylar sah ihn aufmerksam an und entschied, dass sie ihn für einen ersten Vorstoß genug gefordert hatte. »Wenn du nicht darüber reden willst, ist das vollkommen in Ordnung, Eddie. Aber wenn du irgendwann einmal darüber reden möchtest, höre ich dir zu. Ich höre dir gern zu.«

Eddie sah ihr nach, als sie zur Tür ging. »Sie sind anders als alle anderen, Skylar.« Seine Stimme klang monoton. Emotionslos. Aber dann lächelte er ganz kurz. Es war eher ein Zucken im Mundwinkel, aber für den Bruchteil einer Sekunde war es da. Und es verriet Skylar alles, was sie wissen musste.

»So wie du, Eddie«, erwiderte sie und verließ das Zimmer. Falls Eddie tatsächlich kurz vor dem Durchbruch stand, dann war sie jetzt sicher, dass sie ihn herbeiführen könnte.

Kapitel 16

Russell Senate Office Building, Washington, D. C., 22. Mai, 15:53 Uhr

Jedes Mal, wenn er nach Washington reiste, fiel Dr. Fenton auf, wie sehr er unter Eddies Einfluss stand, denn in jedem Regierungsgebäude, das er betrat, lauschte er zunächst auf den Hall. Dieser war immer lauter als im Harmony House, und das hatte zweierlei Gründe: Zum einen lag es an der Größe der Gebäude – ihre Korridore glichen Bergschluchten. Zum anderen lag es an der Härte der Oberflächen. Die Böden wurden jeden Abend so sehr auf Hochglanz poliert, als würde die Demokratie davon abhängen.

Im exklusiven Klub geheimdienstlicher Forschung hatte der alte Mann noch immer einige Fans, aber die meisten hatten den öffentlichen Dienst schon während der letzten Regierungsperioden verlassen. Bush senior war ein Fan gewesen, weil er Reagans Erbe nicht antasten wollte, und Clinton mochte Menschen, die er für beinahe so klug hielt wie sich selbst. George W. wusste, dass sich sein Vater immer für Fenton eingesetzt hatte, deshalb war seine Position zu dessen Amtszeit noch sicher gewesen. Und Obamas Frau Michelle hatte einen

Cousin, der ebenfalls am hochfunktionalen Ende des Autismus-Spektrums lag, daher war die fortgesetzte Budgetierung des Harmony House das Mindeste, was dieser nach dem Versagen von Obamacare im Hinblick auf die Unterstützung für Familien mit autistischen Kindern tun konnte. Jetzt allerdings sah es anders aus. Der neue Präsident war relativ unberechenbar. Projekte, die nicht zum Verteidigungshaushalt gehörten, wurden gestrichen. Das SSCI war angewiesen worden, jedes Projekt genau unter die Lupe zu nehmen, vor allem Randprojekte wie das Harmony House.

Während Fenton auf Einlass wartete, setzte er sich auf dieselbe Bank, auf der er bei seinen mittlerweile verhassten Antritten als Bittsteller immer saß. Er setzte sich sogar auf genau dieselbe Stelle, denn im Grunde ist doch jeder ein Gewohnheitstier, nicht nur Menschen mit Autismus. Und das war einer der Gründe, weshalb der Arzt von dieser besonderen Störung so fasziniert war: Menschen mit Autismus waren gar nicht so anders als der Rest der Welt. Sie waren einfach eine Erweiterung aller menschlichen Eigenschaften und Fähigkeiten. Genau deshalb waren die Leute auch so fasziniert von Löffelbiegern, Gedankenlesern, Weissagern und anderen Menschen mit außergewöhnlichen Fähigkeiten. In jedem von uns liegt dieses Potenzial in gewisser Ausprägung verborgen.

Die Forschung, so überlegte Fenton, hatte Jahre darauf verwandt, jeden Aspekt sonderbegabter Individuen zu durchleuchten, um herauszufinden, was genau diese im Grunde universellen Gaben freisetzte. Welchen Auslöser brauchte man, um eine im Verborgenen schlummernde Fähigkeit zutage treten zu lassen, sodass sie abgerufen, verbessert, geformt und auf sinnvolle Weise genutzt werden konnte? Diese Frage zu beantworten, war Fentons Mission. Den Schlüssel zur Freisetzung des Genies der gesamten Menschheit zu finden, war so etwas wie der Heilige Gral des Harmony House. Autismus befähigte einen Teil der Menschheit, auf andere Weise zu denken als der Rest. Auch wenn man die mit der Störung einhergehenden Einschränkungen gern vermeiden wollte, so könnte doch jedes menschliche Wesen auf unserem Planeten von der Entdeckung dieses Genie-Zünders profitieren.

Dr. Marcus Fenton wurde in den mahagonigetäfelten Raum gebeten, in dem der fünfzehnköpfige Ausschuss um einen riesigen Konferenztisch saß. Fenton gab acht, dass er jeden Einzelnen von ihnen ansah, ehe er Platz nahm. Es war, als wollte er sich gut an sie erinnern können, falls das hier nicht so liefe wie geplant.

Vorsitzender des Ausschusses war Senator Corbin Davis. Er war zwanzig Jahre jünger als Fenton, und der alte Arzt hatte ihn schon bei ihrer ersten Begegnung vor acht Jahren nicht sonderlich gemocht. Wie es dieser Schönling geschafft hatte, den Vorsitz zu ergattern, war Fenton ein Rätsel, aber immerhin war er nicht Präsident. Zumindest noch nicht.

»Ich schätze und bewundere Sie sehr, Dr. Fenton«, log der Senator, »und ich bin sicher, jeder der Anwesenden kann sich dieser Haltung anschließen.« Er blickte in die Runde, um sich der mehrheitlichen Unterstützung zu vergewissern. Es gab nur drei Abtrünnige. Sein neuer Wohltäter von der *Heritage Foundation* hatte ihn gebeten, Fenton weiterhin das volle Budget zu bewilligen, und Corbin Davis hatte genau das in die Wege geleitet, was allerdings nicht ohne hitzige Diskussionen vonstattengegangen war. Doch der kamerataugliche Senator wollte in diesem ersten kleinen Test seiner Unterstützer auf keinen Fall versagen. »Obwohl es in letzter Zeit immer mehr Kürzungen dieser und ähnlicher Fonds gegeben hat, dürfen Sie sicher sein, dass unser Vertrauen in Ihr Projekt in keiner Weise nachgelassen hat, Dr. Fenton. Ihr Budget wurde erneut bewilligt.«

Fenton konnte seine Überraschung nur mit Mühe verbergen. Dies war das Letzte, das er erwartet hatte – eine

Bewilligung ohne jede Diskussion. Allerdings gab es jetzt doch eine Meldung. Das neueste Mitglied des Ausschusses, Denise Claybourne, Demokratin und bekennende Baum-Umarmerin aus Maine, war eine der beiden einzigen Frauen im Komitee und gleichzeitig eine der drei Dissidenten. »Ach, Dr. Fenton«, sagte sie, »falls es Ihnen nichts ausmacht, hätte ich noch ein paar Fragen.« Sie blätterte durch einen Auszug der geheimen Forschungsunterlagen des Harmony House. »Was, zum Beispiel, ist akustische Archäologie?«

Fenton lächelte. »Denken Sie an das vertraulichste Gespräch, das Sie je geführt haben. Und dann stellen Sie sich vor, dass jemand in den Raum geht, in dem dieses Gespräch stattfand, und ein Gerät einsetzt, mit dem er den genauen Wortlaut ebendieses höchst privaten Gesprächs aus den verklungenen, aber immer noch detektierbaren Schallwellen rekonstruiert.« Er zitierte auch die Analogie zu den Paläontologen, die aus einem Knochenfossil einen kompletten Dinosaurier erschaffen konnten.

Claybournes Miene spiegelte Erstaunen und Entsetzen gleichzeitig wider, so wie die jedes Politikers, der zum ersten Mal von dieser Möglichkeit erfuhr. »Ich muss sagen, ich bin froh, dass meine Scheidung bereits durch ist«, kommentierte sie trocken und erntete ein paar Lacher. Nervöse Lacher. »Wollen Sie etwa behaupten, das sei tatsächlich möglich?«

»Es ist nicht nur möglich, es ist kurz davor, Realität zu werden.« Die übrigen Anwesenden wussten, dass Fenton das schon seit zehn Jahren behauptete, aber niemand sagte etwas. Ganz offensichtlich waren hier einflussreiche Kräfte im Spiel, und wenn man seinen Gegner nicht kannte, war es wohl besser, gar nicht erst zu kämpfen.

»Eine eher akademische Variante der akustischen Archäologie wurde bereits in diversen wissenschaftlichen Fernsehsendungen vorgestellt«, fuhr Fenton fort.

»Was meinen Sie mit ›akademisch‹?«

»Wenn dieses Zimmer während unseres Gesprächs frisch gestrichen würde, dann würden unsere Worte auf ähnliche Weise in die nasse Farbe eindringen, wie Musik früher in Vinylplatten gepresst wurde. Sobald die Farbe getrocknet ist, kann man per Lasertechnik die mikroskopisch kleinen Spuren in der Farbe nachweisen, die man dann wiederum in Schall zurückverwandeln könnte. Das mag dienlich sein, wenn man hören möchte, was Michelangelo beim Ausmalen des Deckengewölbes der Sixtinischen Kapelle vor sich hin brummte oder was die Anasazi einander erzählten, während sie ihre Höhlen mit Zeichnungen verzierten. Allerdings ist die heutige Relevanz solcher Gespräche nicht besonders hoch.« Dr. Fenton lehnte sich vor. »Was würden Sie denn gern hören, Senatorin?«

»Alles, was am Tag von Kennedys Ermordung im fünften Stock dieses Schulbuchlagers in Dallas passiert ist.«

Der alte Arzt lächelte. »Ich würde ins Oval Office gehen und jedes einzelne Wort hören wollen, das dort in den letzten fünfundsiebzig Jahren gesprochen wurde.«

Jetzt erkannte Senatorin Claybourne das wahre Potenzial dieser Forschungsarbeit. »Das würde unser Rechtssystem in seinen Grundfesten erschüttern. Und den Geheimdienst.«

»Es gäbe keine Geheimnisse mehr«, fasste Fenton es schlicht und ergreifend zusammen.

Die Gedanken der Senatorin überschlugen sich. »Jede Lüge, die je ausgesprochen wurde … jedes Verbrechen … mein Gott!«

»Exakt.« Fenton sah sie durchdringend an.

Der Vorsitzende presste die Kiefer zusammen wie ein Berufsboxer, der einem Schlag auswich. Erst jetzt dämmerte ihm, warum Bob Stenson und die *American Heritage Foundation* ihn gebeten hatten, das Budget für das Harmony House weiterhin bereitzustellen: *Sie wussten etwas. Sie mussten etwas wissen. Was, wenn diese Echo-Box irgendwann tatsächlich funktionierte?*

Dr. Marcus Fenton lächelte fast unmerklich. »Und jetzt stellen Sie sich vor, dass eine andere Regierung diese Technik zuerst entwickelt.«

Mit leiser Stimme, aber großer Entschlossenheit erwiderte Denise Claybourne: »Das dürfen wir niemals zulassen.«

Senator Davis gönnte sich einen Moment, um sich innerlich zu beglückwünschen. »Und dank dieses Ausschusses wird das auch nie passieren.«

Fenton, der durch das Fenster des Amtrak Acela Express die Silhouette der Hauptstadt in der Ferne verschwinden sah, hatte keine Ahnung, wie trügerisch und vorherbestimmt sein Sieg war. Er spürte, dass irgendetwas an der Sache faul war, aber nachdem man ihm das komplette Budget bewilligt hatte, würde er mit Sicherheit nicht anfangen, Fragen zu stellen.

Er sichtete seine E-Mails, las den täglichen Bericht von Michael Barnes und ging dann in den Speisewagen, um zu sehen, welchen Scotch man hier servierte. Er musste sich mit einem zwölf Jahre alten Dewar begnügen. Keiner der anderen Fahrgäste wusste, dass er sich in Gesellschaft einer Legende befand, deren Renommee weiterhin gesichert war.

Zumindest für ein weiteres Jahr.

Kapitel 17

Harmony House, Woodbury, New Jersey, 22. Mai, 18:37 Uhr

Michael Barnes saß am Schreibtisch seines Büros, das in einem streng gesicherten Teil des Kellers lag und wie die Miniversion einer Kriseninterventionsabteilung der Homeland Security aussah. Er hatte achtzig Telefone sowie die Wohnungen einiger Dutzend Leute verwanzt, die im Harmony House arbeiteten. Alles zu überwachen und die wenigen potenziell bedeutsamen Schnipsel aus der gigantischen Flut von Informationen herauszufiltern, erforderte eine hervorragende Organisation, strenge Disziplin und jede Menge Erfahrung. All das besaß Barnes zur Genüge, und er verließ sich dabei allein auf sich selbst, weil er überzeugt war, dass kein anderer so gründlich arbeitete wie er. Er konnte nur schlafen, wenn er mit absoluter Sicherheit wusste, dass keine sicherheitsrelevanten Informationen durchgesickert waren. Das bedurfte oft übermenschlicher Anstrengung und bescherte ihm hin und wieder so quälende Kopfschmerzen, wie er sie jetzt gerade erlebte.

Er massierte sich die Schläfen, während er der Übertragung aus Manhattan lauschte, die ihn über die neu installierte Antenne auf Jacob Hendrix' Apartmenthaus erreichte. Seufzend zog er eine Schublade auf und nahm zwei Excedrin aus der Packung, die neben einer Schachtel Hohlspitzgeschosse lag. In der Wohnung des Professors war alles ruhig; die einzigen Geräusche kamen von der Straße. Das überraschte Barnes nicht weiter, denn er hatte kurz davor ein Telefongespräch zwischen Skylar und Jacob abgehört, in dem sie sich verabredet hatten, beim Chinesen um die Ecke essen zu gehen. Dem Straßenlärm von Manhattan lauschte Barnes nur als Soundcheck.

Er war sprichwörtlich in der Lage, eine Stecknadel fallen zu hören.

Barnes beschloss, ihre E-Mail-Konten zu überprüfen. Skylar hatte drei: ein Gmail-Konto, über das sie private Mails abwickelte und mit dem sie sich in soziale Netzwerke wie Instagram und Snapchat einloggte; eines exklusiv für Harvard-Absolventen; und das dritte war ihr neues Harmony-House-Konto, das sie bislang noch nicht benutzt hatte. Jacob besaß ebenfalls drei. Den Hauptteil seiner Mails erhielt und versendete er via nyu.edu: über sechzig pro Tag. Sein Konto bei iCloud war rein privat, darüber kommunizierte er mit seinen Eltern sowie mit ein paar Freunden aus der Highschool und dem College.

Das dritte Konto war nicht mehr aktiv, aber es war das interessanteste der drei: ProfJaHe@yahoo.com. Hendrix hatte es seit über sechs Monaten nicht mehr benutzt und jegliche Korrespondenz gelöscht. Eine kurze Suche über Yahoos Backup-Server verriet den Grund: Er hatte einen umfangreichen Mailverkehr mit einer seiner Studentinnen geführt, während Skylar noch in Harvard war. Celine Markowitz stammte aus Redondo Beach, Kalifornien, und ihre Mailadresse lautete SoftKitty2020@nyu.edu.

Wenn die junge Frau in Person nur halb so verführerisch war wie in ihren Mails, wunderte es nicht, dass der Professor ihrem Charme erlegen war. Barnes vermutete, dass sie nur wenige Male miteinander geschlafen hatten, weil Jacob die

Sache schnell wieder abgebrochen hatte. Allerdings hatte sie das offenbar nicht gut verkraftet, denn in ihren Mails bat sie immer verzweifelter um die Wiederaufnahme der Beziehung. In der letzten drohte sie sogar mit Selbstmord. Eine kurze Überprüfung des Universitätskrankenhauses ergab, dass sie am selben Tag zur Beobachtung eingeliefert worden war. Im darauffolgenden Semester war sie nicht mehr eingeschrieben gewesen. Barnes verwahrte diese Informationen wie einen geheimen Schatz. Falls nötig, würde er Hendrix damit in Schach halten oder ganz und gar von der Bildfläche verschwinden lassen können.

Und falls das nicht funktionierte, gäbe es auch noch andere, drastischere Methoden, vor denen Barnes nicht im Mindesten zurückschrecken würde.

Kapitel 18

Restaurant Shu Han Ju, Greenwich Village, New York City, 22. Mai, 20:22 Uhr

Shu Han Yu war die Art von Geheimtipp, die New York zu der Stadt machte, die sie war. Das Lokal war klein, die Sitzmöglichkeiten beengt, und die Fenster waren schon seit Jahren nicht mehr geputzt worden. Als hätte sich der griesgrämige Inhaber, der um die sechzig sein musste und permanent ein Schlechte-Laune-Gesicht zog, besonders angestrengt, damit seine Kneipe heruntergekommen aussah. Genau das hielt nämlich die Touristen fern, und das war wiederum genau das, was er wollte, damit die Touristen nicht die Einheimischen fernhielten, denn sie waren es, die der Lokalbesitzer als Gäste wollte. Stammkundschaft. Wie der attraktive junge Universitätsprofessor, der einer seiner besten Kunden war.

Jacob Hendrix liebte chinesisches Essen und ganz besonders dieses Restaurant, das nur drei Straßenecken von seiner Wohnung entfernt lag. Außerdem war es überraschend günstig, und beides führte dazu, dass Jacob in den letzten drei Jahren hundertsiebenunddreißigmal dort gegessen hatte.

Ein weiterer Grund war, dass er nicht kochen konnte.

Skylar konnte mitgehen oder auch nicht. Chinesisches Essen war nicht so ihr Ding. Weder gebratener Reis mit Shrimps noch Dim Sum noch Huhn süß-sauer konnten es mit einem erlesenen Thunfisch-Sashimi oder einem großen Rib-Eye-Steak mit Knochen aufnehmen, aber wenn es Jacob glücklich machte, würde sie hier eben häufiger hingehen, als ihr lieb war. Irgendwo musste sie ja schließlich essen.

Skylar konnte ebenfalls nicht kochen.

Beide hatten sich Arbeitslektüre mitgebracht, aber Jacob war von den Studentenaufsätzen schnell gelangweilt und schob sie beiseite. Er beobachtete Skylar, die sich durch einen dicken Patientenordner arbeitete und hin und wieder Notizen machte.

»Hör auf, mich anzustarren.« Sie sah Jacob nicht an.

»Dann hör auf zu arbeiten.«

»Wenn es dich stört, hättest du jemand anders zum Essen einladen sollen.«

»Du könntest auch mit jemand anders essen, wenn es dich stört, angestarrt zu werden.«

Skylar machte sich weiter Notizen. »Ich dachte, du musst korrigieren.«

»Muss ich auch.« Genüsslich schob er sich den letzten Bissen Shrimps mit Kokossoße in den Mund.

Skylar hörte nicht auf zu schreiben, und Jacob hörte nicht auf, sie anzustarren. Schließlich legte sie ihren Stift beiseite. »Okay, was ist?«

»Ich habe nichts gesagt.«

»Das brauchst du auch nicht. Was ist los?«

Er schwieg einen Moment, dann räusperte er sich und überlegte, wie er am besten sagen könnte, was er sagen wollte.

Auf einmal ahnte sie etwas. Jacob wurde immer genau dann so komisch und nervös, wenn er über die Zukunft nachdachte. Ihre gemeinsame Zukunft. »Wenn ich es mir recht überlege: Sag lieber nichts.«

»Mein Gott, bist du ein Stimmungskiller!«

»Du willst über die Zukunft reden, ich aber nicht.«

Er hasste es, wie sie immer genau wusste, was in seinem Kopf vorging. »Irgendwann müssen wir darüber reden.«

»Aber nicht jetzt.«

»Wann dann?«

Sie klappte ihr Notizbuch zu und legte die gefalteten Hände darauf. »Wie wäre es, wenn ich mich erst einmal in meinen Job einarbeite? Einverstanden?«

Zugegeben, sein Timing war denkbar ungünstig. »Okay. Wie du meinst.«

Sie sah ihn nachdenklich an. »Warum so plötzlich dieses Thema?«

»Das kommt nicht plötzlich, und das weißt du ganz genau.« Er schüttelte den Kopf und ärgerte sich vor allem über sich selbst. Beide widmeten sich wieder ihrer Arbeit. Das restliche Essen über sprachen sie kaum noch ein Wort.

In der Wohnung nahm Skylar eine ausgiebige Dusche. Jacob setzte sich wieder vor seinen Laptop, in dem er beim neunten der zweiundzwanzig Drehbuchentwürfe seiner Studenten angekommen war, die er korrigieren musste. Er sah zu Skylars Notizbuch, das sie auf ihr Kopfkissen geworfen hatte, bevor sie ins Bad gegangen war. Dann sah er zur Badezimmertür. Dann wieder auf das Notizbuch. Er überlegte, was er tun sollte. Ihre Privatsphäre zu verletzen, wäre falsch. Er erwartete ja auch, dass sie seine respektierte. Wenn sie ihn erwischte, würde es ihre Beziehung ernsthaft beschädigen oder gar beenden.

Wieder sah er zur Badezimmertür, dann schlug er hastig das Buch auf. Er las, so schnell er konnte. Der Name des Patienten war Edward Parks. Mit vier Jahren hatte man bei ihm das Asperger-Syndrom diagnostiziert. Aufgrund früherer Gespräche wusste Jacob über dieses Krankheitsbild Bescheid, aber von akustischer Archäologie hatte er noch nie gehört.

Je mehr er las, umso mehr wuchs sein Staunen. Lautlos formte er mit den Lippen das Wort »Echo-Box«. Das waren wirklich faszinierende Informationen. Kein Wunder, dass sie mehr darüber wissen wollte. Das wollte er auch.

In diesem Moment wurde ihm bewusst, dass das Duschwasser nicht mehr lief. Schnell warf er das Notizbuch wieder auf Skylars Kissen, und in dem Moment, da er den Bildschirmschoner seines Laptops wegklickte, kam sie – noch nass – aus dem Bad. Sie blieb am Bett stehen und sah ihn an. »Tut mir leid wegen dem Essen.«

»Mir auch.« Voller Bewunderung musterte er ihren Körper. Er konnte einfach nicht den Blick von ihr wenden und wusste, dass ihr diese Macht gefiel.

»Wie lange musst du noch korrigieren?«

Er lächelte schwach. »Ewig.« Er würde die ganze Nacht brauchen.

»Jetzt nicht mehr.« Sie zog Jacob den Laptop aus den Händen und setzte sich rittlings auf ihn.

Kapitel 19

Harmony House, Woodbury, New Jersey, 22. Mai, 22:43 Uhr

In der Einrichtung wurde jede Nacht um halb zehn das Licht ausgeschaltet, und so brannte in den Patientenzimmern schon seit über einer Stunde kein Licht mehr. Die Nacht war kühl und ruhig. Das einzige Geräusch stammte von den Blättern, die der Wachmann auf seinem Rundgang mit seinen schweren Stiefeln niedertrat, und selbst das war kaum zu hören. Schon an seinen Bewegungen war zu erkennen, dass der Mann gut durchtrainiert war. Sein Gang klang forsch und rhythmisch. Ein Eindringling, der ihm oder einem seiner Kollegen über den Weg liefe, hätte keine Chance. Es gab vier Nachtwächter: einen außerhalb des Geländes, einen innerhalb, einen am Tor an der Auffahrt und einen am Haupteingang, der sich exakt alle zwanzig Minuten mit den anderen dreien verständigte. »Baker, hören Sie mich?«

Leise antwortete der Mann außerhalb des Zauns über sein Headset: »Baker, alles klar hier. Over.«

Über die Sender der Funkgeräte konnte der Mann am Empfang die Position der zwei patrouillierenden Wachen orten, die auf einer elektronischen Karte als Punkte zu erkennen waren. Zudem wurde jeder Quadratzentimeter des Geländes durch Kameras überwacht, draußen wie drinnen. »Verstanden, Baker. Charlie, wie sieht's bei dir aus?«

Charlie kontrollierte die Korridore. »Charlie hier, alles klar. Over.«

»Verstanden, Charlie. Danger, auf Empfang?«

»Danger. Hier alles klar. Over.« Danger warf einen prüfenden Blick auf die Monitore der Torkameras.

»Verstanden, Danger. Able out.« Able, Baker, Charlie und Danger kamen vom Militär, was die an seinem Gang erkennbare körperliche Fitness des Wachmanns auf dem Außengelände erklärte. Jeder war für seinen derzeitigen Job deutlich überqualifiziert. Jeder hatte mindestens drei Menschen getötet, einer sogar elf. Wenn die Umstände es erforderten und ihnen der Befehl dazu erteilt wurde, konnten sich diese Männer in Killermaschinen verwandeln.

Im Laufe der Jahre hatten die Männer sich Eddies Bedürfnissen anpassen müssen. Die anfangs verwendeten Militärstiefel erzeugten auf den Linoleumböden ein Klickgeräusch, bei dem Eddie nicht schlafen konnte, auch nicht nach dem Einbau seiner Schalldämmplatten. Deshalb hatte er neue Sohlen aus einer speziellen Gummilegierung entwickelt, mit denen die Stiefel praktisch unhörbar wurden. Wie sich herausstellte, hielten die neuen Sohlen zudem dreimal so lang wie die alten, sodass Eddies Erfindung bald Teil der militärischen Standardausrüstung wurde.

Für jemanden, der mit dem Konzept Geld nichts anfangen konnte, war Eddie außergewöhnlich gut darin, der Regierung große Mengen davon einzubringen.

((•))

Als Eddie die Augen aufschlug, war es exakt 22:47 Uhr. Er atmete so abrupt ein, als hätte er einen Schlag in die Magengrube erhalten. Oder einen Blitzschlag abbekommen. Und es war tatsächlich etwas wie ein Blitz gewesen: ein Geistesblitz. Vielleicht war dies endlich die Lösung. Der Schlüssel zu all seinen Gleichungen und Theoremen, der ihm all die Jahre verwehrt geblieben war. Konnte das tatsächlich sein? *Tatsächlich?*

Er hastete zum Lichtschalter neben der Tür, dann zu seinem Schreibtisch, wo er den aktuellen Ordner mit seinen Berechnungen aufschlug und nach einem Bleistift Nr. 2 griff. Er hatte eine ganze Tasse voller Bleistifte, vierundzwanzig Stück, um genau zu sein, denn zwei hoch drei mal drei ergab diese Zahl, und das gefiel Eddie. Jeder Bleistift war akkurat gespitzt und wartete auf seinen Einsatz.

Die neuen Berechnungen flossen mit unglaublicher Geschwindigkeit einfach so aus ihm heraus, während die Zahlen und Ideen wirbelnd auf ihn einstürmten. Wie im Rausch schrieb und schrieb er und verbrauchte dabei einen ganzen Bleistift, weil er immer wieder mit seinem schon über zehn Jahre alten elektrischen Anspitzer nachspitzen musste. Nachdem er die verbliebenen Seiten seines Notizbuchs vollgeschrieben hatte, nahm er ein neues, das er Seite um Seite füllte, wobei er zwei weitere Bleistifte verbrauchte.

Wie bei einem Komponisten, der ganz in seine eigene Klangwelt versinkt, strömten die Gleichungen so schnell aus ihm heraus, dass seine Hand kaum mit seinem Gehirn Schritt halten konnte. Genau diese Art spontaner hektischer Momente der Erkenntnis hatten dazu geführt, dass er einmal darüber nachgedacht hatte, ob er nicht lernen sollte, mit beiden Händen gleichzeitig zu schreiben, um seinen ohnehin schon immensen Datenausstoß zu verdoppeln. Aber seine linke Hand erwies sich beim Schreiben als weniger geschickt, und obwohl er zwei

Augen hatte, weigerten sich die zwei Gehirnhälften, getrennt voneinander zu arbeiten, sodass seine Leistung für immer auf die uns allen zugewiesene einhändige Geschwindigkeit beschränkt bleiben würde.

Was auch immer er in seinem Kopf gerade hörte, blendete jegliche anderen Geräusche vollkommen aus. Er hörte nichts aus seinem Zimmer, nichts von draußen, nichts aus dem Gebäude. Es war, als wäre sein außergewöhnlicher Gehörsinn ausgeschaltet, damit sein Gehirn sich ganz und gar auf diese eine Aufgabe konzentrieren konnte. Ist ein Mensch extremer Kälte ausgesetzt, bekommt er Frostbeulen, weil der Körper zum Überleben das Blut aus den Extremitäten abzieht, um das wichtigste Organ, das Herz, zu schützen. Dasselbe Prinzip schien hier zu wirken, während Eddie wie im Fieber schrieb. Zwei Stunden vergingen, während derer Eddie mit gleichbleibender Geschwindigkeit arbeitete.

Er merkte auch nicht, dass seine übliche Aufwachzeit – 5:30 Uhr – irgendwann verstrich. Dass die Morgendämmerung kam und ging. Dass seine heutigen Vogelchorkandidaten, ein Blauflügel-Waldsänger und eine Amsel, die Bäume vor seinem Fenster schnell wieder verließen, als würde das Licht, das durch seine Vorhänge drang, ihnen verraten, dass es heute keinen Morgengesang geben würde. Eddie saß an seinem Schreibtisch und schrieb und schrieb.

Hin und wieder hielt er inne, sah auf und starrte an die Wand, ohne irgendetwas zu sehen. Zumindest nichts Reales. Was er tatsächlich sah, konnte man nur raten. Sein Stift verharrte über dem Papier. Eddie blinzelte nicht und schien auch kaum zu atmen. Eine menschliche Puppe. Und so plötzlich der Moment der Erstarrung gekommen war, so schnell verflog er auch wieder, und der Bleistift tanzte in erneuter Ekstase über Seite um Seite.

Irgendwann legte Eddie den Stift beiseite und schaltete seinen Supercomputer ein, den er »Hummer« nannte, weil der Ventilator darin ähnlich laut brummte wie der Geländewagen, wenn das Gerät längere Zeit eingeschaltet war. Der Rechner war schnell, aber nicht leise. Zumindest nicht nach Eddies Standard. Im Moment jedoch war das egal. Was zählte, war nur, ob sich seine Berechnungen als richtig erwiesen und der Hummer die bislang unhörbaren Aufzeichnungen der Parabolmikrofone auswerten konnte.

Kapitel 20

Parkplatz des Harmony House, 23. Mai, 7:02 Uhr

Skylar parkte ihr Auto und ging in ihr kleines Büro im ersten Stock. Ihr Schreibtisch war zweckmäßig und vermutlich älter als sie. Eine abgewetzte Platte mit Formica-Beschichtung und Metallkante. Die Schubladen klemmten ein wenig, aber Skylar brauchte sie sowieso nicht. Der einzige Dekorationsgegenstand, den sie bislang mitgebracht hatte, war ein Bilderrahmen, der auf dem Schreibtisch stand. Walnussholz, zwölf mal achtzehn, darin ein Foto von ihr und Jacob, aufgenommen zu ihrer Zeit in Harvard.

An einer Wand standen zwei Dutzend Archivboxen mit Material über Eddie. Zu keinem anderen Patienten der Einrichtung gab es mehr als drei Kisten Material, allerdings produzierte auch kein anderer Patient so viel Geschriebenes wie Eddie. Skylar hatte beschlossen, vorn anzufangen, mit der ältesten Kiste, in der die ersten Informationen über Edward Parks aufbewahrt wurden. Der an Dr. Fenton gerichtete einseitige Brief stammte von Eddies Kinderpsychologen in Philadelphia, Dr. Gordon Tuffli. Der Experte arbeitete im Kinderkrankenhaus von Philadelphia, das in der Fachwelt ein hohes Ansehen genoss, leider aber die Abkürzung CHOP trug, was, als Wort gelesen, so viel wie »zerhacken« bedeutete. Wie sie auch nur ein einziges Elternpaar hatten dazu bringen können, ihnen ihr Kind anzuvertrauen, war Skylar schleierhaft.

In seiner siebenundzwanzigjährigen Praxis, schrieb Tuffli, habe er noch nie ein Kind wie Eddie erlebt, der damals acht Jahre alt gewesen war. Zu jener Zeit wurde Autismus erheblich seltener diagnostiziert als heute, und der Begriff »Asperger-Syndrom« war gerade erst in das medizinische Klassifikationssystem der WHO aufgenommen worden. In der wenigen Fachliteratur, die es gab, stand nichts darüber, wie man mit einem sonderbegabten Kind mit einem IQ von fast 200 umgehen sollte. Der Junge beherrschte Infinitesimalrechnung, war jedoch nicht in der Lage, sich die Schuhe zu binden. Als er das erste Mal einen Zauberwürfel in die Hand bekam, drehte er in unter zwei Minuten die richtigen Farbseiten zusammen, aber er konnte keinem Menschen in die Augen sehen. Jede Art von Körperkontakt löste umgehend Schreiattacken aus, und die einzige Art, wie der Junge seine Frustration ausdrücken konnte, bestand darin, sich selbst ins Gesicht zu schlagen oder Schlimmeres. Sein Vater Victor Parks hatte Dr. Tuffli gegenüber behauptet, Eddie habe sich einmal so heftig selbst geschlagen, dass er ihn in die Notaufnahme habe bringen müssen. Die Ärzte dort hatten die Geschichte des Vaters erst angezweifelt, bis dort irgendein Vorfall erneut diese Reaktion bei Eddie auslöste, woraufhin Victor Parks nicht länger unter Verdacht stand.

Der kleine Eddie war ein genialer Savant, daran bestand kein Zweifel. Die einzige Frage war: Was sollte man mit ihm machen? Lehrer oder Betreuer merkten schnell, wie schlecht sie ausgerüstet waren, um Eddie sinnvoll zu unterstützen. Und im CHOP wusste auch niemand wirklich zu helfen. Dr. Tuffli schrieb den Brief an Fenton in der Hoffnung, dass dieser eine Idee hätte.

Skylar konnte sich gut vorstellen, wie Dr. Fenton sich beim Lesen die Hände gerieben hatte.

Fenton hatte auf seine wie üblich gründliche Art ausgiebige Recherchen über den Jungen angestellt und jeden verfügbaren medizinischen Bericht gesammelt, bis hin zu seiner Geburt, die ein Notkaiserschnitt gewesen war. Aus den Unterlagen ging nicht hervor, was genau bei der Geburt schiefgelaufen war, doch Michelle Parks hatte eine Menge Blut verloren und sich nicht wieder davon erholt. Als ihr Sohn gerade dreiundvierzig Minuten alt war, erklärte Dr. Wolfgang Oelkers sie für tot. Sie bekam ihr hübsches, einzigartiges Baby nie zu Gesicht. Und sein Vater brauchte fast drei Tage, bis er in der Lage war, den Sohn auf den Arm zu nehmen.

Was Skylar überraschte, war das Ausmaß an Akribie bei Fentons Recherchen. Er korrespondierte oder telefonierte mit jedem Arzt, Lehrer und Therapeuten, der je mit dem Wunderknaben in Kontakt gestanden hatte. Aber das war noch nicht alles. Fenton versuchte auch, so viel wie möglich über den Vater herauszufinden: seinen Arbeitgeber, seine Gesundheit, seine Kreditakten und schulischen Leistungen. Nicht alles war für eine Patientenanamnese relevant, und es war ganz klar ein Eingriff in die Privatsphäre gewesen. Aber offenbar hatte Fenton die Informationen ohne große Probleme bekommen, also musste irgendjemand die Herausgabe all dieser Daten genehmigt haben.

Nicht einen Moment kam ihr in den Sinn, dass Fenton bei seinen Angestellten ebenso gründlich verfahren könnte wie bei seinen Patienten.

((•))

Das Frühstück im Harmony House wurde um halb acht ausgegeben, also ging Skylar in die Cafeteria, um Eddie zu treffen.

Außerdem brauchte sie dringend einen Kaffee. Ein doppelter Latte mit fettarmer Milch von Starbucks hatte zwar ausgereicht, um sie von New York nach Woodbury zu bringen, aber er reichte nicht für den ganzen Vormittag. Als sie jedoch in die Cafeteria kam, war Eddie nirgends zu erblicken. *Seltsam*, dachte sie. Menschen mit Asperger-Syndrom änderten ihre Gewohnheiten eigentlich nie.

Einen Becher Kaffee in der Hand, machte sie sich auf den Weg zu Eddies Zimmer. Als sie an Fentons Büro vorbei war, sah sie, dass jemand neben Eddies Tür auf einem Stuhl saß. Schwester Gloria blätterte durch das neueste *People*-Magazin. Skylar beschleunigte ihre Schritte. In der Hoffnung, Eddie nicht zu stören, flüsterte sie: »Ist alles in Ordnung?«

Beschwichtigend flüsterte Gloria zurück: »Alles ist gut.«

»Warum sitzen Sie hier?«

»Um sicherzustellen, dass es so bleibt.« Sie widmete sich wieder dem Zeitschriftenartikel über irgendeine Reality-Show, in der Teilnehmerinnen nach der Geburt ihres Kindes um die höchste Gewichtsabnahme konkurrierten. »Hat Dr. Fenton Ihnen noch nichts von Eddies Schreibanfällen erzählt?«

Nein, hatte er nicht. »Ich bin immer noch dabei, mich in seinen Fall einzuarbeiten.« Skylar begann zu zweifeln, ob es wohl richtig gewesen war, beim Lesen von Eddies Akten vorn zu beginnen. Vielleicht hätte sie lieber mit den jüngsten Eintragungen anfangen und sich allmählich zurückarbeiten sollen, damit sie auf etwas wie dieses hier in Zukunft besser vorbereitet wäre.

»Er hat plötzlich eine bestimmte Idee im Kopf, und dann können ihn keine zehn Pferde davon abhalten, alles aufzuschreiben. Manchmal dauert es nur wenige Minuten, manchmal Stunden oder sogar Tage. Wir haben schon versucht, ihn zwischendurch zum Ausruhen zu bewegen oder zum Essen oder Waschen, aber ohne Erfolg. Einmal hat er eine Pflegerin angegriffen, die ihn zum Essen überreden wollte, und ihr einen Teller auf den Kopf geschlagen, sodass die Arme bewusstlos wurde. Ein anderes Mal ist er über Wochen in Katatonie verfallen. Jetzt lassen wir ihn also einfach in Ruhe, bis er fertig ist.«

»Wie geht es dann aus?«

»Manchmal gut. Manchmal nicht so gut.«

»Wie gestern?«

»Ja, wie gestern. Nur schlimmer.«

Neugierig sah Skylar zur Tür und fragte sich, was wohl gerade dahinter passierte.

»Sie können reingehen, wenn Sie wollen.«

»Sind Sie sicher?«, fragte Skylar überrascht nach.

»Klopfen Sie erst an. Wenn er nicht will, dass Sie reinkommen, wird er es schon sagen. Aber wahrscheinlich wird er überhaupt nicht reagieren, weil er nichts mehr mitkriegt. Vertrauen Sie mir.«

Vorsichtig näherte sich Skylar der Tür. Sie sah auf ihre Schuhe und wunderte sich, dass Eddie sie nicht schon längst angesprochen hatte, so wie die letzten Male, als sie ihn besucht hatte. Ganz leise klopfte sie an. Sie war überzeugt, dass Eddie reagieren würde.

Doch nichts geschah.

»Ich hab's ja gesagt.« Schwester Gloria schlug eine Seite um.

Skylar flüsterte: »Eddie, ich würde dich gern besuchen. Wäre das in Ordnung?« Wiederum kam keine Antwort, aber sie öffnete trotzdem die Tür und betrat vorsichtig den Raum.

Sie sah Eddie mit dem Rücken zu ihr an seinem Schreibtisch sitzen. Ohne aufzublicken oder in irgendeiner Weise auf sie zu reagieren, tippte er in seinen Laptop. Seine Finger bewegten sich mit rasanter Geschwindigkeit über die Tastatur. Skylar setzte sich aufs Bett und beobachtete ihn staunend. »Du kannst aber schnell schreiben.«

Er antwortete nicht.

»Eddie, kannst du mich hören?«

Er nickte fast unmerklich, aber es war schwer zu sagen, ob es eine Reaktion auf ihre Frage war oder auf etwas anderes. Kaum sichtbar bewegte er die Lippen.

Sie lehnte sich vor und lauschte angestrengt, um zu verstehen, was er sagte.

In diesem Moment brüllte er los. *»Dr. Fenton!«* Er schrie den Namen so laut, dass es Skylar in den Ohren wehtat. Als er seinen Laptop zuklappte, zuckte sie zurück. Eddie klemmte sich den Laptop unter den Arm, griff nach der Echo-Box und stürmte aus dem Zimmer.

Skylar lief ihm hinterher. Sofort sprang auch Schwester Gloria auf die Füße. »Was zum Teufel haben Sie mit ihm gemacht?«

»Nichts. Ich habe mich nur aufs Bett gesetzt. Sie hatten doch gesagt, dass ich reingehen kann.«

»Ich habe aber nicht gesagt, dass Sie ihn in Rage bringen sollen, oder?« Die zwei Frauen folgten Eddie, der schnurstracks auf Dr. Fentons Büro zulief.

»Dr. Fenton, ich hab's! Dr. Fenton!«

Das erste Mal, dass Eddie auf diese Weise in Dr. Fentons Vorzimmer geplatzt war, war sieben Jahre her. Damals war Stephen Millard, Fentons persönlicher Assistent, aufgesprungen, hatte sich ihm in den Weg gestellt und erklärt, Patienten dürften nicht ohne Termin in Dr. Fentons Büro gehen. Bei seinem Versuch, ihn zurückzuhalten, hatte Eddie zu schreien begonnen und dann angefangen, sich zu ohrfeigen. Dabei war die Echo-Box zu Boden gefallen, und ihre Reparatur hatte über 67.000 Dollar gekostet.

Seitdem war Stephen angehalten, nicht einzugreifen, wenn Eddie ins Vorzimmer stürmte, so wie jetzt. Ganz ruhig und freundlich sagte er: »Hallo, Eddie.«

»Dr. Fenton, ich hab's geschafft! Dr. Fenton!« Eddie nahm von Stephen keinerlei Notiz, sondern rauschte an ihm vorbei in Fentons Büro.

Fenton telefonierte gerade. »Ich rufe Sie zurück«, sagte er, legte auf und tat, als sei er unendlich froh, Eddie zu sehen. »Nun, das sind ja wunderbare Neuigkeiten, Eddie.«

»Jetzt wird es funktionieren! Ich weiß es!« Er schloss die Tür, weil es die akustische Kartografie erleichterte. Zumindest sollte es das. Eddie stellte die Echo-Box auf den Beistelltisch und schloss den Laptop an.

»Mein lieber Junge, ich habe nie daran gezweifelt.«

Ohne aufzusehen, machte Eddie sein BUZZER-Geräusch und tippte weiter Befehle in den Rechner. »Falsch. Definitiv.«

Fenton schmunzelte. »Nun ja, fast nie.«

Eddie hielt einen Zeigefinger über der Returntaste und zählte einen Countdown, wie er es von Raketenstarts aus dem Fernsehen kannte. »Fünf … vier … drei … zwei … eins.« Er drückte die Taste und schaltete damit das Gerät ein. Die Seiten der Echo-Box klappten auf, und die acht Parabolmikrofone begannen ihren programmierten Drehtanz, um den Raum abzutasten.

Dr. Fenton stellte sich mit etwas Abstand neben seinen außergewöhnlichen Patienten, und gemeinsam beobachteten sie den Bildschirm. Nach und nach baute sich ein dreidimensionales Abbild des Raumes auf, darunter war eine Fortschrittsanzeige zu sehen. *Sechs Prozent* erfasst, dann *sieben*.

Das ist gut, dachte Dr. Fenton. *Sehr gut sogar*. Es war der erste sichtbare Fortschritt seit Monaten. Er ließ den Monitor nicht aus den Augen.

Eddies Blick ging zwischen den Mikrofonen und dem Laptop hin und her. »Komm schon, komm schon, komm schon …«

Neun Prozent erfasst. *Zehn Prozent.* Beide fixierten den Bildschirm. *Elf Prozent. Zwölf.* Bis *dreizehn* dauerte es eine ganze Weile länger. Bis *vierzehn* noch länger.

»Nein … nein … nein …« In Eddies Stimme schwang Panik. Die Lunte in seinem Innern wurde gezündet – das Dynamit in seinem Kopf stand kurz vor der Explosion.

Nun kam Fenton näher. »Gib ihm einfach Zeit, Eddie. Es funktioniert doch.«

»Nein, tut es nicht!« Er deutete auf den Fortschrittsbalken, der bei vierzehn Prozent stehen geblieben war. Das dreidimensionale Bild blieb unvollständig.

Eddies herzzerreißender Schrei ließ Skylar fast das Blut in den Adern gefrieren. Er klang wie ein sterbendes Tier. Der animalische, grauenvolle Laut drang ihm aus tiefster Kehle.

Als Schwester Gloria und Skylar in Fentons Büro stürmten, sah Stephen ihnen nur kurz hinterher.

Fenton hatte sich schützend vor die Echo-Box gestellt, um sie vor Eddies wilder Wut zu bewahren. Die Prioritäten des Arztes waren deutlich erkennbar. Eddie drehte sich um sich selbst und schlug dabei kräftig auf sich ein. Diesmal waren es nicht nur Ohrfeigen – er verprügelte sich, so fest er konnte. Boxte. Kratzte. Versuchte sogar, sich Stücke von Fleisch herauszureißen.

Skylar und Gloria versuchten zu zweit, ihn zu überwältigen. Alle drei stürzten zu Boden. Die erfahrene Schwester brüllte der jungen Ärztin Kommandos zu, während sie mit Kopf und Körper Eddies Schläge abfing. »Packen Sie seinen Arm!«

»Ich versuch's ja!«

Schwester Gloria wälzte sich auf Eddies Brustkorb. Durch ihr Gewicht gelang es ihr, den panischen Patienten am Boden zu halten und seinen linken Arm zu fixieren, während Skylar sich dem rechten Arm widmete.

Endlich hörte Eddie auf zu kämpfen und kam langsam wieder zu Atem. Die Schwester stand auf. Skylars Hände waren von der Anstrengung weiß geworden. »Sie können jetzt loslassen. Wenn er sich erst einmal beruhigt hat, fängt er nicht wieder an.«

Skylar gab Eddies Arm frei. Wie Schwester Gloria es vorausgesagt hatte, blieb er ruhig. Skylar sah ihm fest in die Augen, die immer noch wirr und hilflos umherblickten, und streichelte ihm behutsam die Stirn. »Schon gut, Eddie. Ich bin ja da.«

Schwester Gloria wollte gerade etwas sagen, weil sie dachte: *Was um alles in der Welt meinst du damit: Du bist ja da? Wer zum Teufel glaubst du, wer du bist?* Doch als sie Eddies Reaktion sah, biss sie sich lieber auf die Zunge. Er erwiderte den Blick der jungen Ärztin. Edward Parks sah nie jemandem in die Augen, aber jetzt lag er wie ein zahmes Reh am Boden und starrte die neue Ärztin an, als wäre sie seine gute Fee. Was wusste sie verdammt noch mal über ihn? Mit was für einem Zauber hatte sie ihn belegt?

Die altgediente Schwester hatte keine Ahnung, aber sie wollte es auf jeden Fall herausfinden – zum einen aus persönlicher Neugier, zum anderen, weil sie, ohne dass es jemand wusste, gut dafür bezahlt wurde.

Kapitel 21

Eddies Zimmer, Harmony House, 23. Mai, 8:42 Uhr

Als Skylar und Schwester Gloria ihren Patienten in sein Zimmer begleiteten, sagte er immer wieder: »Ich bin müde.«

»Ja, wir bringen dich jetzt ins Bett.« Skylars Stimme hatte weiterhin eine beruhigende Wirkung. Sie sahen, wie sein Gesicht sich zunehmend entspannte.

»Ich bin müde.«

Auch Schwester Gloria tat ihr Bestes, ihn zu beruhigen. »Sag mir einfach Bescheid, wenn ich dir etwas geben soll, das dir beim Einschlafen hilft.«

Eddies Miene zog sich wieder krampfartig zusammen. »Ich bin müde.«

Sie halfen ihm in seinen Scooby-Doo-Schlafanzug und deckten ihn mit der Batman-Bettdecke zu. Gloria zog die Jalousien herunter, und Skylar setzte sich neben ihn. »Soll ich ein paar Minuten bei dir bleiben?«

Eddie nickte. Gloria strengte sich an, ihre wachsende Neugier zu verbergen, und ging zur Tür. »Ich lasse dir ein Essen vorbereiten für den Fall, dass du Hunger bekommst.«

»Danke, Schwester Gloria.« Eddie sah weiter zur Decke, als die Schwester hinter sich die Tür schloss.

»Sie ist eine gute Schwester.« Skylar meinte es ernst.

»Ja, ist sie.«

»Wie lange arbeitet sie schon hier?«

»Neun Jahre, zwei Monate, neunundzwanzig Tage.«

»Oh, da hat aber einer mitgezählt.«

»Ich zähle die ganze Zeit.«

»Ja, das scheint mir auch so.«

Seine Lider wurden schwer. »Schwester Gloria ist nett, aber ich finde sie nicht so nett wie Sie, Skylar.«

Skylar lächelte. »Warte, bis du mich besser kennenlernst.«

»Warum soll ich warten?«

»Wenn du mich besser kennenlernst, wirst du deine Meinung vielleicht ändern.«

»Das glaube ich nicht.« Und mit diesen Worten fiel Eddie in den dringend benötigten Schlaf. Skylar blieb eine weitere Minute sitzen und beobachtete, wie er sich in Fötushaltung zusammenrollte. So friedlich. Unschuldig. Verletzlich.

Er erinnerte sie an ihren Bruder. Christopher hatte einen ähnlichen Anfall erlitten, als sie ihm damals sagte, dass sie aufs College und weggehen würde. Die Erinnerung daran wäre vielleicht nicht so schrecklich, wenn er sich nicht drei Tage später erhängt hätte. Während Depressionen und andere psychische Erkrankungen bei Autisten häufig auftraten, geschah es äußerst selten, dass einer von ihnen Selbstmord beging. Christopher war eine Ausnahme gewesen.

Und Skylar würde es sich nie verzeihen.

Kapitel 22

Gloria Pruitts Haus, Parsippany, New Jersey, 23. Mai, 19:17 Uhr

Die Textnachricht, die Schwester Gloria abschickte, war ihrem Auftrag entsprechend kurz. Sie verfasste solche Nachrichten nur selten, und zwar nur nach Eddies »Attacken« oder anderen nennenswerten Ereignissen, vorwiegend in Bezug auf die Echo-Box. Darüber hinaus sollte sie melden, wenn es bei irgendeinem anderen Patienten des Harmony House neue Entwicklungen gab, doch das größte Augenmerk ihres geheimen Auftraggebers lag auf Eddie.

Erneute Autoaggression bei EP. Kein Fortschritt. Box funktioniert nicht. Das Gerät, mit dem Gloria solche Nachrichten schickte, war identisch mit dem, das jetzt auch der Senator von Indiana besaß. Das Kryptohandy wurde jährlich erneuert, so wie es auch mit dem des Senators geschehen würde. Immer wenn sie am Neujahrstag aufwachte, lag anstelle des alten ein neues Handy da. Als es das erste Mal passierte, war sie extrem beunruhigt gewesen. Es gab keinerlei Anzeichen eines Einbruchs, und alles andere war unberührt geblieben. Nur das neue Mobiltelefon lag da. Obwohl sie ihrem geheimen Auftraggeber keinen Schlüssel für ihr Haus gegeben hatte, konnte er sich dennoch Zutritt verschaffen. Und anscheinend wollte er, dass sie das wusste, sozusagen als kleine Erinnerung, die sie jedoch in keiner Weise benötigte. Sie war aufrichtig dankbar für alles, was er für sie getan hatte, einschließlich ihrer momentanen Anstellung, und war entschlossen, ihm bis ans Ende ihrer Tage treue Dienste zu leisten.

((•))

Bei ihrem ersten Kontakt arbeitete Gloria noch im Thomas-Jefferson-Universitätsklinikum, einen Steinwurf von der Liberty Bell in Philadelphia entfernt. Das war über zwölf Jahre und drei Monate her. Damals hatte sie an die zwanzig weitgehend unspektakuläre Jahre als Krankenschwester hinter sich, in denen es nie auch nur eine Beschwerde gegen sie gegeben hatte. Absolut keine. Null. Was fast unmöglich schien – und es auch war. Denn in ihrer dicken Akte waren durchaus einige aufgabenbezogene Versäumnisse verzeichnet. Manche davon waren berechtigt, etwa als sie die Medikamentendosierung eines Herzpatienten falsch gelesen und ihn versehentlich in ein siebzehntägiges Koma versetzt hatte. Die meisten jedoch waren von jemand anders verschuldet gewesen. Wie sich herausstellte, hatte Gloria mit dem betriebspolitischen Aspekt ihres Berufs so ihre Schwierigkeiten und wurde häufig Opfer von Kollegen oder Vorgesetzten, die einen Sündenbock für ihre eigenen Unzulänglichkeiten brauchten. Im Grunde ihres Herzens war sie gut und gutgläubig, und leider wurde so jemand allzu oft schikaniert und ausgenutzt.

Bis sich eines Tages alles änderte.

Dieser Tag begann in einem Bürogebäude in Sandy Hook, New Jersey, wo sie und ihr siebzehnjähriger Sohn Cornell zum Bewerbungsgespräch für ein Stipendium eingeladen waren.

Sie hatten sich in jenem Jahr für so viele Stipendien beworben, dass keiner von ihnen mehr wusste, was genau bei diesem verlangt war. Mutter und Sohn wussten nur zwei Dinge: Das Stipendium kam von der »Treuhandgesellschaft zur Förderung von Chancengleichheit«, was auch immer das bedeuten mochte, und – was noch wichtiger war – es war allumfassend, betraf also Studiengebühren, Unterkunft *und* Verpflegung. Das ganze Programm. Geld, Geld, Geld.

Wenn sich jemand finanzielle Unterstützung verdient hatte, dann Cornell. Er war ein erstklassiger Schüler mit Bestnoten und fast voller Punktzahl im überregionalen Studierfähigkeitstest SAT gewesen. Für die alljährliche Bestschülerförderung der Amerikanischen Legion in Washington war er als einer der zwei Schülerrepräsentanten gewählt worden, die New Jersey vertraten, so wie einst auch Bill Clinton und andere namhafte Politiker in ihrer Highschool-Zeit. Cornells nationales politisches Engagement ließ sein Amt als Vorsitzender der Schülervertretung relativ unbedeutend erscheinen, aber wie jeder gute Politiker vermittelte er seinen Mitschülern an der Highschool von Parsippany Hills das Gefühl, dass er sich einzig und allein für sie einsetzte.

Schon in der achten Klasse hatte Cornell beschlossen, in Georgetown Politikwissenschaften zu studieren. An Ehrgeiz mangelte es ihm mit Sicherheit nicht. Seine Mutter erklärte, der Konkurrenzkampf zur Aufnahme an einer so prestigeträchtigen Universität sei enorm hoch, doch er antwortete ganz nüchtern, dass er sich eben einfach mehr anstrengen werde als alle anderen. Woraufhin Gloria versprach, dass, wenn er angenommen werden sollte, sie einen Weg finden werde, die Ausbildung zu bezahlen.

Manche Versprechen sind jedoch einfacher einzuhalten als andere. Cornell erfüllte seinen Teil der Abmachung – der Junge war nun mal ein Vorzeigeschüler, und Gloria war verdammt stolz auf ihren Sohn. Ihn enttäuschen zu müssen, wäre für sie das Allerschlimmste. Aber als alleinerziehende Mutter mit einem Jahreseinkommen von 68.000 Dollar das Studium an einer Eliteuni zu bezahlen, war praktisch unmöglich. Zu jener Zeit lagen die Studiengebühren in Georgetown bei 35.140 Dollar, Unterkunft und Verpflegung bei 11.478 Dollar. Ohne Hilfe von außen bestand keine Chance, das nötige Geld aufzutreiben.

Es gab alle möglichen Arten von Stipendien, aber aus irgendeinem Grund konnte sich Cornell für keines davon qualifizieren. Offenbar ging der Hauptteil dieser Fördergelder an Leute, die weniger als 30.000 Dollar pro Jahr verdienten. Wer mehr als 60.000 verdiente, hatte eben Pech. Fast kam es ihr vor, als wollte man sie dafür bestrafen, dass sie sich anstrengte. Die Mittelschicht sollte aus den Reihen der Führungskräfte hinausgedrängt werden, und Cornell war das nächste Opfer.

Dann kam diese Einladung der »Treuhandgesellschaft für Chancengleichheit«, und es war Cornells letzte Chance auf eine Finanzierung der Ausbildung, von der er seit der Mittelschule träumte. Der Junge zog seinen einzigen Anzug an, um beim Bewerbungsgespräch einen guten Eindruck zu hinterlassen.

Gloria wünschte ihrem Sohn viel Glück und nahm ihn fest in die Arme, bevor er von zwei gut gekleideten Damen in eines der Büros geführt wurde. Sie nahm im Wartebereich Platz und blätterte nervös in der Zeitschrift, die sie zur Ablenkung mitgebracht hatte. Plötzlich setzte sich ein fremder Mann neben sie.

Es war Bob Stenson, der sich allerdings nicht vorstellte. Seinen Nachnamen würde Gloria nie erfahren. »Hallo.« Seine Stimme klang warm und freundlich.

»Oh, hallo.« Gloria gab sich so charmant wie möglich. Vielleicht hatte das Gespräch mit diesem Mann ja irgendeinen Einfluss auf die Entscheidung des Komitees. Sie konnte nicht wissen, wie sehr sie mit dieser Annahme ins Schwarze traf.

Stenson holte ein Mobiltelefon aus der Brusttasche seiner Anzugjacke und hielt es ihr hin. »Darf ich fragen, ob Sie je eine Nachricht mit so einem Gerät verschickt haben?« Immerhin war es 2005, und das erste iPhone kam erst 2007 auf den Markt.

Sie betrachtete das Handy, das für sie wie alle anderen dieser neuen Geräte aussah. »Oh, nein, ich selbst noch nicht, mein Sohn aber schon. Gerade heute erst.«

Der Mann lachte leise. »Natürlich hat er das.« Dann sah er ihr direkt in die Augen. »Ms. Pruitt, was, wenn ich Ihnen sagen würde, dass es eine Möglichkeit gibt, wie Ihr Sohn auf jeden Fall unser Stipendium erhält?«

Gloria war ein wenig irritiert. Dieser Mann würde einer Frau in ihrem Alter und mit ihrer üppigen Figur doch sicher kein sexuelles Angebot machen? »Was müsste ich dafür tun?«

»Für uns arbeiten.«

»Und wo genau wäre das?«

»Der Ort der Arbeitsstelle kann sich von Zeit zu Zeit ändern, je nachdem, welcher unserer Klienten Ihre Dienste als Krankenschwester benötigt. Aber wir würden Sie nie weiter von Ihrem Wohnort entfernt einsetzen, als Sie im Moment arbeiten.«

Gloria fühlte sich ein wenig unwohl bei dem Gedanken, dass diese Leute ganz offensichtlich ihren Arbeitgeber kannten, und fragte sich, was sie wohl sonst noch über sie wussten. »Ich frage nur ungern, aber … warum ich?«

»Wir sind das, was die Leute altmodisch nennen. Wir verlangen absolutes Vertrauen. Und absolute Diskretion. Wir werden Sie an unsere Klienten vermitteln, aber Sie dürfen Ihre Verbindung zu uns nicht offenlegen – weder denen gegenüber noch sonst irgendjemandem. Jegliche Indiskretion Ihrerseits würde zur sofortigen Kündigung der Verträge führen, sowohl für Ihre Arbeit als auch für Cornells Stipendium.«

Gloria sah Stenson fest in die Augen. »Ich würde Ihr Vertrauen nie missbrauchen.«

»Hätte ich etwas anderes von Ihnen erwartet, würden wir dieses Gespräch nicht führen.« Er überreichte ihr einen schlichten braunen Umschlag, der die Kopien ihrer arbeitsrechtlichen Verstöße enthielt. »Bevor wir diese Daten aus Ihrer Akte löschen, müssen wir wissen, ob es noch andere unerfreuliche Dinge gibt, die wir über Sie wissen sollten.«

Als sie die Unterlagen durchblätterte, begannen ihre Hände zu zittern. Vor Schreck konnte sie kaum sprechen. »Diese Informationen sind doch aber streng vertraulich.«

Stenson musterte sie ausdruckslos. Er konnte jedes Mal in Sekundenschnelle erkennen, ob er eine gute Wahl getroffen hatte oder nicht.

Gloria sah wieder in die Papiere. »Das meiste hier war überhaupt nicht meine Schuld, müssen Sie wissen …«

»Das wissen wir.« Er sagte es so, als wäre das für ihn ganz offensichtlich.

Obwohl sie immer noch skeptisch war, spürte Gloria gleichzeitig eine freudige Erregung über die so greifbare Chance auf eine gute Zukunft für Cornell – und möglicherweise auch für sie selbst. »Sie können das alles hier wirklich aus meiner Akte entfernen?«

Er nickte, ohne zu blinzeln. »Wir müssen allerdings sicher sein, dass dies die einzigen schwarzen Flecken in Ihrem Lebenslauf sind.«

Sie blätterte ein weiteres Mal durch die Unterlagen und gab sie dann zurück. »Ja, das ist alles.« Sie würde nie erfahren, dass dieser Mann und seine Organisation dafür gesorgt hatten, dass keines der Stipendien, auf die Cornell sich beworben hatte, genehmigt worden war. Ohne ihr Wissen waren all seine Bewerbungen zurückgezogen worden. Die Ablehnungsbescheide, die sie erhalten hatten, waren täuschend echt aussehende Fälschungen gewesen. Wie hätte sie auch ahnen können, dass die Dokumente gefälscht worden waren, damit ihr als einziger Ausweg nur noch dieses eine Stipendium bliebe, für das sie dann mit Sicherheit alles tun würde?

Gloria nickte. »Während ich also offiziell für andere arbeite, arbeite ich in Wahrheit für Sie?«

»Unter hundertprozentiger Verschwiegenheit.« Er sah sich im Wartebereich um, von dem aus mehrere Türen in Büros führten, die noch am Nachmittag leer geräumt werden würden. Schon morgen würde es keinen Nachweis mehr darüber geben, dass er oder seine Mitarbeiter je hier gewesen waren. Im Mietvertrag für diese Büroetage wurde die »Treuhandgesellschaft für Chancengleichheit« mit keinem Wort erwähnt, so wie sie auch sonst in keinem Dokument oder Verzeichnis aufgeführt war. Kurz und gut: Sie existierte überhaupt nicht.

»Wie soll das Ganze ablaufen?«

Stenson gab ihr das Mobiltelefon und erklärte, dass jegliche Kommunikation über Textnachrichten geführt würde. Man würde sie informieren, wann und wo sie eine neue Arbeitsstelle antreten solle. Sie werde sich auf üblichem Weg bewerben, allerdings in dem Wissen, dass sie als Einzige die erforderliche Eignung aufwiese. Ihre Anstellung sei also garantiert. Als Erstes werde sie im Haus des ehemaligen New Yorker Gouverneurs Terence Townsend arbeiten, der vor Kurzem ein schweres Schädel-Hirn-Trauma erlitten habe.

Terence Townsend war der Vater des von der Boulevardpresse geliebten Kongressabgeordneten Henry Townsend.

Am Ende jeder Schicht solle Gloria ihnen die Namen aller Besucher übermitteln, die der ehemalige Gouverneur empfangen habe. Falls er keinen Besuch gehabt habe, solle sie »Null« schreiben und auch sonst die Nachrichten so kurz wie möglich halten. Sie dürfe das Handy zu keinem anderen Zweck benutzen, selbst unter lebensbedrohlichen Umständen nicht. Von der

Existenz des Telefons, ihren übermittelten Nachrichten sowie der wahren Herkunft des Stipendiums ihres Sohnes dürfe niemand auch nur das Geringste erfahren. Jegliche Zuwiderhandlung würde das sofortige Ende ihrer Anstellung und des Stipendiums nach sich ziehen.

Natürlich würde die Strafe in Wahrheit noch schlimmer ausfallen, aber das brauchte Gloria nicht zu wissen. Die nächsten drei Jahre arbeitete sie im Haus der Townsends exakt nach Plan. Tatsächlich war sie auf vorbildliche Weise aufmerksam und pflichtbewusst, allerdings passierte auch kaum etwas Interessantes, sodass Stenson zu der Überzeugung gelangte, dass er Glorias Talente an anderer Stelle besser einsetzen könnte. Nicht lange danach erfuhr er vom Harmony House und insbesondere von der Echo-Box. Mit seiner Hilfe stach Gloria im Bewerbungsverfahren alle anderen Bewerberinnen aus und hielt sogar der peniblen Hintergrundüberprüfung durch Fentons Sicherheitsteam stand, bei der – o Wunder! – die anderen Bewerber durchgefallen waren. Seit 2008 berichtete Gloria Pruitt treu und gewissenhaft über jeden Fortschritt – oder dessen Ausbleiben – von Edward Parks' Echo-Box.

Je länger Gloria für sie arbeitete, desto mehr waren Bob Stenson und die Stiftung davon überzeugt, dass ihr wahrer Wert nicht in der Erfolgsdokumentation dieser äußerst fragwürdigen Echo-Box lag, sondern in ihrem Sohn Cornell, diesem fabelhaften jungen Mann mit vielversprechender Zukunft. Nach Georgetown hatten sie ihm ein Jurastudium in Yale finanziert. Danach seine Anstellung im Büro des Bezirksstaatsanwalts von New York erwirkt. Mittlerweile waren sie äußerst zuversichtlich, dass Cornell Pruitt einmal eine bedeutende politische Größe werden würde. Mit Sicherheit Senator. Vielleicht sogar mehr.

Sie mussten sich nur noch entscheiden, was.

Kapitel 23

American Heritage Foundation, Alexandria, Virginia, 23. Mai, 19:18 Uhr

Innerhalb weniger Sekunden traf Glorias Textnachricht über eine der vielen gut verborgenen, hoch sensiblen Satellitenantennen bei der *American Heritage Foundation* ein. Kein anderes privates Unternehmen auf dieser Welt besaß eine derart hoch entwickelte Technologie, nicht einmal das FBI. Und falls die sich irgendwann eine solche anschaffen würden, hätte die *Foundation* mit Sicherheit bereits die nächste, verbesserte Version installiert, wenn nicht gar die übernächste.

Das Gebäude selbst wirkte keinesfalls hoch technisiert. Es war ein grauer zweistöckiger Betonkasten in einem Büropark am Stadtrand von Alexandria, Virginia, in dem außerdem eine Firma für Webdesign, ein überwiegend unbekannter Spielzeughersteller sowie eine Finanzberatung untergebracht waren. Keines dieser Unternehmen ahnte, dass sich in direkter Nachbarschaft eine der einflussreichsten politischen Organisationen der Welt befand. Und genau das war beabsichtigt.

Die Idee zur Gründung der *Foundation* entstand kurz nach der Ermordung Kennedys und verfestigte sich während der Watergate-Affäre. Die amerikanische Politik war außer Kontrolle geraten, das System lief Amok. Das »Große Amerikanische Experiment« der Demokratie stand kurz davor, unter seiner eigenen Last zusammenzubrechen, und irgendjemand musste etwas unternehmen.

Selbst wenn es bedeutete, das System zu unterminieren.

Das war der Moment, in dem sieben gleichgesinnte Offiziere mittleren Ranges aus unterschiedlichen Geheimdienstorganisationen entschieden, dass ein effektives Spiel nur vom Spielfeldrand aus geführt werden konnte. Ohne sichtbare Verbindung zur Regierung. Ohne sichtbare staatliche Finanzierung. Ohne jegliche Sichtbarkeit.

Während die Church- sowie die Pike-Kommission 1975 mit ihren offiziellen Untersuchungen der CIA und anderen Nachrichtendiensten beschäftigt waren, traten diese Männer still und leise von ihren Regierungsämtern zurück und gründeten die *American Heritage Foundation.* Das Startkapital stammte voll und ganz aus privater Hand und wurde keiner Überprüfung unterzogen. Ein Fonds, der per Handschlag für zukünftige Gegenleistungen zugesichert wurde.

Jeder der wohlhabenden Investoren sollte bald erkennen, dass seine Investition das Klügste war, was er je mit seinem Geld angestellt hatte. Jeder Einzelne wurde im Folgenden noch reicher, denn die *Foundation* machte ihren Einfluss geltend, um gewisse Gesetze und Regelungen zu ihren Gunsten verabschieden zu lassen. Selbst damals konnten sich nur noch wenige Politiker, Richter oder Angehörige von Polizei und Geheimdiensten der Macht dieser Stiftung entziehen.

Ihre finanziellen Ressourcen wuchsen auf eine beträchtliche Summe. Nach sechsunddreißig Jahren beständigen Wachstums lag ihr Vermögen bei rund 5,2 Milliarden Dollar. Genug Geld, um zu beliebiger Zeit alles durchzusetzen, was ihre Gründer als sinnvoll oder notwendig erachteten.

Genug, um einen Krieg anzufangen.

Zunächst besaß die Stiftung nur neun vollbeschäftigte Mitarbeiter – eine eingeschworene Gruppe von fast fundamentalistischem Eifer. Sie glaubten an das, was sie taten. Sie waren diejenigen, die Amerika in der Spur hielten, und sie würden alles Erdenkliche tun, damit es auch so bliebe.

Über die Jahre wuchs die Zahl der Mitarbeitenden auf siebenundzwanzig, was immer noch verhältnismäßig wenig war. Das lag daran, dass die Prinzipien so strikt und das Bewerbungsverfahren so kompliziert waren, dass nur wenige Kandidaten lange genug durchhielten, um ernsthaft in Betracht gezogen werden zu können.

Sechsundzwanzig Menschen zu finden, denen man sein Leben anvertrauen würde, ist möglich. Bei hundertsechsundzwanzig ist es nicht mehr möglich. Zumindest nicht in der zivilen Welt.

Ein weiterer Grund dafür, dass sie mit so wenig Mitarbeitern auskamen, lag in der ständigen Weiterentwicklung der Technik. Eine Arbeitskraft, die mit Technologie im Wert von zehntausend Dollar ausgestattet war, konnte heute das leisten, wozu 1975 noch nicht einmal hundert Arbeitskräfte mit einer 50-Millionen-Dollar-Ausrüstung in der Lage gewesen waren. Was früher einer ganzen Armee bedurfte, konnte heute von einer einzigen Person mit entsprechenden Fähigkeiten und entsprechender Technologie erledigt werden, sofern sie ausreichend finanzielle Mittel besaß, um für bestimmte Teilaufgaben die entsprechenden externen Anbieter anzuheuern.

Die *American Heritage Foundation* besaß alles drei.

Sie hatte im Lauf der Jahre Hunderte unabhängiger Partner mit einer Vielzahl von Aufgaben betraut, doch selbst diese Gruppe war jeweils auf ein Minimum beschränkt, um sicherzustellen, dass die Stiftung weiterhin außerhalb des Systems agieren konnte.

Wenn man das System kontrollierte, war es machbar, außerhalb zu bleiben.

In den zweiundvierzig Jahren ihres Bestehens hatte niemand die *Foundation* je verlassen, es sei denn aufgrund von Ruhestand oder Tod. Und das lag nicht an der Vergütung, die adäquat, aber auch nicht exorbitant war. Es lag auch nicht an irgendwelchen Sonderleistungen oder Vergünstigungen oder anderen Angeboten, die eine Arbeitsstelle attraktiver als eine andere machten. Es lag einfach daran, dass alle ihre Arbeit in der Stiftung als die beste der Welt empfanden, weil sie sich als Teil einer Mission fühlten. Sie bewirkten wahre Veränderungen in der wahren Welt, und das regelmäßig und ohne dass die Welt überhaupt davon wusste.

Sie waren die Puppenspieler; sie hielten die Fäden in der Hand.

Gewählte Regierungsbeamte, politische Vertreter, Komitees, Kabinette, Geheimdienstleiter und alle anderen, die Washington als ihren persönlichen Spielplatz betrachteten, hatten alle nur eine begrenzte Spielzeit. Was konnte ein Mensch, egal, wie talentiert er war, in immer wieder neu zu erkämpfenden 4-Jahres-Häppchen schon ausrichten? Die Antwort lautete *sehr wenig*, zumindest nach Auffassung der *Foundation*. Und die meisten Politiker waren noch nicht einmal besonders talentiert. In der Mehrheit waren sie nichts anderes als Kinder, denen man Führung und die Richtung vorgeben musste, Schauspielern nicht unähnlich. *Gib ihnen eine Rolle, und wenn sie gut spielen, gib ihnen eine Belohnung. Wenn nicht, sieh zu, dass du sie loswirst.*

Ronald Reagan – Gott sei seiner Seele gnädig – war dafür ein leuchtendes Beispiel gewesen.

Der momentane Direktor der *American Heritage Foundation*, Bob Stenson, verehrte Reagan fast ebenso sehr, wie sein Vorgänger und Mentor es getan hatte. Lawrence Walters, einer der sieben Stiftungsgründer, hatte ein Händchen dafür gehabt, Talent frühzeitig zu erkennen. Er war der Erste, der dem mittelmäßig begabten Schauspieler nahelegte, er könne ein großartiger Politiker werden. Außerdem erkannte er Stensons Talent, als der noch ein CIA-Agent auf mittlerer Ebene war. Walter rekrutierte ihn persönlich. Bildete ihn aus. Und beförderte ihn neunzehn Jahre lang nach und nach durch die Ränge der *Foundation*, bis Stenson 2005 schließlich sein eigenes Amt erbte, als eine Alzheimer-Erkrankung den letzten der verbliebenen Stiftungsgründer zum Rücktritt zwang.

Wenn Könige ihre Prinzen wählen könnten, anstatt sie zu zeugen, würde es stets genau so laufen.

Doch wie bei Vater-Sohn-Beziehungen lief auch bei Walters und Stenson nicht immer alles glatt. Es gab Spannungen aufgrund von Meinungsverschiedenheiten, etwa bei Henry Townsend. Stenson hatte Walters schon 2002 dazu gedrängt, die Beziehung mit dem nachlässigen New Yorker Repräsentanten zu beenden, doch Walters hatte darauf beharrt, dass Townsend Juniors besondere Neigungen nützlich seien, um ihn besser kontrollieren zu können. Mit der Zeit wurde allerdings offenkundig, dass der jungenhafte Senator seine unreifen Gelüste nicht im Zaum halten konnte.

Als der Alte beschloss, sich aufgrund seiner fortschreitenden Krankheit zurückzuziehen, gab er Stenson unter vier Augen recht, dass er schon viel früher etwas hätte unternehmen müssen. Jedoch habe seine freundschaftliche Verbindung zum Vater des peinlichen Kongressabgeordneten sein Urteilsvermögen getrübt. Stenson erklärte ihm geradeheraus, dass er keine weitere unfähige Marionette ins Weiße Haus einziehen lassen werde. *Ein* Idiotensohn sei für eine Generation genug. Daraufhin verließ Walters sein Büro zum letzten Mal, und das mit der Gewissheit, dass die *American Heritage Foundation* in guten Händen war.

Stenson saß an seinem stählernen Kastenschreibtisch und ging erneut die Nachrichten des Tages durch, um sicherzustellen, dass er nichts übersehen hatte. Er las die Nachrichten auf seinem Kryptohandy, dem gleichen Modell wie das von Corbin Davis, Gloria Pruitt und einem Dutzend anderen. Es war nichts Ungewöhnliches passiert. Jeder, der sich melden sollte, hatte das getan. Ein ganz normaler Bürotag. Stenson rief seine Frau Millie an, um anzukündigen, dass er sich gleich auf den Heimweg mache. Sie freute sich immer, wenn er nicht gar so spät nach Hause kam. Und würde ihm sein Lieblingsgericht servieren: Schweinelende.

Kapitel 24

Tisch Kunstakademie, Universität New York, 24. Mai, 9:07 Uhr

Professor Jacob Hendrix betrat sein Büro und sah, dass ein Dutzend Briefe und Nachrichten unter der Tür hindurchgeschoben worden waren. Einige davon betrafen Filme von Studenten, der Rest waren Einladungen von Fakultätskollegen oder Verwaltungskram aus dem Büro des Dekans. Er legte den Stapel unbesehen auf seinen Schreibtisch und schaltete den Rechner ein. Nach dem Einloggen rief er Wikipedia auf und tippte »akustische Archäologie« ins Suchfeld.

((•))

Als Jacob die Entertaste drückte, brummte und blinkte einer der vielen Monitore in Michael Barnes' Kellerbüro. Wurde über eine der IP-Adressen, die Barnes überwachte, irgendeines seiner vorgegebenen Signalwörter eingetippt, löste das augenblicklich Alarm aus. Barnes drückte ein paar Tasten und hatte eine exakte Kopie von Jacobs Computerbildschirm auf seinem Monitor. Gleichzeitig mit Jacob las er den Wikipedia-Artikel über

»Archäoakustik«, die bereits in einigen Wissenschaftssendungen behandelt worden war. In dem Artikel war unter anderem von der »zukünftigen Möglichkeit, jede Art von Schallwellen im Nachhinein zu reproduzieren« die Rede, aber auch, dass dies noch »dem Bereich der Science Fiction« zuzuordnen sei.

Barnes arbeitete schon zu lange auf seinem Gebiet, um noch an einen Zufall glauben zu können. Trotzdem war es denkbar, dass Jacobs Suche lediglich die Folge eines harmlosen Gesprächs mit Skylar war.

Diese Möglichkeit konnte Barnes jedoch in dem Moment ausschließen, als Jacob »Edward Parks« in die Suchmaschine eingab. Zu diesem Namen gab es zwar keinen Wikipedia-Artikel, aber drei andere Einträge: einen Anwalt, der Partner in der Kanzlei Hogan Lovells in Washington war, einen vierundzwanzigjährigen Bariton, der in Yale an der Musikhochschule studierte, und einen orthopädischen Chirurgen in Denver.

Über Eddie war nichts zu finden, und das würde auch immer so bleiben. Dasselbe galt für Eddies »Echo-Box«, zu der es niemals irgendwelche Informationen geben würde, aber jeder Neugierige bekäme eine Menge Details zu einem anderen Gerät dieses Namens, das die Ausgangsleistung und Frequenzbreite von Funkgeräten überprüfte.

Barnes nahm sein Bürotelefon zur Hand und tippte zwei Zahlen für eine interne Durchwahl.

((•))

Stephen Millard erkannte Barnes' Durchwahlnummer auf dem Display. »Guten Morgen, Mr. Barnes. Was kann ich für Sie tun?«

»Ich muss ihn sprechen.«

»Ich fürchte, Dr. Fenton hat den ganzen Tag über Termine.«

»Sagen Sie ihm, es ist dringend.«

Dr. Fenton hatte Stephen bereits bei seiner Einstellung instruiert, dass, wann immer Mr. Barnes ihn dringend sprechen wolle, er davon umgehend in Kenntnis gesetzt werden müsse. In den sieben Jahren, die Stephen nun schon hier arbeitete, war das noch nie vorgekommen – bis jetzt. »Einen Moment, bitte.« Er legte Barnes in die Warteschleife und schrieb eine kurze Notiz, mit der er zu Fentons Bürotür ging.

Nach einem zaghaften Klopfen streckte Stephen vorsichtig den Kopf durch die Tür. Vor Fentons Schreibtisch saß eine mögliche neue Patientin, ein rothaariges Mädchen im Teenageralter, dessen Hände unablässig zuckten. Die Mutter daneben wirkte erschöpft und sah aus, als könne sie es nicht erwarten, ihre Tochter abzugeben. Einer der Gründe lag wohl darin, dass das Mädchen bei dem Versuch einer kalten Fusion die Garage in die Luft gesprengt hatte. Was die Mutter nicht wusste, war, dass ihre Tochter mit der richtigen Ausrüstung vermutlich Erfolg gehabt hätte.

Fenton bedachte Stephen mit einem bösen Blick und sagte zur Mutter: »Das Wahren der Privatsphäre hat bei unserem Personal normalerweise höchste Priorität.«

»Bitte entschuldigen Sie die Störung.« Mit zügigen Schritten ging Stephen zum Schreibtisch und reichte Fenton den Notizzettel, den er in der Mitte gefaltet hatte.

Fenton las die Nachricht und sah zu seinem Assistenten auf. »Waren das seine exakten Worte?«

»Ja, Sir«, erwiderte Stephen nervös. »Sonst hätte ich Sie nicht unterbrochen.«

Dr. Fenton stand auf und sagte ruhig: »Stephen, das sind Bettina Winters und ihre wunderbare Tochter Rachel. Warum zeigen Sie den beiden nicht schon einmal unsere Einrichtung? Ich stoße in ein paar Minuten dazu.«

Sobald die Besucher das Büro mit Stephen verlassen hatten, nahm er den Telefonhörer ab. »Kommen Sie rauf.«

Kapitel 25

Harmony House, Woodbury, New Jersey, 24. Mai, 11:32 Uhr

Mittwochs gab es Hot Dogs und Pommes dauphine, die Eddie heute mit Vier beziehungsweise Fünf bewertete. Das Gemüse dazu, Mais, befand er als zu breiig. Er spuckte den Löffelvoll aus, den er sich in den Mund geschoben hatte, und bewertete die Beilage mit einer Eins. Als Nachtisch konnte er zwischen grüner Götterspeise und Vanillepudding wählen. Eddie nahm beides. Er probierte die Götterspeise und fand sie zu fest. Eine Zwei. Er schob sie beiseite. Der Pudding allerdings war so gut, dass er ihn mit einer seltenen Fünf plus bewertete. Er leckte das Schüsselchen aus und ging ein weiteres Mal zur Ausgabetheke.

Als Jerome ihn sah, machte er auf dem Absatz kehrt. Nach dem letzten Zwischenfall hatte er sich angewöhnt, den Kontakt mit Eddie möglichst zu vermeiden.

»Hey, Jerome, warum gehen Sie weg?«

»Ich muss Geschirr spülen.«

Eddie machte sein BUZZER-Geräusch. »Das stimmt nicht.«

Jerome sah ihn an. »Woher weißt du das, Mann?«

»Dr. Fenton sagt, ich bin ein wandelnder Lügendetektor.«

Der junge Mann aus Harlem machte große Augen. »In echt?«

»In echt.«

Jerome beschloss, Eddie zu testen. »Ich habe am 19. April Geburtstag.«

BUZZER. »Das stimmt nicht.«

Jerome war beeindruckt. »Mein Geburtstag ist am Tag davor, am 18. April.«

»Stimmt.«

»Mein zweiter Name ist Malikai.«

»Stimmt.«

»Ich bin in meiner Familie der Jüngste.«

Eddie machte das BUZZER-Geräusch. »Sie sind nicht der Jüngste.«

Jerome schüttelte den Kopf. »Ich habe vier jüngere Schwestern.« Er dachte darüber nach, welche Macht Eddie mit dieser Gabe hatte. Und welche Last. »Heilige Scheiße!«

Eddie sah verwirrt aus. »Sind Sie wütend, Jerome?«

»Nein, Eddie. Hör zu, du gehst jetzt besser wieder.«

»Okay. Aber ich wollte Ihnen sagen, dass ich dem Vanillepudding eine Fünf plus gegeben habe, und ich gebe nur sehr selten eine Fünf plus.«

Jerome nickte anerkennend. »Ist das deine höchste Bewertung, die Fünf plus?«

»Ja. Und die habe ich dieses Jahr erst zwei Mal vergeben. Das erste Mal für die grünen Bohnen am Mittwoch, dem 22. Februar, weil das die besten grünen Bohnen waren, die ich je gegessen habe.«

Jerome kam ein Stückchen näher. »Weißt du, wer den Pudding heute gemacht hat?«

»Dieselbe Person, die immer den Pudding macht. Sie, Jerome.«

»Tja, dafür krieg ich dann wohl 'ne Goldene Zitrone.«

»Warum eine Goldene Zitrone?«

»Das ist ein Preis, der eigentlich keiner ist.«

»Warum wollen Sie ihn dann?«

Jerome lachte. »Erwischt.«

Eddie sah verwirrt aus. »Wobei habe ich Sie erwischt?«

In diesem Moment bemerkte Jerome, dass sein Boss Ida Peroni quer durch die Cafeteria auf die Theke zukam. Sie schüttelte missbilligend den Kopf. Schnell sagte Jerome: »Ich hab einen letzten Pudding übrig. Den hab ich für mich aufgehoben, aber du kannst ihn haben, wenn du willst.«

»In echt?«, fragte Eddie, so wie Jerome es vorher gefragt hatte.

»In echt.«

Eddie machte große Augen, als Jerome ihm den Pudding über die Theke anreichte. Als Ida kam, hielt er ihn wie eine Trophäe in die Luft. Ida versuchte, ruhig zu bleiben. »Alles okay, Eddie?«

»Besser als okay, Ida. Jerome macht den besten Vanillepudding. Sie sollten ihm eine Goldene Zitrone geben, weil das ein Preis ist, auch wenn es eigentlich keiner ist, was ich nicht verstanden habe.« Er löffelte im Gehen das Puddingschälchen leer, und als er wieder zu seinem Tisch kam, wartete überraschenderweise Skylar auf ihn. Sein Mund war mit Pudding verschmiert. Skylar reichte ihm eine Serviette, während er die Schüssel noch ausleckte.

»Ich nehme mal an, der Pudding war lecker.«

»Ihre Annahme ist korrekt, Skylar. Der Pudding hat eine Fünf plus bekommen.«

»Du siehst aus, als hättest du gut geschlafen.«

»Über sechzehn Stunden. Wie lange haben Sie letzte Nacht geschlafen?«

»Etwas über vier Stunden.«

»Sind Sie müde?«

»Ein bisschen.«

Er machte das BUZZER-Geräusch.

»Also gut. Wenn du die Wahrheit wissen willst: Ich bin sehr müde.«

»Sie können einen Mittagsschlaf in meinem Bett halten, wenn Sie wollen. Ich kann Sie zudecken, wie Sie mich zugedeckt haben. Mein Schlafanzug ist Ihnen aber zu groß.«

»Danke für das liebe Angebot, Eddie, aber danke nein.«

»Warum haben Sie nur vier Stunden geschlafen?«

»Weil ich über dich gelesen habe.«

»Warum haben Sie über mich gelesen?«

»Weil ich finde, dass du einer der faszinierendsten Menschen bist, die ich kenne.«

»Und ich finde, dass Sie einer der faszinierendsten Menschen sind, die ich kenne, Skylar. Kann ich auch etwas über Sie lesen?«

»Ich fürchte, über mich wurde nicht besonders viel geschrieben.«

»Wenn Sie Ihre Autobiografie schreiben würden, könnte ich sie lesen.«

Skylar lachte. »Wenn ich jemals eine Autobiografie schreiben sollte, werde ich sie dir zu lesen geben – das verspreche ich.«

»Dann stelle ich sie in mein Regal direkt neben mein Buch der Fragen, weil ich glaube, dass Ihre Autobiografie viele meiner Fragen beantworten wird.«

Darüber freute sich Skylar aufrichtig und lächelte Eddie an. »Etwas, das ich gestern Nacht über dich erfahren habe, ist, dass du zu viel über die Echo-Box nachdenkst.«

»Ich denke darüber nach, weil ich ganz nah dran bin, herauszufinden, warum sie nicht funktioniert.«

»Wie lange bist du schon nah dran, Eddie?«

Er blinzelte einige Male. »Elf Jahre und drei Monate.«

»Das ist eine lange Zeit, um über nur eine Sache nachzudenken.«

»Ich denke schon viel länger darüber nach, aber das ist die Zeit, in der ich einer Lösung nahe bin.«

»Wie viel Fortschritt hast du in dieser Zeit gemacht?«

»Vierzehn Prozent.«

Sie nickte. »Etwas über ein Prozent pro Jahr.«

»Eins Komma zwei vier Periode.«

»Bei dieser Rate brauchst du noch siebzig Jahre bis zur endgültigen Lösung.«

»Neunundsechzig Komma eins null neun«, korrigierte Eddie.

»Das ist eine lange Zeit, Eddie.«

»Das stimmt. Eine sehr lange Zeit. Ich will nicht so lange warten müssen, bis ich die Stimme meiner Mutter höre.«

»Was bedeutet: Um zur Lösung zu kommen, musst du vielleicht einen anderen Ansatz suchen. Das kann etwas ganz Einfaches sein oder aber etwas ganz Kompliziertes. Das kann man vorher nicht wissen, aber um das Ziel auf andere Weise zu erreichen, muss man den Weg ändern.«

Eddie wirkte verwirrt. »Wie soll ich den Weg ändern?«

»Es hilft, wenn man den Kopf frei bekommt … ihn mal ganz leer macht.«

»Ich will meinen Kopf nicht leer machen.«

»Ich meine das nicht wörtlich. Das ist nur eine Redewendung.«

»Ich mag keine Redewendungen.«

Sie staunte, wie leicht es war, seine Einschränkungen zu vergessen. »Wenn *ich* einen neuen Weg finden will, hilft es mir, wenn ich spazieren gehe.«

»Wo gehen Sie dann spazieren?«

»Irgendwo, wo ich noch nie war.«

»Antarktis. Ich war noch nie in der Antarktis spazieren.«

»Ich auch nicht, aber ich dachte an etwas, das besser erreichbar ist.«

»Miami Beach, Florida, ist besser erreichbar.«

»Es ist so schön draußen, Eddie. Warum gehen wir nicht in den Garten?«

((•))

Als sie aus dem Gebäude traten, wehte ein lauer Wind, und sie spazierten in der Sonne auf die hügeligen Wiesen zu, die das Harmony House umgaben. Eddie blieb stehen, schloss die Augen und drehte den Kopf langsam von einer Seite zur anderen.

Skylar beobachtete ihn. »Was hörst du?«

»Alles.« Eddie konzentrierte sich auf einen Vogel, der über sie hinwegflog und in einem nahe stehenden Baum landete. Es war ein Goldzeisig, das Symbol des Staates New Jersey. Der Vogel zwitscherte. Eddie zwitscherte zurück. Danach wirkte er sicherer und setzte seinen Weg fort. »Wo gehen wir hin, Skylar?«

»Nirgendwo Bestimmtes.«

»Das ist ein seltsames Ziel.«

»Bist du nie einfach mal nur gegangen, um zu gehen? Dich zu bewegen?«

»Nein.« Eddie ging weiter. Lauschte seinen Schritten. Und dem Autoverkehr irgendwo in der Ferne. Starrte auf den Boden vor seinen Füßen und versuchte, den Aspekt des ziellosen Gehens für sich zu verarbeiten. »Das ist ungefähr so wie bei der nonverbalen Kommunikation, oder?«

»Wie meinst du das?«

»Wir tun eine Sache, aber in Wirklichkeit tun wir viel mehr.«

»Das ist sehr aufmerksam von dir.«

»Es ist außerdem sehr bedeutungsvoll, genau wie vor zwei Tagen.«

»Ich glaube, es tut einfach gut, spazieren zu gehen.«

»Genau wie Obst und Gemüse zu essen und nicht zu rauchen und nur wenig Alkohol zu trinken.«

»Das ist alles richtig.«

»Laut der Gesundheitsbehörde sollten Frauen während der Schwangerschaft keine alkoholischen Getränke zu sich nehmen, weil das Schäden beim Kind hervorrufen kann.«

»Das ist ebenfalls richtig.«

»Waren Sie jemals schwanger, Skylar?«

Sie zögerte. »Das ist eine sehr persönliche Frage, Eddie.«

»Dr. Fenton sagt, ich soll keine sehr persönlichen Fragen stellen.«

»Bei jemandem, den man noch nicht besonders gut kennt, ist das ein guter Rat.«

»Ich kenne niemanden besonders gut«, sagte Eddie im Weitergehen.

Es war eine günstige Gelegenheit, und Skylar wusste, dass sie sie ergreifen musste. »Ja, Eddie, ich war einmal schwanger.« Ihre Stimme bebte kaum merklich. Auf der Liste von Ereignissen, die sie am liebsten vergessen wollte, stand dieses ganz oben.

»War es ein Junge oder ein Mädchen?«

»Weder noch.« Sie überlegte, wie sie eine Abtreibung gestehen sollte, ohne sie offen anzusprechen, aber auch ohne zu lügen. »Die Schwangerschaft endete. Ich habe das Kind nicht bekommen.«

Eddie brauchte einen Moment, um ihre Antwort zu verarbeiten. Dann fragte er: »Werden Sie noch einmal versuchen, ein Kind zu bekommen?«

Sie schüttelte den Kopf. »Ich glaube nicht, Eddie.«

»Warum nicht?«

»Weil ich mir nicht vorstellen kann, dass ich das je wieder will.«

Er sah sie an. »Meine Mutter wollte mich, aber sie ist bei meiner Geburt gestorben.«

»Ja, sie wollte dich bestimmt.« Sie dachte kurz darüber nach, wie wenig ihre Mutter sie oder ihren Bruder gewollt haben musste. Wie sonst konnte eine Frau ihre kleinen Kinder einfach verlassen?

»Eines Tages werde ich meine Mutter singen hören.«

»Das glaube ich dir«, sagte sie mit fester Überzeugung.

Plötzlich blieb Eddie stehen und drehte den Kopf leicht hin und her.

»Was ist los?«

»Der Geheimnismann geht zu seinem Auto.«

Außerhalb des Gartens sah sie einen Mann, den sie nicht kannte. Zielstrebig und mit schnellen Schritten ging er über den Parkplatz zu einem beigefarbenen Impala. »Warum nennst du ihn den Geheimnismann?«

»Dr. Fenton sagt, der Mann braucht mich nicht zu interessieren.«

»Warum hast du Dr. Fenton nach ihm gefragt?«

»Bei jedem anderen im Harmony House weiß ich, was er arbeitet. Ich kenne alle Namen, alle Berufsbezeichnungen, ich weiß, wann sie ankommen und wieder gehen, wann sie im Urlaub sind und viele andere Dinge. Ich weiß, dass Schwester Gloria einen Sohn namens Cornell hat, der in Yale Jura studiert hat. Ich weiß, dass die Frau von Jerome aus der Cafeteria Marla heißt und eine Glatze bekommt, aber er sagt ihr trotzdem jeden Abend, dass sie schön ist.«

Skylar beobachtete, wie der Mann vom Parkplatz in Richtung des bewachten Ausgangstores fuhr. »Was macht dich so sicher, dass er hier arbeitet?«

»Er ist fast jeden Tag hier, aber manchmal geht er nicht in das Gebäude, sondern sitzt nur in seinem Auto.«

»Das ist seltsam.«

»Ja, das ist seltsam. Das hat er auch letzten Freitag gemacht, als Sie aus Dr. Fentons Büro kamen und für unbestimmte Zeit glücklich waren.«

»Er hat einfach dagesessen?«

»Ja, und nach einer Weile ist er weggefahren.«

»Wenn sich eine günstige Gelegenheit bietet, werde ich Dr. Fenton nach ihm fragen.«

»Woher wissen Sie, wann sich eine günstige Gelegenheit bietet?«

Skylar sah ihn an und nahm den Spaziergang wieder auf. »Jahrelange Übung.«

»Werden Sie mir beibringen, wie das geht?«

»Ich werde mich bemühen.«

Es war kein BUZZER-Geräusch nötig, denn Skylar sagte die Wahrheit.

Skylar war so sehr in ihre Arbeit vertieft, dass ihr erst bei einem zufälligen Blick aus dem Fenster auf die tief stehende Sonne auffiel, wie spät es schon sein musste. Sie hatte die vierte Kiste Material über Eddie vor sich und noch immer das Gefühl, am Anfang zu stehen. Zahlreiche Notizen sollten sie daran erinnern, zu einigen Dingen noch weiter zu forschen. Zu den Schalldämmplatten. Den Stiefelsohlen. Seiner Liebe zu Vögeln. Und den frühesten Entwürfen für die Echo-Box, die er schon vor der Ankunft im Harmony House angefertigt hatte. Laut dem Vermerk seines Kinderarztes hatte Eddie das Gerät mit acht Jahren zum ersten Mal erwähnt. Dessen Aufzeichnungen lag eine frühe Skizze bei, die dem Prototyp der Gegenwart sehr ähnlich war. Voller Ehrfurcht schüttelte Skylar den Kopf. *Welcher Achtjährige denkt darüber nach, wie man Schallwellen aus der Vergangenheit wiederherstellen kann?*

»Eddies Vater hat ihn noch kein einziges Mal besucht.« Fenton stand in ihrer Bürotür. »Er scheint keinen weiteren Kontakt mit Eddie zu wollen.«

»Manche Eltern wollen wohl einfach keine Verantwortung mehr übernehmen.« Sie dachte an ihre eigene Mutter und den Schmerz, der Skylar aufgrund ihrer Abwesenheit so viele Jahre hindurch gequält hatte. Als Kind hatte sie sich immer wieder gefragt, was sie falsch gemacht hatte, dass ihre Mutter gegangen war. Als Teenager hatte sie sich dann ausgemalt, wie sie ihre Mutter zur Rede stellte, vor allem nach Christophers Tod. Als Erwachsene zog sie es nun vor, möglichst gar nicht mehr an sie zu denken, denn obwohl sie sich rational mit der Entscheidung ihrer Mutter abgefunden hatte, war ihr dennoch bewusst, dass sie die Frau tief in ihrem Innern noch immer dafür hasste.

»Es ist wirklich tragisch. Für beide Seiten.« Fenton trat ins Zimmer und registrierte ihre wenigen persönlichen Gegenstände.

»Ich bin überzeugt, dass Eddies Mangel an engen persönlichen Kontakten der Hauptgrund dafür ist, dass er nicht weiterkommt.«

Fenton lachte leise. »Gilt das nicht für die meisten von uns?«

Sie lächelte kurz. »Die meisten von uns müssen nicht auswendig lernen, was ein Lächeln bedeutet.«

Fenton nickte. »Wie wollen Sie einen persönlichen Kontakt zu ihm herstellen?«

»Indem ich ihm das Gefühl von Sicherheit vermittle. Er soll lernen, dass er auch mal ein Risiko eingehen kann.«

Fenton sah aus dem Fenster. »Der Spaziergang war eine gute Idee. Er verbringt viel zu viel Zeit verschanzt in seinem Zimmer.«

»Ich habe mir vorgenommen, ihm so viel Neues anzubieten, wie er vertragen kann. Ich will seine Komfortzone ausweiten.«

»Passen Sie aber auf, dass Sie ihn nicht überstrapazieren. Ohne seine vielen Routinehandlungen verliert er den Halt.«

»Wenn er mir erst einmal vertraut, dass ich ihn nicht fallen lasse, werden Sie sich wundern, was alles möglich ist.«

In diesem Moment klingelte Skylars Handy. Es war Jacob. »Hallo, Schatz. Wartest du bitte mal kurz?« Sie sah zu Fenton und legte eine Hand über das Telefon. »Er hatte mich eigentlich zum Abendessen erwartet. Jetzt muss ich mir etwas einfallen lassen.«

»Nun, ich sollte mich auch gleich auf den Heimweg machen. Ich wünsche Ihnen einen schönen Abend.« Er verließ das Büro und schloss die Tür.

Kapitel 26

Christopher Street, New York City, 24. Mai, 19:08 Uhr

Als er Skylar anrief, war Jacob gerade mit einem Studenten, dem Milliardärssohn Barry Handelman, und dessen überaus hübscher Freundin zur U-Bahn-Station am Sheridan Square unterwegs. Wie immer um diese Uhrzeit herrschte auf dem Gehweg großes Gedränge. Er wartete darauf, dass Skylar das Gespräch wieder aufnahm.

Endlich meldete sie sich. »Ich dachte, du bist mit deinen Studenten zu irgendeinem Filmkunstkino unterwegs?«

»Das bin ich auch, allerdings nur mit einem, weil die anderen mich versetzt haben. Und Barry hat seine Freundin dabei, also habe ich mich gefragt, ob ich dich wohl zu einem Abend zu viert überreden kann.«

»Ich wünschte, ich könnte mitkommen, aber ich bin noch im Harmony House.«

»Okay, ich wollte auch nur nachfragen. Arbeite nicht zu lange.« Jacob, Barry und seine Freundin Tatiana, die in der Tat als Model arbeitete, stiegen die Treppe zur U-Bahn hinunter.

Mit leichtem argentinischen Akzent fragte Tatiana ihren Freund: »Müssen wir wirklich die U-Bahn nehmen? Warum fahren wir nicht mit dem Auto?«

»Weil er mit mir unterwegs ist«, schaltete sich Jacob ein. »Und Uni-Professoren fahren keine Limousinen. Vor allem nicht, wenn sie einem ihrer Studenten gehören.«

Es war klar erkennbar, dass die beiden nur ungern U-Bahn fuhren, aber keiner von ihnen kommentierte es ein weiteres Mal. Allerdings bereute Jacob seine Entscheidung in dem Moment, als er den heruntergekommenen Obdachlosen bemerkte, der ihnen folgte. Der Mann sah nicht besonders gesund aus. Er humpelte, und seine Kleidung war schmutzig und zerschlissen. Jacob vermutete, dass der Mann auf Barrys Freundin aufmerksam geworden war. Aller Wahrscheinlichkeit nach war sie selbst nicht sein Ziel, aber bei so einer Frau konnte man davon ausgehen, dass ihr Freund stinkreich war.

Sie gingen um eine Ecke, und Jacob nutzte die Gelegenheit, um sich erneut umzusehen. Der Typ war verschwunden. *Wahrscheinlich bin ich nur paranoid,* dachte Jacob und zwang sich zur Ruhe.

Auf dem Bahnsteig wandte er sich an Tatiana. »Haben Sie schon mal einen französischen Film gesehen?«

Sie antwortete auf Französisch: *»Professeur, ce n'est pas parce que je suis mannequin que je suis inculte.«* (Professor, nur weil ich ein Model bin, bin ich noch lange nicht ungebildet.)

Er antwortete entsprechend. *»Je n'ai jamais dit ça. La majorité des Américains n'en ont pas vu un seul.«* (Das habe ich auch nicht gesagt. Die meisten Amerikaner haben noch nie einen ausländischen Film gesehen.)

»Englisch, bitte«, warf Barry dazwischen, »sonst werde ich eifersüchtig.« Er schmunzelte.

Tatiana sah ihn an, dann Jacob. »Ich bin keine Amerikanerin.«

»Ja, das habe ich mir gedacht. Ich wollte Ihnen nur ein wenig Hintergrundinformationen liefern für den Fall, dass Ihnen die Art von Film, die wir anschauen werden, fremd ist.«

»Ich habe viele französische Filme gesehen, aber noch keinen aus der Avantgarde.«

»Tja, dann erwartet Sie ein ganz spezieller Leckerbissen«, sagte er laut, um die Geräuschkulisse zu übertönen. »Entweder das, oder Sie erleben die schrecklichste Zeit Ihres Lebens … und in dem Fall spendiere ich Ihnen beiden hinterher einen Drink.«

Über den Lärm eines einfahrenden Zuges hinweg rief Barry: »In dem Fall werde ich auf jeden Fall einen Wagen bestellen.«

»Und dann musst du den Professor überreden, dass er mit uns feiern geht.«

»Wer hat gesagt, dass wir feiern gehen?«

»Wer hat gesagt, dass wir das nicht tun?«, gurrte sie.

Abgelenkt durch die Möglichkeiten, die der Abend noch bieten könnte, merkte Jacob nicht, dass der Obdachlose von vorhin wieder auf sie zuhumpelte.

Seit dem Anschlag auf das World Trade Center herrscht in New York eine gesteigerte Wachsamkeit. Das U-Bahn-System gilt als eines der wahrscheinlichsten Ziele für einen erneuten Terrorangriff, einfach weil es so groß ist. Es gibt 472 Bahnhöfe und etwa 1370 Kilometer Gleisstrecke. An jedem Wochentag werden über fünf Millionen Passagiere befördert, womit es hinter Peking, Schanghai, Tokio, Guangzhou, Seoul und Moskau weltweit an siebter Stelle liegt. Die möglichen Angriffspunkte sind schlichtweg nicht zu zählen.

Jacob, Barry und Tatiana hörten, wie sich der nächste Zug dem Bahnhof näherte. Die normalen U-Bahn-Züge fuhren langsam ein und waren längst nicht so laut und schrill wie

Expresszüge, die einfach durchfuhren. Der kommende Zug würde definitiv nicht anhalten.

Über das Quietschen des herannahenden Zuges hinweg brüllte der Obdachlose, so laut er konnte: »Zeit, dass die Amerikaner für ihre Sünden bezahlen!«

Doch niemand beachtete ihn weiter, bis er eine Gasmaske aufsetzte, die er unter seinem zerschlissenen Mantel versteckt hatte. Die Maske war nagelneu.

Als er auf einmal einen Kanister in die Luft hielt, hatte er auf dem überfüllten Bahnsteig mit einem Schlag die volle Aufmerksamkeit aller Anwesenden.

Die meisten waren vor Schreck wie erstarrt. Eine Frau stieß einen schrillen Schrei aus. Ein Mann rannte die Treppe nach oben und stieß dabei ein paar Kinder um. Ein anderer Mann im Businessanzug, der nicht weit vom Obdachlosen entfernt stand, stürzte auf ihn zu und wollte ihn wohl zu Boden reißen. Doch bevor er ihn erreichen konnte, zog der Obdachlose den Verschluss vom Kanister und ließ ihn zu Boden fallen.

Fssssssssssssss. Ein zischendes Geräusch, das sich gefährlich anhörte.

Das Gas verbreitete sich rasend schnell. Dieser Angriff war unfassbare Realität.

Die Gaswolke breitete sich durch den gesamten Bahnhof aus. Dann fuhr am anderen Ende des Bahnsteigs der Zug ein. Es war kaum noch etwas zu sehen. Den Menschen brannten die Augen. Und die Lungen. Der ganze Kopf schien von innen zu brennen.

Alle dachten, ihr Ende sei gekommen.

Panisch drängten sich die Menschen über-, unter- und nebeneinander. Es war die Hölle.

Mitten in dem Tumult, als der Zug schon fast den ganzen Bahnsteig entlanggefahren war, sprang der Obdachlose auf

Jacob zu und packte ihn von hinten am Mantel. Der Mann, der vorher in gekrümmter Haltung gehumpelt hatte, war auf einmal unglaublich wendig und stark. Sein Griff war kräftiger, als man hätte erwarten können.

Mit einer einzigen, vehementen Bewegung schleuderte er Jacob auf die Gleise vor den Expresszug, der mit sechzig Stundenkilometern durch den Bahnhof raste.

Kapitel 27

U-Bahnhof Sheridan Square, New York City, 24. Mai, 19:13 Uhr

Das Kreischen des Expresszuges, der am Bahnsteig entlangraste, steigerte sich noch um weitere Dezibel, als der Fahrer die Notbremsung aktivierte. Er arbeitete schon seit dreiundzwanzig Jahren bei der Metropolitan Transportation Authority, die letzten elf als Fahrer. Die einzige Notbremsung, die er vor dieser durchgeführt hatte, war ebenfalls durch eine Person auf den Gleisen ausgelöst worden. Damals war es Selbstmord gewesen. Diesmal war es anders.

Er bremste reflexartig. Und wünschte sofort, er hätte es nicht getan. Hätte er nur zwei Sekunden darüber nachgedacht, wäre er weitergefahren, denn es bestand die Gefahr, dass dieser dichte Nebel im Bahnhof ein tödliches Gas war.

Sie würden alle sterben.

Das schrille Quietschen der Bremsen war eine Folter. Funken sprühten, als die blockierten Stahlräder über die Schienen schrammten.

Die Passagiere wurden mit voller Wucht in Fahrtrichtung geschleudert, als der Zug abrupt stoppte. Viele von ihnen würden später ins Krankenhaus eingeliefert werden müssen, ein Fahrgast sogar in kritischem Zustand. Laute Schreie gellten durch die Waggons, aber sie waren nicht so laut wie die der über hundert Menschen auf dem Bahnsteig.

Fast niemand hatte mitbekommen, dass ein Mann vor den Zug geworfen worden war. Die meisten versuchten einfach, vor der gefährlichen weißen Gaswolke davonzulaufen. Nur diejenigen, die direkt neben Jacob gestanden hatten, mussten mit ansehen, wie er in den Tod stürzte. Vor lauter Gas war jedoch kaum etwas zu erkennen. Es herrschte blindes Chaos.

Insgesamt würden aufgrund der Massenpanik siebenunddreißig Menschen ärztlich versorgt werden müssen. Einige Unglückliche wie Tatiana wurden umgerissen. Vor Todesangst schrie sie aus Leibeskräften. Sie war eine der wenigen, die gesehen hatten, wie Jacob fiel und vom Zug zerteilt wurde. Sie bekam glasige Augen. Die arme Frau erlitt einen Schock und konnte nur noch unzusammenhängende Worte stammeln.

Das Gas war überall. »Halt die Luft an!«, rief Barry seiner Freundin zu. Er packte ihre Hand, zog sie hoch und schob sich mit ihr durch die Menge, um aus der Gefahrenzone zu fliehen. Tatiana bewegte sich wie ein Zombie, aber irgendwie gelang es ihr, bei Barry zu bleiben.

Dem Obdachlosen, der Jacob in den Tod gestoßen hatte, kam die Panik zugute. Er machte sich wegen des Gases keine größeren Gedanken. Er wusste, dass es nicht tödlich war. Elf Stunden später würden das auch die Ermittler des Sondereinsatzkommandos aus städtischen, bundesstaatlichen und nationalen Behörden feststellen: dass es sich nur um Tränengas handelte, vermutlich gestohlen beim NYPD. Das Ganze war vor allem ein Akt der Panikmache gewesen, die Verzweiflungstat irgendeines

Verrückten, der Aufmerksamkeit wollte, ähnlich dem Vorfall 2009 in LaGuardia, als der Flughafen sieben Stunden lang hatte gesperrt werden müssen.

Allerdings war damals niemand dabei ums Leben gekommen.

Der Killer machte sich aus dem Staub, noch ehe irgendjemand auf die Idee kam, ihn zu verfolgen. Er tauchte in der fliehenden Menge unter, schob die Gasmaske dabei wieder unter seinen Mantel und rannte einfach mit den anderen in Richtung Ausgang. Ohne das geringste Anzeichen von Humpeln sprang er die Treppe ins Zwischengeschoss hinauf, lief weiter und tauchte dann in eine Herrentoilette ab. Dort schloss er sich in eine Kabine ein und nahm die hässliche verfilzte Perücke ab. Doch erst als er auch den Bart abnahm, war er wieder als Michael Barnes erkennbar.

Unter dem zerlöcherten Mantel und der dreckigen Hose trug er einen Anzug von Brooks Brothers: Mr. Businessman. Die abgelegte Kleidung stopfte er zusammen mit der Gasmaske in eine dünne Sporttasche, die zusammengefaltet in der Manteltasche gesteckt hatte. Als er aus der Kabine trat, wäre kein Mensch auf die Idee gekommen, dass es sich um den verrückten Obdachlosen handelte, der durch einen Gasangriff eine Massenpanik ausgelöst und einen Mann vor den einfahrenden Zug gestoßen hatte.

Barnes ging zum Waschbecken und spritzte sich kaltes Wasser ins Gesicht. Er zeigte keinerlei Gefühlsregung. Sein Auftrag war noch nicht beendet – er musste den U-Bahnhof noch verlassen. Doch das war der einfachste Teil seiner Mission.

Er verließ die Toilette, hielt eine Hand vor den Mund und hustete, so wie es die meisten um ihn herum taten. Er sah wie irgendein New Yorker Geschäftsmann aus, der nach einem gewöhnlichen Arbeitstag in das unplanmäßige Chaos eines Gasangriffs geraten war. Die Nylontasche über seiner Schulter konnte bedeuten, dass er gerade zu Equinox oder einem anderen beliebten Fitnessstudio unterwegs gewesen war, um den Stress seines Arbeitsalltags abzuschütteln. Wie die meisten anderen vermittelte er jetzt allerdings eher den Eindruck, als wollte er lieber in eine Bar gehen.

Zusammen mit den Opfern seines Anschlags verließ Michael Barnes die U-Bahn-Station. Nicht wenige hielten erst einmal erschöpft inne oder fielen gar auf die Knie, um wieder zu Kräften zu kommen oder um Gott zu danken, dass sie noch lebten. Die meisten telefonierten, um geliebte Menschen wissen zu lassen, dass sie unverletzt waren. Auch Michael Barnes tat so, als würde er telefonieren – den ganzen Weg bis zu seinem Impala hielt er den Kopf über sein Handy geneigt, den Blick nach unten gerichtet. Er hatte den Wagen nahe der Universität geparkt, die jetzt einen Professor weniger hatte als zu Beginn des Tages. Als er sich in den Verkehr eingefädelt hatte, kam ihm das erste Dutzend Einsatzfahrzeuge entgegen.

Kapitel 28

Jacob Hendrix' Apartment, Greenwich Village, New York City, 24. Mai, 22:57 Uhr

Es war fast elf, als Skylar die zwei Treppenzüge zu Jacobs Wohnung an der Bleecker Street hinauflief. Ihre letzte Pilatesstunde war schon einige Tage her, und ihr Körper sehnte sich nach Bewegung. Die Stufen waren zwar keine große Herausforderung, aber besser als nichts.

Im zweiten Stock angekommen, sah sie überrascht, dass vor Jacobs Tür ein fremder Mann mit wettergegerbtem Gesicht und zerknittertem Anzug stand. Gerade steckte er eine Visitenkarte in den Türspalt neben dem Türgriff. Er mochte wohl Ende dreißig sein, sah aber eher wie fünfzig aus. »Kann ich Ihnen helfen?«

Er drehte sich zu ihr um. »Ist das die Wohnung von Jacob Hendrix?«

Sie musterte ihn argwöhnisch. »Und wer will das wissen?«

Er zog die Karte wieder aus dem Türspalt und reichte sie ihr. »Detective Butler McHenry, NYPD.«

Sie studierte seine Karte und zog dann ihren Schlüssel aus der Tasche. »Ja, das ist Jacobs Wohnung. Im Moment ist es auch meine. Was wollen Sie?«

»Können Sie sich ausweisen?«

Mit nervösen Fingern tastete sie nach ihrer Brieftasche und zeigte ihm ihren Führerschein aus Massachusetts. »Was soll das Ganze?«

»Ms. Drummond, hier steht, dass Sie in Cambridge wohnen.«

»Ich bin gerade erst umgezogen und hatte noch keine Zeit, die Adresse ändern zu lassen.« Sie merkte, dass sich ihr Puls beschleunigte. »Ist was passiert?«

Er gab ihr den Führerschein zurück. »Darf ich einen Moment reinkommen?«

Sie zögerte kurz. »Na gut.« Sie schloss die Tür auf und ließ Detective McHenry eintreten, der im Flur sofort die vielen Fotos von Jacob und Skylar registrierte.

»Sie machen mir Angst, Detective. Würden Sie mir bitte sagen, was los ist?«

»Vielleicht sollten Sie sich lieber setzen.«

»Ich will nicht sitzen.« Nun geriet Skylar in Panik. »Ist Jacob etwas zugestoßen?« McHenry atmete tief durch und sah sie ernst an. »Es geht ihm doch gut, oder?«

Seine Augen verrieten es schon, dann bestätigte er es mit einem Wort. »Nein.«

»Oh, mein Gott!« Ihre Beine gaben nach, und sie sank auf einen Küchenstuhl. Ihre Hände begannen zu zittern.

McHenry setzte sich ihr gegenüber und schluckte schwer, während er nach den richtigen Worten suchte. »Jacob Hendrix ist … von uns gegangen.«

Sie war nicht sicher, ob sie ihn richtig verstanden hatte. Es konnte nicht sein. »Wie meinen Sie das – gegangen? Wohin ist er gegangen?«

McHenry starrte auf die Tischplatte, dann hob er langsam den Blick. »Jacob ist tot.«

»Was?« Das konnte nicht stimmen. Es konnte einfach nicht. Es war unbegreiflich. Ihr wurde schwindelig.

Der Detective schwieg eine Weile, damit sie sich fangen konnte. »Es gab einen möglicherweise terroristischen Anschlag im U-Bahnhof Sheridan Square.«

Sofort machte sie sich Vorwürfe, dass sie auf dem Nachhauseweg kein Radio gehört hatte. Dass sie sich nicht über die vielen Straßensperren gewundert hatte, wegen derer sie einen Umweg hatte fahren müssen. Sie hätte zwei und zwei zusammenzählen können. *Verdammt!* »Was ist passiert?«

»Es war ein Gasangriff. Wir sind noch nicht sicher.«

»Wie viele Tote?«

»Das wissen wir noch nicht. In den Krankenhäusern werden noch viele Verletzte behandelt. Mr. Hendrix ist eines der zwei bisher bestätigten Todesopfer. Es ist denkbar, dass er in dem Gedränge entweder gestürzt ist oder umgerissen wurde, die Ermittlungen laufen noch. Jedenfalls ist er vor dem einfahrenden Zug auf das Gleis geraten.« Er sagte es so sanft und ruhig, wie er konnte, aber für Skylar fühlte es sich trotzdem an, als würde er ihr die Nachricht mit einem Dampfhammer vor den Kopf schlagen.

Es war einfach unbegreiflich. Tränen liefen ihr über das Gesicht. Sie konnte, sie wollte es einfach nicht glauben. »Wie kann das … Ich habe gerade noch mit ihm gesprochen, als er zur U-Bahn ging. Wir wurden unterbrochen …«

»Wir sind noch dabei, Zeugen zu befragen, um herauszufinden, was genau passiert ist.«

Skylar saß stocksteif da und fühlte sich wie betaubt. Ihr Gesicht war nass von Tränen, in ihren Ohren rauschte es. Sie versuchte, sich an ihr letztes Gespräch mit Jacob zu erinnern. Was war das Letzte, was sie zu ihm gesagt hatte? Was war das Letzte, was Jacob von ihr gehört hatte? Ihre Gedanken und

Erinnerungen waren ein einziges Durcheinander, und sie konnte sich nur bruchstückhaft erinnern.

Detective McHenry fuhr fort: »Zum jetzigen Zeitpunkt wissen wir nur, dass zwei Studenten bei ihm waren, ein junger Mann und eine Frau. Die Frau steht unter schwerem Schock.«

Skylar starrte auf die Tischplatte, ohne zu fokussieren. Ihre Stimme klang wie von weit her. »Nur der Mann war sein Student.«

»Wie bitte?«, fragte McHenry überrascht.

»Es war nur ein Student bei ihm.«

»Woher wissen Sie das?«

»Jacob hat es mir am Telefon gesagt.«

McHenry nickte. »Ms. Drummond, mein aufrichtiges Beileid.«

»Doktor, bitte. Ich bin Dr. Drummond.« Sie hob den Blick und sah ihm direkt in die Augen. »Ich bin so ein Miststück.« Schuld, Trauer und Reue stiegen in ihr auf, und sie begann zu schluchzen. Da war so viel, was sie nicht gesagt hatte. Nicht getan hatte. Jacob war ein hingebungsvoller Freund gewesen, zärtlich, intelligent, sexy und witzig. Alles. Er hatte sie immer nur glücklich machen wollen und dafür nichts weiter erwartet als ein wenig Aufmerksamkeit. *Was stimmt mit mir nicht?*, dachte sie. *Was zum Teufel stimmt nicht mit mir?*

McHenry wusste, dass es besser war, zu schweigen. Nach dem Tod eines geliebten Menschen bereute fast jeder, bestimmte Dinge nicht gesagt oder getan zu haben.

»Wissen Sie, ob er sofort tot war?«

McHenry nickte. »Ich kann Ihnen versichern, dass er nicht gelitten hat.«

Skylar starrte durch ihn hindurch, kaum in der Lage, zu verarbeiten, was sie hörte. »Ich kann es nicht glauben.«

»Ich kann nur ahnen, wie schwer es für Sie sein muss.« Er erhob sich und deutete auf seine Visitenkarte auf dem Tisch.

»Da stehen alle meine Nummern. Sie können mich jederzeit erreichen, Tag und Nacht.«

Skylar nickte mechanisch. Sie konnte sich nicht vorstellen, warum sie ihn je anrufen sollte.

»Darf ich Ihre Telefonnummer haben für den Fall, dass ich Sie erreichen muss?«

»Warum sollten Sie mich erreichen wollen?«

»Man weiß nie – vielleicht können Sie uns bei den Ermittlungen behilflich sein.«

Sie schrieb ihre Handynummer auf die Rückseite eines Briefumschlags und gab sie ihm.

Er steckte den Umschlag ein. »Noch einmal mein herzliches Beileid.«

Erst nachdem er die Tür hinter sich zugezogen hatte, erlaubte sie sich, ihren Gefühlen freien Lauf zu lassen. Sie brach in Tränen aus, sie schluchzte und heulte, wie sie es seit dem Tod ihres Bruders vor über zehn Jahren nicht mehr getan hatte.

Kapitel 29

American Heritage Foundation, Alexandria, Virginia, 25. Mai, 7:21 Uhr

Mit festem Schritt betrat Bob Stenson am frühen Morgen den Konferenzraum der *Foundation*. Er hatte drei Zeitungen bei sich, die in mehreren Artikeln über den mutmaßlich terroristischen Anschlag auf eine New Yorker U-Bahn-Station berichteten. Sowohl die *New York Times* als auch das *Wall Street Journal* und die *Washington Post* berichteten ausführlich und mit weitreichenden Spekulationen über den Vorfall, hatten jedoch keine abschließenden Fakten zu bieten. Dafür war es noch zu früh, das Ereignis noch zu frisch.

Es gab drei Abteilungsleiter, die Stenson direkt unterstanden: Caitlin McCloskey, Daryl Trotter und Jason Greers. McCloskey war die älteste Tochter eines der Stiftungsgründer. Zwar war sie nicht so visionär, wie ihr Vater es gewesen war, dafür aber äußerst scharfsinnig und loyal. Zudem glänzte sie in schwierigen Situationen – in einer Krise wuchs sie geradezu über sich hinaus. Es bestand kein Zweifel, dass sie der Stiftung lebenslang treu sein würde.

Daryl Trotter war der Intelligenteste der drei. Er spielte hervorragend Schach und hatte bereits mit neunzehn eine Elo-Zahl von über 2600 erreicht, was dem Rang eines Großmeisters entsprach, den nur einhundertdreiundzwanzig Menschen auf der Welt je innehatten. Hätte er kein besseres Spiel gefunden, in dem er seine außergewöhnlichen Fähigkeiten einsetzen konnte, wäre er wohl bis zum Status eines Garry Kasparow oder Magnus Carlsen aufgestiegen. Aber vom ersten Moment an, da er Spielzüge mit echten Menschen in der echten Welt hatte ausführen können, war Trotter klar gewesen, dass er mit der *American Heritage Foundation* seine wahre Bestimmung gefunden hatte. Schach spielte er seitdem nur noch zur Entspannung.

Jason Greers war der Vielseitigste von ihnen. Und der Ehrgeizigste. Eigentlich stand außer Frage, wer Stensons Nachfolge antreten würde, wenn dieser sich irgendwann entschließen sollte, in den Ruhestand zu gehen. Und die anderen zwei schienen das akzeptiert zu haben, was gut war, denn ein fließender Übergang wäre essenziell.

Alle drei saßen schon am Konferenztisch, als Stenson nach seinem Eintreten die Zeitungen auf den Tisch warf. »Ich will Ihre Meinung hören.«

Greers ergriff als Erster das Wort. »Seltsame Sache.«

»Warum?« Stenson wusste natürlich, warum, aber er wollte hören, was die anderen dachten – so, wie es sein Mentor Walters mit ihm auch immer gehalten hatte.

»Es war ein exzellent koordinierter Angriff«, stellte McCloskey nüchtern fest. »Exzellent geplant. Exzellent ausgeführt. Auf keinen Fall die Arbeit eines Amateurs.«

»Hätten bei einem Profi aber nicht alle in dem Bahnhof tot sein müssen?«

»Selbstmordattentäter sind keine Profis«, kommentierte Trotter. Er war in Gedanken oft so weit voraus, dass er vergaß, eine Aussage zu vervollständigen.

»Das war kein Selbstmordattentat.«

Trotter kehrte wieder in die Gegenwart zurück. »Nein, war es nicht. Deswegen können wir einen Amateur ja auch ausschließen.«

Greers half, die fehlenden Punkte in das Bild einzufügen. »Wer auch immer dieser Typ ist, er ist gut. Und mit Sicherheit mit jemandem bekannt, den wir kennen. Wir sollten uns allerdings fragen, warum ein Profi diesen ganzen Aufwand betreibt, um ein doch relativ schwaches Ergebnis zu erzielen.«

Bob Stenson vermerkte das Offensichtliche: »Sie gehen davon aus, dass er sein Ziel erreicht hat. Und wenn nicht?«

»Er hat genau das erreicht, was er erreichen wollte«, konstatierte McCloskey nicht ohne Bewunderung.

»Was macht Sie so sicher?«

»Es gab keine einzige brauchbare Täterbeschreibung und kein erkennbares Bild auf irgendeiner der Überwachungskameras. Sie müssen zugeben, dass das beeindruckend ist.«

Stenson nickte. Das war es.

»Wir haben keinen Hinweis darauf gefunden, dass etwas schiefgelaufen ist«, sagte Trotter. »Deshalb sollten wir davon ausgehen, dass er sein Ziel erreicht hat, so geringfügig es auch scheinen mag.«

Der Boss war verblüfft, und das passierte selten. »Und was war sein Ziel?«

Greers grinste. »Aufmerksamkeit zu bekommen.«

»Was bedeuten könnte, dass dies erst das Vorspiel war.«

Trotter schüttelte den Kopf. »Nein. Jemand mit solchen Fähigkeiten handelt und verschwindet. Er zieht nicht die Aufmerksamkeit auf sich, um dann etwas Größeres durchzuziehen. Das würde dem Ganzen den Überraschungseffekt nehmen.«

»Wenn es also eine einmalige Sache war, was genau war dann das Ziel?«

»Zu zeigen, dass er's kann«, antwortete McCloskey. Alle schwiegen, weil ihre Logik nachvollziehbar klang. McCloskey setzte sich ein wenig gerader.

Stenson überlegte einen Moment. »Sie denken, es war eine Machtdemonstration?«

»Könnte sein. Wir haben nicht genug Informationen, um das zu bestätigen. Aber wir können es nicht ausschließen.«

Stenson nickte zustimmend. Einem von ihnen fiel immer etwas ein, das er nicht bedacht hatte. »Behalten Sie es im Hinterkopf. Bestimmt wird noch irgendein Hinweis auftauchen, sodass alles einen Sinn ergibt. Das tut es immer. Bis dahin kümmern wir uns um andere Dinge.«

Kapitel 30

Jacob Hendrix' Apartment, Greenwich Village, New York City, 27. Mai, 7:55 Uhr

Über achtundvierzig Stunden lang verließ Skylar die Wohnung nicht. Wie um ihr Gedankenkarussell zu lähmen, verfolgte sie auf allen Kanälen in ständiger Wiederholung die Nachrichten über die Gasattacke in der U-Bahn-Station. Keine der gängigen Terrororganisationen bekannte sich zu dem Anschlag. Dass sich das Gas nicht als tödliches Sarin, VX oder Rizin erwies, sondern nur als gewöhnliches Tränengas, war eine mögliche Erklärung. Zum einen löste diese Nachricht Erleichterung aus, zum anderen aber auch Wut. Jacob war nicht gestorben, weil eine Gruppe von Extremisten einen Krieg gegen die Vereinigten Staaten anzetteln wollte. Er war gestorben, weil irgendein verrücktes Arschloch nach Aufmerksamkeit gierte und es ihm völlig egal war, wer dabei zu Schaden kam. *Egoistischer Dreckskerl!*

Irgendwann schaltete sie den Fernseher aus. Es gab nichts Neues mehr. Die Polizei hatte immer noch keine Spur, und es sah nicht so aus, als würde sich das in absehbarer Zeit ändern. Skylar wusste ohnehin schon alles, was sie wissen musste. Jacob war tot. Nun würde sie nie die Gelegenheit bekommen, die

Dinge zwischen ihnen zu klären. Ihm nie die Sicherheit geben können, die er sich von ihr gewünscht hatte. Ihm nie sagen können, dass sie, ja, tief in ihrem Innern genau das wollte, was auch er wollte, und nur zu viel Angst hatte, es sich und ihm einzugestehen.

Sie würde ihm nun nie ihre größten Ängste gestehen können – jene Ängste, die sie von ihm und allen anderen fernhielten. Sie könnte ihm nicht mehr sagen, dass es an ihr lag, nicht an ihm. Sie liebte ihn, sie liebte ihn wirklich. Zumindest so, wie sie es eben konnte.

Wie gern hätte sie ihm gesagt, dass sie ihn nie bewusst auf Distanz habe halten wollen, wirklich nicht, dass sie aber nicht gewusst habe, wie sie die Mauer überwinden solle, die sie vor so langer Zeit um sich herum aufgebaut hatte. Sie wusste nicht, wie sie die Leere füllen sollte, die sie schon immer in sich gespürt hatte. Er hatte etwas Besseres verdient, und sie wünschte, sie hätte es ihm geben können.

Sie würde den Rest ihres Lebens in dem Wissen verbringen müssen, dass sie genau das versäumt hatte.

In der ersten Nacht konnte Skylar kaum schlafen. Am nächsten Morgen rief sie Fenton an, um zu sagen, dass sie den Rest der Woche zu Hause bliebe.

Als er von Jacobs Tod hörte, war Fenton voller Mitgefühl. »Mein Gott, Sie Ärmste! Kann ich irgendetwas für Sie tun?«

Sie verneinte und sagte, sie werde nächste Woche wieder zur Arbeit erscheinen.

»Nehmen Sie sich so viel Zeit, wie Sie brauchen.«

Sie fing an, Jacobs Beerdigung zu planen, kam aber nicht weit. Es war zu früh. Ihn sich tot in einem Sarg vorzustellen, war zu viel für sie. Sein bleiches Gesicht. Seine leblosen Augen. Immer wieder brach sie schluchzend zusammen. Ohnehin wollten Jacobs Eltern die Beerdigung organisieren. Sie würden ihm die Grabstätte geben, die sie für sich selbst reserviert hatten.

Die Trauerfeier sollte in drei Wochen stattfinden, um allen Angehörigen ausreichend Zeit für die Anreise zu geben. Skylar dankte ihnen für ihre Unterstützung. Jacobs Mutter fragte, ob Skylar in der Wohnung Gesellschaft brauche, doch sie lehnte dankend ab. Sie wollte allein sein.

Am Samstagmorgen hielt sie es nicht mehr aus, ihr fiel die Decke auf den Kopf. Sie musste raus, wusste aber nicht, wohin. *Shu Han Ju?* Nein, auf keinen Fall. Und für den Central Park war es zu hell und sonnig. Sie hatte keine Lust, zwischen all den unbeschwert fröhlichen Menschen herumzulaufen. Kurz überlegte sie, in die Oper zu gehen, fürchtete dann aber, inmitten einer Menge von Musikliebhabern und Touristen zusammenzubrechen. Würde ihr ein Urlaub guttun? Mexiko? Italien? Paris? Nein, nichts davon klang auch nur ansatzweise reizvoll.

Damit bliebe nur das Harmony House. *Wenn nichts anderes hilft, dann arbeite.* Sie konnte zwar nicht behaupten, dass sie sich darauf freute, in ihrem Büro das einzige Foto von sich und Jacob auf dem Schreibtisch zu sehen, aber sie könnte sich ja durch die nächste Kiste mit Unterlagen über Eddie wühlen. Seine Akten waren das Einzige, worauf sie sich jetzt konzentrieren könnte.

((•))

Am späten Vormittag zeigte sie dem Wachmann am Tor ihren Ausweis. Auf dem Parkplatz blieb sie noch eine Weile im Auto sitzen, um sich zu sammeln. Der beigefarbene Impala stand auf seinem üblichen Platz, doch vom Geheimnismann war nichts zu sehen. Im Gebäude steuerte sie zunächst Fentons Büro an. Vielleicht wäre es gut, sich beim Boss zu melden, bevor sie in ihr eigenes Büro ging. Ihm zu sagen, dass es ihr einigermaßen gut gehe. Dass ihre Arbeit nicht leiden werde. Tatsächlich wollte sie sich am liebsten ganz in ihre Arbeit vergraben und einfach verschwinden. Neunzehn Stunden am Tag, sieben Tage die Woche, und das für die nächsten zehn Jahre. Vielleicht würde sie dann darüber hinwegkommen.

Sie wunderte sich, dass Stephen Millard, Dr. Fentons persönlicher Assistent, nicht an seinem Platz saß, und plötzlich fiel ihr ein, dass ja Samstag war. An den Wochenenden war nur eine Notbesetzung zu den Schichten eingeteilt, und Fenton war vermutlich überhaupt nicht anwesend. Sie wollte schon wieder kehrtmachen, als sie eine Stimme aus Fentons Büro hörte. Es war aber nicht seine Stimme, es war Eddies. Er hatte sie am Klang ihrer Schritte erkannt. »Hallo, Skylar, kommen Sie rein. Ich bin in Dr. Fentons Büro.«

Sie betrat das Zimmer und sah Eddie genau dort sitzen, wo er das letzte Mal gesessen hatte. Die Echo-Box stand auf dem Beistelltisch und war an Eddies Laptop angeschlossen. Die acht Parabolmikrofone bewegten sich in perfekter Choreografie, während sie den Raum abtasteten.

»Hallo, Eddie.« Sie bemühte sich, so fröhlich wie möglich zu klingen, um die unfassbare Traurigkeit, die von ihr Besitz ergriffen hatte, vor Eddie und auch vor sich selbst zu verbergen.

»Dr. Fenton ist nicht hier, weil heute Samstag ist und er an Samstagen normalerweise nicht arbeitet. Zumindest jetzt nicht mehr. Früher hat er das gemacht, aber als seine Frau starb, hat er angefangen zu gärtnern, weil seine Frau das gern gemacht hat, und Dr. Fenton sagt, Gärtnern erinnert ihn an sie. Ihr Name war Ruth. Sie waren lange verheiratet.« Eddie sah Skylar nicht an. Seine Augen waren fest auf den Laptopmonitor gerichtet.

»Bist du sicher, dass du hier sein darfst?«

»Dr. Fenton hat mir die Erlaubnis gegeben, jederzeit in sein Büro zu gehen, wenn ich es für sehr wichtig halte, und jetzt halte ich es für sehr wichtig.«

»Was ist los?«

»Ich habe einen anderen Ansatz gesucht, so wie Sie es vorgeschlagen haben.« Er sprach es fast so aus, wie sie es zu ihm gesagt hatte. Er sah sie noch immer nicht an.

»Das freut mich zu hören.«

»Es war überraschend einfach, genau, wie Sie es gesagt haben.«

»Was denn?« Eddie deutete auf die Echo-Box, und Skylar drehte sich zu ihr hin. »Willst du etwa sagen, dass sie jetzt funktioniert?«

»Fast.« Er blickte wieder zum Bildschirm, auf dem er den Ladevorgang unter dem dreidimensionalen Bild des Büros beobachtete. »Dreiundachtzig Prozent, vierundachtzig Prozent …«

Skylar trat näher, um es selbst zu sehen. *Einundneunzig Prozent. Zweiundneunzig*. Sie war verblüfft. »Oh, mein Gott!«

Eddie wusste, dass dieser Ausdruck Schock, Erstaunen oder Entsetzen bedeuten konnte, aber er konnte nicht erkennen, welches davon jetzt zutraf. »Geht es Ihnen gut, Skylar?«

»Ja.«

Er machte sein BUZZER-Geräusch, ohne den Blick vom Rechner abzuwenden. *Fünfundneunzig Prozent. Sechsundneunzig Prozent.* Eddie wirkte so ruhig wie nie zuvor. Als ob er spürte, dass es diesmal anders war.

Er schien zu wissen, dass er es geschafft hatte.

Skylar sah sich vorsichtshalber nach scharfen Gegenständen um, die besser nicht in Eddies Reichweite sein sollten, dann blickte sie zur Tür und hoffte, Schwester Gloria wäre in der Nähe, falls Eddie doch wieder einen Fehlschlag hinnehmen müsste.

Als unter dem Fortschrittsbalken *hundert Prozent* stand, sah er mit einem strahlenden Lächeln zu Skylar auf – einem Lächeln, das er schon seit Jahren übte. Zum ersten Mal in seinem Leben schien Eddie seinen eigenen Gefühlen Ausdruck zu verleihen. Unter den gegebenen Umständen hatten jedoch weder er noch Skylar die nötige Muße, um darauf zu achten. »Was möchten Sie gern hören, Skylar?«

Skylar versuchte, ruhig zu bleiben. Sie hatte immer noch ihre Zweifel. »Ich finde, das solltest du aussuchen, Eddie.«

Er dachte einen Moment lang nach. »Es wäre bestimmt gut, mit einem neuen Datum anzufangen. Da gibt es weniger Verzerrungen und Nebengeräusche, die ich herausfiltern muss.«

»Okay.« Skylar bereitete sich innerlich auf Eddies nächsten Anfall vor.

Eddie studierte die Zeitachse der Schallwellenhistorie für Dr. Fentons Büro. Er bewegte den Cursor vom Ende der Zeitachse (Gegenwart) zurück auf gestern (Freitag) und markierte dann die am deutlichsten zu erkennenden Schallwellen. Er sah Skylar an. »Sind Sie bereit, etwas zu hören, was noch nie zuvor jemand gehört hat: rekonstruierte Schallwellen?«

Sie rückte näher an Eddie heran. Je mehr Spannung er aufbaute, desto mehr bereitete sie sich auf ein mögliches Eingreifen vor. »Ich glaube, ja.« Sofort kamen ihr Zweifel, ob sie ihn allein würde festhalten können. Sie stellte sich vor, wie er um sich schlug und sich selbst wie auch sie verletzte oder – schlimmer noch – die Echo-Box beschädigte. Sie bekam Angst, es Dr. Fenton erklären zu müssen. Am besten wäre wohl, Eddie zu überreden, die Sache abzubrechen, aber sie war nicht schnell genug.

»Und hier kommen die ersten jemals rekonstruierten Schallwellen.« Er drückte auf »Play«.

Kapitel 31

Harmony House, Woodbury, New Jersey, 27. Mai, 10:10 Uhr

Zunächst war nur ein leises ZISCHEN und TRILLERN zu hören. Sofort fürchtete Skylar, dass Eddie gleich ausrasten würde.

Überraschenderweise geschah nichts dergleichen. »Jetzt, wo ich die Schallwellen rekonstruieren konnte, sollte es auch möglich sein, die akustischen Verzerrungen mithilfe verschiedener Filter zu bereinigen.«

Skylar nickte, als würde sie verstehen, dann erstarrte sie und lauschte. Das Unmögliche wurde möglich, als plötzlich Fentons Stimme über die Lautsprecher des Laptops ertönte. *»Stephen, ich habe vergessen, mit wem ich den Termin um zehn Uhr dreißig habe. Mein Gott, ich werde wirklich alt.«*

Skylar machte große Augen und vergaß zu atmen. »Heilige Scheiße.«

»Dieser Ausdruck verwirrt mich«, sagte Eddie.

Nach einer kurzen Pause erklang wieder Fentons Stimme. *»Verlegen Sie ihn bitte auf nächste Woche … oder besser noch: auf übernächste.«*

Allmählich bekam Skylar sich wieder in den Griff. »Das klingt, als hätte er am Telefon mit seinem Assistenten gesprochen.«

Über den Laptop hörten sie, wie ein Telefonhörer aufgelegt wurde.

»Geben Sie der Lady eine Goldene Zitrone.« Eddie versuchte, wie Jerome aus der Cafeteria zu klingen. Dann tippte er auf seinem Rechner herum und bearbeitete die Schallwellen durch weitere Filter.

Als er Fentons Stimme das zweite Mal abspielte, klang sie noch deutlicher und rauschärmer.

Bevor Skylar jedoch endgültig glauben konnte, was hier geschehen war, wollte sie ein weiteres Beispiel hören. »Kannst du auch ein Gespräch finden, das Dr. Fenton in diesem Raum geführt hat? Mit jemand anders?«

»Ja.« Eddie fuhr mit dem Cursor auf vorgestern (Donnerstag), aber dort waren die Schallwellen nur in Form von Einzeldatensätzen zu sehen, was bedeutete, dass es nur einseitige Gespräche, also Telefonate, gegeben hatte, so wie gerade eben.

Eddie suchte nach zwei sich überlagernden Schallwellensätzen, was ein Gespräch zwischen zwei Personen im selben Raum anzeigen würde. Er schob den Cursor auf Mittwoch und wurde fündig. »Hier ist ein Gespräch zwischen Dr. Fenton und einer weiteren Person in seinem Büro. Das war etwa zur selben Zeit wie unser Spaziergang mit unbestimmtem Ziel – was ich immer noch für eine ganz seltsame Sache halte.« Er drückte auf »Play«.

Aus dem Laptop war ein leises Klopfen zu hören. Fenton sagte: »*Herein.*« Die Tür wurde geöffnet und wieder geschlossen. Diesmal war die Wiedergabe ein wenig verzerrt, aber immer noch deutlich genug. Jemand hatte das Büro betreten, aber die Schritte konnte Eddie niemandem zuordnen, den er kannte.

»Mr. Barnes, was verschafft mir das Vergnügen?«

»Der Freund Ihrer neuen Ärztin hat nach Eddie geforscht«, kam die Antwort.

Skylar riss Mund und Augen auf. Die Stimme des anderen Mannes war ihr unbekannt, aber sie folgerte, dass dieser Mr Barnes der Sicherheitschef des Harmony House sein musste. Sie konnte nicht glauben, dass er von Jacob redete.

Eddie sah sie an. »Ich weiß nicht, mit wem Dr. Fenton da spricht. Wissen Sie es?«

Skylar schüttelte den Kopf. Sie konnte keinen klaren Gedanken fassen.

»Das muss der Geheimnismann sein, weil er im Harmony House der Einzige ist, dessen Stimme ich noch nie gehört habe.«

»Pst.« Skylar lauschte angestrengt.

Als Nächstes war wieder Dr. Fentons Stimme zu hören. *»Was haben Sie da?«* Man hörte das Rascheln von Papier.

BARNES: *Entweder ist sie ein Plappermaul, oder er hat seine Nase in Dinge gesteckt, die ihn nichts angehen.*

Auf Skylars Armen wurde Gänsehaut sichtbar. Sie wagte kaum zu atmen.

BARNES: *Könnte nichts zu bedeuten haben, aber ich dachte, Sie sollten es wissen.*

Es herrschte kurzes Schweigen.

FENTON: *Das gefällt mir nicht.*

Seine Stimme war kalt. Ganz und gar emotionslos.

BARNES: *Was mir Sorgen macht, ist die Tatsache, dass von der NYU aus mindestens eine Operation läuft, wahrscheinlich sogar mehrere. Ich habe dazu keine Bestätigung, bin mir aber ziemlich sicher. Wenn ich recht habe, weiß der Professor gar nicht, was er damit ausgelöst haben könnte.*

Das nächste Schweigen dauerte noch länger. Offenbar wog Fenton die Optionen ab.

FENTON: *Wir können das Durchsickern von Informationen nicht zulassen. Nicht jetzt. Nicht einmal den Hauch einer Möglichkeit dazu.*

Es war die Art von Gespräch, bei dem die wichtigsten Dinge ungesagt blieben. Dennoch gab es keine Unklarheit, kein Missverständnis. Beide schienen genau zu wissen, was Fenton meinte.

BARNES: *Sind Sie sicher?*

FENTON: *Ja, absolut. Skylar ist zu wertvoll. Sie hat bei Eddie schon nach wenigen Tagen mehr Fortschritte gemacht als andere nach Jahren.*

Pause. Anscheinend überlegte Barnes, wie er vorgehen könnte.

BARNES: *Wünschen Sie spezielle Maßnahmen?*

FENTON: *Nicht in seiner Wohnung. Lassen Sie es wie einen Unfall aussehen.*

BARNES: *Er fährt U-Bahn.*

»Oh, mein Gott!«, entfuhr es Skylar. Ihre Hände begannen zu zittern.

Eddie drückte auf »Stop«, um die Wiedergabe zu unterbrechen. »Das ist das zweite Mal, dass Sie heute ›Oh, mein Gott‹ gesagt haben, Skylar.«

Tränen liefen ihr über das Gesicht. Ihr ganzer Körper bebte.

»Sie weinen.« Er sagte es sachlich, ohne Mitgefühl. Er war nicht sicher, wie er reagieren sollte.

Skylar nickte.

»Sind das Freudentränen?« Er dachte an die Aussage einiger Leute, dass die Stimme seiner Mutter sie zum Weinen gebracht habe.

»Nein, Eddie, ich bin traurig.«

»Warum sind Sie traurig?«

»Wegen dem, was ich gerade gehört habe.«

»Ich dachte, es würde Sie glücklich machen. Warum sind Sie traurig?«

»Das kann ich dir im Moment nicht sagen.«

»Weil mich der Geheimnismann nicht zu kümmern braucht?«

Sie nickte.

Eddie sah sich um und versuchte, sich all die Schallwellen vorzustellen, die um sie herum durch die Luft wogten. »Möchten Sie noch etwas anderes hören?«

»Nicht … nicht jetzt, nein.« Sie brachte die Worte kaum heraus. Ihr Atem ging stockend.

»Okay.«

Sie stand auf und ging herum. In ihrem Kopf drehte sich alles. Sie hatte keine Ahnung, was sie jetzt tun sollte. *Denk nach, Skylar, denk nach! Tu etwas!* Das Einzige, was sie sicher wusste, war, dass ihre Welt gerade zusammenbrach.

Nichts war mehr wie vorher.

»Wissen Sie, was ich gerne hören würde?«, fragte Eddie unbedarft.

»Nein, Eddie.« Sie tigerte weiter durch den Raum. *Soll ich die Polizei verständigen? Das FBI? Die CIA?*

»Ich möchte meine Mutter singen hören.«

Unvermittelt blieb sie stehen. Plötzlich war der nächste Schritt kristallklar. Skylar wusste, was sie zu tun hatte: Eddie und die Echo-Box so schnell wie möglich aus dem Harmony House herauszuschaffen. Alles Weitere war ungewiss, aber dieser erste Schritt war klar. »Weißt du was, Eddie?«

»Ja. Nein.« Er hatte keine Ahnung, was genau er wissen sollte.

»Ich möchte deine Mutter auch singen hören.«

»Mein Vater hat erzählt, dass sie ganz oft gesungen hat, als ich in ihrem Bauch war. Werden Sie Dr. Fenton um Erlaubnis bitten, dass ich zu dem Haus fahren darf, in dem ich aufgewachsen bin?«

»Ich finde, wir sollten da sofort hinfahren.«

Eddie wurde nervös. »Sofort?«

»Ja, sofort«, sagte sie mit fester Stimme. Fast trotzig.

»Dr. Fenton hat aber gesagt, ich darf das Harmony House nicht ohne seine Erlaubnis verlassen.«

»Was, wenn ich dir sage, dass er mir diese Erlaubnis schon gegeben hat?«

BUZZER-Geräusch. »Das stimmt nicht, Skylar.« Sie hatte vergessen, mit wem sie hier sprach.

Also formulierte sie es anders. »Und was, wenn ich dir sage, dass du im Harmony House nicht mehr sicher bist?«

Er lauschte aufmerksam. Es war schwer, aus einer Frage eine Unwahrheit herauszuhören. Aber in ihrem Kern entsprach die Aussage hinter dieser Frage Skylars Überzeugung. Und war daher noch beunruhigender. »Warum bin ich hier nicht mehr sicher?« Erschrocken sah Eddie sich um.

Skylar blickte ihm fest in die Augen. »Du musst mir bei dieser Sache eine Weile lang einfach vertrauen. Schaffst du das?«

Er dachte kurz nach. »Ja.«

»Ich würde dich nie etwas tun lassen, von dem ich nicht fest überzeugt wäre, dass es gut für dich ist.«

Er nickte. *Wahr.*

»Gut. Dann gehen wir jetzt.« Sie sprach schnell, denn sie wollte keine Zeit mehr verlieren. Sie half Eddie beim Einpacken der Geräte.

»Werden wir zu Fuß gehen, Skylar?«

»Nein, ich glaube, es ist besser, wenn wir fahren.«

»Ich kann nicht fahren.«

»Das macht nichts. Ich kann fahren.«

»Haben Sie einen Führerschein?«

Sie nickte. »Ja.«

»Haben Sie jemals einen Strafzettel bekommen?«

»Ja.«

»Weshalb?«

»Ich bin zu schnell gefahren.«

»Wie schnell sind Sie gefahren?«

»Das weiß ich nicht mehr, aber es war schneller als erlaubt.«

Eddie überlegte, wie er reagieren sollte. »Ich habe oft gehört, dass jeder mal Fehler macht.«

»Ja, und manche mehr als andere.« Sie dachte an ihr Vertrauen in Dr. Fenton.

Aufmerksam beobachtete Eddie, was Skylar machte. »Sie bewegen sich sehr schnell. Sind wir in Eile?«

»Ja, Eddie.«

»Warum?«

»Weil ich nicht möchte, dass uns jemand aufhält. Je eher wir losfahren, desto besser.«

Als Eddie erkannte, dass diese Aussage nicht als wahr oder falsch beurteilt werden konnte, sondern eine Beurteilung nach eigenem Ermessen darstellte, stutzte er einen Moment. Er mochte keine Ermessensangelegenheiten. Aber er mochte Skylar, so viel war sicher. Und wahr. »Okay.« Mit Echo-Box und Laptop im Gepäck verließen sie Dr. Fentons Büro und marschierten in Richtung Ausgang. »Skylar, kennen Sie die Adresse des Hauses, in dem ich aufgewachsen bin?«

Sie blieb stehen. »Nein, aber ich habe sie in meinem Büro. Möchtest du mein Büro sehen, Eddie?«

»Ja, sehr gern. Das eigene Zimmer sagt viel über einen Menschen aus. Mein Zimmer ist ein gutes Beispiel. Mindestens siebzehn Menschen haben mir gesagt, sie hätten viel über mich erfahren, als sie mein Zimmer gesehen haben. Ich möchte mehr über Sie erfahren, und deshalb würde ich gern Ihr Büro sehen.«

Sie stiegen die Treppe hinauf. Eddie zählte die Stufen, es waren siebzehn bis in den ersten Stock. Einunddreißig Schritte über den Flur. Skylars Büro war das fünfte auf der linken Seite. Es führte auf den Garten hinaus, in dem sie ihren Spaziergang ohne bestimmtes Ziel unternommen hatten. Eddie starrte aus dem Fenster, während Skylar die Akten in den Kisten mit der Aufschrift »Parks, Edward« durchwühlte. Sie konnte seine frühere Adresse nicht finden. »Mist!«

Eddie übte das Wort, das er gerade gehört hatte. »Mist. Mist. Mist.«

Skylar suchte weiter.

»317, West Susquehanna Avenue, Philadelphia, Pennsylvania, 19122«, sagte Eddie plötzlich.

»Was ist das?«

»Die Adresse.«

»Warum hast du nicht gesagt, dass du sie kennst?«

»Sie haben nicht danach gefragt. Sie haben gefragt, ob ich Ihr Büro sehen möchte.«

»Dann gehen wir jetzt.« Sie drängte ihn schnell zur Tür und wieder die Treppe hinunter.

Eddie zählte auf dem Weg dieselbe Anzahl Schritte durch den Flur und über die Stufen wie auf dem Weg hinauf. Einunddreißig und siebzehn. Nichts hatte sich verändert. Das war beruhigend.

Sie gingen zu ihrem Wagen. Skylar sah zu dem Impala hinüber. Er war leer. *Gott sei Dank!* Sie packte Echo-Box und Laptop-Supercomputer in den Kofferraum und öffnete Eddie die Beifahrertür.

»Ich habe seit acht Jahren, vier Monaten und elf Tagen, als ich zu einer kleinen Operation zu einem Zahnarzt gefahren wurde, in keinem Auto mehr gesessen.«

»Der beste Augenblick ist immer die Gegenwart.« Sie half ihm beim Einsteigen.

»Das stimmt. Jeder Augenblick ist einzigartig und kann nicht wiederholt werden.« Skylar schnallte ihn an, bevor sie selbst einstieg. »Wird uns der Wachmann am Tor nicht aufhalten, Skylar?« Während Skylar vom Parkplatz fuhr, starrte Eddie auf den Mann, der mit dem Rücken zu ihnen dastand.

»Ich bin mir ziemlich sicher, dass er sich eher um Leute kümmert, die hier reinwollen.« Ihre Stimme zitterte leicht. Sie war nervös.

Eddie konnte es hören, und es bereitete ihm Unbehagen. Er ballte die Fäuste und rutschte unruhig hin und her, als er das Waffenholster unter dem linken Arm des Mannes entdeckte. »Wissen Sie, dass der Wachmann bewaffnet ist?«

»Ja, das weiß ich.«

»Ich bekomme Angst, wenn er versucht, auf uns zu schießen.«

»Ich auch.« Der Mann sah immer noch in die andere Richtung, aber Skylar beschloss, lieber kein Risiko einzugehen. »Eddie, würdest du mir bitte einen Gefallen tun und dir die Ohren eine Minute lang fest zuhalten?«

»Okay.« Er legte seine Hände auf die Ohren und fing an, die Sekunden zu zählen. Skylar trat aufs Gaspedal. *WRUMM!,* sauste sie am Tor vorbei, ehe der Wachmann die Chance hatte, es zu schließen.

Es dauerte einen Moment, bis er begriff, was gerade geschehen war. Dann griff er nach seinem Notfallhandy. »Mr. Barnes, wir haben ein Problem.«

Kapitel 32

Michael Barnes' Büro, Harmony House, 27. Mai, 10:27 Uhr

Der Anruf von der Toreinfahrt zum Harmony House war nichts, worüber man in Panik geraten musste. Barnes saß in seinem Büro, das Handy am Ohr, und fragte das Offensichtliche. »Warum haben Sie sie nicht aufgehalten?«

Barnes war kein Mensch, der sich leicht aus der Ruhe bringen ließ. Im Verlauf seiner diversen Laufbahnen bei Militär, Polizei, Geheimdienst und Sicherheitsdienst war häufiger auf ihn geschossen worden, als sich zu zählen lohnte. Siebenmal hatte er danach stationär behandelt werden müssen, in zwei Fällen war es lebensbedrohlich gewesen. Er selbst hatte den Abzug öfter gedrückt, als er sich erinnern konnte. Drei Menschen, die ihm etwas bedeutet hatten, waren in seinen Armen gestorben. Darunter auch die einzige Frau, die er je geliebt hatte. Das war dreizehn Jahre her. Erst nachdem sie gestorben war, hatte er sich zu der Killermaschine entwickeln können, die er heute war.

Betreten antwortete der Wachmann: »Ich habe das Auto erst gesehen, als es schon zu spät war. Mein Hauptaugenmerk liegt auf ankommenden Fahrzeugen, nicht auf abfahrenden.« Er versuchte, weder schuldbewusst noch entschuldigend zu klingen. Schließlich war es sein Boss gewesen, der ihn beauftragt hatte, sich auf Gefahr von außerhalb zu konzentrieren, nicht auf Bedrohungen von innerhalb.

Barnes war wütend. Nicht auf den Wachmann, sondern auf Fenton. Barnes hatte ihn gewarnt, dass so etwas passieren könnte. Mehrfach sogar. Aber Fenton hatte nicht auf ihn hören wollen. Er war der Meinung, dass sich die Patienten bei zu vielen Sicherheitsmaßnahmen auf dem Gelände bedroht oder verunsichert fühlen könnten, und das würde ihre Leistung beeinträchtigen. Und wegen ihrer Leistung waren sie schließlich da. Also hielt Barnes sich an das unauffälligere Verfahren, die Vorgeschichte aller Angestellten gründlich zu überprüfen und sie dann möglichst lückenlos zu überwachen.

Die aktuelle Situation würde sich auf zukünftige Sicherheitsmaßnahmen auswirken, daran bestand für Barnes kein Zweifel. Doch solche Überlegungen mussten warten, denn jetzt musste gehandelt werden. »Hatten sie die Echo-Box dabei?«

»Das weiß ich nicht, Sir. Ich habe das Gerät nicht gesehen, aber es kann ja trotzdem irgendwo im Wagen gewesen sein.«

Barnes schaltete einen seiner vielen Computer an und schrieb eine Reihe von Befehlen. Auf dem Bildschirm erschien eine Straßenkarte mit dem Harmony House und seiner Umgebung. Dank des Peilsenders im rechten hinteren Radschacht war Skylars Honda als blinkender Punkt zu sehen, der sich auf die I-295 zubewegte. Barnes brauchte sich keine Gedanken darüber zu machen, wo sie hinfuhr – er konnte ihre Position jederzeit orten. Über eine Kurzwahltaste rief er Marcus Fentons Privatnummer an.

Fenton war im Garten, als sein Telefon klingelte. »Was gibt's?«

»Es ist etwas vorgefallen.« Mit nüchternen Worten schilderte Barnes die Details und gab Skylars exakte Ankunfts- und Abfahrtzeit an.

Dr. Fenton reagierte anders, als Barnes es erwartet hatte. In seinem Ton war nicht die geringste Spur von Ärger zu erkennen. »Sie wissen, was das bedeutet, oder?«

Barnes war nicht in der Stimmung zu raten. »Sagen Sie es mir, Sir.«

»Es bedeutet, dass die Echo-Box funktioniert.«

Das kam für Barnes überraschend. »Wie können Sie da sicher sein?«

»Warum hätte sie Eddie sonst mitnehmen sollen?«

»Ich kann mir eine Reihe von Gründen vorstellen.« In erster Linie dachte er an Trauer und Rache, aber er war sicher, dass ihm noch andere Dinge einfallen würden, wenn er darüber nachdächte.

»Sie kennen sie nicht so gut wie ich.«

Barnes schüttelte den Kopf und entschied, die anmaßende Haltung seines Arbeitgebers nicht zu hinterfragen. »Klären Sie mich auf.«

»Sie würde Eddie unter keinen Umständen einem Risiko aussetzen, wenn nicht etwas Außergewöhnliches passiert wäre. Sie denkt, dass er entweder in Gefahr ist oder dass er ihr helfen kann. Beides kann sie wiederum nur dann denken, wenn Eddie die Box erfolgreich in Gang gesetzt hat.«

Barnes hielt nicht viel von dieser Theorie, hatte aber auch keine Lust, mit seinem Vorgesetzten darüber zu streiten. Ihn interessierte nur, den Patienten und seine Ärztin wieder dorthin zu schaffen, wo sie hingehörten. Das war seine Aufgabe. Das war das, worin er gut war. »Ich kann ihren Wagen orten. Ich werde ein Team losschicken, das sie und das Gerät wieder zurückbringt.«

»Stellen Sie sicher, dass weder Eddie noch das Gerät dabei zu Schaden kommen.«

»Verstanden«, erwiderte er knapp. Die Rahmenbedingungen der Mission waren klar: Ärztin und Patient wurden mit

Samthandschuhen angefasst, bei allen anderen durfte es, wenn nötig, auch eine Kettensäge sein. Kollateralschaden war vertretbar, das Scheitern des Auftrags unter keinen Umständen. Und es kam auf Schnelligkeit an. Barnes sah wieder zur Landkarte, auf der sich Skylars blinkender Sender konstant der I-295 näherte. Er rief sein Zweimannteam, Charlie und Danger.

Charlie hieß in Wahrheit Abraham Hirsch und stammte aus Tennessee, wo er ein vielversprechendes Baseballtalent gewesen war, bis er sich in seinem letzten Highschool-Jahr eine Werferschulter zuzog. Danger war der Deckname von Merrill Lutz, Army Ranger in dritter Generation aus Maryland, der schon überdurchschnittlich viele Spezialeinsätze hinter sich gehabt hatte, als Michael Barnes ihn in sein Team rekrutierte.

Dies wäre ihr erster gemeinsamer Außeneinsatz. Jeder für sich hatte vor seiner Zeit bei Barnes die Kunst der geheimen oder gar illegalen Manöver perfektioniert, aber das zählte bei einer Zusammenarbeit nur bedingt. Jetzt kam es darauf an, wie sie als Team funktionierten.

Die Zeit lief.

Kapitel 33

I-295 Richtung Norden, Höhe Bellmawr, New Jersey, 27. Mai, 10:29 Uhr

Skylar umklammerte das Lenkrad und kontrollierte regelmäßig im Rückspiegel ihres Honda, ob ihnen jemand folgte. Bislang niemand. Zumindest konnte sie nichts erkennen.

»Sechsundfünfzig … siebenundfünfzig …« Eddie hielt noch immer die Hände über die Ohren, während er die Sekunden zählte. »Sechzig. Eine Minute.« Eddie nahm die Hände herunter und zuckte zusammen. »Klingt Ihr Motor immer so?«

»Wie?«

»So überdreht und jaulend und unangenehm.«

Auf dem Tacho sah Skylar, dass sie fast hundertsechzig Stundenkilometer fuhr, und bremste schnell auf hundertfünfundzwanzig ab. »Ich habe nicht gemerkt, wie schnell ich fahre.«

»Warum nicht?«

»Ich war abgelenkt.«

»Wodurch?«

»Mir geht viel durch den Kopf.« Sie dachte an Jacob und wie er ausgesehen haben musste, als er von der U-Bahn überrollt auf den Schienen gelegen hatte; an Dr. Fenton und wie väterlich er bei ihrem Vorstellungsgespräch gewirkt hatte. *Was für ein Drecksack! Was für ein grausames, herzloses Arschloch!*

Eddie betrachtete eingehend Skylars Kopf. »Ich kann nichts erkennen.«

Sie warf ihm einen kurzen Blick zu. »Das ist nur eine Redewendung, Eddie.«

»Ich mag keine Redewendungen.«

»Es bedeutet, dass ich über etwas anderes nachgedacht habe und abgelenkt war.«

»Worüber haben Sie nachgedacht?«

»Viele unterschiedliche Dinge.«

Eddie nickte. »Wenn Sie möchten, dass ich den Tachometer kontrolliere, kann ich das tun.«

»Super Idee.«

Er lehnte sich ein Stück zu ihr hinüber, um die Tachonadel zu beobachten. »Hunderteinunddreißig. Hundertdreiunddreißig. Hundertfünfunddreißig.«

»Einmal pro Minute reicht, Eddie.«

»Wenn Sie möchten, kann ich auch eine Tabelle über die Geschwindigkeit anlegen. Haben Sie ein Notizbuch und einen Bleistift mit Härtegrad zwei, die ich benutzen kann?«

Sie schüttelte den Kopf. »Leider nicht.«

»In meinem Zimmer im Harmony House habe ich noch Notizbücher und Bleistifte. Die könnten wir holen.«

»Nein, Eddie. Die Tabelle kann warten.«

»Dann merke ich mir die Geschwindigkeiten so.« Er nickte zuversichtlich. Für den Rest der Fahrt sah er dann einmal pro Minute auf den Tachometer und führte innerlich Buch über die Geschwindigkeit. Er starrte aus dem Fenster auf die vorbeiziehende Landschaft, registrierte aber nicht ihre Schönheit, sondern suchte vielmehr nach etwas Vertrautem. Etwas, an dem er sich festhalten könnte. Doch die meisten der Wohnhäuser und Bürogebäude und Einkaufszentren waren erst nach Eddies

Einzug ins Harmony House gebaut worden, und er hatte das Grundstück ja nie verlassen. Der Mangel an Vertrautem beunruhigte ihn. Alles war anders. Er fühlte sich nicht wohl. Und das war nicht gut.

»Alles okay, Eddie?«

»Ich will ins Harmony House zurück.« Seine Hände begannen zu zucken, als würde er sich gleich ohrfeigen wollen.

»Um deine Notizbücher zu holen?«

»Ich kenne keines der Gebäude.« Er deutete aus dem Fenster. »Diese Firma war früher nicht da. Und der Burger King. Und die Tankstelle. Nichts davon war früher hier.«

Skylar atmete tief durch und sprach mit autoritärer Stimme. »Eddie, bitte sieh mich an.«

»Warum?«

»Weil ich dir vertraut bin. Sieh mich an und sonst nichts. Kannst du das tun?«

»Ich kann es versuchen.« Er lehnte sich ein wenig näher, damit er außer ihr nichts anderes mehr sah. Er konnte sie nicht ununterbrochen ansehen und schon gar nicht in ihre Augen, aber er schaffte es, seinen Blick immer wieder zu ihr hin zu lenken.

»Ist das besser?« Sie kannte die Antwort bereits.

Eddie blinzelte. »Sie sind hübsch.«

Skylar dachte an ihre erste Begegnung. Es war das Zweite gewesen, das er zu ihr gesagt hatte, gleich nach der Frage, wie sie sich nach ihrem Bewerbungsgespräch gefühlt habe. »Das hast du schon mal gesagt.«

»Hübschen Menschen wird das oft gesagt. Wird es Ihnen oft gesagt, Skylar?«

»Von dir ja.« Sie lächelte.

Sie erreichten die Interstate-Autobahn, und Eddie starrte sie weiter an. Kurze Zeit später kamen sie zu der Abfahrt, an der man sich Richtung Philadelphia links halten musste. Aus dem

Augenwinkel registrierte Eddie die Schilder. »Wir fahren auf der falschen Spur«, sagte er, weil Skylar sich weiterhin rechts hielt.

»Wir müssen noch einen Zwischenstopp machen.«

»Wo?«

Sie zögerte nur eine Sekunde. »In New York City.«

»Ich will nicht nach New York City. Da war ich einmal mit sechs Jahren. Es war zu laut. Die Menschen in New York schreien. Und sie hupen viel zu oft. Die Häuser sind hoch, und überall hallt es. Es ist dort viel lauter als in Philadelphia.«

»Wir werden nicht lange bleiben, aber da ist jemand in New York, der uns helfen kann.«

»Wie lange ist nicht lange?«

»Ich will dir keine bestimmte Zeit sagen, weil du nie denken sollst, dass ich dich angelogen habe.«

Zufrieden mit der Antwort, nickte Eddie. »Warum brauchen wir Hilfe?«

»Tja, das ist noch etwas, bei dem du mir einfach vertrauen musst.«

»Also jetzt bei zwei Sachen.«

»Ja, genau.«

»Wird es noch öfter vorkommen, dass Sie mich bitten, Ihnen einfach zu vertrauen, Skylar?«

»Das weiß ich nicht, Eddie.«

Er nickte, als würde er diese Information verarbeiten, aber er tat das nur, weil er es bei anderen Menschen gesehen hatte. Es gehörte zu den vielen körperlichen Reaktionen, die er oft hatte üben müssen. »Ein Gutes hat New York.«

»Und was ist das?«

»Die Carnegie Hall. Man sagt, dass sie die beste Akustik der Welt hat. Ich kann das nicht bestätigen, weil ich noch nie da war, aber ich weiß, dass das Konzerthaus 1890 von einem Architekten namens William Tuthill entworfen wurde. Er war Amateurcellist, und er hatte das, was man ›goldene Ohren‹

nennt. Das bedeutet, dass er hören konnte, was andere nicht hörten.«

»Also wie du.«

Eddie schwieg einen Moment, um zu überlegen. Ob er selbst »goldene Ohren« hatte – darüber hatte er noch nie nachgedacht. Er versuchte, seine Ohren im Rückspiegel zu sehen. »Glauben Sie, ich könnte auch so ein Konzerthaus bauen wie William Tuthill?«

»Ich glaube, du könntest sogar ein besseres bauen.«

»Dann sollte ich vorher aber Architektur studieren. Und Cello spielen lernen und Mitglied im Vorstand der Oratoriengesellschaft von New York werden, denn da hat William Tuthill Andrew Carnegie kennengelernt. Er war derjenige, der William Tuthill das Geld gegeben hat, um das Konzerthaus zu bauen, weshalb es Carnegie Hall heißt. Sind Sie schon einmal dort gewesen, Skylar?«

»Ja.«

»Sie Glückliche!«

Skylar schüttelte den Kopf. »Glückliche« war das Letzte, als was sie sich im Moment bezeichnen würde.

»Wussten Sie, dass der große Konzertsaal zweitausendachthundertvier Sitzplätze hat?«

»Nein.«

»Wussten Sie, dass es eines der letzten Gebäude in New York war, das ganz und gar aus Ziegelstein gebaut wurde, ohne Stahlträger, weshalb Anfang des zwanzigsten Jahrhunderts ein Stahlrahmen hinzugefügt werden musste?«

»Jetzt weiß ich es.«

»Fahren wir nach dem Zwischenstopp in New York zu dem Haus in Philadelphia, in dem ich früher gewohnt habe? Ich möchte meine Mutter singen hören.«

»Das verspreche ich.«

»Ein Versprechen ist ein Versprechen.«

»Ja, das stimmt.« Sie fuhr mit einer Hand in ihre Handtasche und suchte nach etwas. Dann zog sie eine Visitenkarte hervor, die sie Eddie zu lesen gab.

»Wer ist Detective Butler McHenry?«

»Ein Polizist. Er ist derjenige, den wir in New York treffen werden.«

»Sind wir in Schwierigkeiten?«

»Nein, Eddie.«

Er machte das BUZZER-Geräusch.

Skylar korrigierte: »Wir haben keine Schwierigkeiten mit der Polizei.«

»Mit wem haben wir dann Schwierigkeiten?«

»Mit Leuten, die nicht bei der Polizei sind.«

»Mit allen?«, fragte Eddie erschrocken.

»Nein, Eddie, nur mit ein paar.«

»Wie kann uns der Detective helfen?«

»Ich möchte, dass du ihm das Gespräch vorspielst, das du in Dr. Fentons Büro rekonstruiert hast.«

»Warum?«

»Weil ich glaube, dass es ihn interessieren wird.«

»Warum?«

»Ich glaube, man erfährt dabei, dass Dr. Fenton und der Geheimnismann an einem Verbrechen beteiligt sind.«

Eddie sah sie neugierig an. »Was für ein Verbrechen?«

»Das möchte ich lieber nicht sagen.«

»Weil mich der Geheimnismann nichts angeht?«

»Im Moment, ja, Eddie. Aber nur im Moment.«

Sie wählte die Handynummer des Polizisten.

Kapitel 34

Red's Sportsbar, Queens, New York City, 27. Mai, 11:11 Uhr

Samstag war Butler McHenrys freier Tag. Zumindest sollte er das sein. Der Detective konnte sich an keinen Samstag in den letzten Monaten erinnern, an dem er nicht doch noch zum Dienst gerufen worden war, aber für heute hatte er ein gutes Gefühl. Er war bereits zehn Kilometer in einem beachtlichen Tempo von dreizehn Stundenkilometern gelaufen, um das ganze Bier auszugleichen, das er den restlichen Tag über trinken wollte. Er hatte fest vor, die nächsten zehn Stunden in seiner Lieblingsbar auf seinem Lieblingshocker zu sitzen und dort sein Lieblingsbier zu trinken.

Der Name der Sportsbar – *Red's* – prangte in entsprechend leuchtend roten Neonbuchstaben im Fenster. Es war der Spitzname des Besitzers – ein Mann, der zwei Meter maß, wenn er den Kopf einzog. Red, der eigentlich Jameson Dulaney hieß, hatte den Spitznamen aus seiner Zeit als Defensive Tackle bei den Wisconsin Badgers. Der Großteil seiner Familie hatte nicht einmal genau gewusst, wo Wisconsin lag, bevor Jameson anfing, rote Trikots und andere Fanartikel der Mannschaft nach Hause zu schicken. Bald schon lief die ganze Familie nur noch in roten Klamotten herum, und der Sohn hatte seinen Spitznamen weg.

Butler liebte die Bar, weil sie echt war – keine dieser seelenlosen, ewig gleichen Filialen irgendeiner Kette. An den Wänden hingen jede Menge Fanartikel und Erinnerungsstücke der Badgers sowie Fotos aus Reds aktiver Zeit: Red, wie er in einem Spiel gegen die Iowa Hawkeyes einen Fumble erobert. Red, wie er einen Quarterback der Northwestern Wildcats umrennt. Red, wie er über einem gestürzten Michigan Wolverine steht. Die Bar war eine dieser Nachbarschaftskneipen, in denen man am Eingang eine halbe Treppe nach unten stieg. Auf den alten Holzböden lagen überall Erdnussschalen. Außerdem gefiel Butler, dass die meisten Gäste der Bar Cops oder ehemalige Cops waren. Reds Vater war schon Polizist gewesen und hatte den Typus der Stammkundschaft stark geprägt. Wenn man ein Cop war und in dieser Gegend von Queens wohnte, war dies der Ort, an dem man trank. Und das taten die Cops in dieser Gegend häufig und in Mengen.

Butler ließ seinen Blick über die Vielzahl der Fernsehbildschirme schweifen, die verschiedene Sportereignisse zeigten – unter anderen die dritte Runde eines Golfturniers, von dem er noch nie gehört hatte, College Softball, Auto-Schlammrennen und Bowling –, als sein Handy klingelte. Er hatte noch nicht einmal den ersten Schluck von seinem Rolling-Rock-Bier getrunken, aber schon bald würde er darüber froh sein. »Detective McHenry.«

»Hallo, Detective, hier ist Skylar Drummond. Wir sind uns am Mittwochabend vor Jacob Hendrix' Apartment begegnet.«

McHenry erkannte ihre Stimme auf Anhieb. »Ja, genau. Was kann ich für Sie tun?«

»Ich möchte Ihnen gern ein paar Informationen geben.«

»Was für Informationen?«

»Das möchte ich am Telefon lieber nicht sagen.«

Er hörte heraus, dass sie Angst hatte und sich bemühte, es nicht zu zeigen. »Wann sollen wir uns treffen?«

»Jetzt gleich?« Ihre Stimme zitterte leicht.

»Skylar, Sie klingen verängstigt. Sind Sie in Gefahr?«

»Ehrlich gesagt, bin ich mir nicht sicher. Vielleicht.«

Er setzte sich aufrecht. Jetzt hatte sie seine volle Aufmerksamkeit. »Wo sind Sie?«

»Ich fahre auf der I-295 Richtung Norden.«

»Vielleicht könnten Sie irgendwo rausfahren, und wir treffen uns dort.«

»Wenn es Ihnen recht ist, würde ich lieber weiterfahren. Kann ich zu Ihnen kommen?«

»Ich bin in Queens.«

»Welche Adresse?«

((•))

Skylar wiederholte die Straße und Hausnummer, die Butler McHenry ihr durchgab, damit Eddie sich die Adresse merken konnte. Aber weder sie noch der Detective wussten, dass drei weitere Personen ihr Gespräch mithörten. Einer war Barnes, der in seinem Büro im Harmony House saß. Die anderen beiden waren Lutz und Hirsch, die gerade Richtung Queens unterwegs waren. Lutz fuhr, und Hirsch notierte Butlers Adresse auf einen Notizblock, den er neben seinem Laptop auf den Knien hatte. Der Bildschirm zeigte dieselbe Landkarte, die auch Barnes in seinem Büro sah, mit Skylars Wagen als rotem, blinkendem Punkt.

Nach dem Ende des Gesprächs schaltete Hirsch die Freisprechanlage aus und telefonierte über sein Handy mit Barnes. »Wir sind etwa sieben Minuten hinter ihnen.«

»Beeilt euch. Ich will nicht, dass sie mit diesem Cop spricht.« Mit der Gewissheit, dass Dr. Skylar Drummond, Edward Parks und seine Echo-Box schon bald wieder in Harmony House sein würden, legte er auf.

Kapitel 35

Harmony House, Woodbury, New Jersey, 27. Mai, 11:17 Uhr

Auf ihrem Rundgang hatte Schwester Gloria, wie üblich, auch in Eddies Zimmer gesehen, aber weder der Patient noch seine Echo-Box waren dort. Das war zunächst noch kein Grund zur Beunruhigung, aber auch in der Cafeteria war er nicht zu entdecken. Sie ging zu Jerome an die Theke. »Haben Sie Eddie gesehen?«

»Heute noch nicht.«

»Sind Sie sicher?«, fragte sie überrascht nach.

»Ganz sicher. Ich bin heute aber auch erst seit einer Stunde hier.«

Daraufhin sah Schwester Gloria an zwei weiteren Orten nach, an denen Eddie sich aufhalten könnte: Dr. Fentons Büro und das von Dr. Drummond. Als sie ihn in keinem von beiden vorfand, ging sie zu einem Haustelefon und rief den Sicherheitsdienst an, um den fehlenden Patienten zu melden. Michael Barnes erwiderte, der Sicherheitsdienst wisse Bescheid. »Der Patient hat über Bauchschmerzen geklagt und wurde zur Beobachtung in ein nahe gelegenes Krankenhaus gebracht.«

»Wann war das?«

»Zehn Uhr siebenunddreißig.« Barnes nannte diese Uhrzeit, weil er wusste, dass Schwester Glorias Schicht erst um elf begonnen hatte.

»Warum wurde ich nicht informiert?«

»Wir haben nicht die Vorgabe, Sie zu informieren.«

Schwester Gloria hatte diese Sicherheitsheinis noch nie gemocht. Es war diese Mischung aus Gründlichkeit und Loyalität, die ihr Unbehagen bereitete. Das oder auch nur die ständige Angst, enttarnt zu werden, weshalb sie natürlich so wenig wie möglich mit ihnen zu tun haben wollte. Heute war eine Ausnahme. Genau wie die Textnachricht, die sie gleich ihrem anderen Boss schicken würde. Sie hatte Anweisung, jeden Abend eine Nachricht von zu Hause aus zu schicken, es sei denn, die Angelegenheit wäre dringend. Gloria ging davon aus, dass das Fehlen von Eddie mitsamt der Echo-Box sehr wohl als dringend galt.

EP & Box nicht auf Gelände. Aufenthaltsort unbekannt, lautete ihre Textnachricht. Nachdem sie auf »Senden« gedrückt hatte, dauerte es knapp vierzehn Sekunden, bis die verschlüsselte Nachricht auf einem der Bildschirme in Michael Barnes' Büro auftauchte. Was Schwester Gloria nicht wissen konnte, war, dass jede Nachricht, die auf dem Gelände des Harmony House gesendet oder empfangen wurde, gleichzeitig auch bei dem Mann landete, vor dem sie sie am dringendsten geheim halten wollte.

Auch wenn die Verschlüsselung verhinderte, dass er den Inhalt lesen konnte, löste die bloße Tatsache, dass kurz nach seinem Gespräch mit Schwester Gloria eine verschlüsselte Nachricht vom Harmony House aus versendet wurde, seinen inneren Alarm aus.

Barnes las die Nummer des Empfängers, wusste aber sofort, dass sie ihn in eine Sackgasse führen würde. Jemand, der clever genug war, die Schwester als Spionin zu nutzen, wäre auch so schlau, ihre Nachricht um etliche nicht nachverfolgbare Ecken verschicken zu lassen, sodass die Spur irgendwann kalt würde. Der endgültige Empfänger konnte überall auf der Welt sein und nie gefunden werden. Aber das spielte keine Rolle.

Schwester Gloria hatte ihm die Arbeit leicht gemacht. Und er würde dafür sorgen, dass sie selbst dafür bezahlte.

Kapitel 36

American Heritage Foundation, Alexandria, Virginia, 27. Mai, 12:03 Uhr

Normalerweise traf Bob Stenson vor sieben Uhr in der *Heritage Foundation* ein, aber samstags spielte er Tennis im Doppel und gönnte sich anschließend eine neunzigminütige Tiefenmassage, sodass er heute erst nach Mittag auf den Parkplatz einbog. Er stellte seinen Chrysler 300C ab und freute sich auf dem Weg zum Gebäude über die frische Brise. Sofort kam der ambitionierteste seiner engsten Mitarbeiter, Jason Greers, auf ihn zu. »Sir, ich habe schon versucht, Sie auf Ihrem Handy zu erreichen.«

»Sie wissen doch, dass ich samstagmorgens private Termine habe.«

»Ja, Sir, das weiß ich.« Er folgte dem Boss in sein utilitaristisch eingerichtetes Büro.

Stenson setzte sich an den Schreibtisch. »Was gibt es?«

»Wir haben eine Nachricht erhalten, von der Sie sicher umgehend in Kenntnis gesetzt werden wollen.« Mit offenkundiger Beunruhigung reichte Greers ihm einen Ausdruck von Glorias Nachricht.

Nun hatte er Stensons volle Aufmerksamkeit. »Sie haben recht.« Stenson las die Nachricht erneut, allerdings war ihm keine Gefühlsregung anzumerken.

Über die Jahre hatte er gelernt, niemals in Aufregung zu geraten, denn in diesem nie endenden Schachspiel gab es kein Schachmatt. Tagein, tagaus erfolgten nur Spielzüge und Gegenzüge, manche davon bedeutsamer als andere, doch das Spiel lief immer weiter. Deshalb konnte er es sich auch erlauben, einmal pro Woche Tennis zu spielen und etwaige Krisen erst nach seiner Rückkehr ins Büro zu klären.

Die Echo-Box mochte eine Ausnahme sein, aber im Grunde teilte Stenson die Meinung der meisten Wissenschaftler der Regierung: Er bezweifelte, dass das Ding je funktionieren würde. War es daher von Bedeutung, dass sich das Ding nun außerhalb des Harmony House befand? Möglicherweise. Andere Dinge hingegen konnte man aus dieser Nachricht mit Gewissheit ableiten. »Haben Sie gesehen, wann die Nachricht geschickt wurde?«

»Ja, um elf Uhr neunzehn.« Jason Greers besaß ein fotografisches Gedächtnis.

»Wissen Sie auch, was das bedeutet?«

Greers dachte einen Augenblick nach. »Gloria Pruitts Schicht hat um elf Uhr begonnen, also hat Parks das Gelände wohl vor ihrer Ankunft verlassen. Sie muss schnell bemerkt haben, dass Edward Parks und die Box nicht da sind, und hat uns umgehend verständigt. Was exakt unseren Anweisungen entspricht.«

Stenson nickte. »Ihre Gewissenhaftigkeit wird ihr allerdings zum Verhängnis werden. Barnes hat die ganze Einrichtung bestimmt bis in die letzte Ecke verwanzt. Wahrscheinlich konnte er die Nachricht nicht entschlüsseln, aber jetzt weiß er, dass einer der Angestellten ein doppeltes

Spiel spielt. Nicht lang, und er wird wissen, wer es ist – falls er das nicht jetzt schon tut.«

»Er wird sie mit Sicherheit ausschalten.«

»Er wird es nicht selbst tun, aber Sie haben recht.« In Stensons Stimme lag keinerlei Emotion, denn er hatte kein Problem damit, dass Gloria Pruitt sterben würde. Sie war nichts weiter als eine Schachfigur, die vom Brett genommen werden würde. Noch dazu nur ein Bauer. »Er wird es vermutlich für heute Nacht veranlassen. Was bedeutet, dass wir eine Entscheidung treffen müssen.«

»Wenn wir eingreifen, merkt Barnes, dass etwas Größeres dahintersteckt, und wird folglich noch mehr auf der Hut sein. Dann wird es sehr viel schwieriger werden, jemand Neues im Harmony House einzuschleusen.«

»Barnes ist jetzt schon bewusst, dass er ein Sicherheitsproblem hat. Er wird die Schotten dicht machen, egal, was wir tun.«

»Davon mal abgesehen …« Greers begann zu grinsen, weil ihm die Ungeheuerlichkeit seiner nächsten Schlussfolgerung bewusst war. »Haben Sie schon die Möglichkeit in Betracht gezogen, dass die Echo-Box jetzt tatsächlich funktioniert?«

Stenson räusperte sich. Nein, das hatte er nicht. Was für ein Fauxpas! »Wenn wir das mit Sicherheit bestätigen könnten, würden wir auf sämtliche uns zur Verfügung stehenden Mittel zurückgreifen, um sie zu bekommen.«

»Ja, das wäre wirklich erstaunlich, oder? Wenn die Echo-Box funktioniert, meine ich.«

»So erstaunlich, dass es immer noch extrem unwahrscheinlich ist.«

Der Schüler war entschlossen, seinen Lehrer zu beeindrucken. »Ich habe darüber nachgedacht, wie Edward das Harmony House überhaupt verlassen konnte.«

»Er kann es nicht allein geschafft haben.«

»Stimmt, er muss Hilfe gehabt haben. Und dafür kommt nur eine Person infrage.«

»Die neue Ärztin, Dr. Skylar Drummond.«

»Wenn Glorias Berichte korrekt sind, dann vertraut er niemandem sonst so sehr, dass er mit ihm das Gelände verlassen würde. So etwas ist zum ersten Mal passiert.«

»Sie gehen also davon aus, dass er bei Bewusstsein war.«

»Wenn nicht, könnte ihn jeder von dort weggeschafft haben. Aber wenn er freiwillig mitgegangen ist, kommt nur sie in Betracht.«

»Konnten Sie bestätigen, dass sie mit dem Opfer des U-Bahn-Attentats zusammenlebte?«

Der ehrgeizige Abteilungsleiter nickte in der Gewissheit, das fehlende Puzzlestück gefunden zu haben. »Ein außergewöhnlicher Zufall, finden Sie nicht?«

Stenson nickte ebenfalls, als er erkannte, worauf Jason hinauswollte. »Trotzdem ist es immer noch ganz schön weit hergeholt …«

»Michael Barnes ist ein Psychopath. Ich traue es ihm durchaus zu.«

»Er ist ein Kampfhund und tut nur, was Fenton ihm aufträgt. Was könnte den guten Doktor veranlasst haben, diesen Auftrag zu erteilen?«

»Ich kann mir drei Gründe vorstellen. Nummer eins wäre emotional. Nummer zwei wäre paranoid.«

»Und Nummer drei?«

»Dass Fenton eben nicht paranoid ist. Der Professor könnte irgendeine Information nach außen getragen haben, ob mit Absicht oder ohne.«

Der Stiftungsleiter kratzte sich am Kinn. Ja, eine Verbindung war möglich – was fast immer bedeutete, dass es auch eine gab. »Sie glauben also, dass der Professor gewisse Kontakte hatte?«

»Es lief schon bemerkenswert gut für ihn«, kommentierte Greers.

»So etwas passiert gelegentlich auch ohne Hilfe von außen. Was man so hört, war der junge Mann ein regelrechter Überflieger.« Er bedachte Greers mit einem vielsagenden Blick.

»Nun, irgendetwas scheint Fenton gegen ihn aufgebracht zu haben.«

Stenson dachte an die junge Ärztin, die gerade erst im Harmony House angefangen hatte. »Dann hätte die neue Ärztin aber nicht lange getrauert.«

»Wenn ein geliebter Mensch stirbt, kann einem schnell die Decke auf den Kopf fallen.«

Stenson hatte bislang Glück gehabt. Noch nie war ein ihm nahestehender Mensch gestorben, aber er konnte sich vorstellen, dass es ihn sehr mitnehmen würde. Das war einer der Gründe, weshalb er bei der Überprüfung von Greers' Hintergrund so beeindruckt von ihm war. Seine Verlobte war überfahren worden – der Täter ein Mann, dem schon das vierte Mal Trunkenheit am Steuer nachgewiesen werden konnte. Greers hatte den Verlust stoisch hingenommen, was seine Anstellung bei der Stiftung maßgeblich begünstigt hatte. Als kleinen Willkommensbonus hatte Stenson den Autofahrer umbringen lassen, sich allerdings bis heute nicht zu dieser Tat bekannt.

Er setzte die Puzzleteile des Tages zusammen. »Sie hat das Gefühl zu ersticken und beschließt, zur Arbeit zu fahren. Aber kurz nach ihrer Ankunft tut sie etwas, was ihre Karriere bei Fenton umgehend beenden könnte. Warum sollte sie ihren Traumjob aufs Spiel setzen?«

»Ich halte drei Szenarien für denkbar, und in jedem ist es von zentraler Bedeutung, dass die Echo-Box funktioniert. Ich glaube, dass er ihr eine Aufnahme vorgespielt hat.«

Stenson verschränkte die Arme hinter dem Kopf. »Was kann sie gehört haben, das sie zu einem so riskanten Schritt veranlasst haben könnte?«

»Die einzig zuverlässige Antwort kriegen wir nur, wenn wir das Gerät selbst abhören.«

»Dann würden wir zwei Fliegen mit einer Klappe schlagen. Beweisen, dass die Box funktioniert, und hören, was Skylar gehört hatte.«

»Ich bin überzeugt, dass allein die Tatsache, dass sie Edward Parks und seine Erfindung aus dem Harmony House weggebracht hat, bedeutet, dass die Echo-Box funktioniert.«

Stenson schüttelte den Kopf. »Parks ist für seine außergewöhnliche Hörfähigkeit bekannt. Er könnte auch einfach etwas gehört und es der Ärztin erzählt haben. Und dann hat sie ihn und die Box entführt, um ein Druckmittel in der Hand zu haben.«

Jason nickte. »Ein gefährliches Spiel. Sie hat keine Ahnung, wozu Fenton fähig ist.«

»Das wird sie bald merken.«

»Was wollen Sie wegen der Krankenschwester unternehmen?«, griff Jason Greers das ursprüngliche Thema wieder auf.

»Am meisten interessiert mich dabei der Aspekt, was der Verlust für ihren Sohn bedeuten würde. Cornell.« Während es für Stenson immer noch reine Spekulation war, ob die Echo-Box funktionierte, sah er in Cornell eine sichere Wertanlage. Er war fest davon überzeugt, dass er der nächste afroamerikanische Führer seines Landes werden könnte.

Zumindest würde die *American Heritage Foundation* alles in ihrer Macht Stehende dafür tun.

»Sie ist alles an Familie, was er hat.«

Das Argument Familie zählte für Stenson nicht. »Es könnte die Gelegenheit bieten, eine neue Leitfigur in sein Leben einzuschleusen.«

Greers wusste, dass Stenson dabei an eine Frau dachte. Eine Frau, die auch für die *Foundation* arbeitete. »Er ist aber noch nicht bereit, sich zu binden. Hat noch zu viele Eisen im Feuer.«

»O ja, das hat er.« Stenson grinste. Es war beeindruckend, welche Wirkung Cornell auf Frauen hatte. So wie jede große Führungspersönlichkeit.

»Allerdings wäre es tatsächlich noch zu früh, uns direkt bei ihm vorzustellen.«

»Er hat noch nicht genug Leichen im Keller.«

»Vielleicht wäre es an der Zeit, dass wir dort welche deponieren.«

Die Idee gefiel Stenson. Sehr sogar. »Nichts allzu Gravierendes, aber etwas, das genug Gewicht hat, bei Bekanntwerden sein ansonsten exzellentes Renommee zu gefährden.«

Der Abteilungsleiter machte sich eine kurze Notiz. »Ohne die Mutter als unsere Verbindungsperson könnte es schwierig werden.«

»Schwierig gefällt mir nicht.«

»Dann ist unsere Intervention hiermit entschieden?«

Der Boss nickte. »Schicken Sie ein Team. Sie sollen Gloria Pruitt vom Harmony House nach Parsippany folgen. Barnes könnte ungeduldig werden und zuschlagen, sobald sie das Gelände verlässt. Sie soll von dieser Gefahr möglichst überhaupt nichts mitbekommen.«

Greers nickte und schrieb noch mehr. »Haben Sie besondere Wünsche, wen wir einsetzen?«

»Nehmen Sie die Baseballfans. Die sollten nicht mehr als ein paar Stunden entfernt sein.«

»Ihnen ist aber klar, dass wir damit in ein Wespennest stechen könnten, oder? Niemand kann voraussehen, wie Barnes reagiert, wenn seine Leute nicht mehr zurückkommen.«

Bob Stenson sah seinem Untergebenen, den er als jüngere Version seiner selbst betrachtete, fest in die Augen. »Ich finde, dass wir Mr. Barnes weitaus mehr Beachtung schenken, als er verdient.« Es war offenkundig, dass er noch etwas im Schilde führte.

»Da gebe ich Ihnen recht.« Der junge Protegé wusste noch nicht, was sein Boss im Sinn hatte, aber er würde es sicher bald erfahren.

Stenson gab ihm einen Tipp. »Was tut man, wenn ein Kampfhund tollwütig wird?«

Greers begriff. »Man erschießt ihn.«

Versonnen ließ Stenson seinen Blick zum Fenster wandern. »Die elegantesten Lösungen sind immer die einfachsten. Oder etwa nicht?«

Kapitel 37

I-295 Richtung Süden, Throgs Neck Bridge, 27. Mai, 12:17 Uhr

Auf der Throgs Neck Bridge fuhren Skylar und Eddie aus der Bronx über den East River nach Queens und kamen endlich an ihr Ziel, die Jamaica Avenue. Skylar parkte direkt vor dem *Red's*, stieg aus und sah sich hastig um, ob ihnen jemand gefolgt war. Sie konnte nichts Auffälliges entdecken. Natürlich hatte sie keine Ahnung, dass der Peilsender in ihrem Radschacht und auch die GPS-Ortung in ihrem Handy ihren Standort übertrugen.

Eddie stieg ebenfalls aus, schloss die Augen und drehte den Kopf langsam von einer Seite auf die andere. Er merkte nicht, dass er mitten auf der Straße stand, bis ein heranfahrender Wagen ihm nur knapp auswich. HUUUP! Durch das heruntergelassene Fenster brüllte der Fahrer: »He, du Idiot! Runter von der Straße!«

Eddie geriet in Panik und begann, sich zu ohrfeigen. »He, du Idiot! He, du Idiot!«

Als Skylar ihn erreichte, wiederholte er die Selbstbeschimpfung gerade zum vierten Mal. Sie umklammerte ihn und hielt so seine Arme fest, bis ihn der Kampfwille verließ – genau wie Gloria es erklärt hatte. »Schon gut, Eddie. Atme einfach ein paarmal tief durch.«

Er gehorchte. Dann sagte er: »Hier gefällt es mir nicht. Ich will in mein Zimmer zurück.«

»Das geht noch nicht. Ich muss erst eine Weile mit Detective McHenry sprechen.«

»Wie lang ist eine Weile?«

»Das kann ich nicht einschätzen, bevor wir nicht sehen, wie es läuft.«

»Wie was läuft?«

»Mein Gespräch mit dem Detective. Ich möchte, dass du ihm vorspielst, was du mir in Dr. Fentons Büro vorgespielt hast. Würdest du das tun, Eddie?«

Eddie zog die Stirn in Falten und atmete hörbar aus, weil er das bei Leuten beobachtet hatte, die nur zögernd in etwas einwilligten. »Ja, das würde ich.«

Skylar öffnete den Kofferraum und nahm Eddies Laptop. Er holte seine Echo-Box heraus. Zusammen gingen sie zu der Bar.

»Was ist *Red's*, Skylar?«

»Eine Sportsbar.«

»Was ist eine Sportsbar?«

»Ein Ort für Männer, die nichts Besseres zu tun haben.«

Sie öffnete die Tür und die beiden stiegen die kurze Treppe in den Gastraum hinunter. Als Eddie die Vielfalt der Geräusche entgegenschlug, verzog er das Gesicht. Vier verschiedene Sportsendungen konkurrierten mit einem Dutzend lautstarker Unterhaltungen und einer Jukebox, aus der verzerrt Bob Seger ertönte. Der übergroße Barbesitzer kam auf sie zu. »Was ist mit Ihrem Freund los?«, wollte Red wissen.

»Bei mir ist das Asperger-Syndrom diagnostiziert worden, und ich befinde mich am hochfunktionalen Ende des Autismus-Spektrums.«

Red machte ein Gesicht, als hätte Eddie Chinesisch gesprochen. Skylar übersetzte: »Es ist ihm hier zu laut.«

»Warum bringen Sie ihn dann her?«

»Wir sind auf der Suche nach Detective Butler McHenry.« Red sah sie misstrauisch an. »Er erwartet uns«, fügte sie hinzu.

Red musterte sie kurz, dann deutete er zur Theke. »Der sitzt da drüben – der Typ, der wie ein Arschloch aussieht.«

»Nicht wie meins«, sagte Eddie.

Kopfschüttelnd sah Red ihnen hinterher.

»Hallo, Detective.«

Butler drehte sich um. »Hallo, Dr. Drummond. Was ist passiert?«

»Das ist Edward Parks, einer der Patienten der Einrichtung, in der ich arbeite.«

»Das Harmony House ist ein besonderer Ort für besondere Menschen«, warf Eddie ein.

»Hallo, Edward. Ich bin Detective McHenry.« Butler streckte seine Hand aus.

Mit einem gewissen Unwohlsein starrte Eddie sie an.

»Eddie schüttelt niemandem die Hand«, erklärte Skylar. »Er empfindet Körperkontakt als beunruhigend.«

Butler nickte so verständnisvoll er konnte. »Okay.«

»Können wir uns irgendwo ungestört unterhalten?«

Der Detective sah sich nach Red um. »Hast du was dagegen, wenn wir kurz dein Büro benutzen?«

Red schüttelte den Kopf. »Bringt aber nichts durcheinander. Ich hab's gerade erst putzen lassen.«

Eddie machte sein BUZZER-Geräusch.

»Was sollte das?«, fragte Red irritiert.

»›Deine Mutter war gut letzte Nacht‹, hat er gesagt.« Butler grinste.

»Das stimmt nicht, Detective. Ich kenne seine Mutter nicht.«

McHenry führte Skylar und Eddie zu einer Tür am hinteren Ende der Bar, auf der »Privat« stand. Dahinter befand sich ein kleines, staubiges und vollgepfropftes Kabuff, in dem es jedoch ruhiger war als in der Bar.

»Nicht geputzt«, bemerkte Eddie. »Definitiv nicht frisch geputzt. Sehen Sie?« Er fuhr mit einem Finger über den staubigen Schreibtisch, so wie Skylars Bruder Christopher es früher zu Hause immer gemacht hatte. Da ihre Mutter sie so früh verlassen und ihr Vater keinen Sinn für Hausarbeit gehabt hatte, war es Skylars Aufgabe gewesen, das Haus in Ordnung zu halten. Nach Christophers Maßstab war sie kläglich gescheitert, aber sie hatte sich trotzdem angestrengt, weil ihr Bruder sich in Schmutz und Unordnung unwohl fühlte, so wie jetzt auch Eddie unbehaglich zumute wurde.

»Ja, das sehe ich.« Sie sprach mit leiser, weicher Stimme, um Eddie zu beruhigen. Und es funktionierte, zumindest zu einem gewissen Grad.

Eddie blickte auf die grobkörnigen Schwarzweißbilder zweier Überwachungsmonitore, deren Glasflächen arg zerkratzt waren. Der eine zeigte die Kasse, der andere die Eingangstür. »Sind Orte für Männer, die nichts Besseres zu tun haben, immer so laut?«

McHenry musste grinsen. »Im Moment ist es eigentlich ziemlich ruhig.«

»Eddie, würdest du dem Detective bitte das Gespräch vorspielen, das wir in Dr. Fentons Büro gehört haben?«

»Weil er ein Polizist ist, der uns helfen wird?«

»Das hoffe ich.«

Eddie starrte Butler einen Moment lang an, dann sah er wieder zu Skylar. »Ja.« Er schaltete seinen Laptop ein, der eine Weile brauchte, um hochzufahren.

»Was Sie gleich hören werden«, erklärte Skylar dem Detective, »ist ein Gespräch, das am Mittwochnachmittag geführt wurde, etwa vier Stunden vor dem Ereignis in der U-Bahn.« Sie formulierte es so, dass Butler begriff, dass Eddie nichts von Jacob Hendrix' Tod wusste und das auch so bleiben sollte.

»Und wo hat dieses Gespräch stattgefunden?«

»Im Harmony House im Büro meines Vorgesetzten, Dr. Marcus Fenton.«

»Wusste er, dass das Gespräch aufgezeichnet wird?«

Sofort unterbrach Eddie. »Das Gespräch wurde nicht aufgezeichnet.«

»Ich verstehe nicht.«

Eddie begann mit seinem Vortrag. »Theorien über das Einfangen und Rekonstruieren von Schallwellen, sogenannte ›akustische Archäologie‹, bestehen seit 1969. Allerdings standen uns bislang keine ausreichend empfindlichen Geräte zur Verfügung, um einen Raum akustisch abzutasten, oder die notwendigen Algorithmen, um die ursprünglichen Schallwellen zu rekonstruieren.« Er machte eine bedeutungsvolle Pause, genau wie damals im Aufenthaltsraum. »Bis jetzt.«

Butler sah Skylar an. »Wovon zum Teufel spricht er da?« Die zwei Männer, die plötzlich auf dem Monitor mit der Eingangstür erschienen, nahm er nicht wahr.

((•))

Red's war eine Kneipe für Leute aus der Nachbarschaft. Und für Cops. Wenn ein neuer Gast weder das eine noch das andere war, wurde er so lange von allen Gästen beäugt, bis er eine akzeptable Erklärung für seinen Besuch abgab. Bei Skylar und Eddie hatte Red schnell gemerkt, dass die beiden keinen Ärger machen würden. Bei Lutz und Hirsch war eher das Gegenteil der Fall.

Hirsch musterte den bulligen Barkeeper von oben bis unten. »Wir suchen einen Detective Butler McHenry.«

In der Bar wurde es deutlich stiller, aber Red tat, als bemerke er es nicht. »Nie von ihm gehört.« Er kehrte hinter die Theke zurück und polierte weiter seine Gläser.

Über diese mangelnde Kooperation war Lutz nicht gerade erfreut. »Sind Sie der Besitzer?«

Red stellte sich neben eines der Fotos an der Wand, auf dem er deutlich zu erkennen war. »Gut geraten.« Dann sah er zu seinem Baseballschläger unter der Theke, dessen Kerben und Kratzer verrieten, dass er sich offenbar nicht scheute, ihn zu benutzen.

Ein Detective, der hier ebenfalls seinen freien Tag verbringen wollte und hinten in der Bar saß, tippte eine Nachricht in sein Handy: Du hast Besuch.

((•))

Während Eddies Vortrag in Reds Büro spürte Butler, dass sein Handy vibrierte. Als er die Nachricht gelesen hatte, blickte er sofort auf die Überwachungsmonitore. Zwei Fremde sprachen mit Red. Er unterbrach Eddies Monolog und fragte Skylar: »Wissen Sie, wer die Typen sind?«

Skylar wurde blass. »Die arbeiten im Harmony House. Beim Sicherheitsdienst.«

Eddie war verwirrt. »Woher wissen die, dass wir hier sind, Skylar?«

»Ich hatte tatsächlich so ein Gefühl, dass wir verfolgt werden.«

»Wie fühlte sich das an?«

»Das erkläre ich dir später, Eddie. Spiel jetzt einfach das Gespräch ab.«

Er nickte und drückte auf »Play«. Eddie war es gelungen, den Klirrfaktor zu verringern, sodass das Gespräch viel besser zu verstehen war als beim letzten Mal.

FENTON: *Mr. Barnes, was verschafft mir das Vergnügen?*

BARNES: *Der Freund Ihrer neuen Ärztin hat nach Eddie geforscht.*

McHenry sah zu Skylar. »Mit ›neuer Ärztin‹ sind Sie gemeint?«

Skylar nickte.

»Wer ist der Typ, der mit Ihrem Boss redet?«

»Wir glauben, dass er der Chef des Sicherheitsdienstes ist.«

»Er heißt Mr. Barnes«, ließ Eddie verlauten. »Aber ich nenne ihn den Geheimnismann, weil er sehr geheimnisvoll ist.«

FENTON: *Was haben Sie da?«*

Man hörte das Rascheln von Papier.

BARNES: *Entweder ist sie ein Plappermaul, oder er hat seine Nase in Dinge gesteckt, die ihn nichts angehen.*

Skylar wurde zusehends nervöser. »Eddie, spul ein bisschen vor.« Eddie gehorchte.

BARNES: *Wünschen Sie spezielle Maßnahmen?*

FENTON: *Nicht in seiner Wohnung. Lassen Sie es wie einen Unfall aussehen.*

BARNES: *Er fährt U-Bahn.*

FENTON: *In der U-Bahn passieren heutzutage die schlimmsten Dinge. Ich bin sicher, Ihnen wird etwas einfallen.*

»Das reicht, Eddie.« Skylars Hände zitterten. »Was denken Sie, Detective?«

Ungläubig starrte Butler McHenry auf die Echo Box. »Ich denke, es wird eine Weile dauern, bis ich mein Feierabendbier trinken kann.« Er hielt kurz inne. »Und das ist echt?«

Sie nickte. »Ich brauche Ihre Hilfe.«

McHenry glaubte ihr. »Aber eins nach dem anderen.« Er tippte eine Antwort in sein Handy: Schafft sie hier raus.

Auf dem Überwachungsmonitor sah er, wie der Detective, der die Nachricht erhielt, direkt in die Kamera blickte und nickte.

In der Bar schob sich der Detective an seinen Kollegen vorbei und klopfte ihnen dabei auf die Schulter. »Hey, Red, warum lädst du die beiden nicht auf einen Spezialtrank des Hauses ein?« Genauso gut hätte er »Durchladen, Jungs« sagen können.

Sechs der Cops schlossen sich ihm an. Gemeinsam umringten sie die Fremden.

Red antwortete: »Das hab ich schon. Aber sie haben abgelehnt.«

»Was wollen sie dann noch hier?«

»Haben nach einem gewissen Butler McHenry gefragt. Sagt dir der Name was?«

»Nie gehört. Kennt ihr den?« Er drehte sich zu den anderen um. Alle schüttelten den Kopf. »Tja, wie es aussieht, habt ihr schlechte Karten.«

Hirsch und Lutz wussten, dass sie hier nicht weiterkommen würden. Cops waren eine eingeschworene Gemeinschaft. Sie hielten genauso zusammen wie ehemalige Geheimdienstagenten. Hirsch ließ die Männer nicht aus den Augen, während er und Lutz rückwärts zur Tür gingen. »Das Blatt kann sich immer noch wenden.«

Verärgert stapften sie zu ihrem Wagen. »Du weißt, dass sie da drin sind«, brummte Lutz.

»Klar sind sie das.«

»Die Arschlöcher fanden sich wohl witzig.«

»Wir hätten es genauso gemacht.«

»Wie geht es jetzt weiter?«

»Wir warten. Irgendwann müssen sie ja wieder rauskommen.«

»Und wenn nicht?«

»Dann gehen wir wieder rein.« Hirsch öffnete den Kofferraum, in dem ein erstaunliches Arsenal lagerte. Doch anstatt nach Waffen griffen sie nach Proteinriegeln und Energy Drinks, um sich für ihre Wartezeit zu rüsten.

Kapitel 38

Red's Sportsbar, Queens, New York City, 27. Mai, 13:01 Uhr

Eddie beobachtete Skylar, die auf Reds Überwachungsmonitore starrte. »Skylar, warum zittern Ihre Hände?«

»Weil ich ein bisschen nervös bin.«

»Warum sind Sie ein bisschen nervös?«

»Es passiert gerade sehr viel, Eddie.«

»Sie meinen, mehr, als dass wir mit einem New Yorker Polizisten in einem stickigen, staubigen Büro stehen?«

»Ja.«

»Redet er immer so?«, wollte Butler von Skylar wissen.

Sie nickte. »Meistens.«

Eddie war verwirrt. »Redet er immer *wie?*«

»Der Detective meinte, dass du eine besondere Art hast zu kommunizieren, und ich habe ihm zugestimmt.«

Eddie nickte und wiederholte: »Meistens.« Dann wandte er sich an Butler. »Ich bin nicht sehr gut in nonverbaler Kommunikation, aber Skylar versucht, es mir beizubringen. Am Mittwoch sind wir spazieren gegangen, ohne ein bestimmtes Ziel.«

»Und wie lange hat es gedauert, bis ihr angekommen seid?«

»Das weiß ich nicht. Wir haben die Zeit nicht gestoppt.«

Skylar musste sich auf die Lippe beißen, um nicht laut loszulachen.

Der Detective wartete darauf, dass Eddie den Witz verstand, was er natürlich nicht tat. Skylar kam ihm zu Hilfe. »Ich glaube, er hat nur Spaß gemacht, Eddie.«

»Nein. Ich wollte wirklich wissen, wie lange es gedauert hat.«

Eddie machte sein BUZZER-Geräusch.

»Das macht er immer, wenn jemand nicht die Wahrheit sagt«, erklärte Skylar.

Butler sah sie erstaunt an. »Jedes Mal?«

Sie nickte. »Jedes Mal.«

Der Detective schüttelte den Kopf. Das hatte ihm noch gefehlt. Er fragte seinen Kollegen in der Bar: Sind sie immer noch da?

Der nickte in die Kamera und reckte dann sein Kinn in Richtung der Eingangstür.

Lenkt sie ab, schrieb Butler.

Der Cop nickte wieder und warf seinen Kollegen vielsagende Blicke zu.

((•))

Lutz saß allein in ihrem von der Regierung gestellten Wagen und wurde allmählich ungeduldig. Über eine Stunde standen sie nun schon vor dem *Red's* und warteten. Hirsch hatte sich um die Ecke in einer Seitenstraße postiert und bewachte den einzigen Hinterausgang der Bar. Über Handy fragte er seinen Partner: »Und? Passiert was?«

»Nada.«

»Wann willst du was unternehmen?«

»Sobald der Boss es anordnet.« Lutz legte auf. Während er Michael Barnes' Nummer wählte, nahm er beiläufig das Heulen von Sirenen wahr. Einige klangen weit entfernt, andere kamen aus nächster Nähe. Wollte man in Queens bei Verstand bleiben, musste man lernen, den ungleichmäßigen, aber immerwährenden Lärm der Großstadt auszublenden.

Barnes nahm beim ersten Klingeln ab. »Irgendeine Veränderung?«

»Negativ. Sie sind noch immer drin.«

»Bleiben Sie auf Position. Ich will, dass Sie alles unter Kontrolle behalten.«

»Verstanden.« Lutz legte auf. Noch immer heulten die Sirenen, aber dass sie sich tatsächlich in seine Richtung bewegten, merkte er erst, als ein Krankenwagen des New York City Fire Department direkt neben seinem Auto anhielt und ihm die Ausfahrt versperrte. Zwei Sanitäter sprangen heraus und öffneten die hinteren Wagentüren, um eine fahrbare Krankentrage herauszuholen. Dann schoben sie sie eilig zum Eingang des *Red's*.

Lutz stieg aus und rief laut: »He, was ist hier los?«

Ein Sanitäter sah sich kurz zu ihm um. »Ein Notfall.« Die zwei Männer verschwanden in die Sportsbar.

Lutz rief seinen Kollegen per Kurzwahltaste an. »Es gibt ein Problem.«

»Soll ich kommen?«

»Nein, bleib in Position.« Er lief in die Bar, wo er sah, dass die Mehrzahl der Gäste einen Kreis gebildet hatte. Sie standen um einen auf dem Boden liegenden Mann herum, der gerade von den Sanitätern versorgt wurde. »Was ist passiert?«

Ein älterer Detective drehte sich zu ihm um. »Das geht Sie nichts an.«

Der ehemalige Geheimdienstmitarbeiter fixierte ihn mit zusammengekniffenen Augen. »Und wenn doch?«

Seinen Baseballschläger in der Hand, trat Red auf ihn zu. »Kann ich mir nicht vorstellen.«

Einer der Sanitäter rief außerordentlich überzeugend: »Er hat einen Herzinfarkt!«

Auf den Monitoren im Büro war das Drama deutlich zu verfolgen. Lutz hingegen bekam nicht mit, dass der Detective, der den Notruf abgesetzt hatte, hinter seinem Rücken aus der Bar hinausschlich.

»Warum haben Sie dem Mann Ihr Handy und Ihren Autoschlüssel gegeben?«, wollte Eddie von Skylar wissen.

((•))

Vor der Bar entriegelte der Detective Skylars Wagen und setzte sich ans Steuer. Er legte das Handy auf den Beifahrersitz, ließ den Motor an und fuhr los.

In der Kneipe klingelte Lutz' Handy. Es war Barnes. »Ja, Sir?«

»Warum verfolgen Sie die beiden nicht?«

»Sie sind noch drin.«

Auf der digitalen Straßenkarte in Barnes' Büro entfernte sich der Punkt, der Skylars Auto darstellte, immer weiter von der Sportsbar. »Nein, sind sie nicht.«

Lutz blickte aus dem Fenster und sah, dass der Honda verschwunden war. »Die werden nicht weit kommen«, knurrte er, rannte aus dem Lokal und stieg in sein Auto, das noch immer durch den Krankenwagen blockiert wurde. Aber nicht mehr lange. *Rumms!* Er rammte seinen Wagen in das Fahrzeug vor ihm und schob es dabei einen halben Meter nach vorn. *Rumms!* Dasselbe machte er mit dem Auto hinter sich.

Als er den Krach hörte, kam Hirsch aus der Seitenstraße angelaufen und sah, wie sein Kollege gerade auf den Bürgersteig fuhr. Er riss die Tür auf und schob sich auf den Beifahrersitz. »Hey, verdammt, was ist los?«

Lutz deutete auf die Stelle, wo zuvor Skylars Wagen gestanden hatte.

»Wie sind sie rausgekommen?«

»Scheiße noch mal, ich hab keine Ahnung!« Lutz trat aufs Gaspedal und lenkte den Wagen mit quietschenden Reifen auf die Straße, um die Verfolgung aufzunehmen.

((•))

In der Sportsbar tippte der Polizist, der neben seinem am Boden liegenden Kollegen stand, einem der Sanitäter auf die Schulter. »Die Show ist vorbei.«

Der Cop, der die Herzattacke vorgetäuscht hatte, öffnete die Augen und wischte sich ein paar Erdnussschalen vom Flanellhemd. »Wenn mein Wagen einer von denen ist, die das Arschloch gerade gerammt hat, wird ihm das verdammt noch mal leidtun!«

Red ging zum Büro und klopfte zweimal an die Tür. McHenry öffnete und nickte allen in der Bar anerkennend zu. Worte waren nicht notwendig.

Skylar und Eddie folgten ihm, Laptop und Echo-Box im Gepäck. Bei den Sanitätern angekommen, blieb Eddie stehen. »Warum haben Sie so getan, als würden Sie ihm helfen, obwohl Sie genau wussten, dass er keinen Herzinfarkt hat?«

Mit so einem Mangel an Dankbarkeit wussten die Sanitäter nicht recht umzugehen. »So wie ich das sehe, haben wir hier gerade deinen Arsch gerettet«, sagte einer.

Eddie drehte den Kopf und versuchte, auf seinen Hintern zu sehen.

Mit einem entschuldigenden Lächeln sagte Skylar: »Eddie, bedank dich bitte bei den netten Männern, dass sie uns geholfen haben.«

Eddie bedankte sich.

»Komischer Vogel«, brummte der Sanitäter McHenry zu.

»Oh, manchmal wäre ich gern ein Vogel«, sagte Eddie prompt, »vor allem morgens, wenn ich die Schwarzkopfmeisen und Krickenten und Rothalstaucher und …«

Skylar unterbrach ihn. »Sie haben geschauspielert, Eddie.«

»Schauspielern ist täuschen, und täuschen ist lügen, und lügen ist etwas, das Sanitäter nicht tun sollten, weil sie wie Ärzte sind und Ärzte nicht lügen sollten.«

»Ich bin Ärztin, und manchmal lüge ich auch.«

Eddie war ehrlich schockiert. »Tatsächlich?«

»Jeder Mensch muss manchmal lügen.«

»Ich nicht.«

»Wenn du genug Zeit außerhalb des Harmony House verbringst, wirst du das auch müssen, glaub mir.«

Butler spürte, wie die verständnislosen Kollegen immer unruhiger wurden. »Dr. Drummond, wir sollten Ihren Patienten hier wegschaffen, bevor einer der Jungs ihn umbringt.«

Die drei verließen das Lokal.

»Skylar, haben Sie mich jemals angelogen?«

»Nein, Eddie, das habe ich nicht. Und ich hoffe, das muss ich auch niemals tun.«

»Warum sollten Sie das müssen?«

»Weil die Dinge manchmal kompliziert werden.«

»Warum?«

»Das ist eben so.«

Als er die Straße zu Butlers Wagen überquerte, war Eddie extrem vorsichtig. Er blickte sich nach allen Seiten um, machte einen Schritt vorwärts und sah wieder nach links und nach rechts. So ging es weiter, Schritt für Schritt.

Entnervt drängte Butler: »Könnten Sie sich bitte ein bisschen beeilen?«

Aber Eddie bewegte sich weiterhin nur mit äußerster Vorsicht. »Hier gefällt es mir nicht.«

Skylar merkte, dass der Detective mit seiner Geduld bald am Ende wäre. »Eddie, je eher wir hier wegkommen, desto eher kannst du die Stimme deiner Mutter hören.«

Daraufhin sprang Eddie dann doch schnell auf den Rücksitz des Chevy Tahoe. Skylar schnallte ihn an und setzte sich neben Butler. Der Detective trat aufs Gas und fuhr mit quietschenden Reifen an.

Eddie hielt sich die Ohren zu. »Das Auto tut meinen Ohren weh.«

»Wo fahren wir hin?«, wollte Skylar wissen.

»In meine Dienststelle. Ich will, dass mein Vorgesetzter hört, was Sie mir …«

Eddie unterbrach. »Skylar, ich habe Hunger. Ist es schon Zeit für den Nachmittagssnack?«

Skylar sah auf die Uhr: 13:07. Vor sieben Minuten war im Harmony House der Nachmittagssnack ausgeteilt worden. »Ja, ist es, Eddie. Wir werden dir auf der Polizeistation etwas besorgen.«

»Samstags gibt es immer Graham-Cracker und Milch.«

Sie kannte die Antwort, die sie vom Polizisten bekommen würde, fragte aber dennoch. »Sie haben auf der Polizeistation nicht zufällig Graham-Cracker und Milch?«

»Sie machen Witze, oder?«

»Sie machen Witze, oder?«, plapperte Eddie nach.

Butler bewahrte nur mit Mühe die Fassung. »Nein, da gibt es weder Graham-Cracker noch Milch.«

»Aber irgendetwas muss es doch zu essen geben.«

»Nur das, was es in den Automaten gibt. Schokoriegel und solches Zeug.«

»Schokoriegel haben viel Zucker, viele Kalorien und einen geringen Nährwert, Detective McHenry. Sie sind kein angemessener Snack.«

»Können wir unterwegs irgendwo was einkaufen?«, fragte Skylar schnell.

»Das meinen Sie jetzt nicht ernst, oder?«

»Jede Abweichung von seinem normalen Tagesablauf stellt eine große Belastung für ihn dar.«

»Wer auch immer diese Typen sein mögen, die gerade hinter Ihnen her sind – die suchen Sie gerade. Jetzt, in diesem Moment. Das ist Ihnen schon klar, oder?«

»Ja.« Da sie merkte, dass sie bei Butler kein Mitgefühl wecken konnte, wählte sie einen praktischen Ansatz. »Es dauert nur eine Minute, und danach wird er Sie bedeutend weniger nerven.«

Konsterniert schüttelte Butler den Kopf und hielt nach einem Lebensmittelladen Ausschau. Endlich hatte das New York Police Department einen wertvollen Hinweis zur Untersuchung des Gasangriffs auf eine U-Bahn-Station erhalten, der in den letzten drei Tagen auf jeder Titelseite der bundesweiten Zeitungen zu finden war, und der für die Ermittlungen verantwortliche Detective machte sich auf die Suche nach Graham-Crackern und Milch.

Kapitel 39

Harmony House, Woodbury, New Jersey, 27. Mai, 13:11 Uhr

Barnes beobachtete die Verfolgungsjagd in seinem Büro. Der Wagen von Hirsch und Lutz näherte sich dem von Skylar und Eddie.

Endlich war Lutz nahe genug, um den Fahrer erkennen zu können. Es war nicht Skylar. »Dieser Mistkerl!« Er bremste, drehte mitten auf der Straße um und fuhr wieder Richtung Sportsbar.

Keine acht Sekunden später war Barnes am Telefon. »Das war eine Falle«, sagte Hirsch. »Wir fahren wieder zur Kneipe.«

»Verschwenden Sie keine Zeit, die sind längst weg.« Barnes' Stimme war eiskalt. Er sah auf den Monitor, auf dem eine Auflistung persönlicher Informationen zu Detective Butler McHenry erschien. Ehemaliger US Army Ranger, 1998 bis 2004. Mitglied des NYPD seit 2005. Zweifache Auszeichnung. Einmal suspendiert. Je mehr Barnes las, desto weniger gefiel es ihm. McHenry war exzellent ausgebildet und hatte jede Menge Erfahrung. Barnes musste Parks und Drummond finden, bevor die Situation weiter eskalierte. »Wenn ein Cop mit ihrem Wagen fährt, dann fahren die beiden jetzt mit McHenry. Halten Sie Ausschau nach einem blauen Chevy Tahoe, New Yorker Nummernschild, George-David-Romeo-sechs-sieben-null-drei. Ich schicke Ihnen seine Adresse.«

»Denken Sie, er ist wirklich so blöd?«

»Immerhin ist er ein Cop, oder?«

Kapitel 40

Jorge's Minimarket, Queens, New York City, 27. Mai, 13:17 Uhr

Eddie folgte Skylar und Detective McHenry durch die schmalen Gänge zwischen den Regalreihen des kleinen Supermarkts, wo sie nach Graham-Crackern Ausschau hielten. Sie waren immer noch in Queens. Über ihnen flackerten nackte Leuchtstoffröhren. Eddie war der Einzige der drei, der keine Eile hatte. »Wo sind die Graham-Cracker, Skylar?«

So ruhig wie möglich versuchte Skylar ihm die schlechte Nachricht mitzuteilen. »Ich glaube, sie haben keine.«

»Das ist schlecht. Sehr schlecht.« Eddies Atmung beschleunigte sich, während er allmählich in Panik geriet

Skylar merkte, dass Eddie kurz vor einem Anfall stand. Sie stellte sich dicht vor ihn, sodass sie ihm direkt in die Augen sehen konnte. Er wollte den Kopf wegdrehen, aber sie schaffte es dennoch, dass sie Blickkontakt hielten. »Wenn sie hier keine Cracker haben, dann suchen wir woanders, das verspreche ich.«

Abrupt floh Eddie vor einem Regal mit rotem Traubensaft.

Butler schnappte sich eine Packung Eierplätzchen und hielt sie Eddie hin. »Was ist damit?«

»Das sind keine Graham-Cracker.«

»Ich weiß, dass das keine Graham-Cracker sind. Ich wollte Ihnen eine Alternative anbieten.«

»Ich will keine Alternative. Ich will Graham-Cracker. Und Milch.«

Nun riss dem Detective tatsächlich der Geduldsfaden. »Tja, das ist aber wirklich zu schade.«

Eddie trat unruhig von einem Bein auf das andere. »Hier gefällt es mir nicht.«

»Dann gehen wir in ein anderes Geschäft«, versicherte Skylar.

»Da wird es mir auch nicht gefallen, Skylar. Es gefällt mir nirgendwo außerhalb vom Harmony House.« Seine Hände zuckten, bereit zum Selbstangriff.

Schnell stellte Skylar sich wieder vor ihn. »Eddie, sieh mich an. Jetzt sofort. Sieh nur mich an und nichts anderes.« Ihr Gesicht war direkt vor seinem. Sie hielt seinen Blick fest, ohne Eddie zu berühren, bis die Anspannung schließlich aus seinem Körper wich. »Besser?«

Eddie nickte. »Ich habe aber immer noch Hunger.«

Butler ging zu dem Puerto Ricaner hinter der Kassentheke. Auf seinem Namensschild stand *Jorge*. Der Detective ließ sich bestätigen, was er bereits wusste: In dem Laden gab es zwar eine große Auswahl an Alkohol und Zigaretten, aber nicht das eine Produkt, das sie suchten. »Müssen es unbedingt Graham-Cracker sein?«, fragte er Skylar.

Eddie korrigierte: »Graham-Cracker und Milch.«

Letzteres gab es immerhin, und Skylar bezahlte schnell einen der Jumbo-Tetrapacks. Da er bedeutend größer war als die, die im Harmony House serviert wurden, versprach sie Eddie, ihm die korrekte Menge abzufüllen.

Butler konnte nur immer wieder den Kopf schütteln. »Gehen wir.«

Kapitel 41

American Heritage Foundation, Alexandria, Virginia, 27. Mai, 13:22 Uhr

In Caitlin McCloskeys Büro standen gerahmte Bilder, wie sie für eine junge berufstätige Mutter typisch sind: Fotos ihrer zwei kleinen Kinder und ihres Ehemanns, der Anwalt war, sowie die letztjährige Weihnachtskarte der Familie. Sie selbst sah wie eine Buchhalterin oder Privatschullehrerin oder Kommunikationsmanagerin aus. Bevor sie erfahren hatte, womit ihr Vater seinen Lebensunterhalt verdiente, hatte sie auch tatsächlich vorgehabt, einen dieser Berufe zu ergreifen. Als ihr Vater ihr jedoch enthüllte, dass er einer der sieben Gründer der Stiftung sei, und ihr die Möglichkeiten aufzeigte, die sie in diesem Unternehmen hatte, war jeder andere Beruf für Caitlin uninteressant geworden. Macht und Einfluss waren Suchtmittel. Vor allem an Tagen wie heute.

Sie telefonierte mit einem Mann, dessen wahren Namen sie nicht kannte. Sie wollte ihn ebenso wenig wissen, wie sie wollte, dass er ihren Namen erfuhr. Denn der Mann verdiente sein Geld mit der Ermordung von Menschen. Er und sein

Partner hatten diese Arbeit schon mindestens ein Dutzend Mal für die Stiftung erledigt. Die beiden hatten keine Ahnung, wer ihre Auftraggeber waren, weil ihnen das egal war, solange sie ihr Geld bekamen. Eine Hälfte als Vorschuss, die andere nach Erledigung.

Der ehemalige General der beiden hatte sie anonym empfohlen, kurz nachdem sie ehrenhaft aus der Armee entlassen worden waren. Er benutzte die Codenamen, die sie selbst gewählt hatten: Der Phillies-Fan war »Giles« und der Mets-Fan »Murphy«. Eine Seite sprach einen dringenden Wunsch aus, die andere Seite besaß die besonderen Fähigkeiten, um diesen Wunsch zu erfüllen – mehr wollte keiner wissen. Der General hatte ein Standardhonorar von 50.000 Dollar vorgeschlagen, was beide Seiten akzeptierten. Der erste Auftrag des Killerpaars von ihrem unbekannten Auftraggeber war relativ einfach gewesen: ein lästiger Enthüllungsreporter sollte auf einem Campingtrip in Kanada verschwinden. Die zwei bekamen den Namen des Mannes sowie Ort und Zeit genannt, wann die Tat auszuführen sei. Der Auftrag wurde reibungslos erledigt, und mittlerweile bestand die exklusive Geschäftsbeziehung schon fast acht Jahre.

Der General hatte beiden Seiten gegenüber geäußert, dass besondere Umstände auch ein höheres Honorar erfordern könnten. Der Kongressabgeordnete Henry Townsend war dafür ein gutes Beispiel gewesen. Aufgrund der allgemeinen Bekanntheit des Opfers und der Dringlichkeit, mit der der Auftrag hatte ausgeführt werden müssen, betrug das Honorar dafür 250.000 Dollar.

Ein Auftrag begann jedes Mal so: An ein gesichertes Handy der Auftragskiller, das zu keinem anderen Zweck genutzt wurde, erging ein Anruf. Niemand sonst besaß diese Nummer. Der Anrufer beschrieb den Auftrag und alle relevanten Details. Die

Auftragnehmer schätzten den Aufwand ab und nannten den Preis. Es wurde nie verhandelt.

Auf beiden Seiten der Transaktion herrschte folgendes Einvernehmen: Falls der Auftraggeber den genannten Preis nicht zahlen wollte, beendete er den Anruf und damit auch die Zusammenarbeit. Dasselbe galt für jegliches Versagen der Auftragnehmer. In dieser Branche gab es keine Fehlertoleranz. Versagen war schlicht keine Option.

Für ihre Bemühungen an diesem Abend hatten die Killer ihr Standardhonorar von 50.000 Dollar genannt, auch wenn es wahrscheinlich war, dass mehrere Personen involviert sein könnten. Sie blieben bei ihrem Standardpreis, weil sie das Gefühl hatten, ihre Auftraggeber mit der Forderung einer Viertelmillion Dollar für den Kongressabgeordneten etwas strapaziert zu haben. Ja, sie hatten ihre Auftraggeber gewissermaßen in der Hand gehabt, weil es im Grunde niemanden gegeben hatte, der auf die Schnelle hätte einspringen können. Doch selbst Killer wissen, dass Gier nicht gut fürs Geschäft ist. Es gab in diesem Teil der Welt mindestens ein halbes Dutzend anderer Teams, und sie wollten eine gut funktionierende Zusammenarbeit nicht gefährden. Sie hatten nur diesen einen Auftraggeber. Mehr brauchten sie nicht. Und sie wollten, dass dieser Auftraggeber, wer auch immer das sein mochte, zufrieden war. Deshalb bezifferten sie den heutigen Auftrag mit dem Basispreis, den Caitlin folgerichtig als Entgegenkommen wertete und umgehend akzeptierte.

Caitlin McCloskey beobachtete die Echtzeit-Satellitenübertragungen auf ihren diversen Bildschirmen. Einer zeigte das Gelände des Harmony House und seiner unmittelbaren Umgebung. Knapp hundert Meter vom Eingangstor entfernt war ein Fahrzeug am Straßenrand stehen geblieben. Der Fahrer hatte die Motorhaube seines mittelblauen Jeep

Wagoneer hochgeklappt und schien dabei zu sein, den Motor zu überprüfen. Als Caitlin näher heranzoomte, sah sie, dass er eine Baseballkappe der Philadelphia Phillies trug. Die hohe Bildauflösung war erstaunlich. Sie konnte sogar erkennen, dass auf dem Schirm die Unterschrift eines Spielers stand, möglicherweise mit dem Nachnamen Nola, aber sie war nicht sicher. Baseball hatte sie nie sonderlich interessiert. »Sie sollten jeden Moment Nachricht von Ihrer Bank erhalten«, teilte sie dem Mann mit.

Auf dem Monitor sah sie, dass der Mann sein reguläres Handy herausholte, ein iPhone 8. Gerade war eine Nachricht der Schweizer Privatbank Banque Pasche gekommen, dass sein Konto einen Zahlungseingang von 25.000 Dollar aus den USA aufweise. »Es kann losgehen.« Er legte auf und rief seinen Partner an, der vor Gloria Pruitts bescheidenem, aber gut gepflegtem Haus in Parsippany parkte. Ihn konnte Caitlin nicht so gut erkennen, weil an der Straße dicht belaubte Bäume standen, aber sie wusste, dass er da war. Sein Mets-Käppi war kurz zu sehen gewesen, als er ausstieg.

Jason Greers streckte den Kopf durch Caitlins Bürotür. »Geht's los?«

»Nicht vor heute Abend. Giles steht vor dem Harmony House – nur für alle Fälle. Und Murphy hat vor Pruitts Haus Stellung bezogen.« Sie deutete auf die beiden Bildschirme.

»Was glaubst du, wo Barnes zuschlagen wird?«

»In ihrem Haus, keine Frage.«

»Warum?«

»Er wird es mit der Botschaft verbinden wollen, dass nicht mit ihm zu spaßen ist. Im Haus haben sie mehr Zeit und Privatsphäre.« Sie sagte das ganz nüchtern, weil sie sich selbst überzeugt hatte, dass es sich ja nur um ein Geschäft handelte. Wie lange sie an dieser Überzeugung festhalten konnte, war nicht abzuschätzen.

Jason nickte. »Natürlich. Keine Frage.« Sie war klug, und er wollte ihr zu verstehen geben, dass er das schätzte. »Willst du es ihnen sagen?« Um seine Mundwinkel war der Anflug eines Lächelns zu erkennen.

Sie lächelte zurück. »Ich dachte, das überlasse ich dir.«

Den zwei besten Auftragskillern der Welt sagen, wie sie ihren Job erledigen sollten … na klar.

Kapitel 42

90th Avenue, Queens, New York City, 27. Mai, 13:45 Uhr

Detective Butler McHenry umklammerte das Lenkrad und sah immer wieder in den Rückspiegel, um sicherzugehen, dass sie nicht verfolgt wurden. Eddie musterte die Reihen alter, baufälliger Häuser, die früher einmal hübsche, gepflegte gutbürgerliche Häuser gewesen waren.

Die Gegend war reif für eine Gentrifizierung. Bauunternehmen warteten nur darauf, dass die alten Hausbesitzer endlich den Löffel abgaben, damit sie den Erben die Grundstücke abkaufen konnten. Irgendwann wäre auch der Detective einer dieser ehemaligen Besitzer, aber er hoffte, dass es noch eine Weile dauern würde.

Auf dem hinteren Seitenfenster entdeckte Eddie ein totes Insekt. Er versuchte, es wegzuwischen, verschmierte dabei aber die Innereien und machte es nur noch schlimmer. Er ließ das Fenster herunterfahren und stellte fest, dass der Mechanismus weitaus interessanter war als die verwahrloste Umgebung. Hoch, runter. Hoch, runter. Er streckte seinen Kopf aus dem Fenster und zog ihn wieder zurück. Raus, rein. Die unterschiedlichen Geräuschkulissen drinnen und draußen würde jeder als normal empfinden und sich keine weiteren Gedanken machen. Für Eddie war es das Erlebnis zweier verschiedener Welten.

Der Detective beobachtete sein Treiben und tat sich schwer, das kindliche Verhalten dieses Erwachsenen da auf seinem Rücksitz einzuordnen. »Darf ich fragen, wie alt Sie sind?«

»Siebenundzwanzig Jahre, drei Monate, fünfundzwanzig Tage und … wie viel Uhr ist es?«

Butler sah auf die Uhr. »Ungefähr zehn vor zwei.«

»Und etwa fünf Stunden, fünfzig Minuten. Wie alt sind Sie, Detective?«

»Achtunddreißig und ein paar Zerquetschte.«

»Was für Zerquetschte?«

»Ich meinte, ein bisschen älter als achtunddreißig.«

»Warum haben Sie das nicht so gesagt?«

McHenry schüttelte den Kopf und wusste wieder, warum er keine Kinder mochte – oder Erwachsene, die sich wie welche benahmen. Er beschloss, so wenig wie möglich mit Eddie zu reden.

Skylar drehte sich zu Eddie um. »Bitte lass das, Eddie.«

»Mir gefällt, wie sich das auf meinem Gesicht anfühlt.«

»Das ist aber gefährlich.«

»Warum ist das gefährlich?«

Sie wollte lieber nicht erwähnen, dass speziell ausgebildetes Sicherheitspersonal aus dem Harmony House nach ihnen Ausschau hielt. »Du könntest den Knopf aus Versehen falsch drücken, und dann wird dein Kopf eingeklemmt.«

»Was passiert, wenn mein Kopf eingeklemmt wird?«

»Es würde sehr wehtun. Und das will ich nicht.«

»Ich auch nicht.« Er ließ das Fenster wieder hochfahren.

Skylar betrachtete die heruntergekommenen Häuser. »Wohin fahren wir, Detective?«

»Wir besorgen Graham-Cracker, damit wir endlich aufs Revier fahren können.«

»Und dann fahren wir nach Philadelphia, richtig?« Eddie lehnte sich zwischen den Sitzen nach vorn.

»Jetzt noch nicht, Eddie. Aber bald.«

»Wie bald?«

»Das kann ich dir sagen, sobald ich mit Detective McHenry unter vier Augen gesprochen habe.«

»Weil es den Geheimnismann betrifft und mich der nichts angeht?«

»Ja, Eddie. Im Moment ist das so.«

Der Detective wurde neugierig. »Was ist in Phillie?«

»Er will seine Mutter singen hören.«

McHenry nickte und fügte diesen Punkt der Liste an Dingen hinzu, nach denen er sie fragen wollte. Dann bog er in die Auffahrt zum Haus seiner Mutter.

»Ist das Ihr Haus?«, erkundigte sich Skylar.

»Sehe ich so aus, als hätte ich Graham-Cracker im Schrank?«

»Na ja, vielleicht gleich neben dem Budweiser ...«

Vom Rücksitz ertönte der Jingle der Biermarke.

»Das ist das Haus meiner Mutter.«

»Wo Sie aufgewachsen sind?«, fragte Skylar nach.

McHenry nickte. »Wir bleiben hier nur, bis er seine Cracker gegessen hat.« Er stieg aus und ging zügig auf das Haus zu, bis er merkte, dass Eddie ihm nicht folgte. Der stand immer noch in der Auffahrt und drehte wie üblich mit geschlossenen Augen den Kopf hin und her. Wind SÄUSELTE durch die Zweige einer sterbenden Ulme. Eine alte Schaukel, die seit dreißig Jahren vor sich hin rostete, QUIETSCHTE leise im Garten. Im Umkreis war Straßenverkehr zu hören, einschließlich ein paar großer Lastwagen. Der Cross Island Parkway lag nur wenige Blocks entfernt.

Der Detective wurde ungeduldig. »Er weiß aber schon, dass wir es eilig haben, oder?«

»Er muss sich mit jeder neuen Umgebung erst einmal vertraut machen«, erklärte Skylar.

Eddie hatte genug gehört. »Hier gefällt es mir nicht.«

Skylar musterte ihn aufmerksam. »Warum nicht?«

Mit immer noch geschlossenen Augen antwortete Eddie: »Ich höre keine Vögel. Keine Amsel, keinen Spatz, nicht einmal einen Star.«

»Was hörst du dann?«

»Eine quietschende Schaukel. Alte Hunde. Vier. Etwa fünf Blocks entfernt ist eine Schnellstraße. Mit vielen Lastwagen. Die meisten sind mindestens zehn Jahre alt, manche noch viel älter.«

Jetzt wurde McHenry aufmerksam. »Woran können Sie erkennen, wie alt die Laster sind?«

»Neue Lastwagen klingen anders als alte, so wie auch junge Menschen anders klingen als alte.« Eddie hörte auf, den Kopf zu drehen, und öffnete die Augen.

»Fühlst du dich jetzt wohler?« Skylar wusste, dass sie ihn nicht drängen durfte.

»Ich habe Hunger.«

Sie nickte. »Ich nehme das mal als Ja.«

Eddie trug seine kostbaren Geräte hinter McHenry ins Haus.

Der Detective hob einen Stapel Post vom Boden auf, der hinter der Eingangstür über die abgetretenen Holzdielen verteilt lag. Die Einrichtung im Haus stammte aus einer anderen Ära. Ehemals weiße Tapeten waren jetzt hellgelb. Oberflächen aus Resopal wirkten stumpf und zerkratzt. Der Esstisch war sichtbar verzogen, und auf dem Küchenteppich sah man etliche Flecken in verschiedenen Größen und Stadien der Verblassung. Das Haus war wie eine Zeitkapsel. »Ich musste meine Mutter vor Kurzem in ein Heim geben. Nachdem sie sich die Hüfte gebrochen hatte, konnte sie sich nicht mehr allein versorgen.«

»Ich kann mich auch nicht allein versorgen.«

McHenry führte sie in die Küche und durchsuchte die Schränke, bis er eine Schachtel Graham-Cracker fand. »Bingo.«

»Was heißt ›bingo‹?«

»Das sagt man, wenn man findet, wonach man gesucht hat.«

Eddie drehte sich zu Skylar. »Bingo.«

Nur eine Sekunde lang sah er ihr in die Augen. Nicht, weil er es sollte, so wie er es im Lauf der Jahre mit vielen verschiedenen Ärzten hatte üben müssen. Er tat es, weil er ihre Reaktion sehen wollte. Weil es ihm wichtig war. Weil er zum ersten Mal in seinem Leben eine Verbindung zu jemandem spürte.

Und Skylar merkte das. Spürte es tief in ihrem Innern. Auf so einen Moment hatte sie seit ihrem Spaziergang gewartet, aber sie hatte nicht damit gerechnet, dass es so bald geschehen würde. Bei Christopher war etwas Ähnliches passiert, aber es hatte Jahre gedauert. Leider war das dann kurz vor ihrem Weggang aufs College geschehen. Sie hatte gerade in dem Moment eine Verbindung zu ihm aufgebaut, als sie ihn verlassen musste, und das hatte er nie verwunden. Skylar fühlte sich für seinen Tod verantwortlich, und das erklärte das Gefühl der Leere, das sie schon seit Jahren begleitete.

Während sie Eddies Blick erwiderte, schwor sie sich, dass sie bei ihm so etwas nicht zulassen würde. Sie schwor es sich bei ihrem Leben. Lieber wollte sie sterben als zulassen, dass Eddie irgendetwas zustieße. Denn wenn sie ihn nicht retten konnte, könnte sie auch sich selbst nicht retten. Und in diesem Gefängnis, das sie sich selbst gebaut hatte, lebte sie schon viel zu lange.

Außerdem brauchte sie jetzt jemanden, an dem sie sich festhalten konnte – und sei es auch nur mental.

Butler gab Eddie die Schachtel mit den Crackern. »Können wir jetzt gehen?«

»Ich habe meinen Nachmittagssnack noch nicht gegessen.«

»Sie können ihn im Auto essen.«

Eddie starrte ihn an. »Ist das ein Witz, Detective McHenry?«

»Sehe ich aus, als würde ich Witze machen?«

Eddie studierte eingehend sein Gesicht. »Es fällt mir schwer, Gesichtsausdrücke zu interpretieren.«

Skylar legte dem Detective eine Hand auf die Schulter. »Lassen Sie ihn einfach noch hier essen. Wir müssten sonst sowieso nur rechts ranfahren. Vertrauen Sie mir.«

Sie bat ihn um ein Glas, aus dem Eddie trinken könnte. Vorsichtig goss sie etwa 200 Milliliter ein, dann nahm sie zwei Cracker aus der Packung und gab sie ihm. Eddie brach einen der rechteckigen Cracker in zwei Quadrate und jedes Quadrat wiederum in zwei Rechtecke. Dasselbe machte er mit dem zweiten Cracker, worauf er die acht kleinen Rechtecke sauber aufstapelte. Nachdem er sich eine Serviette auf den Schoß gelegt hatte, biss er von einem der Crackerstücke ab und kaute bedächtig. »Drei. Nicht mehr frisch.« Er nahm noch einen Bissen und trank einen Schluck Milch. »Vier. Die Milch hat genau die richtige Temperatur. Gut gekühlt.«

Skylar hob zu einer Erklärung an, aber McHenry kam ihr zuvor. »Ich will es gar nicht wissen.«

Sie lächelte schwach. »Eddie, ich würde gern ein paar Minuten mit Detective McHenry unter vier Augen sprechen. Macht es dir etwas aus, solange hier allein zu bleiben?«

»Wie viele Minuten sind ein paar?«

»Nicht mehr als fünfzehn.«

Eddie ließ seinen Blick durch die Küche wandern, ob es irgendwo lilafarbenes Essen gäbe. Er konnte keines entdecken. »Nein, es macht mir nichts aus.«

Sie ließen Eddie mit der Echo-Box, den Graham-Crackern und der Milch am Küchentisch sitzen und gingen in den Flur. Skylar sah die vielen Familienfotos an den Wänden. Auf einigen war der Detective mit zwei kleinen Kindern zu sehen. »Sind das Ihre Kinder?«

McHenry nickte. »Clayton ist jetzt dreizehn, Kathleen ist neun.«

»Hübsche Kinder.«

»Sie leben bei ihrer Mutter in Colorado Springs.« Seine Stimme klang angespannt.

»Wie oft sehen Sie sie?«

»Nicht so oft, wie ich möchte.« Es war nicht zu überhören, dass er das Thema wechseln wollte.

Skylar betrachtete ein älteres Bild, auf dem Butler wohl dasselbe Alter wie jetzt sein Sohn haben mochte. Neben ihm stand ein muskulöser, streng aussehender Mann. »Ihr Vater?«

»Stiefvater.« Sein Blick wurde kalt. »Wie wäre es, wenn Sie jetzt mal alles von Anfang an erzählen, damit auch ein Idiot wie ich versteht, was da eigentlich los ist?«

Kapitel 43

Butler McHenrys Haus, Queens, New York City, 27. Mai, 14:06 Uhr

Lutz und Hirsch spähten durch McHenrys Fenster. Alles war dunkel. In der Auffahrt stand kein Auto. Es sah aus, als wäre niemand zu Hause. Sie schlichen zur rückwärtigen Küchentür. Lutz beobachtete die Nachbarhäuser, während sich Hirsch am Schloss zu schaffen machte. In kürzerer Zeit, als andere brauchten, um ihre Schlüssel zu finden, hatte er die Tür geöffnet.

Mit erprobter Präzision durchsuchten sie das Haus. Butler McHenry war tatsächlich nicht da. Lutz rief Barnes an. »Keiner zu Hause.«

»Genug Versteckspiele. Lassen wir ihn zu uns kommen.«

»Wie denn, Sir?«

»Ich werde der Homeland Security melden, dass der Detective Flüchtigen hilft, die streng geheime technische Geräte entwendet haben. Dann werden gegen alle drei bundesweite Haftbefehle ausgegeben.«

»Volle Breitseite. Gefällt mir.« In Wahrheit hielt Lutz es für selten dämlich, das Ministerium für innere Sicherheit einzuschalten, aber ein wenig Arschkriecherei konnte ja nicht schaden.

»Es wird nicht lange dauern, bis McHenrys Chef ihn kontaktiert und wissen will, was er da treibt. Der Detective wird es nicht überzeugend erklären können, und dann wird er in seine Dienststelle zitiert oder fährt von sich aus hin, um denen die Echo-Box vorzuspielen.«

»Machen Sie sich keine Sorgen, was die da hören könnten?«

»Alles, was sie hören würden, wäre sowieso unzulässig. Aber sie *werden* nichts hören, weil Sie sie vorher abfangen und in Gewahrsam nehmen werden.«

»Sind auf dem Weg.« Hirsch und Lutz verließen das Haus und schlossen die Tür hinter sich wieder ab. McHenry würde gar nicht merken, dass jemand dort gewesen war.

Kapitel 44

Haus von Butler McHenrys Mutter, Queens, New York City, 27. Mai, 14:09 Uhr

In etwas über zwölf Minuten hatte Skylar die letzten Ereignisse zusammengefasst. Butler war auf dem Flur hin und her getigert. Je mehr er hörte, desto nervöser wurde er. Denn eines war klar: Er steckte ganz schön in der Scheiße. »Die einzige Möglichkeit, Ihren Boss dranzukriegen, ist, zu beweisen, dass dieser Geheimnismann auf seine Anweisung hin gehandelt hat, aber das ist unmöglich.«

»Warum?«

»Er hat Professor Hendrix vor siebenundachtzig Augenzeugen getötet, und keiner kann eine bessere Beschreibung abgeben als ›ein Obdachloser mit Bart‹. Wer auch immer das ist – er ist ein Profi. Wir müssten schon großes Glück haben, um ihn überhaupt zu finden, geschweige denn ihn festzunehmen.«

»Wenn Sie mir Angst einjagen wollten, ist Ihnen das geglückt.«

»Ich will Ihnen keine Angst machen, ich will nur, dass Sie einsehen, was wir …«

Er hielt inne, als er in der Küche Glas zerbrechen hörte. Worauf ein Schrei folgte.

Butler reagierte instinktiv und blitzschnell. »Sie bleiben hier.« Noch bevor Skylar etwas tun konnte, lief er mit gezückter Waffe den Flur entlang.

»Von wegen.« Sie folgte ihm. Wenn Eddie etwas passierte, würde sie sich das nie verzeihen.

Kurz hinter Butler erreichte sie die Küche, wo sie Eddie ruhig am Tisch sitzen sahen. Die Graham-Cracker waren gegessen, die Milch getrunken. Als Eddie McHenrys Pistole erblickte, geriet er in Panik und fing an zu schreien: »Nicht schießen! Nicht schießen!« Die letzten Krümel, auf denen er noch herumkaute, spritzten nach allen Seiten, während er sich mehrmals ohrfeigte. KLATSCH! KLATSCH! KLATSCH!

Verdutzt beobachtete der Detective, wie Skylar auf Eddie zustürzte und ihn fest umschlang. »Sch, sch, Eddie, schon gut …«

Eddie war vollkommen hysterisch. »Nicht schießen! Nicht schießen!«

Skylar hielt ihn weiter fest und sprach so ruhig und überzeugend wie möglich. »Er wollte nicht auf dich schießen, Eddie.«

»Nicht schießen! Nicht schießen!« Mit großen Augen fixierte er noch immer die Pistole.

»Würden Sie wohl endlich Ihre Waffe wegstecken – bitte?« So, wie Skylar »bitte« sagte, klang es mehr wie *Sie verdammter Idiot.*

Aber Butler war noch nicht bereit. Er hatte Glas splittern gehört. Und einen Schrei. Die Stimme war nicht Eddies gewesen, da war er sicher. Es musste noch jemand anders im Raum gewesen sein.

Der Detective ließ seinen Blick zu den Fenstern schweifen, um zu sehen, welches kaputt gegangen war. Seltsamerweise waren alle Scheiben noch intakt, und nirgends lagen Glasscherben. Die Küche sah genauso aus, wie sie sie verlassen hatten. Was war hier los, verdammt?

Skylar hielt Eddie fest, bis er endlich wieder ruhig atmete. Als sie ihn losließ, fielen seine Arme schlaff herab. Bestimmt hätte Schwester Gloria anerkennend genickt. Skylar sah ihm direkt in die Augen. »Wir haben einen Schrei gehört. Detective McHenry hat sich Sorgen gemacht.«

»Ich bin müde«, sagte Eddie schwach.

»Wer hat da geschrien, Eddie?«, fragte Skylar leise und ruhig.

»Hier gefällt es mir nicht.«

»Das weiß ich. Aber ich muss wissen, wer geschrien hat.«

»Ich bin …« Eddie brach ab. Er atmete einige Male tief durch und wurde nach und nach ruhiger. Dann sah er zum Detective. »Haben Sie die Stimmen erkannt?«

»Nein.«

»Sind Sie sicher?«, fragte Eddie verwundert nach.

Mit Eddie zu reden, erforderte eine Geduld, die der Detective nicht mehr besaß. »Warum? Sollte ich das?«, gab er knurrend zurück.

»Ja, das sollten Sie.« Eddie wartete kurz, ob der Detective das Offensichtliche erkannte. »Eine der Stimmen war Ihre.«

Butler McHenry erstarrte. Wie in Zeitlupe drehte er sich zu Skylar, die auf den Laptop starrte, der mit der Echo-Box verbunden war. Die acht Parabolmikrofone hatten ihren Rundlauf beendet, ihre Arbeit war getan. Auf dem Bildschirm war das dreidimensionale Bild der Küche zu erkennen, der Fortschrittsbalken zeigte *Hundert Prozent*. Die Zeitachse reichte dreißig Jahre in die Vergangenheit.

Aus dem Laptop hörte man ein schwaches RAUSCHEN und alle Arten von VERZERRUNG, aber auch das GEBRÜLL eines Mannes: »*Was zum … glaubst du wohl … hier redest, Junge?*«

Die Augen des Detective weiteten sich. Vor allem, als er den nächsten Satz hörte.

JUNGE: *Ich schwöre … noch mal schlägst … bring ich dich um!*

MANN: *Willst … etwa drohen?*

JUNGE: *… gottverdammt recht!*

Deutlich war das Geräusch einer Faust zu hören, die auf ein Gesicht traf. Es klang abscheulich. Genau wie das Aufschlagen eines Körpers auf den Boden. Eines kleinen Körpers, ohne viel Gewicht.

Butler starrte zu der Stelle, auf der er als kleiner Junge gelandet war. Schon lange hatte er nicht mehr an die vielen Schläge seines Stiefvaters gedacht – vor allem nicht an diesen. Wie unter Schmerzen verzog er das Gesicht. Die Gefühlserinnerung an den qualvollen Moment war noch immer in aller Klarheit abgespeichert. »Stellen Sie das ab.« Eddie gehorchte.

Langsam ließ sich der Detective auf einen Küchenstuhl sinken und starrte auf die Mikrofone der Echo-Box. Skylar setzte sich ihm gegenüber. Sie konnte gut nachempfinden, was er fühlen musste. Sie stellte sich die Momente ihrer Kindheit vor, die zu hören für sie am schmerzvollsten wären. »War das Ihre Stimme?«

Er nickte. Zwischen zusammengebissenen Zähnen zischte er: »Der Dreckskerl hat meine Mutter geschlagen. Und ich konnte ihn nicht davon abhalten.« Unbewusst kratzte er sich am Kopf, wo er noch immer die Narbe von damals trug. »Siebenunddreißig Stiche.«

Sein Schmerz war deutlich sichtbar. Er litt, wie er als kleiner Junge gelitten hatte, nicht wie ein Mann, der sich nur erinnerte.

»Es tut mir leid«, sagte Skylar leise. Ihre Stimme klang sanft. Aufrichtig. Tröstend.

Jetzt verstand Butler, warum sie diese spezielle Wirkung auf Eddie hatte. In ihrer Stimme schwang etwas ganz Besonderes. Sie erreichte, dass es auch ihm besser ging. Zumindest ein bisschen. »Er ist der Grund, weshalb ich Polizist geworden bin. Das Erste, was ich nach Abschluss meiner Ausbildung tun wollte, war, den Mistkerl hinter Gitter zu bringen, aber er starb, bevor ich die Gelegenheit bekam.«

Ängstlich sah Eddie ihn an. »Sind Sie böse auf mich, Detective?«

»Nein, Eddie. Aber ich glaube, jetzt verstehe ich.«

»Was verstehen Sie?«

»Die Bedeutung Ihrer Box.«

»Ich werde meine Mutter singen hören«, sagte Eddie unschuldig.

»Das hoffe ich.«

»Möchten Sie noch mehr hören, Detective?«

»Nein danke. Ist schon gut.«

»Sie sehen aber nicht gut aus, Detective. Das erkenne ich, weil Sie nicht lächeln.«

»Es ist alles okay, Eddie. Aber wissen Sie was?«

»Ich weiß viel, aber was meinen Sie?«

»Im Erkennen von Gesichtsausdrücken sind Sie gar nicht so schlecht, wie Sie denken.« Butler sah Skylar an. Er ließ einen Moment verstreichen, um seinen nächsten Worten mehr Nachdruck zu verleihen. »Das Ding da wird die Welt verändern.« Er deutete auf die Echo-Box. »Das ist Ihnen doch klar, oder?«

Skylar erwiderte seinen Blick. »Ja, das ist mir bewusst.«

»Ich meine, so wie das Automobil. Das Telefon. Das Flugzeug. Es wird *alles* verändern.« Bei der Vorstellung wurde ihm fast schwindelig.

Sie nickte. »Es ist unfassbar, oder? Im wahrsten Sinne des Wortes.« Und sie verspürte Erleichterung, dass der Mann, den sie um Hilfe gebeten hatte, die Bedeutung von Eddie und seiner Erfindung erkannt hatte.

Sie hatten einen Verbündeten. Das war immerhin ein Anfang.

Kapitel 45

Williamsburg Bridge, New York City, 27. Mai, 14:47 Uhr

Während Butler über die Brücke Richtung Manhattan fuhr, klingelte sein Handy. Am anderen Ende der Leitung meldete sich seine Chefin, Detective Lieutenant Victoria Daniels. »Was zum Teufel ist bei Ihnen los?« Sie klang strenger als gewöhnlich. Wie Butler bald erfahren würde, lag es daran, dass ihr höchster Vorgesetzter, der Leiter der Polizeidienststelle, Deputy Inspector Anthony Nataro, neben ihr stand.

»Ihnen auch einen schönen Tag, Detective Lieutenant.« Butler sah neben sich zu Skylar, die wiederum Eddie über den Rückspiegel ins Visier nahm. Der hatte sich Papiertücher in die Ohren gestopft, schien ansonsten aber einigermaßen klarzukommen. Er hielt die Echo-Box umklammert, die jetzt in einem alten abgenutzten Rucksack steckte, von dem Skylar ganz zutreffend annahm, dass er aus Butlers Schulzeit stammte. Eddie presste den Rucksack wie ein Schutzschild gegen die Brust und sah aus dem Fenster. Dann drehte er den Kopf langsam von links nach rechts, um sich mit der ungewöhnlichen Situation zu arrangieren.

Lieutenant Daniels fand die Antwort nicht im Mindesten witzig. »Sie sind auf Lautsprecher, und Deputy Inspector Nataro hört mit. Wir würden beide gern wissen, warum ein bundesweiter Haftbefehl gegen Sie ausgegeben wurde.«

Damit hätte ich rechnen müssen, dachte Butler. »Das kann ich erklären.«

»Ich höre.«

»Ich habe die erste relevante Spur zum Gasangriff in der U-Bahn-Station, samt handfestem Beweis.«

»Wie haben Sie diese Spur entdeckt?« Daniels klang überrascht. Mit so etwas hatte sie anscheinend nicht gerechnet.

»Sie kam durch die Tür meiner Lieblingssportsbar reinspaziert.«

Man hörte Daniels und Nataro flüstern. »Ein Hinweis zu dem Anschlag kam also einfach durch die Tür marschiert?«

»Genau so. Und ich habe ein Dutzend Zeugen, die das bestätigen können.«

Nun meldete sich Nataro selbst zu Wort. »Detective, hier spricht Deputy Inspector Nataro. Was für ein Hinweis?«

Butler war froh über die Nachfrage. »Etwas, von dem ich möchte, dass Sie beide es hören.«

»Eine Tonaufnahme?«

»So was in der Art.«

»Bringen Sie sie aufs Revier.«

»Bin schon unterwegs. Während wir sprechen, überquere ich die Williamsburg Bridge.«

Wieder flüsterten Nataro und Daniels etwas, dann fragte der Inspector: »Sind Skylar Drummond und Edwards Parks bei Ihnen?«

»Korrekt. Möchten Sie mit ihnen sprechen?«

Eddie schüttelte den Kopf, während er weiter aus dem Fenster starrte. »Das sind Fremde. Ich spreche nicht mit Fremden.«

Daniels hatte es gehört. »War das Edward Parks?«

»Er möchte Eddie genannt werden.«

»Ist Ihnen bewusst, dass er und Dr. Drummond der Regierung geheimes Material entwendet haben?«

»Mir war nicht bewusst, dass es gestohlen ist.«

Eddie machte sein BUZZER-Geräusch.

»Was war das?«, fragte Lieutenant Daniels streng.

»Das war Eddie … der jetzt bitte still ist.«

»Detective, warum helfen Sie diesen Leuten?«

»Es ist nicht, wie Sie denken. Ich arbeite nur an meinem Fall.«

»Mit gesuchten Flüchtigen? Wie soll ich das verstehen?«

»Das werden Sie, wenn Sie hören, was ich Ihnen vorspielen möchte.«

Daniels zögerte. »Ich bin nicht sicher, ob das möglich sein wird.«

Butler starrte auf die Straße und dachte nach. »Sie warten auf uns, oder?«

Der Deputy Inspector zögerte keine Sekunde. »Unter Androhung rigider Maßnahmen, sollten wir nicht die volle Kooperation anbieten.«

Butler sprach es nun klar und deutlich aus, um alle Missverständnisse zu beseitigen. »Sir, der Gasangriff in der U-Bahn-Station war kein ungezielter Akt und auch nicht die Tat eines Irren. Es war ein Attentat auf den Professor, der als terroristischer Anschlag getarnt war.«

Es herrschte eine Weile Schweigen. Butler wusste, dass es ungeheuerlich klang. Ungeheuerlich und fast unglaublich. Deshalb fuhr er fort: »Die Leute, die mich festnehmen lassen wollen, sind entweder selbst in die Sache verwickelt oder wollen die Verantwortlichen decken, aber das kann ich erst nachweisen, wenn ich Ihnen das Beweismaterial vorspiele.«

Butler hörte Nataro raunen: »Ihre Entscheidung.«

Darauf sagte Daniels laut: »Parken Sie in einiger Entfernung zum Revier und kommen Sie über das Treppenhaus am westlichen Notausgang.«

»Was ist mit der Alarmsicherung?«

»Ich sorge dafür, dass sie ausgeschaltet ist. Gehen Sie in Verhörzimmer fünf und rufen Sie mich an, wenn Sie da sind.«

Sie legte auf und erklärte: »Bevor wir sie ausliefern, möchte ich hören, was McHenry für uns hat.«

»Das möchte ich auch.« Nataro zog etwas aus der Tasche und schob es über den Tisch. Es war ein Diktiergerät. »Seien Sie bloß vorsichtig.«

Kapitel 46

American Heritage Foundation, Alexandria, Virginia, 27. Mai, 14:59 Uhr

Als er die Schritte dreier Fußpaare durch den Gang auf sein Büro zueilen hörte, blickte Bob Stenson von seinem wuchtigen Schreibtisch auf. Es hörte sich zwar nicht nach einem Rennen an, aber gehen konnte man es auch nicht mehr nennen. »Immer mit der Ruhe«, murmelte er.

Daryl Trotter, Jason Greers und Caitlin McCloskey wurden langsamer, als sie sich der Tür ihres Vorgesetzten näherten. Sie klopften an und traten ein. Trotter sprach als Erster. »Gegen Skylar Drummond und Edward Parks wurden bundesweite Haftbefehle erlassen: Entwendung von Geheimmaterial.«

Stenson setzte sich gerade hin. »Beruhigen Sie sich, Daryl. Ich kann Sie ja kaum verstehen, wenn Sie so schnell sprechen.« Er sah Jason an, als wollte er sagen: *Übernehmen Sie doch bitte das Reden.*

Daryl reichte seinem Boss Kopien der beiden Haftbefehle.

Stenson überflog die Dokumente und sah verständnislos auf. »Warum zum Teufel sollte Barnes sein schlechtes Sicherheitsmanagement öffentlich machen?«

»Ich glaube, die Antwort liegt in einem weiteren Haftbefehl, nämlich gegen einen Detective der New Yorker Polizei namens Butler McHenry.« Daryl gab ihm das dritte Blatt Papier.

Stenson las nur den Namen des Detective. »Wer ist das, und was hat er mit der Sache zu tun?«

»Er steht unter dem Verdacht, Drummond und Parks Unterschlupf zu gewähren.«

Diese Information musste Stenson kurz verdauen. »Warum sollte ein New Yorker Polizist zwei bundesweit gesuchten Flüchtigen helfen?«

»Weil er einer der Detectives ist, die zum Gasangriff in der U-Bahn ermitteln, bei dem der Professor getötet wurde.«

Stenson kratzte sich am Kinn und überlegte. Er brauchte einen Moment, um zu begreifen, was der ehemalige Schachgroßmeister längst kombiniert hatte.

»Menschen gehen zur Polizei, weil sie Hilfe brauchen«, kommentierte Jason.

Nun mischte sich auch Caitlin in das Gespräch. »Oder weil sie Informationen haben, die für eine Ermittlung von Interesse sind.«

Jetzt fiel der Groschen. »Wenn der Detective seinen Job riskiert, muss er etwas ganz Außergewöhnliches gehört haben«, meinte Stenson.

»So wie auch Edwards Ärztin«, fügte Jason hinzu.

Daryl füllte die Lücken. »Ich glaube, was sie gehört haben, zeigt eine Verbindung entweder von Dr. Fenton oder von Michael Barnes zu dem Anschlag in der U-Bahn auf.«

Stenson lächelte fast unmerklich. »Oder von beiden.« Hoffnungsvoll dachte er darüber nach, wie überaus günstig es wäre, wenn tatsächlich beide involviert wären. Er wandte sich an seinen jungen Protegé Jason: »Hut ab, Jason. Wie es aussieht, haben Sie recht gehabt. Es gibt eine Verbindung.«

Jason verzog den Mund zu einem Grinsen, war jedoch darauf bedacht, nicht zu viel Emotion zu zeigen. Das würde Mr. Stenson nicht besonders schätzen. Und seine Kollegen auch nicht. »Danke, Sir.«

»Und was noch wichtiger ist: Die Box scheint tatsächlich zu funktionieren.«

»So sieht es aus, Sir.« Jason sagte es in aller Bescheidenheit. Er wusste, dass es besser wirkte, seine früher am Tag geäußerte These für sich sprechen zu lassen.

Stenson blickte nacheinander in die vier Ecken seines Büros. »Mein Gott, können Sie sich vorstellen, was für Geheimnisse dieser Raum preisgeben würde?« Sein Staunen wandelte sich jedoch schnell in düstere Vorahnung und Besorgnis. »Wir müssen dieses Gerät in unseren Besitz bringen. Um jeden Preis.«

Seine drei Abteilungsleiter sahen sich an. Der Ausdruck »um jeden Preis« wurde in diesem Gebäude nur selten benutzt, vor allem nicht von Bob Stenson. Angesichts all ihrer finanziellen Ressourcen war diese Aussage von großer Bedeutung. »Wie viele direkte Kontakte haben wir in New York?«, wollte Caitlin wissen.

»Du musst größer denken. Wir sollten die gesamte Ostküste mit einbeziehen«, sagte Jason.

Daryl las eine Textnachricht auf einem der diversen mobilen Geräte, die er stets bei sich trug. »Das NYPD meldet, dass McHenry gerade zum Polizeirevier sechs unterwegs ist, mit den anderen zwei Gesuchten und dem Gerät.«

Caitlin wusste, was das bedeutete. »Barnes' Sicherheitsleute werden dort auf sie warten, um Edward, die Ärztin und die Echo-Box einzukassieren.«

Stenson griff zum Telefonhörer. Noch immer war er erstaunlich ruhig. »Das wird nicht passieren.«

Kapitel 47

Crooked Stick Golf Club, Carmel, Indiana, 27. Mai, 15:07 Uhr

Senator Davis spielte gerade seine beste Golfrunde des Jahres. Er stand am elften Loch auf Crooked Stick, seinem Lieblingsgolfplatz. Seine letzten Runden waren geradezu grauenvoll gewesen, aber im Moment lag der Ball ganz wunderbar mitten auf dem Fairway am elften Loch. Es war ein 420-Meter-Par-4-Loch, und der Senator hatte gerade einen verdammt guten Drive geschlagen. Lange Bälle waren sonst nicht seine Stärke, aber diesmal hatte er alles richtig gemacht. Der Ball flog gute 200 Meter und rollte noch fast 30 Meter weiter, was auch daran lag, dass der Fairway an dieser Stelle etwas abschüssig war. Seine Golfpartner waren überzeugt, dass er Privatunterricht genommen hatte, und wollten wissen, bei wem. Davis schwor, er habe für Privatstunden gar keine Zeit, sondern heute lediglich einen guten Lauf.

Die Flagge steckte etwa 190 Meter entfernt im Loch. Davis' Caddie empfahl ein Fünfereisen, doch der Senator fühlte sich stark und wählte ein Sechser. Ein feines, festes Sechser. Er hatte schon zwei Probeschwünge gemacht, als er in der Hosentasche eine Vibration spürte. Es war das neue Handy, das er laut Anweisung jederzeit mitzuführen hatte. »Scheiße«, murmelte er, wandte sich vom Rest der Gruppe ab und klappte das Handy auf. »Hallo?«

»Guten Tag, Senator. Bob Stenson hier. Tut mir leid, dass ich Ihr Spiel unterbrechen muss … Wie läuft's denn gerade so auf Crooked Stick?«

Davis war erschüttert. *Woher zum Teufel wissen die, dass ich hier mitten in einer Golfrunde bin?* Der Senator sah sich um und rätselte, wer ihn wohl ausspionierte. Doch außer seinen drei Mitspielern und ihren Caddies konnte er niemanden entdecken. Leicht irritiert erwiderte er: »Nicht allzu schlecht.«

Er kam nicht auf die Idee, nach oben zu sehen, wobei auch das nicht viel genützt hätte. Stensons Aussichtspunkt lag 680 Kilometer über der Erde und war derselbe, den Caitlin McCloskey benutzt hatte, um die Baseballfans zu beobachten: der GeoEye-1 war der am weitesten entwickelte kommerziell genutzte Beobachtungssatellit. Seine der breiten Öffentlichkeit zugänglichen Bilder mit ultrahoher Auflösung waren geradezu atemberaubend. Natürlich hatte Stenson auf genau jene Leistung Zugriff.

Der GeoEye-1 war im Wesentlichen von der National Geospatial-Intelligence Agency (NGA) finanziert worden – mit einem Etat von vierhundertachtundsiebzig Millionen Dollar. Diese Entscheidung hatte der neue Direktor der NGA gefällt, Lieutenant General James Culpepper, der zufällig gut mit dreien der sieben Gründer der *American Heritage Foundation* bekannt war. Die Stiftung hatte einige Gefallen, die man ihr schuldete, eingetrieben, um Culpepper den Job zu verschaffen, sodass dieser nicht Nein sagen konnte, als die ersten Puppenspieler der *Foundation* ihn wegen des GeoEye kontaktierten. Er konnte weder diese noch irgendeine andere Anfrage ablehnen. Also investierte er bereitwillig eine halbe Milliarde Steuergelder.

Es bedurfte nur eines Telefonanrufs.

Im Gegenzug gewährte GeoEye der Stiftung unbegrenzten Zugriff auf die als geheim eingestuften Nutzungsmöglichkeiten des Satelliten. Wie sich herausstellte, bedeutete dies für das Unternehmen pro Jahr rund 53 Millionen Dollar Einkommensverlust, aber niemand beschwerte sich. Vor allem nicht, seit der Firmenchef erwog, die *Foundation* um Finanzierungshilfe für den nächsten Satelliten, GeoEye-2, um Hilfe zu bitten, der mehr als eine Milliarde Dollar kosten würde.

Stenson sprach mit dem Senator, als wären sie gute alte Freunde. »Grüßen Sie Richter Barkley von mir, ja?«

»Werde ich machen.« Mit dem Wissen, dass er hier offenbar nicht der Einzige war, den die Stiftung in der Hand hatte, ging es dem Senator schon deutlich besser.

»Erlauben Sie mir, gleich zum Punkt zu kommen, Senator. Wie es aussieht, hat Dr. Marcus Fentons Patient es geschafft, seine Echo-Box zum Laufen zu bringen. Akustische Archäologie ist nun eine reale Tatsache.«

Vor lauter Verblüffung ließ Davis den Arm sinken. Der Kopf des Sechsereisens schlug mit einem dumpfen Plopp auf den Fairway. »Das glaube ich nicht.«

»Wir hatten auch unsere Zweifel, aber alle Umstände deuten stark darauf hin.«

»Was für Umstände?«

»Fentons Sicherheitschef hat einen bundesweiten Haftbefehl gegen die Ärztin und den Patienten erwirkt, die mit der Echo-Box aus der Einrichtung geflohen sind.«

Der Senator blieb skeptisch. »Das könnte auch wieder nur einer seiner Tricks sein.«

»Stimmt. Aber falls die Echo-Box tatsächlich funktioniert, gehen wir davon aus, dass Fenton sie sich zurückholen und dann verschwinden lassen wird.«

Davis war fassungslos. Er hatte diesem arroganten Mistkerl nie über den Weg getraut und würde auch jetzt nicht damit anfangen. »Damit wird er nicht durchkommen.«

»Senator, er müsste lediglich behaupten, dass das Gerät immer noch nicht funktioniert, und niemand könnte etwas beweisen.«

Natürlich. Davis musste nicht überzeugt werden, wozu dieser Fenton fähig war. »Falls die Technologie tatsächlich einsetzbar ist, gehört sie in die Hände der NSA oder NRO. Mit Sicherheit nicht in Fentons.«

»Wir sind der Meinung, dass Ihnen als Vorsitzendem des SSCI eine Demonstration des Geräts zusteht, um seine Funktionalität zu bestätigen.«

Diese Idee gefiel Davis. Sehr sogar. »Und was schlagen Sie vor, wie eine solche Demonstration vonstattengehen soll?«

Er hatte genau die richtige Frage gestellt. »Das New Yorker Büro der Homeland Security ist Ihnen unterstellt«, antwortete Stenson. »Direktor Merrell wird tun, was immer Sie ihm sagen. Er braucht allerdings keine Details zu erfahren – er muss nur wissen, dass das Gerät geheim ist und seine Leute es dem NYPD abnehmen sollen.«

»Werden Fentons Männer da nicht noch ein Wörtchen mitreden wollen?«

»Das sind private Sicherheitsleute, die für eine von der Regierung finanzierte Einrichtung arbeiten gegen Bundesagenten vom Department of Homeland Security. Was glauben Sie, wer da das Sagen haben wird?«

Davis lächelte. Er war heilfroh, dass Stenson und er auf derselben Seite standen. »Ich werde Direktor Merrell sofort kontaktieren.«

»Lassen Sie uns wissen, falls Sie noch Unterstützung brauchen.«

((•))

Nachdem Stenson aufgelegt hatte, wandte er sich an seinen Protegé, der das Gespräch hatte mit anhören dürfen. »Noch Fragen?«

Jason Greers war tief beeindruckt. Er hatte nur überlegt, wie schnell sie ihre freien Mitarbeiter nach New York City schaffen könnten, aber ihm war nicht eingefallen, dass die weitaus elegantere Lösung darin bestand, andere die Arbeit erledigen zu lassen. Lediglich ein Telefonat war nötig gewesen, das sie noch nicht mal einen Cent kostete. Und das außerdem ihre neue Verbindung zum Senator von Indiana festigte.

Es wäre die *Heritage Foundation*, die die Echo-Box von der Bildfläche verschwinden ließe, nicht Dr. Fenton. Der alte Gauner hatte sicher vorgehabt, mit diesem Gerät sein Genie zu unterstreichen und auf ewig die Finanzierung seiner Einrichtung zu sichern. Nun aber könnte die Stiftung dieses Schallwellending ganz für sich behalten. Sie würden dann noch besser Bescheid wissen als bisher, ohne dass es irgendjemand ahnen konnte.

Einige Details bedurften allerdings noch der Erläuterung. »Sie haben aber nicht wirklich vor, dem Senator die Box vorführen zu lassen, oder?«

Stenson grinste. »Absolut nicht.« Als Jason ihn fragend ansah, erläuterte er ihm den weiteren Plan in allen Einzelheiten.

Falls Jason Greers je Zweifel gehabt haben sollte, ob er die richtige Laufbahn eingeschlagen hatte, so hatte er sie, dessen war Stenson sicher, längst überwunden. »Wenn wir die Echo-Box haben und kein anderer, dann wäre das … eine sehr gute Sache für uns«, meinte Jason.

»Das ist noch sehr untertrieben, finden Sie nicht?«

»Ich dachte, Sie schätzen Untertreibungen mehr als Übertreibungen.«

»Das stimmt«, gab Stenson zu.

Sein Protegé dachte nach. »Irgendwann wird Parks versuchen, einen neuen Prototyp zu bauen.«

»Wenn er die nötigen Mittel dafür bekommt, wird er das.«

»Fenton könnte neue Geldgeber auftreiben.«

»Das könnte er.« Der Mentor wollte, dass sein Schüler selbst darauf kam. Es war *so* offensichtlich …

»Haben Sie deswegen keine Bedenken?«

»Sehe ich so aus?« *Nun kommen Sie schon … begreifen Sie es.*

Es dauerte nur noch einen kurzen Moment, bis Jason ein Licht aufging. »Das werden wir nicht zulassen.«

»Natürlich nicht.« Stenson lächelte. Und wieder hatte Jason Greers einen Test bestanden. »Sobald wir im Besitz der Echo-Box sind und feststellen, dass sie funktioniert, ist Edward Parks überflüssig.«

Kapitel 48

Polizeirevier sechs, New York City, 27. Mai, 15:11 Uhr

Das Verhörzimmer fünf sah genauso aus wie die anderen vier Verhörzimmer der Polizeidienststelle. Ein fensterloser Raum mit einem Metalltisch und zwei Stühlen in der Mitte. Der Tisch war mit eingekratzten Graffiti übersät, die Stühle mit Gewebeband repariert. Eddie stand da und ließ seinen Kopf in bewährter Manier kreisen, um sich zu akklimatisieren. Sie hatten zwei Blocks entfernt an der Beach Street geparkt und das Revier durch den westlichen Notausgang betreten, genau so, wie Butlers Boss sie angewiesen hatte. »Detective McHenry, warum heißt dieser Raum Verhörzimmer?«

»Weil wir hier Verdächtige verhören.«

»Warum verhören Sie Verdächtige?«

»Um herauszufinden, was sie uns über ein Verbrechen verraten können.«

»Lügen die auch?«

»Sobald sie den Mund aufmachen.«

Eddie betrachtete die Wände rundum. »Hier gibt es bestimmt jede Menge interessanter Schallwellen.«

»Das möchte ich wetten«, kommentierte Skylar.

»Warum möchten Sie das wetten, Skylar?«

»Weil ich glaube, dass du recht hast. Und wenn man glaubt, dass jemand recht hat, dann kann man auf diese Überzeugung wetten.«

»Ich habe kein Geld zum Wetten.«

»Möchtest du, dass ich dir etwas leihe?«, fragte sie auf die ihr eigene warme und freundliche Art, bei der Eddie sich wohlfühlte.

»Ja, fünf Millionen Dollar, bitte.«

Skylar wusste, dass Eddie Geld nichts bedeutete. Sie zog einen Geldschein heraus. »So viel habe ich gerade nicht dabei, aber wie wäre es mit einem Dollar?«

»Reicht das aus, um zu wetten?«

»Ja, Eddie, das reicht vollkommen.«

»Okay. Ein Dollar.« Eddie nahm den Schein entgegen und begutachtete ihn interessiert. Er war nicht ganz sicher, was er damit tun oder wie er ihn überhaupt festhalten sollte. »Ich wette einen Dollar.«

»Dann wette ich auch einen Dollar.« Sie legte einen Schein auf den Tisch. Eddie machte es ihr nach und legte seinen Dollar daneben.

»Jetzt sind zwei Dollar im Topf«, sagte sie.

»In welchem Topf?«

»Das sagt man so. Wer die Wette gewinnt, bekommt die zwei Dollar«, erklärte sie.

»Für immer?«, fragte Eddie erstaunt nach.

»Ja, damit kannst du machen, was immer du willst.«

»Kann ich ein Auto kaufen?«

»Nein, Eddie, mit zwei Dollar kannst du kein Auto kaufen.«

»Sie haben aber gesagt: ›Damit kannst du machen, was immer du willst.‹« Butler staunte über Eddies genaue Imitation von Skylars Stimme.

»Du kannst alles kaufen, was zwei Dollar kostet.«

»Was kostet zwei Dollar?«

»Na, zum Beispiel eine Brezel.«

Butler unterbrach sie: »Könnten wir nun bitte weitermachen?«

Skylar nickte Eddie zu. »Wenn du die Wette gewonnen hast, sage ich dir noch ein paar Sachen, die du mit zwei Dollar kaufen kannst. Lass uns jetzt die Echo-Box hören.«

Kapitel 49

Haupteingang Polizeirevier sechs, 27. Mai, 15:42 Uhr

Lutz und Hirsch standen bereits knapp sechzig Minuten vor dem Polizeirevier. Von Dr. Drummond und Edward Parks war bislang nichts zu sehen gewesen, und die beiden ehemaligen Geheimagenten zweifelten allmählich, dass sie überhaupt noch auftauchen würden. Hirsch musterte die vorbeiziehenden Passanten. »Das war ein Schuss in den Ofen.«

Lutz nickte. »Die sind entweder schon drin oder haben sich irgendwo verkrochen.«

»Wenn sie drin sind, müssen wir sie zum Rauskommen bringen.«

»Oh, ich denke mal, soeben ist die Kavallerie eingetroffen.« Lutz starrte auf zwei schwarze Chevrolet Suburbans, die mit quietschenden Reifen vor der Polizeistation anhielten. Aus jedem der Wagen stiegen sechs Agents der Homeland Security und marschierten schnurstracks zum Eingang des Reviers. »Danke, dass Sie gekommen sind.«

Der leitende Agent wirkte eher belustigt als verärgert. »Wer zum Teufel sind Sie?«

»Wir arbeiten für Michael Barnes im Harmony House.«

Der Agent sah sie verständnislos an. »Wer zum Teufel ist Michael Barnes?«

Hirsch und Lutz warteten darauf, dass der Agent anfing, über seinen eigenen Witz zu grinsen. Aber er blieb todernst. Lutz fand das nicht im Mindesten lustig – er ließ sich nicht gern verarschen. »Das ist der, der Sie geschickt hat, Sie Blödmann.«

»Nein, ist er nicht. Das war Arthur Merrell, der Direktor unseres New Yorker Büros der Homeland Security. Ich bin Agent Harold Raines. Aus dem Weg!«

Lutz rührte sich nicht. »Rufen Sie Ihren Boss an. Sie sind herbeordert worden, um uns zu unterstützen.«

»Da sind Sie offensichtlich falsch informiert.« Agent Raines wandte sich an sein Gefolge. »Nehmt ihn fest, wenn er uns nicht durchlässt.« Die Männer starrten Lutz an und warteten. Nach einer Weile trat Lutz zur Seite, und die Agents der Homeland Security gingen hinein – alle bis auf zwei, die vor dem Eingang stehen blieben.

Hirsch entfernte sich ein paar Schritte und rief Michael Barnes an. »Wir haben ein Problem, Sir.«

((•))

Auf dem Polizeirevier wurde es seltsam still, als Raines und sein Trupp auf das Büro von Deputy Inspector Nataro zustrebten. Alle Anwesenden – Polizisten, mutmaßliche Täter, Anwälte, Opfer, Zeugen und Angehörige – starrten neugierig auf die Männer in den dunklen Anzügen, die an ihnen vorbeimarschierten. Und alle spekulierten: Was war hier los? Hatte das etwas mit dem Gasangriff in der U-Bahn-Station zu tun? Wussten die Agents schon, wer es getan hatte? Befand sich der Täter im Gebäude?

Auf einen Schlag fühlten sich vollkommen Fremde, im Alltag möglicherweise sogar Gegner, durch den gemeinsamen

Feind, der ihrer Stadt diese tiefe Wunde geschlagen hatte, miteinander verbunden. Viele zückten ihr Handy, um ein Foto zu schießen oder die neueste Nachricht zu twittern. Wenn ihre Vermutung richtig wäre, könnten sie sogar berühmt werden. Leider wurde heutzutage niemand für Fehlinformationen bestraft. Und niemand gewann einen Preis dafür, wenn er als Zweiter eine Neuigkeit verbreitete. Das Wichtigste war, der Erste zu sein, der etwas berichtete – ob die Story nun der Wahrheit entsprach oder nicht.

Deputy Inspector Anthony Nataro tat überrascht, als Agent Raines sein Büro betrat. »Guten Tag. Was kann ich für Sie tun?« Natürlich wusste Nataro nur zu gut, weshalb der Agent hier war.

»Ich bin gekommen, um die per Haftbefehl gesuchten Personen bei Ihnen abzuholen.«

»Wer soll das sein?«

Agent Raines überreichte den Überstellungsbefehl, der vom Direktor der New Yorker Homeland Security, Arthur Merrell, unterzeichnet war.

Nataro überflog das Dokument. »Wenn sie hier wären, würde ich sie Ihnen selbstverständlich überlassen. Aber wir warten noch darauf, dass Detective McHenry sich selbst ausliefert.« Das Lügen fiel ihm leicht. Er würde auch einen hervorragenden Politiker abgeben.

Raines war die Frustration deutlich anzusehen. »Wann hatten Sie das letzte Mal Kontakt zu ihm?«

»Vor etwa vierzig Minuten.«

»Haben Sie was dagegen, wenn ich hier mit Ihnen warte?« Es klang eher wie ein Befehl als wie eine Bitte.

»Bitte sehr.« Mit einer Handbewegung lud Nataro den Agent ein, Platz zu nehmen. An der Art, wie dieser sich auf der Couch breitmachte, war zu erkennen, dass er so bald nicht wieder gehen würde. Nicht, ohne den Auftrag auszuführen, aufgrund dessen er gekommen war.

Raines zog sein Handy heraus, um seine Männer zu kontaktieren. Nataro tat dasselbe und rief Lieutenant Victoria Daniels an. »Gibt es schon was Neues zu McHenry?«

((•))

Victoria Daniels war im Verhörzimmer fünf und stand direkt neben Butler McHenry. Sie versuchte immer noch, den Vortrag über akustische Archäologie zu verstehen, den sie gerade gehört hatte, und starrte gebannt auf die acht Mikrofone der Echo-Box, die ihr synchronisiertes Ballett vollführten. »In Kürze«, teilte sie ihrem Boss am Telefon mit. »Ich rufe Sie zurück.« Sie legte auf und wandte sich an Skylar. »Entschuldigen Sie, Dr. Drummond, aber mit Naturwissenschaften hatte ich es noch nie so.«

»Sie werden es besser verstehen, wenn Sie etwas gehört haben, das Sie wiedererkennen«, erklärte Butler. »Eddie, wenn Detective Lieutenant Daniels Ihnen ein Datum und eine Uhrzeit gibt, können Sie das für sie abspielen?«

Eddie fühlte sich mit der Fremden im Raum unwohl und hielt seinen Blick auf den Computerbildschirm gerichtet. »Wie will sie es mir geben?«

Hilflos sah Butler zu Skylar. Sie übersetzte es für Eddie. »Detective McHenry glaubt, dass Ms. Daniels die Echo-Box besser versteht, wenn du ihr etwas vorspielst, das sie wiedererkennt. Wenn sie dir ein bestimmtes Datum und eine Uhrzeit sagt, kannst du dann die Schallwellen von genau jenem Zeitpunkt abspielen?«

»Warum hat Detective McHenry das nicht gesagt?«, brummte Eddie.

»Das habe ich doch«, konnte Butler sich nicht verkneifen.

Skylar wandte sich an Victoria. »Detective Lieutenant, wann waren Sie zuletzt in diesem Raum?«

»Letzten Montag, am Zweiundzwanzigsten. Um etwa halb vier.«

Ohne sie anzusehen, fragte Eddie. »Morgens oder nachmittags?«

»Nachmittags.«

Eddie studierte die Schallwellen, die zum besagten Zeitpunkt produziert worden waren. Vier unterschiedliche Schallwellenmuster waren zu erkennen. »Es waren vier Personen anwesend.«

»Korrekt«, erwiderte Daniels leicht erstaunt.

»War einer von ihnen ein Verdächtiger, den Sie verhört haben?«

»Ja.« Victoria Daniels wurde sichtbar ungeduldig.

»Hat der Verdächtige die Wahrheit gesagt?«

Skylar schaltete sich ein. »Eddie, bitte, spiel es einfach ab.«

Er drückte auf »Play«. Die Stimmen waren deutlich zu verstehen, und es gab kaum Verzerrungen, was an der besonderen Beschaffenheit des Raumes lag: Er war klein, die Oberflächen glatt und hart, es gab keine Fenster, und die Schallwellen waren erst vor kurzer Zeit entstanden.

VERDÄCHTIGER, laut: *Ich schwöre bei Gott, ich weiß nicht, wo sie ist!*

Eddie gab sein BUZZER-Geräusch von sich.

»Sch!« Skylar bedeutete ihm, still zu sein. Er nickte entschuldigend.

DANIELS: *Sagen Sie mir, wo sie ist, Henry.*

Daniels' Stimme klang weder drängend noch bedrohlich. Sie war frei von jeglicher Emotion, was sie noch furchteinflößender machte. Skylar beobachtete die zierliche Frau, während diese sich selbst lauschte und kaum glauben konnte, was sie hörte. Sie schien zu begreifen, wie diese Erfindung funktionierte. Oder zumindest begriff sie deren Bedeutung.

VERDÄCHTIGER: *Ich weiß es nicht, verdammt noch mal! Sind Sie taub oder was?*

Eddie zuckte zusammen. Das Schreien tat ihm in den Ohren weh.

DANIELS: *Wenn das kleine Mädchen stirbt, werde ich alles in meiner Macht Stehende tun, damit Sie ebenfalls sterben. Und ich verspreche Ihnen, dass ich an dem Tag, an dem Ihr unwürdiges Leben endet, dabei sein werde, weil ich mit ansehen möchte, wie Sie betteln, und es wird niemanden kümmern.*

Skylar sah zu Eddie. »Das reicht.« Eddie drückte auf »Stop«.

Victoria Daniels sah sich um. »Okay, wo ist die Wanze?«

Eddie fing an, jeden Quadratzentimeter des Raumes mit den Augen abzusuchen, um das Insekt zu entdecken, von dem sie offenbar gesprochen hatte.

Skylar antwortete: »Es gibt keine. Und bis vor ein paar Minuten ist auch keiner von uns jemals in diesem Raum gewesen.«

Butler McHenry sah seine Vorgesetzte bedeutsam an. »Das funktioniert in jedem Raum. Für jedes Gespräch. Das je geführt wurde.«

Dazu fiel Victoria Daniels nichts anderes ein als: »Mein Gott.«

»Genau.« Butler hatte jetzt etwa denselben Gesichtsausdruck wie Skylar, als sie ihn das erste Mal dabei beobachtet hatte, wie er die Tragweite der Situation begriff. Nun hatte auch er eine Verbündete, und das war gut.

Zu Eddie, der sich immer noch suchend umsah, sagte Skylar: »Ich hätte dir sagen müssen, dass die Wanze, von der Ms. Daniels sprach, eine Abhöreinrichtung ist und kein Tier.«

»Dann hätte die Detective Lieutenant sich genauer ausdrücken sollen.« Er drehte sich in Daniels Richtung, ohne sie anzusehen. »Sie waren nicht nett zu Henry.«

Die Polizistin war irritiert. »Henry war auch kein netter Mensch.«

»Und hat er Ihnen gesagt, wo das kleine Mädchen ist?«, wollte Skylar wissen.

Daniels nickte. »Hat er.« Sie deutete auf die Echo-Box und sah zu Butler. »Und das da funktioniert wirklich?«

Butler nickte bedeutungsschwer. Dass das alles schwer zu begreifen war, konnte er gut nachempfinden.

»Kein Wunder, dass ein Haftbefehl gegen Sie erlassen wurde.«

Eddie wirkte verstört. »Warum ist es kein Wunder, dass ein Haftbefehl gegen ihn erlassen wurde?«

Schnell schaltete Skylar sich ein. »Ms. Daniels hat nicht mit dir gesprochen, Eddie.«

Eddie hielt den Kopf immer noch gesenkt. »Sie meinen, es braucht mich nicht zu kümmern.«

»Genau.«

»So wie der Geheimnismann?«

»Ja.«

»Und jetzt spielen Sie das ab, was Sie mir in der Bar vorgespielt haben«, bat Butler.

Eddie sah zu Skylar, die zustimmend nickte. Dann klickte er auf die Datei mit den Schallwellen aus Dr. Fentons Büro und drückte »Play«.

Victoria Daniels fasste in ihre Tasche und betätigte die Aufnahmetaste des Diktiergeräts, das Deputy Inspector Nataro ihr gegeben hatte.

Alles, was sie jetzt hören würde, könnte er später ebenfalls hören.

Kapitel 50

Dr. Marcus Fentons Haus, Pine Hill, New Jersey, 27. Mai, 16:11 Uhr

Im Arbeitszimmer seines verwitterten ehemaligen Farmhauses hielt Dr. Marcus Fenton das Telefon so fest, dass seine Fingerknöchel weiß wurden. Gerade hatte er eine äußerst bestürzende Nachricht von Michael Barnes erhalten, die durch seinen umgehenden Anruf bei der Homeland Security bestätigt wurde. Deren Agents mischten sich in eine interne Sicherheitsangelegenheit des Harmony House ein, und Fenton verlangte eine Erklärung. Seit über fünf Minuten hing er nun in der Warteschleife für ein Gespräch mit Senator Corbin Davis, der ihm erläutern sollte, warum er Direktor Arthur Merrell zu dieser Maßnahme angewiesen hatte. *Wie kann dieser Schönling aus dem Mittelwesten es wagen, so respektlos über mich hinwegzugehen?*

Endlich ging der Senator ans Telefon. Er klang ernst und geschäftsmäßig, als käme er direkt aus einem Meeting und nicht vom Putting Green eines Golfplatzes. »Ich habe nur eine Minute. Worum geht es?«

»Pfeifen Sie Ihre Hunde zurück.«

»Wie bitte?« Der Senator schien amüsiert.

»Die Homeland Security mischt sich in eine interne Angelegenheit des Harmony House ein, und ich verlange, dass die sich zurückziehen.«

Jetzt musste sich Davis tatsächlich das Lachen verkneifen. »Es sind Haftbefehle gegen eine Ihrer Angestellten und einen Ihrer Patienten erlassen worden. Wie kann das noch eine interne Angelegenheit sein?«

Fenton hatte gewusst, dass Barnes mit den Haftbefehlen einen Fehler machte. Es war ganz und gar untypisch für seinen Sicherheitsmann, die Aufmerksamkeit der Öffentlichkeit auf das Institut zu ziehen. Wie hatte er nur so blöd sein können? Fenton beschloss, gleich zum Punkt zu kommen. »Worum geht es hier eigentlich, Senator?«

Es passierte selten, dass dem Politiker eine so direkte Frage gestellt wurde. Vielleicht, weil er alle Karten selbst in der Hand hielt, entschied Davis, eine ähnlich direkte Antwort zu geben. »Weil ich sie selbst hören will. Die Box.«

Verblüfft fragte Fenton: »Warum haben Sie mich nicht einfach um eine Demonstration gebeten?«

»Weil ich Ihnen nicht traue.« Es folgte langes Schweigen.

Dann nahm der alte Arzt allen Charme zusammen, den er aufbringen konnte. »Habe ich Ihnen je einen Grund gegeben, mir nicht zu vertrauen, Senator?«

»Lassen Sie uns das jetzt nicht vertiefen, Dr. Fenton. Homeland wird das Gerät an sich nehmen, und ich werde es mir anhören. Wenn es funktioniert, wird es den Schutz erhalten, der ihm zusteht. Sie und Ihr Patient werden weiterhin Zugriff darauf haben, aber unter Bedingungen der Inneren Sicherheit, nicht Ihren. Falls das Gerät nicht funktioniert, erhält Ihre Einrichtung es zurück, damit Sie weiter daran arbeiten können.«

Resigniert sackte Fenton auf seinem Stuhl zusammen. »Sie können mir die Echo-Box nicht einfach wegnehmen.«

»Es war nie Ihre Box, das wissen Sie. Guten Tag, Dr. Fenton.«

Der Arzt rief umgehend seinen Sicherheitschef an. Er hätte ihn gern beschimpft, aber dafür hatte er tatsächlich zu große Angst vor ihm. »Senator Davis sagt, dass die Homeland Security die Echo-Box an sich nehmen wird. Der Senator will sie selbst hören.«

»Ich würde gern wissen, wie er so schnell davon erfahren hat.«

Nun platzte Fenton doch der Kragen. »Weil Sie die gottverdammten Haftbefehle veranlasst haben!«

Barnes blieb gefährlich ruhig. »In den Haftbefehlen stand nichts Konkretes darüber, um welche Art von Geheimmaterial es geht.«

»Aber der Name Edward Parks stand drin, oder?«

»Der Senator hat die Homeland Security keine zwei Stunden nach der Ausstellung der Haftbefehle angerufen. Wenn er nicht gerade dasitzt und auf irgendeinem Weg das Geplauder des New York Police Department abhört, hätte er ein paar Tage, wenn nicht gar Wochen brauchen müssen, um an diese Informationen zu kommen.«

»Worauf wollen Sie hinaus?«

»Jemand hat ihm die Information gesteckt.«

»Wer?«

»Wir haben einen Maulwurf.«

Fenton schwieg. Er konnte spüren, wie sein Blutdruck schlagartig anstieg. Er schloss die Augen und zwang sich, das Gespräch fortzusetzen. »Verdammt.«

»Ich habe es heute erst herausgefunden.«

»Wer ist es?« Fenton versuchte, im Kopf die Liste seiner Angestellten durchzugehen, aber seine Gedanken rasten. Er war nicht einmal sicher, ob er es wissen wollte.

»Ihre Oberschwester, Gloria Pruitt.«

Fenton schüttelte den Kopf. »Das glaube ich nicht.«

»Das bleibt Ihnen überlassen, Sir.« Noch immer war er vollkommen ruhig.

Der alte Arzt bekam das Gefühl, als hätte ihm jemand von hinten ein Messer in den Rücken gerammt. Der Schmerz schien fast real. »Sind Sie sicher?«

»Wann habe ich Ihnen je etwas gesagt, von dem ich nicht überzeugt war?« Er ließ seine Frage eine Weile in der Luft hängen, dann fügte er hinzu: »Das ist schon seltsam, finden Sie nicht?«

»Was?«

»Wir haben einen Maulwurf, und die Homeland Security schlägt daraus Kapital.«

Fenton fand die Bemerkung absurd. »Denken Sie etwa, dass Homeland uns ausspioniert?«

»Ich denke, Homeland wird manipuliert. Wer auch immer uns ausspioniert, benutzt die, um das Gerät für sich selbst zu gewinnen.«

»Ich verstehe nicht, was Sie meinen.«

»Es ist das Einzige, was Sinn ergibt.«

»Bei allem Respekt, Mr. Barnes, aber das klingt paranoid.«

»In jedem Geheimdienst gibt es interne Gruppierungen mit speziellen Interessen. Eine davon ist offensichtlich auf Parks' Echo-Box aufmerksam gemacht worden.«

Vielleicht waren die Überlegungen seines Sicherheitschefs doch nicht so absurd. »Wenn Sie von diesen speziellen Gruppen wussten, warum haben Sie dann die Haftbefehle ausstellen lassen?«, fragte Fenton.

»Weil ich dachte, wenn die örtliche Polizei von der Echo-Box erfährt, wäre es nur eine Frage der Zeit, bis bundesstaatliche Behörden verständigt würden. Eine Verhaftung bei ungeklärtem Sachstand war unsere beste Chance, dass die Echo-Box weiter unter dem Radar bleibt.«

Fenton seufzte. »Und was sollen wir jetzt tun, verdammt?«

Barnes blieb absolut ruhig. »Tatsächlich haben wir eine Reihe von Optionen.«

»Zum Beispiel?«

((•))

Am Abschlag des siebzehnten Lochs fühlte Senator Corbin Davis sich so selbstbewusst und draufgängerisch wie ein Drachentöter. Jegliche Zweifel, die er wegen der *American Heritage Foundation* noch gehegt haben mochte, waren verflogen. Am Ende des Tages hatte man in der Politik nur Erfolg, wenn man mit einem der Potentaten ins Bett ging. Der Trick bestand darin, sich den richtigen auszusuchen.

Der Senator aus Indiana hatte gut gewählt.

Kapitel 51

Polizeirevier sechs, New York City, 27. Mai, 16:23 Uhr

Noch immer konnte Detective Lieutenant Victoria Daniels nicht fassen, was sie gerade als sogenannte Rekonstruktion dieser Echo-Box gehört hatte. Daniels griff in ihre Jackentasche und stellte das Diktiergerät aus. Dann sah sie sich in dem Verhörzimmer um, auf das sie nun einen ganz anderen Blick hatte. Von nun an würden für sie die Wände *jedes* Raumes anders aussehen als früher, weil sie jetzt wusste, was zwischen ihnen vibrierte: die Schallwellen ihrer Vergangenheit. Jede hörbare Handlung, jedes gesprochene Wort. Jedes Verbrechen. Jede Lüge. Ab jetzt wäre jeder Raum sein eigenes historisches Dokument. Seine eigene Tonaufnahme. Man bräuchte nichts weiter zu tun, als diese Schallwellen einzufangen und zu rekonstruieren – und jeder könnte es hören.

Nie mehr würde es vage Angaben geben wie: »Ich glaube, sie hat das und das gesagt«, sondern nur noch: »Hört, das und das hat sie gesagt«.

Das hieß … falls dieses Gerät je offiziell eingesetzt werden würde.

Daniels wusste nun, was die Echo-Box leisten konnte, und es machte ihr Angst. Das war ihr deutlich anzusehen.

»Verstehen Sie jetzt, warum ich den beiden geholfen habe?«, fragte Butler.

»Ich hätte dasselbe getan.« Sie zweifelte keine Sekunde, weder an ihrer Antwort noch daran, wie das alles hier gleich ausgehen würde.

»Und was kommt jetzt?«

Das war keine rhetorische Frage. McHenry wusste tatsächlich nicht, wie es weitergehen sollte – deshalb war er hergekommen.

»Kommen Sie bitte einen Moment mit raus.« Sie trat mit ihrem Detective in den Gang und schloss die Tür. Dann unterhielten sie sich leise im Flüsterton.

Im Verhörzimmer fünf sah Skylar zu Eddie und zeigte auf die Tür. Sie sprach ebenfalls ganz leise. »Kannst du mir sagen, worüber sie reden?«

Eddie nickte und drehte den Kopf in Richtung Tür. Er schloss die Augen, um sich besser aufs Hören konzentrieren zu können, und legte die Hände um die Ohrmuscheln. Dann wiederholte er leise das Gespräch aus dem Gang und imitierte dabei recht genau die Stimmen der Detectives. »Sie haben keine Wahl, das wissen Sie, oder? … Ich will sichergehen, dass ihnen nichts zustößt … Das können Sie nicht. Akzeptieren Sie es …«

Verständnislos fragte Eddie: »Worüber sprechen sie?«

»Über uns.« Skylar verschränkte die Arme vor der Brust und wandte sich von Eddie ab. Im Moment konnte sie nichts anderes denken als: *Mein Gott, was habe ich getan? Sie werden McHenry zwingen, uns an Fentons Sicherheitsleute auszuliefern, und wir können nichts dagegen unternehmen.*

»Warum hat Detective McHenry keine Wahl?«

»Weil die Regierung ihm keine geben wird.«

Eddie lauschte weiter und wiederholte jedes Wort. »Sie haben ihren Freund umgebracht … Das ist mir klar, Detective. Aber wie genau wollen Sie ihnen denn helfen? Das geht weit über unsere Dienstgrade hinaus.«

Skylar begann zu weinen.

»Hat er von Ihrem Freund gesprochen, Skylar?« Sie nickte. »Ich wusste nicht, dass Sie einen Freund hatten. Ich bin sicher, er war sehr nett. Wie war sein Name?«

Sie brachte es kaum heraus. »Jacob.«

»Wer hat ihn umgebracht?«

»Dr. Fenton und der Geheimnismann.« Es fiel ihr schwer, die Worte auszusprechen.

»Es ist falsch, jemanden zu töten. Das steht in der Bibel. ›Du sollst nicht töten.‹« Eddie hielt inne und versuchte, die Information zu verarbeiten. »Skylar, warum haben Dr. Fenton und der Geheimnismann Ihren Freund umgebracht?«

Skylar war unfähig zu sprechen. Sie schlug die Hände vors Gesicht.

Eddie wollte ihr helfen, wusste aber nicht, was er tun sollte, also tat er das Einzige, was er konnte: Er wiederholte weiterhin das Gespräch zwischen Daniels und McHenry. »Ich kann zumindest versuchen, Ihnen zu helfen, aus der Stadt zu kommen. – Wozu soll das gut sein? – Sie wollen nach Philadelphia. – Warum das? – Parks hat das Ding nur aus einem einzigen Grund erfunden: Er will die Stimme seiner Mutter hören. Sie ist bei seiner Geburt gestorben.«

Eddie zeigte keine Regung. Er sprach einfach weiter, jetzt wieder mit Victoria Daniels' Stimme. »Ich finde das Ganze abscheulich! Ich finde es schrecklich, zu wissen, dass es dieses Ding gibt … was es für unsere Arbeit tun könnte – für jeden Fall, den wir je hatten und je haben werden.«

Butler konnte offenbar nicht ganz folgen. »Warum finden Sie das so schrecklich?«

»Weil in dieser Welt nicht die geringste Chance besteht, dass irgendjemand unseres Ranges so ein Gerät je einsetzen darf.«

Eddie hielt inne. »Wer ist ›irgendjemand unseres Ranges‹?«

»Ich glaube, sie meint Polizeibeamte.«

»Warum werden Polizeibeamte keine Chance haben, die Echo-Box zu benutzen?«

»Das muss ich dir später erklären.«

Eddie lauschte weiter. »Er hat sein ganzes Leben mit der Arbeit an diesem Gerät verbracht. Er hat es verdient, die Stimme seiner Mutter zu hören. – Sie haben recht, das hat er. – Wenn ich ihm nicht helfe, wer dann?« Kurz herrschte Schweigen, dann sagte Eddie mit Victorias Stimme: »Sie waren nie hier.«

Er machte sein BUZZER-Geräusch.

Skylar sah ihn an. »Sch!« Eddie schwieg. Als er nach zehn Sekunden immer noch nichts sagte, fragte sie: »Haben sie aufgehört zu reden?«

»Sie haben doch ›sch‹ gemacht.«

»Wiederhole bitte, was sie sagen«, drängte Skylar.

»Ich habe Sie nicht gesehen.« Eddie wollte gerade sein BUZZER-Geräusch machen, bemerkte aber, dass Skylar schon die Hand hob, um ihn davon abzuhalten. Er schaffte es, das Geräusch zu unterdrücken, und imitierte weiter Daniels' Stimme: »Ich gebe Ihnen zwei Minuten. Dann rufen Sie mich an und sagen, dass die Verdächtigen kurz vor Erreichen des Polizeireviers geflohen seien und Sie sie verfolgen.«

Sie hörten, wie sich Victoria Daniels' Schritte entfernten, dann betrat Butler McHenry erneut das Verhörzimmer. »Es ist Zeit, zu gehen.«

Eddie sah ihn verwundert an. »Wohin gehen wir, Detective?«

»Wollen Sie Ihre Mutter singen hören?«

»Ja, sehr gern.«

»Dann bewegen Sie Ihren Hintern.«

Kapitel 52

Büro von Deputy Inspector Nataro, Polizeirevier sechs, 27. Mai, 16:31 Uhr

Victoria Daniels betrat das Büro ihres Oberbosses.

»Detective Lieutenant Daniels, das ist Homeland Security Agent Harold Raines. Agent Raines, Detective Lieutenant Daniels.« Der Agent stand auf und gab Victoria die Hand.

Sie presste die Kiefer aufeinander. Wow, das war schnell gegangen! Zu schnell …

Agent Raines beobachtete sie aufmerksam. »Wo sind die Verdächtigen?«

»Auf dem Weg hierher.«

»Sie sollten aber schon längst hier sein.«

»Ja, das sollten sie.« Ihr Gesicht zeigte keine Regung.

Trotzdem hatte der Agent das Gefühl, an der Nase herumgeführt zu werden. Während er zur Tür ging, sprach er in das Mikrofon seines Headsets. »Durchsucht das Gebäude von oben bis unten. Ich habe Grund zu der Annahme, dass sich die Verdächtigen vor Ort befinden.« Dann schloss er sich seinen Männern an, die das Gebäude mit gewohnter Routine durchkämmten.

Nataro musterte Daniels ernst. »Ich hoffe, Sie haben jetzt eine lohnende Geschichte auf Lager.«

Victoria legte das Diktiergerät auf den Tisch. »Der Mann, der vor die U-Bahn gestoßen wurde, war der Lebenspartner der Ärztin.«

»Der Professor?«

Sie nickte. »Wahrscheinlich hat ihr Boss ihn umbringen lassen, weil er Nachforschungen zu Edward Parks angestellt hat, ihrem Patienten. Der Professor war bedauerlicherweise zu neugierig.«

»Was ist so besonders an diesem Patienten?«

»Das sollten Sie sich anhören.«

Er nahm das Diktiergerät vom Tisch. »Das heißt, was Sie hier aufgenommen haben, wird das bestätigen?«

»Das wird zwar nie ein Richter hören dürfen, aber ja.« Und dann versuchte Victoria Daniels, ihm eine Wissenschaft zu erklären, die sie selbst noch nicht so ganz begriffen hatte.

Kapitel 53

Hudson Street, New York City, 27. Mai, 16:39 Uhr

Butler hatte Skylar und Eddie aus dem Polizeirevier gebracht und die Hudson Street zu einem Park hinuntergeführt. Im Park befanden sich ein gut ausgestatteter Spielplatz, Bocciabahnen und ein Fußballfeld mit Kunstrasen, das Eddie neugierig beäugte. Er hatte noch nie Kunstrasen gesehen und verlangsamte seinen Schritt, um ihn durch den Zaun hindurch besser begutachten zu können. »Das ist kein echtes Gras, oder?«

»Nein, Eddie, das nennt man Kunstrasen.« Skylar merkte, dass er ganz fasziniert war.

»Darf ich ihn anfassen?« Er blieb stehen, um durch den Zaun zu greifen.

»Dafür haben wir jetzt leider keine Zeit.« Sie stupste ihn sacht an der Schulter, worauf er zusammenzuckte.

Unruhig sah er sich um und drehte den Kopf von rechts nach links, um sich mit der neuen Umgebung vertraut zu machen. Er hielt den Rucksack mit der Echo-Box und dem Laptop-Supercomputer fest gegen die Brust gedrückt. »Sind Sie sicher, dass das der richtige Weg nach Philadelphia ist?«

»Ja, Eddie«, antwortete Skylar in beruhigendem Tonfall.

»Müssen wir den ganzen Weg dorthin laufen?«

»Nein, wir gehen jetzt nur noch ein kleines Stück.«

»Wenn ich Ihnen einen Rat geben darf«, schaltete sich Butler ein. »Wenn Sie irgendwo zu Fuß unterwegs sind, gehen Sie zur größten Touristengruppe, die Sie finden können, und bleiben Sie in deren Mitte.«

»Ich mag keine Gruppen.«

»Finden Sie sich damit ab.«

Eddie sah sich nach Touristen um, konnte aber keine entdecken. »Warum sollen wir uns in eine Gruppe Touristen stellen?«

»Damit Sie niemand sieht.«

»Die Touristen sehen uns, wenn wir zwischen ihnen gehen.«

»Das sind aber nicht diejenigen, die Ihnen die Box wegnehmen wollen.«

Eddie blieb wieder stehen und presste den Rucksack noch fester an sich. »Wer will mir die Echo-Box wegnehmen?«

Nun geriet Butler in Erklärungsnot. »Die Leute, die nach Ihnen suchen.«

Panisch sah Eddie zu Skylar. »Will Dr. Fenton mir die Echo-Box wegnehmen?«

Skylar hätte ihn gern angelogen, wusste aber, dass das natürlich nicht funktionieren würde. Sie blickte kurz zu Butler, ehe sie Eddie widerstrebend antwortete: »Ja, Eddie, ich glaube, das hat er vor.«

»Die Echo-Box gehört mir!« Eddie wollte sich ohrfeigen, aber zum Glück waren seine beiden Hände damit beschäftigt, den Rucksack zu halten, daher gelang es ihm nur halbwegs. »Ich muss die Stimme meiner Mutter hören! Ich muss!«

Skylar griff nach seinen Armen und hielt sie fest. Sie sprach mit besänftigender, aber dennoch fester Stimme. »Eddie, ich fürchte, die Echo-Box gehört dem Harmony House.«

In Eddies Augen zeigten sich Tränen. »Nein, sie gehört mir. Mir!«

»Aber sie haben dafür bezahlt.«

»Sie gehört mir!« Eddie begann zu weinen. Butler wurde nervös, weil sie für so etwas absolut keine Zeit hatten.

Skylar musste schnell eine Lösung finden. Ihr war bewusst, wie viel Eddie die Echo-Box bedeutete. Und was mit ihm passieren würde, wenn man sie ihm wegnähme. Sie sah ihm fest in die Augen. »Eddie, ich verspreche, ich werde alles in meiner Macht Stehende tun, um zu verhindern, dass dir jemand die Echo-Box wegnimmt.«

Eddie atmete ein paarmal tief durch und wischte sich die Tränen mit dem Ärmel ab. Er glaubte ihr. Dann ließ sie ihn los, und sie setzten ihren Weg durch den Park fort.

Am südlichen Eingang blieb Butler stehen. »Weiter komme ich nicht mit.«

Eddie hielt Ausschau nach einer möglichen Barriere, die den Detective am Weitergehen hindern könnte. »Warum?«

»Weil ich wegen Ihnen auch so schon genug Probleme habe.« Er deutete nach Osten zur Varick Street, auf der etliche Taxis in beide Richtungen fuhren. »Nehmen Sie sich ein Taxi Richtung Uptown. Danach sind Sie auf sich gestellt. Viel Glück.« Er zog sein Handy aus der Tasche.

»Danke, Detective. Für alles«, sagte Skylar aufrichtig.

Er nickte, gab die Nummer von Detective Lieutenant Daniels ein und lief zu seinem Wagen zurück.

Eddie musste sich anstrengen, um mit Skylar Schritt zu halten. »Müssen wir so schnell gehen?«

»Du willst doch nicht, dass sie uns kriegen, oder?«

Eddie ballte die Hände zu Fäusten und schaffte es, Skylars Tempo zu folgen. »Warum hat Detective McHenry Probleme?«

»Weil er uns geholfen hat.«

»Aber soll ein Polizist den Menschen nicht helfen?«

»In diesem Fall war es gegen die Regeln.«

»Warum hat er uns dann geholfen?«

»Wenn man tun will, was man für richtig hält, ist es manchmal notwendig, die Regeln zu brechen.«

Eddie nickte – nicht, weil er es verstand, sondern weil er wollte, dass Skylar dachte, er würde es verstehen. »Detective McHenry hat mir im Haus seiner Mutter Graham-Cracker und Milch gegeben. Dafür sollte er keine Probleme bekommen.«

»Das finde ich auch.« In diesem Moment sah Skylar ihn. Lutz. Wie er nach ihnen Ausschau hielt. Er stand nur einen Block entfernt an der Straßenecke und ließ seinen Blick schweifen. Skylar strengte sich an, sich ihre Panik nicht anmerken zu lassen. »Bist du jemals in einem Taxi gefahren, Eddie?« Sie winkte den vorbeifahrenden Taxis möglichst dezent zu und hoffte inständig, dass gleich eines halten würde.

Eddie nickte. »Ja, als ich noch jünger war. Ich bin siebenundzwanzig Mal Taxi gefahren, wobei ich mich an etwaige Fahrten als Baby nicht erinnern kann.« Er imitierte ihre Geste und winkte den Taxis ebenfalls. Allerdings war er dabei alles andere als unauffällig.

Und deshalb entdeckte Lutz sie und setzte sich sofort in Bewegung. Mit beeindruckender Geschwindigkeit kam der ehemalige Army Ranger auf sie zugestürmt.

Hinter Eddies Rücken sah Skylar, wie der Abstand zwischen ihnen immer kleiner wurde. Ein Haifisch, der seine Beute witterte. Zum Glück konnte Eddie ihn nicht sehen.

Vor ihnen hielt ein Taxi am Straßenrand. »Möchtest du jetzt in deinem achtundzwanzigsten Taxi fahren?«

»Nein. Siebenundzwanzig ist drei hoch drei, und deshalb ist es eine viel bessere Zahl als achtundzwanzig, was vier mal sieben ist oder zwei mal zwei mal sieben, und das ist nicht annähernd so schön.«

Lutz kam immer näher. Er war nur noch einen halben Block entfernt.

»Was, wenn ich bitte, bitte sage?«, flehte Skylar.

Eddie schüttelte den Kopf. »Die Antwort ist immer noch nein.«

Skylar hatte Mühe, nicht auszurasten. »Würdest du trotzdem einsteigen … wenn ich dich bitte, es für mich zu tun?«

Eddie sah zu Boden. »Ja, dann würde ich trotzdem einsteigen, Skylar.«

Gott sei Dank! Sie riss die hintere Tür auf und schob Eddie in den Wagen. Dann quetschte sie sich neben ihn und gab dem Fahrer eine einfache Anweisung. »Los!«

Der Afghane hinter dem Steuer mochte kaum Englisch verstehen, aber dieses klare Wort erfasste er augenblicklich und trat so abrupt aufs Gaspedal, dass seine Fahrgäste gegen die Rückenlehne gedrückt wurden.

Lutz gelang es, bis auf zweieinhalb Meter an das Taxi heranzukommen. Erst zwei Blocks weiter gab er die Jagd auf – dieser Mann war unglaublich schnell. Aber an die Geschwindigkeit eines Autos reichte natürlich kein Mensch heran. Ein Rennen wurde immer mit der besseren Technik gewonnen, so oder so.

Durch die Heckscheibe beobachtete Eddie, wie Lutz immer kleiner wurde. Überraschenderweise war er nicht im Mindesten beunruhigt. »Das ist eine Art Spiel, oder?«

»Ja, das ist es.«

»Wie Fangen?«

»Ja, wie Fangen.«

»Ich mag Fangen nicht, denn wenn man gefangen wird, wird man angefasst.«

»Dann werde ich dafür sorgen, dass du nicht gefangen wirst.«

Eddie starrte aus dem Fenster und staunte über die vielen hohen Gebäude. »Was, wenn jemand Sie fängt, Skylar?«

»Das mag ich auch nicht.«

»Dann werde ich dafür sorgen, dass Sie nicht gefangen werden.«

Kapitel 54

Varick Street, New York City, 27. Mai, 16:47 Uhr

Als die Agents der Homeland Security anfingen, das Polizeirevier zu durchsuchen, hatten Hirsch und Lutz sich bereits aufgeteilt. Hirsch war am Eingang stehen geblieben, während Lutz die Umgebung abklapperte. So war er auf Skylar und Eddie gestoßen. Während das Taxi im Verkehrsgewühl verschwand, konzentrierte er sich auf das Nummernschild des Wagens. Es war eine Kombination aus vier Buchstaben oder Ziffern, anders als die üblichen sieben bei New Yorker Privatfahrzeugen. Diese vier Zeichen entsprachen auch der Lizenznummer, die als Leuchtanzeige auf dem Dach befestigt war. Darüber befand sich ein Werbeschild der Firma Nautica mit einem braun gebrannten Mann auf einem Boot.

Leider konnte Lutz nur zwei der vier Zeichen erkennen: 5E. Er tippte sie in sein Handy, damit er sie später Barnes übermitteln könnte. Allerdings wusste er, dass es ohne wenigstens ein weiteres Zeichen praktisch nutzlos wäre. Zwei Zeichen ergaben 1.296 mögliche Kombinationen, und es war nicht einmal genug Zeit, um dreizehn Taxis zu überprüfen, geschweige denn tausenddreihundert.

Als er Agents der Homeland Security entdeckte, die nun ebenfalls das Gebiet um die Polizeistation durchkämmten, tauchte Lutz in ein Schnellrestaurant ab. Neugierig drängten sich die Gäste des Lokals an die Fenster, um zu sehen, was da draußen los war. Die Agents achteten weder auf Lutz noch das Taxi mit Skylar und Eddie, das zwischen den Hunderten von anderen Taxis verschwunden war. Ein Schwarm gelber Fische, die Richtung Midtown schwammen. Lutz hatte zwar nur die Hälfte der Taxinummer, damit aber immer noch mehr in der Hand als die Homeland Security.

Kapitel 55

Büro von Deputy Inspector Nataro, Polizeirevier sechs, 27. Mai, 17:03 Uhr

In Nataros Büro beendete Detective McHenry seinen frei erfundenen Bericht über die Flucht der Verdächtigen. Er wusste genau, dass Agent Raines ihm kein Wort glaubte, und er hatte nicht die Absicht, mehr zu sagen, als er gefragt wurde.

Raines wirkte amüsiert. »Das war's?«

»Das ist alles, was ich dazu sagen kann.« Gelassen sah Butler zu Nataro und Daniels. Vier Pokerspieler an einem Tisch, nur dass sie alle standen.

»Und diese Aufnahme, die sie Ihnen vorgespielt haben … Glauben Sie, die war echt?«

»Ja.« Butler verzichtete darauf, zu erklären, dass das, was sie gehört hatten, keine Tonaufnahme im herkömmlichen Sinn war.

»Was macht Sie da so sicher?«

»Skylar Drummond hat viel riskiert, um es mir vorzuspielen.«

»Sie ist nicht die Einzige, die heute viel riskiert hat.« Agent Raines schwieg einen Moment, um die unausgesprochene Drohung wirken zu lassen. »Ich verstehe allerdings nicht, warum Sie ihnen bei ihrer Flucht geholfen haben.«

»Ich weiß nicht, wovon Sie reden.« Butlers Stimme war klar und fest. Er log sogar noch besser als Victoria Daniels.

»Ach nein?«

»Ich habe Beweismaterial gehört, von dem ich dachte, dass meine Vorgesetzten es auch hören sollten. Aber als ich mit meinen Zeugen auf dem Weg in dieses Revier war, musstet ihr Idioten ja Haftbefehle ausstellen und sie damit so einschüchtern, dass sie geflohen sind.« Butler sah kurz zu Daniels und Nataro, damit sie sich in dieser Sache einig wären. »Agent Raines, irgendein Arschloch da draußen hat unsere Stadt vor drei Tagen in Angst und Schrecken versetzt und einen angesehenen Professor der NYU getötet, der eine großartige Zukunft vor sich hatte. Die Untersuchung dieses Falls mag für Sie nicht oberste Priorität haben, für mich aber schon. Und wenn Sie nichts dagegen haben, würde ich nun gern die Ermittlungen fortsetzen.«

Der Agent musterte ihn eine Weile, dann sagte er mit deutlicher Herablassung in der Stimme: »Ihre Ermittlungen will ich natürlich keinesfalls behindern, Detective.«

Er beobachtete durchs Fenster, wie Butler McHenry die Polizeistation verließ. »Was glauben Sie, wo er hinwill?«

»Ich habe keine Ahnung«, log Lieutenant Daniels. Sie wusste ganz genau, wo er hinwollte.

»Dürfte ich mal Ihr Handy haben?«, fragte Raines nun überraschend.

»Wie bitte?« Sie hatte ihn zwar deutlich gehört und wusste auch genau, was er wollte, aber das brauchte er ja nicht zu wissen.

»Ich will McHenrys Handynummer. Er hat ja wohl als Letztes bei Ihnen angerufen.«

Daniels gab ihr Mobiltelefon nicht aus der Hand. Stattdessen scrollte sie durch ihre Anruferliste und las ihm Butlers Nummer vor. Agent Raines tippte die Nummer in sein Handy und drückte auf »Senden«.

Kapitel 56

Homeland Security, Büro New York, 27. Mai, 17:09 Uhr

Kaum eine Sekunde später erschien die Textnachricht auf einem Computerbildschirm im New Yorker Büro der Homeland Security an der 3rd Avenue. In dem abhörsicheren Büro ging es aufgrund des kürzlich erfolgten U-Bahn-Anschlags noch geschäftiger zu als sonst. In den zweiundsiebzig Stunden seit dem Gasangriff war das gesamte verfügbare Videomaterial der umliegenden Überwachungskameras Bild für Bild untersucht, jede Zeugenaussage aufmerksam überprüft worden. Die persönlichen Daten jedes Einzelnen, der in der Nähe des Tatorts identifiziert worden war, hatte man mit der umfassenden, mit den Geheimdiensten vernetzten Datenbank des Ministeriums abgeglichen. Von den insgesamt 347 Angestellten des New Yorker Büros waren über zweihundert für die Untersuchung des U-Bahn-Anschlags abgestellt. Bislang lautete das Ergebnis jedoch null, was die Anspannung erklärte, die über den Bürokabinen der Analysten in der Luft hing. Und die vielen Bonbonpapiere auf dem Boden.

Wie die meisten anderen Analysten saß auch Max Garber in einem zwei mal zwei Meter großen Büroabteil. Er besaß das Diplom einer Eliteuniversität (Penn), war Anfang dreißig und trug nur widerwillig das gestärkte weiße Hemd und die Krawatte, die hier zum Job gehörten, genauso wie die Hintergrundüberprüfung und stichprobenartige Drogenkontrollen. Er wusste, dass er als Wirtschaftsanalytiker in Boston oder Nordkalifornien mehr Geld verdienen würde, aber nirgends sonst hätte er Zugriff auf derart umfassende Systeme und Daten wie hier.

Für jemanden, der seinen Arbeitsplatz als »Daten-Cockpit« bezeichnete, war die Homeland Security das Mutterschiff. Vor allem für jemanden wie ihn, der am 11. September 2001 seinen Vater verloren hatte.

Vor elf Monaten war Garber zu Agent Raines' persönlichem Topanalysten aufgestiegen, als er drei volle Tage lang sämtliche Kreditkartenkäufe in Brooklyn analysiert hatte, um Verdächtige aus einer neu entdeckten islamistischen Zelle aufzuspüren. Seine Arbeit führte nicht nur zu der Verhaftung zweier Verdächtiger, sie deckte auch komplexe, über das Ausland getätigte Geldtransaktionen auf, über die der IS mehr als siebenundzwanzig Millionen Dollar erhalten hatte.

Seine derzeitigen Ermittlungen drehten sich um einen vielversprechenden Hinweis auf einen Farsi sprechenden britischen Staatsbürger, der sich zur Zeit des Anschlags ebenfalls auf dem Bahnsteig aufgehalten hatte. Jetzt las er Raines' Textnachricht. Garber schrieb zurück: Wessen Nummer?

Raines' Antwort kam prompt: NYPD Det. – Prio 1.

Garber setzte sich gerade hin und minimierte das aktuelle Arbeitsfenster auf seinem Computerbildschirm. Bye-bye, Mr. Farsi sprechender Engländer. Hallo, Detective Unbekannt. »Prioritätsstufe 1« benutzte Agent Raines nicht oft. Es bedeutete: *dringend, sofort, alles andere unterbrechen!* Und dass es um das Abhören eines New Yorker Police Detective ging, bedeutete, dass bald auch alle möglichen Höhergestellten wegen der unausweichlichen rechtlichen Konsequenzen involviert wären. Die würden einen Haufen Informationen brauchen, um schnell Entscheidungen treffen zu können. Garber verschwendete keine Zeit. Er schrieb Raines: Bin dran, und machte sich an die Arbeit. Binnen fünfzehn Minuten würden sie den genauen Standort des Detective ablesen und jedes Gespräch mithören können, das über dessen Handy geführt würde.

Womit sie der *American Heritage Foundation* eine Viertelstunde hinterherhinkten.

Kapitel 57

American Heritage Foundation, Alexandria, Virginia, 27. Mai, 17:16 Uhr

Jason Greers sah Daryl Trotter über die Schulter, während sie auf mehreren Bildschirmen die beste Realityshow der Welt verfolgten. Aus drei verschiedenen Blickwinkeln konnten sie beobachten, wie Detective McHenry in einem Streifenwagen vom Parkplatz des Polizeireviers sechs fuhr. In dem Moment, da sie von dem Haftbefehl gegen ihn erfuhren, hatten sie sich Zugriff auf sein Handy verschafft. Im Gegensatz zu offiziellen Behörden benötigte die *Foundation* dazu keine rechtliche Erlaubnis. Es gab weder eine Aufsicht noch eine Kontrolle. Die beunruhigende Realität war, dass sie jedes Satellitenbild, jede Überwachungskamera, jede Telefonnummer und jedes Online-Konto schneller abrufen konnten als jede andere Organisation. »Wo will er hin?«

»Pine Hill, New Jersey«, kommentierte Daryl nüchtern, als wäre das offensichtlich.

Jason war irritiert. »Was ist in Pine Hill?«

Daryl tippte Längen- und Breitengrade ein, und das Satellitenbild zoomte auf ein verwittertes Farmhaus. »Das Haus von Dr. Marcus Fenton.«

Jason nickte. *Natürlich.* »Allerdings hat er weder einen Durchsuchungsbefehl noch einen zulässigen Beweis.«

»Genau deswegen will er ja hin. Weil er es jetzt noch kann.« Eine von Daryls besonderen Fähigkeiten bestand darin, genau wie die am Spiel beteiligten Figuren denken zu können. »Er will Fenton einheizen.«

»Meinst du, es funktioniert?«

»Nur, wenn wir das zulassen«, entgegnete Daryl trocken.

Kapitel 58

Sixth Avenue, New York City, 27. Mai, 17:19 Uhr

Skylars und Eddies Taxi näherte sich der 56th Street. Vor ihnen war eine Baustelle, und der Verkehr stockte – seit Wochen ein Dauerzustand, den viele Anwohner aus Midtown verfluchten. Wenn es eines gab, das die Stadt nicht brauchte, dann war es ein weiteres glitzerndes Wohn-Hochhaus – zumindest wenn es nach denen ginge, die bereits in einem solchen wohnten.

Der Taxifahrer, der täglich diese und andere Herausforderungen des New Yorker Stadtverkehrs bewältigen musste, wusste natürlich, wie er den Stau umfahren konnte. Er schlängelte sich über drei Fahrspuren und bog links in die 57th ab. Er würde die 8th Avenue Richtung Columbus Circle fahren, und seine Passagiere würden davon nicht maßgeblich beeinträchtigt werden.

Während das Taxi auf der 57th an einer Ampel warten musste, merkte Eddie plötzlich auf. Mit einem Schlag vergaß er alles andere um sich herum. Er hatte etwas entdeckt, aber es reichte ihm nicht, es nur aus der Ferne durch die schmutzige Fensterscheibe eines Taxis zu sehen. Er musste es aus nächster Nähe betrachten. Und noch wichtiger: Er musste es hören.

Ohne jede Vorwarnung öffnete er die hintere linke Autotür und stieg in Richtung des entgegenkommenden Verkehrs aus. Skylar versuchte noch, ihn am Arm zu packen, aber es war zu spät. Eddie war schon draußen. Und auf der Gegenfahrbahn raste ein Auto heran.

Das QUIETSCHEN der bremsenden Reifen übertönte Skylars Schrei. »Eddie!«

Die schwarze Limousine fuhr knapp an Eddie vorbei und verfehlte ihn um zwanzig Zentimeter, eher fünfzehn. Tatsächlich wurde er fast vom Außenspiegel gestreift. Aufgebracht drückte der Fahrer einen Block lang auf die Hupe.

Aber Eddie nahm weder das Auto noch sein Hupen wahr, er zuckte nicht einmal zusammen. Gebannt starrte er auf die andere Straßenseite und lief weiter, wobei er seinen Rucksack fest umklammerte.

»Bleib stehen, Eddie! *Stopp!*« Er reagierte nicht auf sie. Voller Panik stieg nun auch Skylar aus, um ihm zu folgen. Der Taxifahrer brüllte ihr wütend hinterher.

Offenbar waren Autofahrer nicht darauf gefasst, dass ihnen Fußgänger ohne Vorwarnung vors Auto liefen, denn auch Skylar entkam nur knapp einem Unfall. Der Fahrer eines Lieferwagens konnte gerade noch ausweichen. Problematisch war zudem, dass er dabei Skylars Sicht auf Eddie verdeckte. Und als ob das nicht schon schlimm genug gewesen wäre, folgte ein weiterer Lastwagen und dann noch einer. *»Eddie!«*

Als der kleine Konvoi endete, war Eddie verschwunden. Skylar rannte über die restlichen drei Fahrspuren und sah sich in alle Richtungen um. »Eddie!« Es war reines Glück, dass sie nicht doch noch überfahren wurde. Auf dem Bürgersteig angekommen, überlegte sie, wohin Eddie gegangen sein könnte. Oder warum er überhaupt ausgestiegen war. Langsam drehte sie sich einmal um sich selbst, dann ging ihr ein Licht auf. Natürlich. Jetzt war ihr klar, warum Eddie aus dem Taxi gesprungen war.

Nicht weit entfernt sah sie eines der bekanntesten Gebäude der Vereinigten Staaten.

Kapitel 59

Carnegie Hall, New York City, 27. Mai, 17:21 Uhr

Mit großen, staunenden Augen betrat Eddie das Foyer des altehrwürdigen Gebäudes. Wie bei Kindern, die das erste Mal Disneyland besuchten, oder bei Erwachsenen, die aus dem Flugzeug unter sich das erste Mal den Las Vegas Strip sahen, war dies ein unvergessliches Erlebnis. Schon unzählige Male hatte Eddie sich dieses Gebäude vorgestellt. Und freute sich jetzt schon darauf, später jedem, der es hören wollte, ausführlich von seinem Besuch in der Carnegie Hall zu berichten. Das Foyer im Stil der Florentiner Renaissance mit seinem matt glänzenden Marmorfußboden – abgetreten von Millionen von Füßen –, den Pilastern, Säulen, Rundbögen und dem gold-weißen Deckengewölbe war genau so, wie er es sich vorgestellt hatte.

Auf der einen Seite befand sich die Kasse, vor der zwanzig Leute anstanden, um Karten für bevorstehende Konzerte zu kaufen. Leider mussten die zwei Kartenverkäuferinnen hinter der schusssicheren Plexiglasscheibe inzwischen jedem mitteilen, dass die Vorstellungen der nächsten Wochen bereits ausverkauft waren.

Auf der anderen Seite begann gerade die Führung einer deutschen Touristengruppe in den großen Konzertsaal, das Isaac Stern Auditorium. Als der Führer die Tür zum Konzertsaal öffnete, drang wunderbare MUSIK in den Vorraum. Der Dirigent Charles Dutoit probte mit dem Philadelphia Orchestra für ein Konzert am Abend: Hector Berlioz' *Symphonie fantastique*. Es waren mit die schönsten KLÄNGE, die Eddie je gehört hatte, doch schon nach wenigen Sekunden war es vorbei, weil die Türen wieder zufielen. Eddie musste nicht lange überlegen – er wollte mehr hören. Hastig eilte er der Touristengruppe hinterher und arbeitete sich in deren Mitte vor, so wie Detective McHenry es ihnen geraten hatte. Offensichtlich sah er deutsch genug aus, denn keiner der Besucher schien sich über seine Anwesenheit zu wundern. Auch der Wachmann am Eingang beachtete ihn nicht weiter, und so betrat Eddie zusammen mit der Gruppe den wunderschönen Konzertsaal.

Augenblicklich blieb er stehen. Er hörte sogar eine Weile auf zu atmen und schloss die Augen. Auf seinem Gesicht breitete sich ein glückseliges Lächeln aus. Eddie badete geradezu in den wundervollen TÖNEN, die ihn umgaben. Alles, was er über diesen Ort gelesen hatte, stimmte. Die Akustik war überwältigend. Ja, Architekt William Tuthill hatte wahrhaftig »goldene Ohren« gehabt.

Die Gruppe setzte ihren Weg durch den Konzertsaal fort, allerdings ohne Eddie. Der setzte sich hinten auf einen Stuhl, drehte den Kopf von rechts nach links und lauschte der wunderbaren MUSIK. Dieses Maß an Glückseligkeit konnten nur wenige Menschen je erreichen. Er wünschte sich, tagelang hier sitzen zu dürfen.

Aber leider würde sein Besuch schon bald beendet werden.

((•))

Ganz außer Atem stürmte Skylar in das Foyer und sah sich nach allen Seiten um. *»Eddie!«* Niemand reagierte. Schließlich war man hier in New York. Sie lief an der Schlange vorbei zum Kartenschalter vor. »Entschuldigen Sie bitte …«

Ohne aufzublicken, leierte die Verkäuferin mit monotoner Stimme: »Sie müssen sich hinten anstellen, wie jeder andere.«

Skylar senkte den Kopf, damit sie direkt durch die kleine Öffnung in der Trennscheibe sprechen konnte. »Ich bin Ärztin und auf der Suche nach meinem Patienten.«

Jetzt sah die Frau zu ihr hoch. »Warum sollte Ihr Patient hier sein?«

»Weil ich glaube, dass er hier reingelaufen ist.«

»Ist er gefährlich?«

»Nein. Aber er hat sich verlaufen und kommt allein nicht klar. Ich muss ihn finden.«

»Wenn Sie ihn nicht sehen, habe ich ihn auch nicht gesehen.« Sie schaute wieder auf ihren Bildschirm.

Skylar sah sich noch einmal um und ging dann zum Eingang des Konzertsaals. Der Aufseher hielt sie auf. »Ohne Begleitung dürfen Sie da nicht rein, Ma'am.«

»Würden Sie mich begleiten?«

»Die nächste Führung beginnt in einer Stunde. Sie können hier warten.« Er deutete zur Seite.

»Ich kann aber nicht warten.« Sie öffnete die Tür, schlüpfte hindurch und fing sofort an, die Tausende von Sitzplätzen mit den Augen abzusuchen. Eddie musste doch irgendwo hier sein!

Natürlich kam der Aufseher sofort hinterher. Er fasste sie am Arm und zischte: »Verlassen Sie auf der Stelle den Saal, oder ich rufe die Polizei.«

»Gut. Tun Sie das. Fragen Sie dort nach Detective Butler McHenry.«

Damit hatte der Mann nicht gerechnet. »Worum geht es denn eigentlich?«

»Ich bin Ärztin und auf der Suche nach meinem Patienten, der aus einer geschlossenen Anstalt geflohen ist«, erwiderte sie knapp, während sie sich weiter umschaute. Wo konnte Eddie nur sein?

Der Aufseher erschrak. »Etwa ein Geisteskranker?«

Sie nickte, und nun wurde der Mann ganz nervös. »Etwa eins vierundachtzig groß, weiße Hautfarbe, braune Haare. Er trägt einen blauen Nylon-Rucksack. Haben Sie ihn gesehen?«

»Was ist in dem Rucksack?« Der Irre hatte doch wohl hoffentlich keine Waffen – oder Schlimmeres – in das Gebäude geschmuggelt …

»Elektronische Geräte. Nichts, was jemanden verletzen könnte, falls Sie sich deswegen Sorgen machen.«

Ungehalten unterbrach der Dirigent die Probe, und augenblicklich wurde es still. Offenbar hatten sie zu laut gesprochen. »Würden Sie wohl bitte gehen?«, rief er laut von der Bühne.

Der Aufseher wurde rot. Er hob die Hand, wie um *Entschuldigung, wird nicht wieder vorkommen* zu sagen, und deutete zur Tür. »Lassen Sie uns draußen weiterreden.«

Skylar warf einen letzten Blick durch den Saal. Wohin, verdammt noch mal, war Eddie nur verschwunden?

((•))

Im selben Moment wurde Eddie von einem anderen Wachmann aus dem Gebäude hinausgeleitet. Der Mann war in genau dem Augenblick losgeschickt worden, als Eddie im großen Konzertsaal Platz genommen hatte. Denn das war streng verboten. Seit er das Gebäude betreten hatte, war jede von Eddies Bewegungen über ein gut verborgenes Sicherheitssystem verfolgt worden, was vor allem daran lag, dass er einen Rucksack umklammert hielt. Offensichtlich führte er etwas Schweres mit sich, möglicherweise Sprengstoff.

Leise, um die Probe nicht zu stören, ging der Sicherheitsmann zu Eddie und fragte ihn, ob er einen Gästepass habe, denn nur mit einem solchen dürfe er bei einer Probe zuhören. Als Eddie erwiderte, er wisse nicht, was ein Gästepass sei, bat ihn der Mann, ihm zu folgen.

Als sie den Saal durch die am nächsten liegende Seitentür verließen, wollte Eddie wissen, ob der Wachmann ihm einen Gästepass ausstellen werde. Der Mann sagte Nein, er werde ihm einen Verzieh-dich-Pass ausstellen. Das war, genau betrachtet, keine Lüge, daher konnte Eddie sie nicht als solche entlarven. Er sagte nur, von einem Verzieh-dich-Pass habe er auch noch nie gehört.

Feixend erklärte der Wachmann, solche Pässe seien etwas ganz Besonderes, das nur besondere Menschen erhielten, woraufhin Eddie dem Mann erzählte, dass er im Harmony House wohne, einem besonderen Ort für besondere Menschen. Darauf konterte der Mann mit einem Grinsen, dass im Universum dann ja alles richtig liefe, und führte Eddie durch einen Notausgang auf den Gehweg der 7th Avenue.

Als Eddie nachfragte, wo der Verzieh-dich-Pass sei, meinte der Wachmann, er habe ihn gerade erhalten. Eddie war irritiert, denn die Aussage hörte sich einerseits wahr an – weil der Sicherheitsmann es so empfand –, aber gleichzeitig spürte er, dass sie falsch war. Der Mann hatte ihm nichts gegeben, zumindest hatte Eddie nichts davon gemerkt.

Noch irritierter war er, als der Mann schnurstracks in das Gebäude zurückkehrte und die Tür zufallen ließ. Eddie ging hin und klopfte höflich an. Keine Antwort. Auch gab es keinen Türgriff. Er klopfte erneut, doch ohne Erfolg. Verdutzt durchsuchte er seine Taschen, ob er irgendwo diesen Pass fände, und suchte sogar den Boden ab für den Fall, dass er ihn verloren hatte. Aber da war nichts.

Er hob den Blick vom Boden und sah auf die Stadt um sich herum, die plötzlich unfassbar groß wirkte. Und laut. Und beängstigend. Erst jetzt wurde ihm bewusst, dass Skylar nicht mehr da war. Er war allein in New York City.

»Skylar?«

Kapitel 60

Foyer der Carnegie Hall, New York City, 27. Mai, 17:28 Uhr

Im Foyer trat der Leiter der Sicherheitsabteilung auf Skylar und den Aufseher zu. Vor lauter Sorge um Eddie konnte Skylar sich kaum noch beherrschen. »Ma'am, würden Sie bitte leiser sprechen«, versuchte sie der Mann zu beschwichtigen.

»Ich verlange Ihre Unterstützung, damit ich meinen Patienten finden kann!«

»Wenn Sie aufhören, so zu schreien, sind wir Ihnen gern behilflich.«

Skylar hielt inne und versuchte, sich zusammenzureißen. Sie atmete tief durch. Kein Schreien mehr.

Der Sicherheitschef schien besänftigt. »Einer unserer Wachmänner hat gerade jemanden aus dem Gebäude eskortiert, auf den Ihre Beschreibung passt.«

»Warum hat man ihn hinausbefördert?«

»Weil er sich während einer Probe unerlaubt Zutritt zum Konzertsaal verschafft hat.«

»Zeigen Sie mir, wo Sie ihn vor die Tür gesetzt haben.«

Zusammen mit dem Leiter der Sicherheitsabteilung und dem Wachmann, der Eddie hinausgeworfen hatte, stand Skylar auf dem Gehweg der 7th Avenue. Der Sicherheitsmann blickte immer wieder verstohlen zu seinem Boss und schien sich zu fragen, was er falsch gemacht hatte.

Skylar sah sich nach allen Richtungen um, aber Eddie war nirgends zu entdecken. Sie wandte sich an den Wachmann. »Wann haben Sie ihn hier rausgelassen?«

Der Mann zuckte die Achseln. »Vor etwa vier oder fünf Minuten.«

Wieder sah Skylar sich um. Wo konnte Eddie nur stecken? Sie hielt nach Besonderheiten Ausschau – irgendetwas, das seine Aufmerksamkeit erregt haben könnte. Aber da war nichts … bis sie etwa vier Blocks entfernt Bäume entdeckte. Der Central Park. Dort wäre es mit Sicherheit ruhiger als im Rest der Stadt. Und Bäume bedeuteten Vögel.

Skylar rannte los.

Kapitel 61

Homeland Security, Büro New York, 27. Mai, 17:31 Uhr

Auf dem Bildschirm verfolgte Max Garber, wie sich der GPS-Punkt durch den Lincoln-Tunnel in Richtung New Jersey bewegte. Beeindruckend, dass sie ein so klares Signal durch zwölf Meter Wasser erhielten, das durch den Kühlwasseraustritt eines Kernkraftwerks quasi radioaktiv war.

In den fünfzehn Minuten, die es gedauert hatte, bis das Anzapfen von Butler McHenrys Mobiltelefon von den obersten Vorgesetzten genehmigt wurde, hatte Max Garber die aktuellen Ereignisse noch einmal rekapituliert. Er überprüfte den Standort von Agent Raines: Der war auf seiner Suche nach der Ärztin und ihrem Patienten mitsamt dem mutmaßlich gestohlenen Geheimmaterial inzwischen auf der Desbrosses Street in Richtung Westen unterwegs. Garber schickte Raines eine Nachricht: Det. in Linc Tunn Ri NJ.

Raines antwortete umgehend: Bitte adL halten. Will Telgespr hören.

Wird erled, schrieb Garber.

Kapitel 62

Hudson Street, New York City, 27. Mai, 17:34 Uhr

Agent Raines saß auf dem Beifahrersitz eines mit dunkel getönten Scheiben versehenen Chevy Suburban, musterte aufmerksam die Fußgänger und sah ab und zu auf sein Handy. Im Moment durchkämmten noch drei weitere Fahrzeuge die Gegend um das sechste Polizeirevier, und bald würden noch mehr dazukommen. Die Suche nach Dr. Skylar Drummond und Edward Parks hatte sich schnell zu einer Großfahndung ausgeweitet.

Der Agent am Steuer erhielt per Headset über Funk eine Meldung, die er Raines umgehend mitteilte. Das NYPD hatte soeben eine Nachricht vom Leiter des Sicherheitsdienstes der Carnegie Hall erhalten, es habe gerade einen Zwischenfall mit einer Ärztin und einem entlaufenen Geisteskranken gegeben.

Der Wagen steckte im Verkehrsstau fest, also setzte der Fahrer zu einer 180-Grad-Wende über die Gegenfahrbahn an. Den New Yorkern war es egal, dass das Fahrzeug seine Spezialscheinwerfer unter dem Kühlergrill aufblinken ließ und die Sirene einsetzte. Sie registrierten nur, dass irgendein Arschloch sich vordrängelte, und verliehen ihren Gefühlen dazu kräftig Ausdruck. Mindestens ein Dutzend Autos begannen zu hupen.

Auf der Gegenfahrbahn war jedoch ebenfalls Stau, also lenkte der Fahrer ohne Zögern auf den Bürgersteig. Einen halben Block weiter löste der Stau sich auf, der Suburban glitt wieder auf die Straße und überfuhr eine rote Ampel nach der anderen.

Was Agent Raines nicht wusste, war, dass er ebenfalls verfolgt wurde. Nach dessen kurzer Begegnung mit Lutz vor der Polizeistation hatte Michael Barnes seine Männer instruiert, einen Sender im Radschacht des Homeland-Fahrzeugs anzubringen. Barnes wusste, dass er nicht genügend Leute hatte, um Parks und Drummond noch vor den Regierungsbeamten ausfindig zu machen. Aber er hatte die richtigen Leute und das nötige Know-how, um ihnen die Flüchtigen dann wieder abzunehmen. Es war ein gefährliches Spiel, aber nicht das erste Mal, dass Barnes es spielte. Manchmal musste man den Leuten einfach zeigen, wie böse es in dieser Welt zuging.

Irgendwer benutzte Homeland für seine eigenen Zwecke, also beschloss Barnes, es ihm oder ihnen gleichzutun. Er wollte Parks und Drummond nur vorübergehend in Gewahrsam nehmen lassen, um sie dann zusammen mit seinen Männern wieder zu »retten«. Damit wäre er der Held, die zwei in der Sportsbar Gedemütigten könnten der Polizei eine lange Nase drehen, und Fenton könnte die wohlverdienten Lorbeeren für die Echo-Box ernten, bevor er in den Sonnenuntergang davonritt. Immerhin war dieses Ding so etwas wie sein Schwanengesang, das große Finale einer langen, glanzvollen Karriere, und Barnes fand, sein Boss hätte einen triumphalen Abgang durchaus verdient. Außerdem würde die Tatsache, dass eine unbekannte Größe vorübergehend eine seiner Ärztinnen und ihren Patienten aus bundesbehördlichem Gewahrsam entführt hatte, die Finanzierung der Sicherheitsabteilung des Harmony House auf viele Jahre hin sichern.

Ganz schlicht gesagt, wollte Barnes diesen Arschlöchern aber einfach auch zeigen, dass man sich besser nicht mit ihm anlegte.

((•))

Hirsch und Lutz folgten Raines' schwarzem Suburban in sicherer Entfernung. Sie würden nicht den Fehler begehen, zu früh zuzuschlagen, und dass sie den Wagen verloren, war ja so gut wie ausgeschlossen. Noch einen Rückschlag konnten sie sich nicht leisten. Sie würden warten, bis Dr. Drummond, Edward Parks und die Echo-Box im Gewahrsam der Homeland wären. Dann würden sie überraschend und effektiv zuschlagen.

Bis dahin würden sie abwarten.

Kapitel 63

Harmony House, Woodbury, New Jersey, 27. Mai, 17:39 Uhr

In seinem Kellerbüro gab Barnes gerade letzte Instruktionen an Able und Baker, sein anderes Zweimannteam. Able war Conrad Strunk, der Kleinste, aber Gemeinste unter ihnen. Er stammte aus einem Trailer-Park in Alaska, die Familie war unterster Bodensatz. Strunk hatte kein Problem mit Drecksarbeit, und darum ging es bei ihrer neuesten Mission. Für ihn war die Welt ein Schlachtfeld, und in einer Schlacht geschahen nun mal schreckliche Dinge. So einfach war das. Sein Partner Baker, der in Wahrheit Joe Dobson hieß, wusste das nur zu gut. Der Mann hatte in Bagdad eine achtwöchige Entführung überlebt, wenn auch nur mit einem Hoden und einer fortdauernden emotionalen Taubheit – Folgen der durchaus als mittelalterlich zu bezeichnenden Foltermethoden.

Barnes beschrieb Strunk und Dobson sehr genau, wie sie vorgehen sollten. Er wollte, dass die Angelegenheit später am Abend erledigt sein würde. Die Tat sollte nicht nur das Informationsleck stopfen, sondern auch eine deutliche Botschaft an Schwester Glorias Hintermänner sein. Für wen auch immer sie arbeitete – diejenigen sollten erkennen, dass Barnes sich nicht verarschen ließ. Der Einsatz war erhöht worden. Barnes wollte den Mistkerlen zeigen, dass er nach ihnen sowie etwaigen anderen Maulwürfen Ausschau halten würde, und zwar jede Sekunde einer jeden Stunde, die er für die Sicherheit des Harmony House verantwortlich war.

Er würde die Schwester leiden lassen.

((•))

Fenton sah, wie Strunk und Dobson Barnes' Büro verließen. Er grüßte nicht. Normalerweise hielt sich der alte Arzt nicht gern im Keller auf, und noch weniger gern wurde er in Sicherheitsangelegenheiten der Einrichtung involviert, aber heute war nichts normal. Weit davon entfernt. Ohne anzuklopfen betrat er das Büro seines Sicherheitschefs – was er noch nie zuvor getan hatte. »Erklären Sie mir genau, wie Sie jetzt vorgehen werden.«

Barnes war überrascht, Fenton hier zu sehen, und zögerte einen Moment. »Ich denke, das ist keine so gute Idee.«

Fenton vergaß für einen Moment seine Angst vor diesem Mann und gab schroff zurück: »Ich habe nicht gefragt, was Sie denken.«

Ruhig erwiderte Barnes: »Wie es aussieht, hat unser kurzes Gespräch in Ihrem Büro das ganze Spektakel ausgelöst.« Er hielt kurz inne. »Wenn die Echo-Box funktioniert, müssen wir uns ab jetzt vorsehen, was wir in geschlossenen Räumen sagen.«

Fenton hatte vorübergehend ausgeblendet, wie sehr sich die Welt verändern würde. *Alles, was Sie sagen, kann und wird vor Gericht gegen Sie verwendet werden.* Die so häufig zitierte Formel müsste in etwas wie *Alles, was Sie je gesagt haben, kann jetzt gegen Sie verwendet werden, also können Sie gleich gestehen, dann haben wir es hinter uns* abgeändert werden. Die Menschen müssten lernen, mit jedem gesprochenen Wort ebenso vorsichtig umzugehen wie jetzt schon mit jedem, das sie in welcher Form auch immer über Medien sendeten. Das amerikanische Volk müsste eine neue Form der Zurückhaltung lernen, was Fenton letztlich als positiv ansah. Es würde mehr so wie früher werden.

Was einmal ausgesprochen würde, könnte niemand mehr zurücknehmen. Die Schallwellen schwebten bereits in der Luft, prallten von den Wänden ab und konnten rekonstruiert werden. Wie noch so geringe Blutrückstände an einem Tatort würden auch sie nie ganz verschwinden – ein dauerhafter Nachweis für jeden, der die richtige Technologie besaß. Fenton dachte an die Zukunft. »Eddie meinte, irgendwann könnte die Box sogar im Freien funktionieren.«

Barnes schüttelte den Kopf. »Na, dann ist es letztlich wohl egal, wo wir uns selbst belasten.« Auch er begriff erst jetzt in vollem Umfang, dass alles, was je gesagt worden war und werden würde, eines Tages wieder abrufbar wäre. Gerade in seinem Arbeitsgebiet war das eine überaus verblüffende Vorstellung. Er überlegte, was er gern als Erstes hören würde, wenn er die Möglichkeit dazu hätte. Und sofort war ihm klar, dass er mit der Box zum großen Soldatenfriedhof in Gettysburg fahren und Lincolns Ansprache rekonstruieren lassen würde, die er am 19. November 1863 um drei Uhr nachmittags gehalten hatte. Sie galt als die großartigste englischsprachige Rede aller Zeiten.

Gewisse technische Errungenschaften konnten Kriege beenden, noch ehe sie begannen. Im heutigen Informationszeitalter würde die Echo-Box eine von ihnen sein.

Fenton kehrte zur aktuellen Frage zurück. »Was ist Ihr Plan?«

Barnes überlegte, mit wie wenig Information er durchkommen würde. »Sie werden das Gerät höchstpersönlich dem Präsidenten der Vereinigten Staaten übergeben.«

Diese schlichte und doch so gewaltige Aussage musste Fenton erst einmal verdauen. »Ich werde was?«

»Wir können diese Aufgabe niemand anders anvertrauen.« Barnes beobachtete, wie sich auf Fentons Gesicht ein Lächeln abzeichnete, genau so, wie er es vorausgeahnt hatte.

»Und wie werden Sie das Gerät wiederbeschaffen?«

Barnes sah ihn nur an und blickte dann vielsagend auf die Wände seines Büros. Unter keinen Umständen würde er auf diese Frage antworten.

»Wir können uns keinen weiteren Fehler erlauben«, warnte Fenton.

Diese Aussage gefiel Barnes ganz und gar nicht. »Der Grund, weshalb wir uns überhaupt in dieser Lage befinden, liegt nicht in einem Fehler. Sie haben immer gewusst, dass die Welt sich von dem Moment an, da die Box funktioniert, grundlegend ändern wird. Tja, und zufällig ist das gerade heute passiert.«

Fenton nickte – zum einen, weil sein Sicherheitschef recht hatte, zum anderen, weil er den Mann nicht provozieren wollte.

»Immunität wäre eine gute Idee, bevor Sie die Box aushändigen. Für uns beide.« Barnes dachte eher an die Verbrechen, die er noch begehen würde, als an die, die er bereits begangen hatte.

Fenton zögerte keine Sekunde. »Beschaffen Sie mir die Echo-Box, und ich verschaffe uns Immunität.«

Nachdem Fenton gegangen war, widmete Barnes sich wieder seinem Monitor. Er prüfte, ob Lutz und Hirsch ausreichend Abstand zu den Agents der Homeland Security einhielten, und war beruhigt. Dann holte er seine Magentabletten aus der

Schublade. Der stechende Schmerz in seinem Magen war ein klares Signal, dass er ein außergewöhnlich hohes Risiko einging. Es war das finale Spiel, und Michael Barnes setzte alles. Sein Blatt gefiel ihm, aber er konnte nicht wissen, was für Karten seine Gegner hatten. Er war nicht einmal sicher, wer genau sie waren. Aber irgendjemand spielte schon viel zu lange mit ihm. Wer auch immer das war, er musste eine Lektion erteilt bekommen. Und die würde Michael Barnes ihm liefern. Mit Sahnehäubchen.

Kapitel 64

West 44th Street, New York City, 27. Mai, 18:27 Uhr

Verängstigt sah Eddie sich um. Er hatte keine Ahnung, wie weit er schon gegangen war oder wie lange. Er war einfach »ohne bestimmtes Ziel« gelaufen, was er noch immer für eine seltsame Richtung hielt.

Den Verzieh-dich-Pass der Carnegie Hall zu finden, hatte er bald aufgegeben, weil er nicht die geringste Ahnung hatte, wie der aussehen sollte. Außerdem verstand er nicht, wieso der Mann ihn nicht mehr in das berühmte Konzerthaus zurückgelassen hatte. Es war alles sehr verwirrend und verursachte ihm Unwohlsein.

Kurz nachdem er aus dem Konzertgebäude hinausbegleitet worden war, hatte er Atemnot bekommen. Dann war vor seinen Augen alles verschwommen. Aus Angst, umzufallen, hatte er die Hände auf die Knie gestützt. Aber als sich alles zu drehen begann und er kurz davor war, sich zu ohrfeigen, geschah etwas Unerwartetes: Er stellte sich vor, wie es wäre, in dieser riesigen Stadt voller Fremder bei einem Anfall ganz und gar hilflos zu werden. Und dieser Gedanke machte ihm so viel Angst, dass ihm das irgendwie half, sich zu beruhigen. Hier war niemand, der ihm helfen könnte. Keine Ärzte. Keine Schwestern. Niemand. Und das Schlimmste: auch Skylar nicht. Wenn sie wieder bei ihm wäre, könnte er sich entspannen, aber vorher nicht. Im Moment musste er sich selbst helfen. Also tat er das. Er zählte seine Schritte und prägte sich die Stadt visuell und akustisch ein. Er lauschte den vielen unterschiedlichen GERÄUSCHEN und nahm sich vor, sie alle bei nächster Gelegenheit zu katalogisieren. Er würde eine Menge neuer Ordner brauchen.

Welchen enormen Entwicklungsschritt er da gerade vollzog, war Eddie nicht bewusst: Er lernte Selbstkontrolle. Er hatte sich nicht vollständig im Griff, aber immerhin so weit, dass er zurechtkam. Er war auf sich allein gestellt, und er kam klar. Er würde es nicht lange durchhalten. Das wäre tatsächlich zu viel verlangt. Aber es war einer der wichtigsten Momente seines Lebens.

Überrascht stellte er plötzlich fest, dass er vor einer Gruppe älterer Menschen stand, die gerade aus einem Bus mit der Aufschrift »Skyways« ausstiegen. Er verstand nicht, wie ein Bus, der auf der Erde fuhr, »himmelwärts« heißen konnte. Bei einem Flugzeug wäre das nachvollziehbar oder auch bei einem Hubschrauber, aber nicht bei einem Bus. Das ergab keinen Sinn.

Die alten Leute warteten an einer Ampel auf Grün, als ihm Detective McHenrys Worte einfielen: »Gehen Sie zur größten Touristengruppe, die Sie finden können, und bleiben Sie in deren Mitte.« Also tat Eddie genau das. Er war nicht sicher, ob diese Menschen tatsächlich Touristen waren, und wollte gerade einen von ihnen fragen, als ihm einfiel, dass es ja Fremde waren. Weil er nicht wusste, was er sonst tun sollte, lief er mit der Gruppe weiter, bis sie vor einem Theater stehen blieb, wo ein Musical mit dem Titel *Chicago* gespielt wurde. Warum eine Gruppe Touristen nach New York fuhr, um ein Musical zu sehen, das *Chicago* hieß, war ihm ein weiteres Rätsel. Gab es auch ein Musical mit dem Titel *New York*, das in Chicago gespielt wurde? Die Welt war sehr verwirrend.

Jedenfalls gab eine dicke Frau mit gelber Jacke jedem der alten Herrschaften eine Karte, mit der sie das Theater für die nächste Vorstellung betreten durften. Eddie bekam allerdings keine Karte, und so durfte er nicht mit hinein.

Da er nun wieder allein war, suchte Eddie nach einer anderen großen Gruppe, in deren Mitte er sich verstecken könnte. Die nächste, die er sah, bestand hauptsächlich aus Männern in dunklen Geschäftsanzügen mit roten oder gelben Krawatten. Er hatte keine Ahnung, was die Farben der Krawatten zu bedeuten hatten, dachte aber, dass sie mit einer bestimmten Art von Beruf zu tun haben müssten. Im Harmony House trugen die Angestellten unterschiedlicher Bereiche auch unterschiedlich farbige Kittel. Die Schwestern und Pfleger trugen beige. Die Angestellten der Cafeteria blau. Die Ärzte weiß. Dr. Fenton trug manchmal auch eine Krawatte, aber was seine Farbauswahl betraf, gab es kein erkennbares Muster. Das wäre Eddie aufgefallen.

Diese Männer bewegten sich erheblich schneller als die alten Leute aus dem Skyways-Bus. Eddie hätte sie gern gebeten, langsamer zu gehen, konnte sie aber nicht ansprechen, weil sie Fremde waren. Als er genauer hinsah, fand er es seltsam, dass auch sie nicht miteinander sprachen. Die alten Menschen hatten ununterbrochen miteinander geredet, aber diese Männer sprachen nur in kleine Geräte, offenbar mit Menschen, die ganz woanders waren, oder sie tippten mit den Daumen etwas in diese Geräte ein.

Eddie hatte noch nie in ein Handy gesprochen oder mit den Daumen Buchstaben getippt. Er hatte noch nie eine Textnachricht oder E-Mail verschickt, noch nie ein Profil in einem sozialen Netzwerk erstellt. Er wusste, dass es solche Sachen gab, und auch mehr oder weniger, wie sie funktionierten, aber im Harmony House galt die Regel, dass Patienten ohne besondere Erlaubnis keinen Kontakt mit der Außenwelt aufnehmen durften. Er hatte Dr. Fenton mehrfach deswegen gefragt, aber der Arzt hatte jedes Mal dasselbe geantwortet: dass es da draußen viele böse Menschen gebe und sie Eddie nur vor ihnen beschützen könnten, indem sie verhinderten, dass diese Menschen mit ihm in Kontakt träten. Eddie sah sich um und überlegte, wer von denen die bösen Menschen waren. Nur ein paar? Alle? Wie sollte er das erkennen? Es war alles sehr beängstigend.

Eddie fühlte sich immer unwohler und bekam das Gefühl, alles um ihn herum würde sich drehen. New York City war zu laut und zu voll und ganz anders als das Harmony House. Er gehörte nicht hierher. Er wollte nach Hause, wusste aber nicht, wo Skylar war. Er war umgeben von Fremden. Das war nicht sicher. Etwas Schlimmes könnte passieren. Er könnte verletzt werden, und der Gedanke machte ihm Angst. Es gab so viele Möglichkeiten, wie ein böser Mensch ihm wehtun könnte. Er wusste, dass Leute ausgeraubt und erstochen und vergewaltigt und getötet und gefesselt und gequält wurden – so was passierte ständig. Aber nicht im Harmony House. Er hatte das gelesen oder im Fernsehen gesehen. Es waren Dinge, die nur in der Außenwelt passierten, und jetzt befand er sich mittendrin. Und plötzlich wurde ihm doch alles zu viel.

KLATSCH! KLATSCH! KLATSCH! KLATSCH! KLATSCH! KLATSCH! *KLATSCH!*

Die meisten der Geschäftsmänner bekamen es gar nicht mit, und dic, die es bemerkten, gingen einfach weiter. Außer dem direkt neben Eddie. Der Investmentbanker blieb stehen und fragte nach, ob alles in Ordnung sei. Eddie ohrfeigte sich noch mehrere Male, bis seine Wange feuerrot glühte. Es sah wie ein heftiger Sonnenbrand aus. Als er wieder zu Atem kam, antwortete er, dass er mit Fremden nicht rede. Irritiert schüttelte der Banker den Kopf und fragte sich, warum er überhaupt stehen geblieben war. Sollte der Typ sich doch ruhig krankenhausreif schlagen, wenn es ihm gefiel!

Eddie blieb eine Weile auf dem Bürgersteig stehen und überlegte, in welche Richtung er gehen sollte. Plötzlich hörte er etwas, was er schon seit Jahren nicht mehr gehört hatte: Sein Magen KNURRTE. Die Abendessenszeit im Harmony House war schon lange vorbei. Die ganze Aufregung und das ungewohnte viele Gehen hatten ihn zwar abgelenkt, aber nun hatte er mehr Hunger als gewöhnlich. Er dachte an seinen kurzen Hungerstreikversuch vor vielen Jahren und wie wenig ihm das Gefühl gefallen hatte. »Ich habe Hunger«, sagte er. Niemand antwortete. Niemand beachtete ihn. Eddie fragte sich kurz, ob er unsichtbar geworden war, verwarf diesen Gedanken aber wieder. Unsichtbarkeit war nicht möglich. Zumindest *noch* nicht. Aber sein Magenknurren hielt an, also wiederholte er: »Ich habe Hunger.«

Auf einmal nahm er den Geruch von Brezeln wahr, atmete tief ein und steuerte automatisch den Brezelstand an der nächsten Straßenecke an. »Ich habe Hunger.« Bis er den Stand erreichte, wiederholte er den Satz weitere sechs Mal.

»Zwei Dollars.« Der Brezelmann sprach mit arabischem Akzent.

Eddie verstand nicht. »Zwei Dollar … was?«

»Zwei Dollars.« Der Mann deutete auf ein selbst gemaltes Schild, auf dem »BREZELN – $2« stand.

»Sie meinen, zwei Dollar.«

Der Brezelverkäufer schnaubte verächtlich über den arroganten Amerikaner, der ihn korrigierte. »Zwei Dollars.«

Eddie fielen die zwei Dollarnoten ein, die Skylar ihm nach ihrer Wette auf dem Polizeirevier gegeben hatte, und griff in seine Hosentasche. Er zog die zwei Dollarscheine heraus und hielt sie hoch. »Das sind zwei Dollar.«

Der Mann schnappte sich das Geld und gab Eddie dafür eine frisch gebackene Brezel in die Hand. »Das ist Brezel.«

Es war das erste Mal in seinem Leben, dass Eddie etwas gekauft hatte. Er genoss die Wärme der Teigware in seiner Hand. Sie war beruhigend. Nicht zu heiß und nicht zu kalt. Zögernd probierte er einen kleinen Bissen und kaute nur mit den Schneidezähnen. Es war offensichtlich, dass er noch nie eine Brezel gegessen hatte.

»Sie nie hatten Brezel?«

»Keine wie diese. Die einzigen Brezeln, die ich gegessen habe, waren klein und hart und knusprig.«

Der Brezelmann grinste. »Dann Sie nie hatten Brezel.«

Eddie war verwirrt. »Ich habe Ihnen gerade gesagt, dass ich Brezeln gegessen habe, die klein und hart und knusprig waren.«

Der Araber deutete auf die Brezel in Eddies Hand. »Sie mögen?«

Eddie biss noch einmal ab und kaute langsam und bedächtig, wie ein Gourmet. »Drei.«

»Drei was?«

»Ich gebe dieser Brezel eine Drei. Es könnte auch eine Vier sein, vielleicht sogar eine Vier plus, aber da ich noch nie so eine Brezel gegessen habe, kann ich sie nicht vergleichen. Deshalb kann ich sie auch nicht höher bewerten. Aber ich verspreche, dass ich die Benotung nach dem Probieren einer ausreichenden Anzahl anderer Brezeln in meinem Ordner korrigieren werde, sofern eine Korrektur erforderlich ist.«

Der Verkäufer nickte. Nach der »Drei« hatte er kein Wort mehr verstanden. Aber er freute sich, als Eddie wieder abbiss und danach einen noch größeren Bissen nahm.

Dann schob Eddie sich den ganzen Rest der Brezel in den Mund, sodass sich seine Backen blähten und die Fußgänger neben ihm auf Distanz gingen. Mit gesenktem Kopf trabte Eddie weiter, wobei er darauf achtete, nicht auf die Ritzen zwischen den Gehwegplatten zu treten. Er hatte keine Ahnung, wo er war und wohin er ging. Er wusste nur, dass er weitergehen musste. *Ohne ein bestimmtes Ziel.* Also zählte er weiter seine Schritte. Siebentausendvierhundertdreiundachtzig. Siebentausendvierhundertvierundachtzig. Siebentausendvierhundertfünfundachtzig.

Kapitel 65

Central Park South, New York City, 27. Mai, 18:43 Uhr

Skylar lief am südlichen Rand des Parks entlang und rief immer wieder Eddies Namen, wie eine Mutter, die ihr Kind suchte. Mit jeder Minute wurde sie verzweifelter. Sie hielt nach allen Richtungen Ausschau. Wo konnte er nur sein? Es war ihre Schuld, dass Eddie das Harmony House verlassen hatte. Und es war ebenfalls ihre Schuld, dass er aus dem Taxi ausgestiegen war. So lange schon lebte sie mit der Schuld am Tod ihres Bruders – den Tod eines weiteren, gleichermaßen besonderen oder vielleicht sogar noch außergewöhnlicheren Menschen würde sie nicht ertragen. Es wäre ihr Ende. Sie musste ihn finden. *»EDDIE!«*

Dann, in einiger Entfernung, sah sie ihn: einen Mann, der seine Tasche fest gegen die Brust gedrückt hielt. Er ging in einer großen Gruppe von Touristen in entgegengesetzte Richtung. Skylar rannte los, wie sie seit ihrem letzten Lacrosse-Spiel nicht mehr gerannt war. O ja, sie war immer noch fit. Selbst bei einem Sprint bewegte sie sich leichtfüßig und geschmeidig. *Das muss Eddie sein. Er muss es einfach sein.*

Doch bevor sie ihn erreichte, erhaschte sie einen Blick auf sein Gesicht. Der Mann war mindestens fünfzig und schon grau meliert. Es war nicht Eddie. *Verdammt!*

Sie schaute sich erneut um und sah auch zu den Bäumen hoch. Vielleicht gab es dort auch solche Vögel, mit denen Eddie im Harmony House so gern zusammen zwitscherte. Vielleicht könnte eines dieser Tiere sie direkt zu ihm führen. Aber wo waren sie? Anscheinend war hier keine solche Artenvielfalt vertreten wie im Garten um das Harmony House. Die einzigen Vögel, die Skylar entdecken konnte, waren Tauben. Hässliche fliegende Ratten, die weder zwitscherten noch piepsten. Der einzige Ton, den sie von sich gaben, war ein Gurren, und das war noch freundlich ausgedrückt. Das Geräusch war nicht schön und würde Eddie mit Sicherheit nicht inspirieren, es nachzusingen.

Skylar rannte wieder los.

Kapitel 66

6th Avenue, New York City, 27. Mai, 18:56 Uhr

Agent Raines war nicht mehr als drei Blocks von Skylar entfernt. Und kam schnell näher. Auf dem Weg zur Carnegie Hall hatte er sich ein Raster überlegt, nach dem er das sechzehn Blocks umfassende Gebiet rund um das altehrwürdige Konzerthaus auf die zwölf Suchtrupps aufteilen konnte, die ihm mittlerweile zur Verfügung standen. Er hatte Erfahrung. Er kannte sich in dieser Stadt aus. Und er würde nicht dulden, dass die Verdächtigen entkamen. Vor allem jetzt nicht, wo er wusste, dass Patient und Ärztin getrennt worden waren. Die Ärztin würde nicht verschwinden, bevor sie ihren Patienten gefunden hätte, denn sie war für ihn verantwortlich. Während sie nach ihm suchte, suchten er und seine Männer also nach ihr.

Kapitel 67

Homeland Security, Büro New York, 27. Mai, 19:01 Uhr

Die Temperatur im Gebäude Nummer 633 an der 3rd Avenue stieg beständig an, oder zumindest kam es den acht Analysten so vor, während sie schweißgebadet vor ihren Computern saßen, um die zwei Flüchtigen aufzuspüren. Max Garber verfolgte noch immer das GPS-Signal von Detective McHenry auf dem New Jersey Turnpike Richtung Süden, gleichzeitig war er von Agent Raines aber auch zum Leiter der Spezialeinheit zum Aufspüren von Dr. Drummond und Edward Parks ernannt worden. Garber ging ganz in der Jagd auf. Er und seine sieben Kollegen überprüften die biometrischen Daten jedes einzelnen Gesichts im Umkreis der Carnegie Hall. Nun gut, die der meisten.

Das Computerprogramm brauchte mindestens sieben Markierungspunkte in einem Gesicht, um eine Person zu identifizieren, und es dauerte mindestens eine halbe Sekunde, um diese zu erfassen. Was bedeutete, dass die Software jede vierte oder fünfte Person nicht prüfte – so auch nicht die athletische Frau, die zwischen den Fußgängern am Central Park entlangrannte. Zufällig war sie gerade so eine vierte oder fünfte Person, die die Software nicht identifizieren konnte, bevor sie wieder aus dem Sichtfeld verschwand. Und keiner der Analysten machte sich die Mühe, persönlich in die Gesichter zu sehen. Sie waren alle zu sehr damit beschäftigt, Wahrscheinlichkeiten zu berechnen und Kandidaten für die nächste Analyse zu priorisieren. In Anbetracht der Anzahl aller weiteren gleichzeitigen Sichtungen und der Tatsache, dass die gesuchte Frau weniger wichtig war als der Mann, war nachvollziehbar, dass weder Garber noch sein Team einen zweiten Blick auf Skylar warfen.

Kapitel 68

Vogelhandlung, New York City, 27. Mai, 19:23 Uhr

Skylar hatte den richtigen Riecher gehabt: Eddie sprach mit Vögeln. Sogar mit dreien. Einem Mönchssittich, einem Mosambikgirlitz und einer Blaustirnamazone. Aber er war nicht im Central Park, nicht einmal in dessen Nähe. Er stand in einer Vogelhandlung, von denen es in New York City nur drei gab. Nachdem er 11.327 Schritte gegangen war, spürte er sofort, dass er hineingehen könnte. Denn Vögel waren gut. Und ebenso Menschen, die Vögel liebten.

Im Geschäft hatte sich eine kleine Gruppe Kunden gebildet, die Eddie beim ZWITSCHERN, TSCHILPEN und TRÄLLERN mit seinen gefiederten Freunden bestaunten. So etwas hatten sie noch nie erlebt; auch nicht der graubärtige Besitzer, der das Geschäft seit über vierzig Jahren führte. Als die Unterhaltung zwischen Eddie und den Vögeln kurz abflaute, sagte der Mann: »Dürfte ich Sie wohl etwas fragen?«

»Ich rede nicht mit Fremden.«

Der alte Mann nickte bedächtig, als wäre er dem Zauber eines altklugen Kindes verfallen. »Tja, dann wollen wir das mal ändern. Ich bin Rupert Kreitenberg, und das hier ist mein Geschäft. Jetzt sind wir keine Fremden mehr, oder?«

Eddie machte sein BUZZER-Geräusch, sodass der Mann zusammenzuckte. »Wir sind definitiv noch Fremde, Rupert Kreitenberg.« Er starrte weiter unverwandt auf den Mönchssittich.

In Kreitenbergs Blick lag Bewunderung. »Sie sind der erste Mensch, dem ich begegne, der Vögel anscheinend genauso liebt wie ich.«

»Wie sehr lieben Sie Vögel?«, wollte Eddie wissen.

»Mehr als alles andere.«

»Mehr als Menschen?«

Der Ladenbesitzer lächelte. »Mit Sicherheit mehr als Menschen.«

»Was ist Ihr Lieblingsvogel?«

»Das kann ich nicht sagen. Ich liebe sie alle.«

»Wirklich jeden einzelnen?«

»In der Tat.«

»Sogar Tauben?« Eddie wusste, dass die meisten Leute Tauben nicht mochten, vor allem Leute in New York City.

»Ja, sogar Tauben.«

Ohne sichtbare Gefühlsregung drehte Eddie sich zu dem Mann um. »Ich liebe Vögel auch mehr als Menschen. Das heißt, alle Menschen außer einem.«

»Dieser Mensch muss etwas ganz Besonderes sein.«

»Ja, das ist sie. Sie ist sehr besonders.«

»Ihre Freundin?«, erkundigte sich Rupert mit einem gewissen, entwaffnenden Charme.

»Sie ist meine Ärztin. Ich weiß aber nicht, wo sie im Moment ist.« Eddie dachte einen Augenblick lang nach, ehe er fortfuhr. »Mein Name ist Edward Parks, aber ich bitte die Leute, mich Eddie zu nennen, weil das die Kurzform für Bekannte ist und ich mit jedem bekannt bin, den ich kenne.«

»Hallo, Eddie, ich heiße Rupert.«

»Ja. Rupert Kreitenberg. Das sagten Sie bereits.«

»Das stimmt.« Er lächelte freundlich.

»Wir haben etwas gemeinsam, und das bedeutet, wir sind keine Fremden mehr.«

»Ich freue mich, dass wir keine Fremden mehr sind, Eddie.«

Eddie schloss die Augen, drehte den Kopf langsam hin und her und lauschte konzentriert nach Zeichen der Unaufrichtigkeit. Es gab keine. Er richtete seine Aufmerksamkeit wieder auf die Vögel.

»Darf ich fragen, wo Sie gelernt haben, so mit Vögeln zu kommunizieren?« Der Geschäftsbesitzer konnte nicht aufhören zu lächeln.

»Ja, das dürfen Sie.«

Rupert wartete auf eine Antwort, merkte dann aber, dass Eddie bereits geantwortet hatte. Er wiederholte seine Frage, diesmal präziser.

»Im Harmony House.«

»Was ist das Harmony House?«

»Ein besonderer Ort für besondere Menschen.«

Nun bestätigte sich der Verdacht des Ladenbesitzers. Er hatte von Menschen mit geistigen Anomalien gehört, die alle möglichen besonderen Dinge konnten, etwa sich ganze Telefonbücher zu merken oder alle Karten eines Spiels. Offensichtlich konnte man dieser Liste das Sprechen mit Vögeln hinzufügen. »Wohnen Sie da?«

Eddie nickte. »Ich lebe im Harmony House, seit ich elf Jahre, zwei Monate und zwölf Tage alt war.« Die Vögel TSCHILPTEN. Eddie antwortete.

»Verstehen Sie, was sie Ihnen sagen?«

»Ja.«

»Würde es Ihnen etwas ausmachen, mir zu verraten, was?«

»Nein, würde es nicht.« Eddie ZWITSCHERTE, TSCHILPTE und TRÄLLERTE und wiederholte für den Mann alles, was er gerade gehört hatte.

Kreitenberg nickte. »Na gut.«

»Was ist gut?«

»Ich glaube, Sie wollen damit sagen, dass es keine Übersetzung gibt. Es ist Musik. Wie soll man Musik übersetzen, stimmt's?« Eddie ZWITSCHERTE noch etwas mehr. Staunend schüttelte der alte Mann den Kopf. Er kam sich wie ein alter Musiklehrer vor, der plötzlich vor einem Schüler mit unfassbarem Talent stand. So musste sich Beethovens Vater gefühlt haben, der selbst ein nur mittelmäßig begabter Komponist gewesen war. »Wissen Sie, ich habe mein ganzes Leben in Gesellschaft von Vögeln verbracht und noch niemanden getroffen, der das kann. Hat Ihnen das jemand beigebracht?«

»Nein.«

»Wie haben Sie es dann gelernt?«

»Ich habe ›goldene Ohren‹, wie William Tuthill.«

»Wer ist William Tuthill?«

»Er war der Architekt, der die Carnegie Hall entworfen hat.«

Der Ladenbesitzer nickte, als ihm dieses Detail der New Yorker Geschichte wieder einfiel. »Ja, Eddie, ich glaube auch, dass Sie ›goldene Ohren‹ haben.«

Eddie sah wieder zu den Vögeln. »Sie sind nicht gern im Käfig.«

»Ja, das kann ich mir vorstellen.«

»Wenn Sie sie mehr lieben als Menschen, warum sperren Sie sie dann in Käfige?«

»Sie zu verkaufen, hält mich am Leben.«

Eddie war verwirrt. »Wieso hält Sie das am Leben?«

»So verdiene ich nun mal mein Geld. Durch den Verkauf von Vögeln habe ich ein Dach über dem Kopf.«

Eddie sah nach oben. »Die Wände und die Dachkonstruktion halten das Dach an seinem Platz.«

»Der Laden bringt mir Essen auf den Tisch.«

»Ich trage meins auf einem Tablett.«

Der Ladenbesitzer konnte immer wieder nur staunen. Dieser junge Mann war so anders als alle anderen, die er kannte. Rupert Kreitenberg war sicher, dass er diesen Tag nie vergessen würde.

Kapitel 69

West End Avenue, New York City, 27. Mai, 19:44 Uhr

Skylar war erschöpft. Sie hatte in meilenweitem Umkreis gesucht. Die Schatten der Gebäude wurden länger, bald würde es dunkel werden. Und sie war Eddie kein bisschen näher als am Anfang ihrer Suche. Tatsächlich war sie sogar viel weiter entfernt, das konnte sie irgendwie spüren. Sie suchte nach der Nadel im Heuhaufen. Das Beste wäre vermutlich, sich zu stellen und Homeland bei der Suche nach Eddie zu helfen, bevor noch etwas Schlimmes passierte.

Sie ging zu einem graffitibeschmierten Münztelefon und musste feststellen, dass der Hörer schon vor langer Zeit zerstört worden war. Ein anderes Telefon gab es im nächsten Umkreis nicht, weil nur noch wenige Leute auf diese Weise telefonierten. Allerdings waren um sie herum Dutzende von Handys in Gebrauch, aber jeder, den sie fragte, ob sie das Telefon einmal ausleihen könne, starrte sie nur fassungslos, verärgert oder gar mit Abscheu an, wenn er überhaupt reagierte. Allmählich gefiel ihr New York ebenso wenig wie Eddie.

Skylar ging zu einem Zeitungskiosk, weil sie den Verkäufer um sein Mobiltelefon bitten wollte. Da der gerade selbst telefonierte, deutete er auf das heruntergekommene *Jones Marquis Hotel* auf der anderen Straßenseite. Skylar schlängelte sich durch den Verkehr und betrat die Lobby, wo der ältliche Mann an der Rezeption ihre Bitte rundheraus verweigerte, selbst als sie erklärte, dass es sich um einen polizeilichen Notfall handele. Er deutete zu der wohl aus den Siebzigern stammenden Telefonkabine auf der anderen Seite der Lobby und riet ihr, 911 zu wählen.

Erschöpft setzte Skylar sich in die Kabine und schob die Glastür zu. Sie genoss diesen Moment der Ruhe, um sich zu sammeln, bevor sie gleich bei der Polizei anriefe. Während sie 911 wählte, beobachtete sie, wie sich der Mann an der Rezeption hinter seiner Theke nach unten beugte und etwas vom Boden aufhob. Als er sich wieder aufrichtete, hielt er einen rostigen kleinen Vogelkäfig mit einem gelben Wellensittich in der Hand, den er auf die Theke stellte. Offenbar bekam das Tier jetzt sein Abendessen. Es flatterte aufgeregt im Käfig hin und her, während der alte Mann Körner aus einem Karton in eine rechteckige Schale auf dem Käfigboden löffelte.

Durch den Telefonhörer kam die Stimme einer Frau von der Notrufzentrale, die die acht Worte sprach, die sie in jeder ihrer 8 Stunden-Schichten sicher Hunderte Male wiederholte: »Neun-eins-eins, Sie möchten einen Notfall melden?«

Skylar legte wieder auf. Sie war doch noch nicht bereit, ihre Suche nach Eddie aufzugeben. Noch nicht. Denn sie hatte noch ein Ass im Ärmel. Sie griff nach dem abgenutzten Telefonbuch mit den Gelben Seiten, das in der Kabine an einer Metallkette hing. Der Einband und eine ganze Reihe Seiten fehlten, und sie hoffte inständig, dass der Eintrag, den sie suchte, noch vorhanden wäre. Nachdem sie die achteinhalb Seiten mit Angeboten für »Videoüberwachung« durchgeblättert hatte, kam sie zur Rubrik »Vogelhandlungen«.

In ganz New York gab es nur drei, und nur eine davon – *Flight* in der East 87th Street – hatte eine Werbeanzeige geschaltet, bei den anderen – *Give 'Em the Bird* und *Beautiful Birds* an der Amsterdam Avenue – standen lediglich die Adressen und Telefonnummern. Skylar kannte New York noch nicht besonders gut und war nicht sicher, welches der drei Geschäfte am nächsten lag. Sie tippte auf eines an der Amsterdam Avenue, und irgendwo musste sie ja anfangen. Sie riss die Seite heraus, verließ das Hotel und winkte ein Taxi herbei.

Kapitel 70

Homeland Security, Büro New York, 27. Mai, 19:55 Uhr

Skylar konnte nicht wissen, dass das *Jones Marquis* vor fünf Monaten noch eine beliebte Adresse für Prostituierte gewesen war. Die Polizei hatte mehrere erfolgreiche Razzien durchgeführt und auf der gegenüberliegenden Straßenseite eine Überwachungskamera installiert. So konnte jede Person erfasst werden, die das Gebäude betrat oder verließ. Die Amerikanische Bürgerrechtsunion hatte versucht, die Abnahme der Kamera zu erwirken, aber wie so viele andere Angelegenheiten war auch diese in den Mühlen gerichtlicher Bürokratie hängen geblieben. Und da die Kamera alle umtriebigen Frauen und Männer auch schon längst erfasst hatte, schien das Thema nun einfach im Sande zu verlaufen. Die Prostituierten waren in eine andere Gegend abgewandert, die Kamera jedoch an ihrem Platz geblieben – in erster Linie deshalb, weil es billiger war, sie hängen zu lassen, als sie abzunehmen.

Solch eine Deinstallationsverweigerung war kein Einzelfall: Sie betraf mittlerweile über 127 000 Kameras. Und erst vor Kurzem hatten gerichtliche und geheimdienstliche Instanzen begriffen, wie man diese effektiv nutzen könnte, und ein wichtiger Bestandteil dieser Nutzung war die neue Gesichtserkennungssoftware, die in der 3rd Avenue, Hausnummer 633 eingesetzt wurde. Drei der acht Homeland-Analysten, die sie benutzten, diskutierten gerade, ob ein frischer »Fang« bei nur fünfundfünfzigprozentiger Übereinstimmung mit der gesuchten Verdächtigen eine Weiterleitung an die Agents vor Ort lohnte.

Die Analysten studierten das Profil der Person beim Betreten eines Hotels so genau, wie es die Auflösung der gegenüberliegenden, schon etwas älteren Überwachungskamera erlaubte. Dreihundertfünfzig horizontale TV-Linien waren im Bereich analoger Kameraüberwachung die unterste Qualitätsstufe und weit vom heutigen Standard von mindestens 480 TVL entfernt. Die drei Analysten gaben ihr Bestes und vergrößerten das verfügbare Bildmaterial, so gut es eben ging. Als sie Max Garber den möglichen Treffer präsentierten, weigerte sich der, darauf zu reagieren. Die Schwelle lag bei siebzig Prozent; auf weniger zu reagieren, wäre Zeitverschwendung.

Während die drei Analysten überlegten, wie sie das Bild noch weiter verbessern könnten, um eine höhere und damit lohnendere Übereinstimmungsquote zu erzielen, kam keiner von ihnen auf die denkbar einfache Idee, die Max Garber kurzerhand umsetzte: Er beobachtete einfach, was die Kamera gerade in Echtzeit übertrug. Dieselbe blonde Frau in derselben Kleidung, die beim Betreten des Hotels vor wenigen Minuten nur im Halbprofil zu sehen gewesen war, verließ das Hotel wieder und winkte einem Taxi. Diesmal war sie von vorn zu erkennen – sie blickte direkt in die Kamera. Und es dauerte nur zwei Sekunden, bis *Mögliche Übereinstimmung: 87 % – Skylar Drummond* am unteren Bildschirmrand zu lesen war.

»He, Jungs!« Er deutete auf das Bild, das die anderen sprachlos vor Staunen anstarrten. Garber rief umgehend Agent Raines an, der sofort vier Einsatzteams losschickte, um das Taxi zu verfolgen, in das Skylar gerade eingestiegen war. Sie würden das Fahrzeug einkreisen und zuschlagen, sobald es sein Ziel erreicht hätte. Außerdem instruierte Garber die Taxizentrale, die Route des Taxis zu überprüfen, ohne dass der Fahrer misstrauisch würde. Außerdem sollten die anderen Taxis angewiesen werden, einen möglichst großen Abstand zu halten, um eine Verwechslung durch die Agents auszuschließen.

Agent Raines hatte einen guten Riecher bewiesen, als er Max zum Chefanalysten bestimmt hatte. Er war ihr Spielmacher, und die anderen freuten sich, wenn er sie anspielte.

Kapitel 71

Amsterdam Avenue, New York City, 27. Mai, 20:03 Uhr

Als der Taxifahrer am Straßenrand hielt, bat Skylar ihn zu warten: Es werde nur eine Minute dauern. Bevor der Fahrer protestieren konnte, lief sie schon in die Vogelhandlung *Beautiful Birds* und durchkämmte die vollgestopften Geschäftsräume. Käfige in allen erdenklichen Größen standen aufeinandergestapelt. Große. Kleine. Aus Holz. Hängend. Und solche, die wie moderne Kunst aussahen. Die Preise reichten von siebenundvierzig bis zu einigen Tausend Dollar. Nur Vögel waren kaum welche da. Soweit Skylar erkennen konnte, gab es drei Käfige mit Kanarienvögeln, zwei mit Papageien und ein paar wenige mit ihr unbekannten Vögeln. Da sie Eddie nirgends finden konnte, ging sie an der Kassenschlange vorbei zur Theke und fragte den Inhaber, ob er jemanden wie Eddie gesehen habe. Der Mann verneinte. Als sie nachfragte, ob er ganz sicher sei, raunzte er: »Ja, gottverdammt!« Und ob sie jetzt wohl so freundlich sein könne … er habe noch andere Kunden, um die er sich kümmern müsse.

Skylar verließ das Geschäft wieder. Eins abgehakt, zwei verblieben. Unvermittelt hielt sie inne. Normalerweise wäre ihr so etwas nicht aufgefallen, jetzt aber registrierte sie die schwarzen Suburbans, die plötzlich an beiden Kreuzungen rechts und links am Ende des Blocks auftauchten. Zwei absolut identische Fahrzeuge. Das konnte kein Zufall sein.

Sie machte auf dem Absatz kehrt und spurtete ins Geschäft zurück, an den Käfigen vorbei bis ans hinterste Ende, wo hohe Stapel mit Vogelfuttertüten und -schachteln standen, die aussahen, als würden sie gleich einstürzen. Sie kam an eine Tür mit der Aufschrift »Nur für Angestellte«. Sie war verschlossen. Skylar klopfte, doch niemand antwortete. Fluchend drehte sie sich um, und plötzlich wurde die Tür ein Stück aufgeschoben.

Ein übergewichtiger Teenager, vermutlich der Sohn des Inhabers, streckte den Kopf durch den Spalt. »Kann ich Ihnen helfen?«

»Hat der Laden einen Hinterausgang?«, fragte sie drängend.

»Nein.« Er wollte die Tür schon wieder schließen, um weiter *Ultra Street Fighter II* auf seinem Nintendo Switch zu spielen, aber Skylar schob ihren Fuß dazwischen.

»Und eine Toilette? Gibt es hier hinten eine? Ich muss wirklich ganz dringend.«

»Na ja, schon.« Widerstrebend gab er die Tür frei und deutete nach hinten auf die Toilette. Skylar stürzte hinein, schloss die Tür ab und drehte den Wasserhahn voll auf.

Kapitel 72

Beautiful Birds, New York City, 27. Mai, 20:07 Uhr

Wenige Augenblicke später stürmte Agent Raines in den Laden. Skylar war nirgends zu sehen, also marschierte er bis hinten durch und hämmerte gegen die »Nur für Angestellte«-Tür.

Ein sichtlich genervter Teenager öffnete. »Was ist?«

Raines zeigte seine Marke und bellte: »Homeland Security. Ich suche eine Frau, Ende zwanzig.«

Noch ehe der Agent weitere Details aufzählen konnte, riss der Junge die Augen auf, ließ seine Spielkonsole sinken und deutete auf die Toilettentür, hinter der man das Rauschen von Wasser hörte. Vor lauter Aufregung konnte er kaum sprechen. »Da … drin …«

Sofort zückte Agent Raines seine Waffe und lief zu der Tür. »Skylar Drummond, hier ist die Homeland Security. Kommen Sie raus!« Keine Antwort. Der Agent fasste an den Türgriff und prüfte, ob sie verschlossen war. »Öffnen Sie die Tür! Ich werde kein zweites Mal bitten.« Als keine Reaktion kam, trat er die Tür ein. *Bamm!* Das Holz splitterte.

Agent Raines betrat die Toilette. Das Fenster oberhalb des WC war geöffnet. Bei genauerem Hinsehen konnte er erkennen, dass eine Stange des Sicherheitsgitters so verrostet war, dass Skylar sie hatte verbiegen und durch den entstandenen Spalt hatte hindurchschlüpfen können. Allerdings bestand keine Chance, dass der Agent mit seinen ein Meter neunzig und hundert Kilo hindurchpasste, egal, wie fit er war. Er konnte gerade noch sehen, dass Skylar das Ende der Gasse erreichte und um die Ecke verschwand. »Verdammte Scheiße!« Raines rannte zurück in den Laden.

Skylar stolperte aus der Gasse auf die 68th Street, wo sie vorsichtig um eine Bretterwand spähte, mit der eine Baustelle abgesichert war. Die Wand war voller Werbeplakate für Kinofilme, die Skylar nie sehen würde, weil es um Helden aus Comics ging, die sie nie gelesen hatte. Sie wusste nicht, wie Homeland sie hatte finden können, aber vermutlich waren Dutzende von Agents unterwegs, die nach ihr Ausschau hielten. Außerdem konnte sie sich vage an einen Bericht darüber erinnern, dass in dieser Stadt unzählige Überwachungskameras installiert seien. Ihr wurde klar, dass sie vorsichtiger sein musste. Doch als sich die nächste gute Möglichkeit bot, zögerte sie keine Sekunde und spurtete los.

Einen halben Block entfernt hielt ein Taxi am Straßenrand vor einer zierlichen Frau, die in beiden Händen unzählige Einkaufstüten von diversen Geschäften trug. Aufgrund der Tüten schaffte sie es nicht, die Tür des Taxis zu öffnen. Als sie schließlich einige abstellte, um den Türgriff zu fassen, drängelte sich Skylar an ihr vorbei, sprang auf den Rücksitz und rief dem Fahrer zu, er solle Gas geben. Die Frau auf dem Gehsteig streckte den Mittelfinger vor und schrie: »Blöde Schlampe!«

Kapitel 73

Harmony House, Woodbury, New Jersey, 27. Mai, 20:09 Uhr

Die Homeland Security musste mit ihrer Suche wieder von vorn anfangen, was hieß, dass auch Michael Barnes auf neue Informationen warten musste. Im Vergleich zu den anderen blieb er allerdings verhältnismäßig ruhig. Tatsächlich feixte er sogar ein wenig, als er durch seine zwei Männer vor Ort von Agent Raines' Niederlage und dem darauf folgenden Wutausbruch erfuhr. Es bedeutete, dass der ein Amateur war. Hätte er auch nur halb so viel Geduld oder Erfahrung wie Michael Barnes, hätte er sich gefragt: Warum war Skylar Drummond ausgerechnet in eine Vogelhandlung gegangen? Warum nicht in ein Friseurgeschäft, eine Bank oder ein Burgerlokal? Die Antwort war einfach: Edward Parks liebte Vögel.

Eines wusste Michael Barnes nun sicher: Die junge Ärztin hatte keine Ahnung, wo Edward Parks sich aufhielt. Sie hatte einfach geraten, und das gar nicht mal schlecht. Denn in New York City gab es nur drei Vogelhandlungen, und da es in dieser nicht geklappt hatte, standen die Chancen für die zwei verbleibenden bei jeweils fünfzig Prozent. Mit einem Lächeln entschied Barnes, auf welche von beiden er setzen wollte.

Kapitel 74

Upper East Side, New York City, 27. Mai, 20:16 Uhr

Lutz fuhr wie der Henker. Hirsch navigierte. Es war pures Glück, dass sie jede Ampel bis zur East 87th Street bei Grün erwischten. Das Glück schien auf ihrer Seite.

Sie erreichten *Flight* in unter sieben Minuten, weniger als der Hälfte, die es normal gedauert hätte. Die zwei Sicherheitsspezialisten parkten in zweiter Reihe, sprangen aus dem Wagen und rannten zur Ladentür.

Doch die war verschlossen. Alle Lichter waren aus. Laut den angeschlagenen Öffnungszeiten hatte das Geschäft seit 20 Uhr geschlossen. Hirsch spähte durch das Schaufenster, während Lutz gegen die Tür hämmerte. Die Vögel im Laden begannen laut zu piepsen und zu kreischen, ansonsten tat sich nichts. Niemand war da.

Sie sprinteten zum Auto zurück und hofften auf ähnliches Glück bei den Ampeln auf dem Weg zur nächsten Vogelhandlung.

Kapitel 75

Give 'Em the Bird, New York City, 27. Mai, 20:33 Uhr

Skylar erreichte die nächste Vogelhandlung. Sie klopfte gegen die Scheibe, da die Tür schon abgeschlossen war. Auch dieses Geschäft hatte nur bis 20 Uhr geöffnet. »Ist jemand da drin?« Sie hämmerte erneut gegen das Schaufenster, doch nichts passierte. Allmählich verließ sie auch die letzte Hoffnung. Diese ganze Vogelladensache war ein Schuss ins Blaue gewesen, und sie hatte nichts getroffen. Je länger sie es hinauszögerte, sich der Polizei zu stellen, desto länger würde es dauern, Eddie zu finden. Wem wollte sie noch etwas vormachen?

»Da drin ist niemand, aber hier drin ist jemand.«

Skylar fuhr herum und sah Eddie, der seinen Kopf durch das geöffnete Beifahrerfenster eines neuen VW Jetta streckte.

»Eddie!« Skylar konnte ihr Glück kaum fassen. Sie lief zu ihm hinüber und kniete sich neben dem Auto hin. Automatisch streckte sie die Hand aus, um Eddies Arm zu berühren, und er zuckte zusammen. Sofort zog sie die Hand wieder zurück und machte ein entschuldigendes Gesicht, weil sie natürlich wusste, dass ihm Körperkontakt unangenehm war. Aber sie hatte einfach nicht an sich halten können.

Doch dann überraschte er sie. Eddie tat etwas, was Skylar nie erwartet hätte. Ein wenig unbeholfen streckte er seine Hand aus und berührte sie zaghaft am Arm. Es dauerte nur eine Sekunde, mehr schaffte er nicht. Aber er wollte ihr zeigen, dass auch er sie berühren wollte.

Die große Bedeutung dieser Geste war Skylar wohl bewusst. Es war mehr, als ihr kleiner Bruder je geschafft hatte. Sosehr sie sich auch bemüht hatte, war es ihr nie gelungen, Christopher ein Gefühl von Geborgenheit und Sicherheit zu vermitteln, dass er von sich aus eine Berührung gewagt hätte. Sie überlegte kurz, wie sie jetzt reagieren sollte – sie war überzeugt, dass dies der erste Körperkontakt gewesen war, den Eddie je initiiert hatte. »Danke«, sagte sie dann.

»Wofür?«

Die Antwort lag in ihren Augen: *Dafür, dass du dich getraut hast. Dass ich es war. Noch dazu gerade jetzt. Mitten in diesem Chaos. Dass du dich selbst überwunden hast. Dass du mein Vertrauen in dich bestätigt hast. Dass du mich trösten wolltest.* »Dafür, dass es dir gut geht«, sagte sie nur.

»Es geht mir gut, Skylar.«

Sie konnte nicht aufhören zu lächeln. »Das sehe ich.«

»Sie weinen.«

Sie nickte. »Freudentränen.«

»Wie kann man den Unterschied zwischen Freudentränen und Schmerztränen erkennen?«

»Du musst dir das übrige Gesicht eines Menschen ansehen. Wenn er lächelt, dann sind es Freudentränen.« Sie wischte sich mit der Hand über die Wangen.

Der bärtige Mann am Steuer strahlte ebenfalls vor Glück. Ihm war diese eine Person, die Eddie mehr mochte als Vögel, auf Anhieb sympathisch. »Sie müssen Skylar sein.«

»Und wer sind Sie?« Ihre Worte klangen ungewollt ein wenig scharf, da sofort ihr Beschützerinstinkt erwachte – wie bei einer Mutter, deren Kind gerade von einem Fremden aufgefordert wurde, in sein Auto einzusteigen.

Eddie antwortete für seinen neuen Freund. »Das ist Rupert Kreitenberg, der Vögel mehr liebt als Menschen.«

Rupert konnte Skylars Bedenken nachvollziehen und versuchte, sie zu zerstreuen. »Eddie kam in mein Geschäft und fing an, mit den Vögeln zu sprechen. So was habe ich noch nie erlebt. Wir kamen ins Gespräch, und er erzählte mir, dass er Sie verloren hat. Ich dachte, ich lasse ihn besser nicht allein, und wollte ihn jetzt ins Harmony House zurückbringen.«

Skylar blieb misstrauisch. »Das ist aber ein riesiger Gefallen für jemanden, den Sie gerade erst kennengelernt haben.«

Er nickte, weil er sie wiederum verstehen konnte. »So was Nettes hab ich in meinem ganzen Leben nie für jemanden getan.«

Eddie machte sein BUZZER-Geräusch.

Kreitenberg lächelte und fuhr fort: »Ich hab auch noch nie jemanden wie Eddie getroffen.«

Jetzt lächelte sie. »Das Glück haben tatsächlich nur wenige.« Sie musterte den Mann, der tatsächlich ganz und gar ungefährlich wirkte. »Darf ich auch einsteigen?«

»Unbedingt.« Er entriegelte die Türen, sodass Skylar auf dem Rücksitz Platz nehmen konnte, wo Reste von Vogelfutter auf dem Polster und dem Boden lagen. »Sie müssen das Durcheinander entschuldigen.«

Skylar schob die Samen und Körner mit der Hand beiseite. »Was für ein Durcheinander?«

Er lächelte ihr über den Rückspiegel zu. »Und wohin fahren wir jetzt?«

Kapitel 76

Gloria Pruitts Haus, Parsippany, New Jersey, 27. Mai, 21:28 Uhr

Schwester Gloria taten die Beine weh und die Füße fast noch mehr. Ihre Fersen pochten, ebenso die Knie, die während eines Arbeitstags um fast drei Zentimeter anschwollen. Als Krankenschwester war sie den ganzen Tag auf den Beinen, und am Ende ihrer 8-Stunden-Schicht war Gloria ziemlich erledigt. Es war ihr immer noch ein Rätsel, wo Eddie abgeblieben war, aber sie hatte beschlossen, ihre Nase nicht in Angelegenheiten zu stecken, die sie nichts angingen. Der Sicherheitschef hatte ihr eine plausible Antwort gegeben, und das sollte ihr reichen.

Aufgrund ihrer Loyalität gegenüber ihrem wahren Auftraggeber wollte Gloria nicht zu viel Aufmerksamkeit auf sich ziehen. Sie musste sich vorsehen. Mit dem Versenden der unüblich frühen Textnachricht kurz vor Mittag war auch ihr Selbsterhaltungstrieb erwacht. Natürlich lag Eddie ihr am Herzen, aber bei Weitem nicht so sehr wie ihr eigener Sohn oder ihr eigenes Wohlergehen.

Normalerweise dauerte ihr Heimweg gute eineinhalb Stunden, aber heute war sie etwas länger unterwegs, weil sie noch beim Lebensmittelmarkt vorbeifuhr, um eine Schweinelende zu kaufen, und bei der Apotheke, um sich einen Nachschub an Cholesterintabletten zu holen. Den himmelblauen Jeep Wagoneer, der ihr die ganze Zeit folgte, nahm sie nicht wahr.

Kurz vor Sonnenuntergang stellte sie ihren Wagen in der Auffahrt ab. Es war dunkler als gewöhnlich, weil die Außenbeleuchtung nicht ansprang. Das sollte normalerweise automatisch geschehen, aber wie alles im Leben funktionierte es nicht immer so, wie man wollte. Gloria nahm ihre Einkäufe mit in die Küche, schaltete das Radio an, das auf ihren Lieblingssender mit leichter Unterhaltungsmusik eingestellt war, und spülte die Schweinelende mit Wasser ab. Allein zu essen, hatte sie eine Zeit lang als deprimierend empfunden, bis sie dann beschlossen hatte, aus jeder Mahlzeit etwas Besonderes zu machen. Jetzt war jedes Abendessen ein kleines Fest für sie. Es benötigte Zeit und Aufmerksamkeit und war ein weitaus besserer Zeitvertreib, als im Fernsehen die Börsennachrichten zu verfolgen. Jim Cramers Ratschlag hatte ihr ohnehin nicht sonderlich dabei geholfen, ihren Rentenfonds aufzuwerten. Durch die ständige Routine in der Küche war sie außerdem zur exquisiten Hobbyköchin geworden, zumindest nach Aussage ihres Sohnes Cornell, der sie so oft wie möglich besuchen kam.

Gerade als Gloria in Erwägung zog, sich ein Gläschen White Zinfandel einzuschenken, hörte sie draußen ein Geräusch. Nun gut, sie hörte es weniger, als dass sie es spürte. Irgendetwas oder irgendjemand war in ihrem Garten. Sie konnte das Geräusch nicht genau zuordnen, aber irgendetwas stimmte nicht.

Plötzlich wurde alles ruhig, und sie spürte, dass sich ihre Nackenhaare sträubten. Auch die Luft schien stillzustehen. Zu still. Sie spähte aus dem Fenster, konnte aber nichts erkennen. Es war stockdunkel. Nur der Mond schien, aber der war von den dichten Bäumen um ihren Garten herum verdeckt. Gloria drückte auf den Lichtschalter neben der hinteren Tür, aber wie es aussah, hatte sich die gesamte Außenbeleuchtung verabschiedet. Sie würde morgen Vormittag in den Baumarkt fahren müssen, gleich nach der Kirche. Gott ging sonntags natürlich erst einmal vor.

Das war zumindest ihr Plan.

((•))

Strunk, der zusammengekauert in Glorias Garten hockte, war vor lauter Adrenalin schon ganz unruhig. »Lass uns loslegen.«

Dobson nickte. Er war nicht ganz so versessen auf diese Art von Arbeit wie sein Partner und wollte es hinter sich bringen.

Lautlos näherten sich die zwei todbringenden Schatten der hinteren Küchentür. Einer trug eine Brechstange, der andere eine Rolle Klebeband. Sie würden es aussehen lassen, als wären hier zwei gefährliche Irre eingefallen. Die Einwohner von Morris County würden über Jahre hinweg ihre Türen doppelt abschließen, nachdem sie in der Zeitung von der Gräueltat gelesen hätten. *Die Täter drangen in ihr Haus ein. Sie wurde gefesselt und geschlagen. Und aufs Entsetzlichste gefoltert.* Wie immer nach Berichten über schwere Gewaltverbrechen würde der Absatz von Schusswaffen und Alarmanlagen in den folgenden Monaten stark steigen. Michael Barnes' Männer würden ein grässliches Massaker anrichten. Für wen auch immer Gloria Pruitt arbeitete – er würde eine deutliche Nachricht erhalten.

Kapitel 77

Garten hinter Gloria Pruitts Haus, 27. Mai, 21:29 Uhr

Durch die Nachtsicht-Zielfernrohre Leupold Mark 6 sahen Strunk und Dobson wie grüne Männchen aus. Der Zoom war auf achtfache Vergrößerung eingestellt, mit der sogar die Gesichtsausdrücke der Zielpersonen auszumachen waren. Der größere Mann schien die Zähne zusammenzubeißen, als wollte er eine lästige geschäftliche Angelegenheit hinter sich bringen. Der kleinere hingegen lächelte. Es war deutlich zu erkennen, dass dieser Mann sich auf die bevorstehende Aufgabe freute.

Doch schon bald würde sein Gesichtsausdruck sich ändern.

Die zwei Baseballfans hatten die Schirme ihrer Kappen nach hinten gedreht, allerdings nicht als modisches Statement, sondern aus praktischen Gründen, damit ihre Sicht durch die Zielfernrohre auf den SR-25-Scharfschützengewehren nicht behindert wurde. Ihre von Eugene Stoner entworfenen Waffen konnte man als wahre Kunstwerke bezeichnen: funktional, tödlich und dabei noch schön. Beide Baseballfans benutzten diese Waffe nicht nur, weil sie beider Lieblingswaffe war, sondern auch, weil Redundanz in jedem System von Vorteil war. Sollte ein Rädchen im Getriebe ausfallen, sei es nun Mann oder Waffe, konnte es sofort ersetzt werden, und die Maschinerie lief reibungslos weiter.

Die Baseballfans lagen etwa vierzig Meter voneinander entfernt ausgestreckt auf dem Boden. Murphy, der Mets-Fan, war schon seit Stunden vor Ort und bewies meisterhafte Geduld, während Giles, der Phillies-Fan, erst kurz nach der Krankenschwester eingetroffen war. Er war ihr vom Harmony House aus gefolgt, um sicherzustellen, dass sie gut zu Hause ankäme. Murphy hatte ihr Jagdrevier abgesteckt, das für ihre Verhältnisse großzügig bemessen war, und seinen Partner über das Knochenschall-Headset, dessen Mikrofon auf seinem Kehlkopf auflag, auf seine Position dirigiert. Auch Giles trug dieses Headset, was bedeutete, dass beide Männer fast unhörbar flüstern und einander trotzdem deutlich verstehen konnten.

Murphy legte seinen rechten Zeigefinger auf den Abzug und übte einen leichten, aber permanenten Druck aus, ehe er gleich voll abdrücken würde. Fast lautlos sagte er: »Eins.«

Giles hatte eine andere Taktik, um sich auf den Abschuss vorzubereiten: Er bewegte seinen Zeigefinger auf dem Abzug ganz leicht im Rhythmus seines Herzschlags. So stellte er sicher, dass er genau zwischen zwei Herzschlägen abdrückte. Ein Scharfschütze lernt, eine Waffe möglichst nicht gleichzeitig mit dem Herzschlag abzufeuern, weil der Körper zwischen zwei Herzschlägen ruhiger, unbeweglicher und damit stabiler ist. Genau eine Sekunde nachdem er die Stimme seines Partners gehört hatte, antwortete er mit: »Zwei.«

Keiner der Männer sagte »drei«. Stattdessen feuerten sie gleichzeitig ihre schallgedämpften Kaliber-.22-Gewehre ab. *Ffwwt!*

Das Aufblitzen zweier Mündungsfeuer von rechts und links deuteten Barnes' Männer richtig, nämlich dass sie unter Beschuss standen. Allerdings blieb ihnen keine Zeit zu reagieren. Strunk und Dobson waren noch zehn Meter von Gloria Pruitts Küchentür entfernt, als ihre Brustkörbe explodierten. Die Eintrittswunden waren erheblich kleiner als die klaffenden Austrittswunden auf ihren Rücken.

Die Schüsse waren beeindruckend leise und ein hervorragender Beweis für den Fortschritt in der Schalldämpfungstechnologie. Tatsächlich erzeugten die zwei fallenden Körper mehr Lärm als die Waffen. Zweige knackten, Blätter raschelten.

War das leiser Donner, den sie hörte? War da was aus einem Baum gefallen? Was auch immer es gewesen war, draußen vor ihrem Fenster hatte sich etwas geregt. Gloria Pruitt ging zur Küchentür, die in den Garten führte, und rief durchs Fliegenschutzgitter: »Ist da jemand?«

Strunk rührte sich nicht. Er lag tot auf dem Rücken. Doch zur Überraschung der Baseballfans, die die Szene durch ihre Zielfernrohre beobachteten, blinzelte Dobson noch. Er bewegte die Lippen, doch es kam kein Ton heraus, weil das, was von seinen Lungen noch übrig war, voller Blut war.

Damit sie sich die Sache genauer ansehen konnte, ging Gloria ins Haus zurück, um eine Taschenlampe zu holen. In ihrer Vorratskammer stand eine Werkzeugkiste, die sie für solche Notfälle eingerichtet hatte. Von den drei Taschenlampen, die darin lagen, funktionierte nur eine, und auch die nur schwach. Den matten Lichtstrahl vor sich auf den Boden gerichtet, trat sie beherzt in ihren Garten hinaus. »Ist da jemand?«, rief sie erneut. Sie ließ den Lichtkegel über Büsche und Bäume gleiten, bis sie etwas Verdächtiges auf dem Boden entdeckte. Es war rot und sah wie Blut aus. Je näher sie kam, desto sicherer wurde sie, dass es Blut war. Zwei Blutlachen nebeneinander, als wären dort zwei Tiere getötet worden. Große Tiere.

Aber wo waren sie?

Auf einmal ging ihr auf, dass das, was die zwei Tiere getötet hatte, immer noch da und vielleicht immer noch hungrig war. Vor Kurzem erst waren in New Jersey Kojoten gesichtet worden. Vielleicht waren das hier sogar Wölfe, wer konnte so was schon wissen? Plötzlich vergaß Gloria alle Müdigkeit und den Schmerz in ihren Beinen und rannte die zehn Meter zum Haus schneller, als sie seit Jahren je gerannt war.

Sie warf die Tür hinter sich zu und verriegelte sie. Keuchend schüttelte sie den Kopf und dankte dem Herrn, dass er sie für ihre Waghalsigkeit nicht bestraft hatte. Er musste gewusst haben, dass sie vorhatte, am nächsten Tag in die Kirche zu gehen, und hatte sie deshalb verschont.

Sie trank nur selten hochprozentigen Alkohol, aber zum heutigen Abendessen würde sie sich ein Glas Scotch gönnen, drei oder vier Fingerbreit. Vielleicht auch fünf.

Kapitel 78

American Heritage Foundation, Alexandria, Virginia, 27. Mai, 21:32 Uhr

Mit dem Eintritt des Todes beginnt ein Körper abzukühlen, deshalb sahen die Wärmebilder der zwei Personen, die von Gloria Pruitts Grundstück getragen wurden, anders aus als die derjenigen, die sie trugen. In ihrem Büro beobachtete Caitlin McCloskey zusammen mit Daryl Trotter das Geschehen an ihrem Computermonitor, während sie Sandwiches vom Feinkostladen aßen. Sie deutete auf die Leichen, die zum Jeep Wagoneer geschafft wurden. »Sie sind zur selben Zeit getötet worden, haben aber unterschiedliche Körpertemperaturen. [illegible]

Daryl korrigierte: »Sie sind zur selben Zeit erschossen worden, waren aber nicht gleichzeitig tot. Der da hat ein bisschen länger gebraucht.« Er zeigte auf den helleren körperähnlichen Fleck.

»Armes Schwein.« Sie sagte es ohne jede Gefühlsregung.

»Wie werden sie die Leichen wohl entsorgen?«, überlegte Daryl laut.

»Als Fischfutter, schätze ich«, antwortete Caitlin, den Mund voller Truthahn und Provolone.

»Klassisch, aber effektiv.«

Bob Stenson betrat Caitlins Büro. »Wie geht es unserer Krankenschwester?«

»Ist quicklebendig – dank der Baseballfans.«

»Wo sind sie jetzt?«

»Schaffen die Leichen weg.«

Stenson nickte zufrieden. Mehr wollte er nicht hören. »Ich möchte, dass Sie beide sich jetzt voll auf die Echo-Box konzentrieren. Homeland hat keine Ahnung, wo Drummond und Parks sich aufhalten. Sie könnten die Stadt auch schon verlassen haben.«

»Nur, wenn sie noch zusammen sind«, sagte Daryl, ganz der Stratege. »Ohne ihren Patienten würde die Ärztin nicht weggehen, es sei denn, man hätte sie dazu gezwungen.«

Caitlin nickte zustimmend. Und fügte ihre gefühlsmäßige Einschätzung hinzu. »Bevor sie ihn zu lange allein ließe, würde sie sich lieber stellen.«

»Aber das hat sie nicht.« Stenson war sich absolut sicher.

Daryl sprach schnell, um mit seinen Gedanken mithalten zu können. »Dann sind sie auf jeden Fall noch zusammen. Die Frage ist nur: Haben sie die Stadt verlassen, oder sind sie untergetaucht?«

»Sie kennt dort eigentlich niemanden«, gab Caitlin zu bedenken.

Daryl blinzelte beim Nachdenken. »Edwards Verhalten ist unvorhersehbar und könnte ungewollte Aufmerksamkeit auf sie ziehen. Sie wird ihn wahrscheinlich so schnell wie möglich aus der Stadt bringen wollen, am besten irgendwohin, wo es ruhig ist.«

»Aber wohin?«, fragte Caitlin.

Daryls Superhirn lief auf Hochtouren, um alle Möglichkeiten abzuwägen. Das Resultat gefiel ihm ganz und gar nicht. »Ich habe keine Ahnung.«

Stenson versuchte, gleichzeitig überrascht und enttäuscht auszusehen. »Das ist ja nicht gerade ermutigend.«

»Ich denke noch einmal darüber nach.« Daryl Trotter verließ das Büro.

Stenson und McCloskey tauschten Blicke. Sie konnte ein Grinsen nicht unterdrücken. Menschen, selbst die schlauesten, waren leicht zu manipulieren, wenn man nur die richtigen Knöpfe drückte.

Kapitel 79

Dr. Marcus Fentons Haus, Pine Hill, New Jersey, 27. Mai, 21:35 Uhr

Butler McHenry saß im Polizeiwagen, den er vor Marcus Fentons Bauernhaus geparkt hatte. Als der alte Arzt ankam, stand er dort schon eine ganze Weile.

Fenton war sichtlich überrascht über den Besuch. »Hallo, kann ich Ihnen helfen?«

»Dr. Fenton, ich bin Detective Butler McHenry von der New York City Police.« Er beobachtete den alten Mann genau.

Fenton verriet sich mit keiner Miene. »Guten Abend, Detective. Sie sind aber weit von zu Hause entfernt. Was verschafft mir die Ehre?«

»Ich möchte Ihnen nur ein paar Fragen stellen«, antwortete Butler freundlich. »Wäre das in Ordnung?«

»Und worüber?« Fenton lächelte unschuldig.

»Das würde ich lieber auf dem Revier besprechen.« Natürlich war das ein Bluff. Ein großer Bluff. Aber er wollte den Arzt auf seinem eigenen Terrain befragen, nicht auf Fentons.

»Sie machen Scherze.«

»Nicht im Geringsten.« Ein feines Lächeln zog um seine Mundwinkel, als er sah, wie in Fenton der Ärger hochkochte. Das allein hatte die Fahrt hierher schon gelohnt, selbst wenn der Arzt seinen Bluff durchschauen sollte.

»Und wenn ich mich weigere?« Es sollte aufsässig klingen, aber Fentons Stimme war deutlich die Verunsicherung anzumerken.

Jetzt wusste McHenry, dass er ihn am Kragen hatte. »Dann komme ich mit einem Haftbefehl wieder.«

»Sie Drecksack«, zischte Fenton zwischen zusammengebissenen Zähnen.

Der Detective öffnete die hintere Seitentür seines Wagens und klopfte aufs Dach, als der Doktor einstieg. »Passen Sie auf Ihren Kopf auf. Ich möchte auf keinen Fall, dass Sie sich wehtun.«

Kapitel 80

Homeland Security, Büro New York, 27. Mai, 21:37 Uhr

Max Garber beobachtete den blinkenden gelben Punkt auf seinem Bildschirm, der sich wieder in Bewegung setzte. Der Punkt gab den Aufenthaltsort von Detective Butler McHenry an – genauer gesagt: von seinem Handy. Der Detective kehrte den Weg zurück, den er nach Pine Hill gefahren war, was bedeutete, dass er wieder nach New York fuhr. Was Garber allerdings nicht wissen konnte, war, ob er allein unterwegs war oder mit Fenton.

Eine simple Suche über Google hatte ergeben, dass Dr. Fenton der Gründer des Harmony House war, einer von der Regierung finanzierten Einrichtung in Woodbury. Es schien irgendeine Art psychiatrische Klinik zu sein, in der Edward Parks Patient war und in der Dr. Skylar Drummond vor weniger als zwei Wochen ihre Arbeit aufgenommen hatte. Garber, heimlicher Hobbydetektiv, fragte sich, wie eine Ärztin und ein Geisteskranker in den Besitz hochgeheimer Technologie hatten gelangen können. Sehr seltsam.

Detective McHenry war einer der leitenden Ermittler im Fall des kürzlich erfolgten Gasanschlags in der U-Bahn-Station, was bedeutete, dass es eine Verbindung zwischen den Flüchtigen und dem Anschlag gab.

Aber welche?

Er kontaktierte Agent Raines, um ihm mitzuteilen, dass McHenry aus New Jersey zurückkehrte. Raines erwiderte, der Detective sei ihm im Moment egal. Bis zur Festnahme der Flüchtigen hätten diese erste Priorität, und Garber solle sich ausschließlich um sie kümmern.

Max stand auf und fragte sein beständig wachsendes Team von Analysten, die die New Yorker Überwachungskameras auswerteten, ob sie etwas Nennenswertes gefunden hätten. Die einzige Antwort war Kopfschütteln. Niemand wagte es, einen Treffer mit zu geringer Übereinstimmung zu präsentieren, also wurde nichts unter siebzig Prozent erwähnt. Seinem Vorgesetzten sagte Max: »Sir, wären sie noch in der Stadt, hätten wir sie entdecken müssen.«

»Ich teile Ihre Einschätzung.« Agent Raines wollte Garber offensichtlich wissen lassen, dass er ihm noch immer voll und ganz vertraute. »Ihre Leute sollen sich auf die U-Bahn konzentrieren, vor allem die großen Bahnhöfe. Und lassen Sie die Fahndungsfotos verbreiten.«

Max schmunzelte, weil er das bereits in die Wege geleitet hatte. Jeder Cop auf New Yorks Straßen und jeder Mitarbeiter der Verkehrsbetriebe hatte mittlerweile hochaufgelöste Bilder der beiden Flüchtigen

Kapitel 81

Secaucus Junction, Secaucus, New Jersey, 27. Mai, 21:41 Uhr

Eddie war noch nie Zug gefahren. In Anbetracht der vielen neuen Erfahrungen, die er in den letzten zehn Stunden gemacht hatte, wollte Skylar nur ungern eine weitere hinzufügen. Aber nun standen sie hier, auf dem Parkplatz des Bahnhofs Secaucus Junction, und bemühten sich, Eddie auf seine erste Zugfahrt vorzubereiten. Er war ausgelaugt, sowohl körperlich als auch emotional, schaffte es jedoch, seine aufkommende Panik im Zaum zu halten, indem er den Zugfahrplan auswendig lernte.

Er hatte Hunger. Mittlerweile war es Nacht, und er hätte vor vier Stunden zu Abend essen müssen. Im Harmony House gab es samstags immer Fischstäbchen, die zu den qualitativ verlässlichsten Mahlzeiten der Einrichtung gehörten. Auch wenn Eddie den Fischstäbchen noch nie eine Fünf hatte geben können, hatte er sie aber auch nie schlechter als mit Drei bewertet, und es war das einzige Hauptgericht im Harmony House, das diesen Bewertungsschnitt erreichte. Fischstäbchen bekamen verlässlich immer entweder eine Drei oder eine Vier, und Verlässlichkeit war etwas, das Eddie im Moment noch mehr nötig hatte als sonst.

»Wie lange müssen wir hier noch sitzen?«, fragte er Skylar, während sie im Auto auf Kreitenberg warteten. Er hatte auf einem Behindertenparkplatz nahe am Eingang parken können, weil er hin und wieder seine dreiundneunzigjährige Mutter zu Arztterminen chauffierte und deshalb eine entsprechende Parkplakette hatte, die an seinem Rückspiegel baumelte.

»So lange, wie Rupert braucht, um unsere Fahrkarten nach Philadelphia zu kaufen.«

»Dauert es immer so lange, Zugfahrkarten zu kaufen?«

»Das hängt davon ab, wie viele Leute in der Schlange stehen und wie viele Schalter geöffnet sind.« In Skylars Stimme schwang ein Hauch Besorgnis mit. Rupert brauchte tatsächlich länger, als sie erwartet hatte.

»Muss jeder, der mit dem Zug fährt, sich von anderen eine Fahrkarte kaufen lassen?«

»Nein, nur Leute, die Fangen spielen, so wie wir.«

»Weil sie nicht wollen, dass jemand sie anfasst und sagt: ›Du bist es‹?«

»Genau.« Aufmerksam sah Skylar rundum. Der Parkplatz war schwach beleuchtet. Immer wieder fuhren kurz Autos vor, und Menschen stiegen eilig aus oder ein.

Der einzige Hinweis auf Überwachung war ein leerer Polizeiwagen, der bei ihrer Ankunft schon am Haupteingang gestanden hatte. Allerdings hatte dieser Wagen Skylar dazu veranlasst, Rupert um das Besorgen der Fahrkarten zu bitten.

Zu ihrer Überraschung forderte er keinerlei Erklärung. Im Gegenteil, er gab mit geradezu väterlichem Verständnis zurück, er freue sich, ihnen helfen zu können. Zudem weigerte er sich, Geld von Skylar anzunehmen. Er sagte, er sei gleich wieder da, und fügte hinzu, im Handschuhfach fänden sie ein paar Müsliriegel, falls sie Hunger bekämen.

Eddie klappte das Handschuhfach auf und schlang einen der Riegel hinunter. Zwar verzog er das Gesicht, aber es hielt ihn nicht davon ab, das ganze Ding zu essen. »Zwei. Nicht gut. Alt. Zu bröselig. Tut mir an den Zähnen weh.«

»Scheint dich ja aber nicht zu sehr gestört zu haben«, sagte Skylar, ohne Eddie anzusehen.

Eddie starrte auf die leere Verpackung in seinen Händen. Sie hatte recht. »Warum sehen Sie sich immer wieder um?«

»Ich frage mich, wo Rupert bleibt.«

So fest und bestimmt er konnte, sagte Eddie: »Das hängt davon ab, wie viele Leute in der Schlange stehen und wie viele Schalter geöffnet sind.« Seine Stimmenimitation von Skylar wurde immer besser.

Skylar musste schmunzeln, als plötzlich ein Schatten vor ihrem Fenster auftauchte. Erschrocken spähte sie nach rechts und links und überlegte sofort, wie sie und Eddie am besten fliehen könnten, doch dann hielt der Schatten zwei Fahrkarten gegen die Fensterscheibe. Erleichtert seufzte sie.

Rupert öffnete die Tür. »Tut mir leid, wenn ich Sie erschreckt habe.«

»Sie haben einen anderen Ausgang genommen.«

»Stimmt.« Er nickte und deutete auf den Polizeiwagen. »Ich habe sechs Polizisten in Uniform gezählt und ungefähr ebenso viele in Zivil, wobei die natürlich schwerer zu erkennen sind. Einer hielt einem Passanten ein Handy mit Fotos entgegen, und ich bin ziemlich sicher, dass das Ihre waren.«

Eddie sah zu Skylar. »Warum haben Polizisten unsere Fotos in ihren Handys?«

»Weil sie uns suchen.«

»Spielen die auch Fangen?«

»Ja.«

»Wie viele Personen spielen denn jetzt mit uns?«

»Mehr als mir lieb ist.« Sie sah kurz zu Rupert, der sie immer wieder überraschte. »Warum stellen Sie überhaupt keine Fragen?«

»Wenn Sie mir erzählen wollten, was los ist, hätten Sie das schon längst getan.« Skylar stieg aus, und er gab ihr die Fahrkarten zusammen mit zwei Baseballkappen und übergroßen Fan-Trikots der New York Mets. »Sie suchen eine Ärztin und ihren Patienten, aber nicht zwei Baseballfans. Die Mets spielen morgen in Philadelphia gegen die Phillies, also können Sie damit in der Menge untertauchen.« Er deutete auf andere Fans, die in den Bahnhof strömten. »Der nächste Zug geht um 22 Uhr 22.«

Skylar musterte ihn und entschied, dass dieser Mann ihr Vertrauen in New Yorker gerade wiederhergestellt hatte. »Haben Sie Eddie wirklich erzählt, Sie würden Vögel mehr lieben als Menschen?«

Treuherzig antwortete er: »Nicht jeder hat das Glück, jemanden wie Sie zu kennen.«

Skylar schüttelte den Kopf. »Ich bin nicht so nett, wie Sie denken.«

Rupert lächelte. »Ich sehe nur, welche Wirkung Sie auf ihn haben.« Er nickte Eddie zu, als dieser auch ausstieg. »Sie wissen, dass er etwas Besonderes ist. Was Sie nicht wissen, ist, wie besonders Sie sind.«

((•))

Sobald Skylar mit Eddie den Bahnhof betrat, wusste sie, dass Kreitenberg mit seiner Schätzung von Polizeibeamten richtiggelegen hatte. An jeder Ecke schien einer zu stehen, der sich aufmerksam umsah oder auf das Display seines Handys blickte, auf dem mit Sicherheit ihre Fotos waren.

Skylar hielt die Luft an und sah zu Boden, während Eddie stehen blieb, die Hände an die Ohren legte und seinen Kopf drehte, um sich mit den Geräuschen des riesigen Bahnhofs vertraut zu machen. Die Haupthalle war über zwölf Meter hoch. In der Mitte stand eine neun Meter hohe Skulptur eines Rohrkolbens aus Stahl und Glas, die daran erinnern sollte, dass sie sich in den New Jersey Meadowlands befanden, wo diese Pflanze im Überfluss wuchs. Zumindest war das so gewesen, bevor das Gelände mit Bulldozern platt gewalzt wurde, um einen Bahnhof zu errichten.

Die Skulptur war von einem Ring aus Neonröhren umgeben, die ein leises BRUMMEN von sich gaben. Eddie hörte es zusammen mit all den anderen Geräuschen, die durch den riesigen Raum mit seinen glatten Oberflächen aus Granit, Kalkstein, Stahl und Glas hallten: Schritte, Gespräche, das Klingeln und Vibrieren von Mobilgeräten, das Quietschen von Rädern und natürlich die ständigen Ansagen zu ankommenden und abfahrenden Zügen. In ihrer Gesamtheit bildeten sie ein beständiges RAUSCHEN, das für Eddie äußerst belastend war.

Das erklärte auch die Papierfetzen, die aus seinen Ohren ragten. Zum Glück war nicht viel davon zu sehen, aber wer genauer hinschaute, würde sie erkennen. Doch solche Äußerlichkeiten waren fast schon nebensächlich, denn mittlerweile zitterten und zuckten Eddies Hände, was viel auffälligere Folgen haben könnte. »Hier gefällt es mir nicht.«

»Je schneller wir gehen, desto weniger Zeit müssen wir hier verbringen.«

»Es ist zu laut.«

»Atme, Eddie.«

»Ich atme doch. Sonst wäre ich tot.«

»Konzentrier dich auf deine Atmung. Versuche, langsamer zu atmen.«

»Warum?«

»Weil ich dich darum bitte.« Sie hatte aufgehört, ihm alles erklären zu wollen, so wie auch viele Eltern bei ihrem zweiten oder dritten Kind darauf verzichteten.

Eddie brauchte nur einen kurzen Moment, um ihrer Bitte nachzukommen. Er atmete tatsächlich langsamer. Und als er sich an den neuen Rhythmus gewöhnt hatte, fiel Skylar auf, dass er die anderen Menschen beobachtete, immer einen nach dem anderen. Viele von ihnen trugen ebensolche Shirts und Kappen wie er und Skylar. Kreitenberg hatte recht gehabt: So fielen sie kaum auf, und das war gut. Sie sahen wie zwei Mets-Fans aus, die sich in dem großen Pulk von Mets-Fans auf ein gemeinsames Ziel zubewegten. Skylar nickte anderen zu oder lächelte aufmunternd, so wie es Menschen mit gemeinsamen Absichten und Zielen gern taten.

Alles lief wunderbar, bis Eddie anfing, wie eine Kuh zu muhen. Er hatte eine dicke Frau in ausgetretenen Cowboystiefeln entdeckt.

Zum Glück schien die Frau ihn nicht zu hören. »Warum muhst du?«

»Die Menschen klingen wie eine Rinderherde.« Er starrte auf einen besonders großen, unrasierten Mann, der aus einer in einer Papiertüte verborgenen Flasche trank. Er war mindestens eins neunzig groß und wog sicher an die hundertfünfzig Kilo. »Muh.«

Der Mann blieb stehen. »Was hast du gesagt, Blödmann?«

»Muh.«

Schnell schaltete Skylar sich ein. »Bitte verzeihen Sie meinem Freund. Er hat das Tourette-Syndrom und kann diese Tics nicht unterdrücken.«

Eddie machte sein BUZZER-Geräusch. »Ich habe kein Tourette-Syndrom. Ich habe das Asperger-Syndrom.«

Skylar hielt ihr Gesicht nahe vor Eddies und sah ihm fest in die Augen. »Ich bin deine Ärztin. Wenn ich sage, du hast Tourette, dann hast du Tourette. Und jetzt gehen wir weiter.«

Gern hätte sie ihn einfach mit sich gezogen, aber sie wusste, dass sie ihn nicht anfassen durfte, denn das würde alles nur noch schlimmer machen. Also tat sie das Einzige, was ihr übrig blieb: Sie ging zügig weiter und hoffte inständig, dass Eddie ihr folgen würde.

Gott sei Dank kam er tatsächlich hinterher, und Skylar hörte, wie er hinter ihr die Worte des großen Mannes wiederholte. »Ich hätt den Blödmann einfach umhaun solln. Mir doch egal, ob dasn verdammter Spasti is. Der soll gefälligst Respekt ham!« Eddies Stimme und Tonfall waren ziemlich akkurat.

Hinter der nächsten Ecke, als Skylar sicher sein konnte, dass sie ausreichend Abstand zu dem Mann hatte, blieb sie stehen und atmete erleichtert durch. Sie wartete, bis Eddie sie eingeholt hatte. »Du hast kein Tourette-Syndrom.«

Eddie wirkte verunsichert. »Warum haben Sie es dann gesagt?«

»Weil ich das Gefühl hatte, es wäre besser.«

»Warum?«

»Weil ich nicht wollte, dass der Mann dir wehtut.«

»Sie denken, er wollte mir wehtun?«

»Ich bin mir sogar ziemlich sicher.«

Eddie sah an sich hinunter und stellte sich wohl mögliche Verletzungen vor. »Dann ist es okay, zu lügen, wenn man nicht will, dass jemand verletzt wird?«

Skylar wusste nicht recht, wie sie antworten sollte. »Ja, wenn man keine andere Alternative hat, ist das okay.«

»Wie weiß man, dass man keine andere Alternative hat?«

»Man muss alle Möglichkeiten abwägen.«

Eddie nickte, als würde er verstehen, aber das tat er nicht. Es war alles unglaublich verwirrend und hinterließ ein ungutes Gefühl. »Ich will zurück ins Harmony House.«

Skylar nickte. Sie ahnte, wie schwer es für ihn sein musste, aber sie war noch nicht bereit, aufzugeben. »Ich dachte, du willst die Stimme deiner Mutter hören?«

»Ja, das will ich.«

»Wenn ich dich ins Harmony House zurückbringe, bekommst du vielleicht nie wieder die Gelegenheit.« Und sie hätte keine Gelegenheit mehr, ihre Schuld an Jacobs Tod durch die Erfüllung von Eddies sehnlichstem Wunsch zu kompensieren.

»Weil Dr. Fenton mir die Echo-Box vielleicht wegnimmt?«

»Ja, und ich habe dir doch versprochen, dass ich das nicht zulassen werde.«

»Das stimmt.«

»Aber um dieses Versprechen zu halten, brauche ich deine Hilfe.«

Eddie dachte kurz nach und kam zu einer Entscheidung. »Ich werde Ihnen helfen, Ihr Versprechen zu halten.« Leise zählte er seine Schritte, während sie die zwei Treppen zu den unteren Bahnsteigen hinuntergingen. Um sie herum sammelten sich immer mehr Mets-Fans, die mit demselben Zug fahren wollten und alle denselben Gedanken hatten: Nichts machte mehr Spaß, als die ganze Nacht aufzubleiben und Phillies-Fans damit aufzuziehen, dass sie am nächsten Tag im eigenen Stadion eine wohlverdiente Niederlage kassieren würden.

»Zweihundertzweiunddreißig. Zweihundertdreiunddreißig.« Plötzlich blieb Eddie stehen und kratzte sich im Nacken, wo der Kragen seines Fan-Trikots an seinem Hals scheuerte. »Ich mag dieses T-Shirt nicht. Es juckt.« Er fing an, es auszuziehen.

»Du musst es nur noch anlassen, bis wir im Zug sind.«

»Es ist aber unangenehm.« Er zog das T-Shirt aus.

Skylar sah in einiger Entfernung einen Polizisten stehen und sagte verschwörerisch: »Wenn ein Polizist dich fängt, wird es aber noch unangenehmer.«

Nun bemerkte Eddie den Polizisten ebenfalls. »Ich will nicht gefangen werden. Ich will meine Mutter singen hören.«

»Dann geh weiter und gib acht, dass du nicht auffällst.«

Er zog das Mets-Trikot wieder über den Kopf und ging in Richtung Zug. »Zweihundertvierunddreißig. Zweihundertfünfunddreißig …«

Kapitel 82

Harmony House, Woodbury, New Jersey, 27. Mai, 22:11 Uhr

Der erregte Anruf seines Chefs war nicht Michael Barnes' größte Sorge. Dass Fenton nicht gern auf dem Rücksitz eines Polizeiwagens saß, war verständlich. Und natürlich war er wütend darüber, dass er verhört werden sollte. Detective Henry McButler war lästig, aber keine ernsthafte Bedrohung – für keinen von ihnen. Er hatte weder die Befugnis noch irgendwelche Beweise, um Fenton zu beschuldigen. Der Detective pokerte einfach und hoffte, dass der alte Mann sich verplapperte. Aber so wie Barnes die Lage einschätzte, war das höchst unwahrscheinlich. Möglich, ja, weil natürlich alles immer irgendwie möglich war, aber die Gefahr war gering. Fenton würde ein paar Stunden seiner Lebenszeit opfern müssen, doch das wäre auch schon alles. McHenry war einfach ein frustrierter Polizist, der genau wusste, dass die Gerechtigkeit nie siegen würde. Seine einzige Handhabe bestand darin, zu stänkern und zu stören.

Barnes' weitaus größere Sorge, die ihm immer schlimmere Magenschmerzen bereitete, die auch die Unmengen bereits geschluckter Tabletten nicht lindern konnten, betraf das Zweimannteam, das er zu Schwester Gloria geschickt hatte.

Strunk und Dobson hätten sich schon vor einer Stunde melden sollen, aber ihre Handys sendeten noch nicht einmal mehr GPS-Signale. Was bedeutete, dass etwas passiert war.

Aber was?

Barnes ging eine Reihe von Szenarien durch. Das wahrscheinlichste davon war noch, dass die Polizei am Haus der Krankenschwester aufgetaucht war, während Dobson und Strunk mit ihrem Auftrag beschäftigt gewesen waren. Aber selbst das erschien ihm relativ weit hergeholt. Dazu hätte ein Nachbar etwas Verdächtiges sehen und entweder die örtliche Polizei verständigen oder gar selbst eingreifen müssen. Allerdings hätte das Team die Zeugen in beiden Fällen skrupellos eliminiert, da war Barnes sich sicher. Denn das wäre in jedem Fall besser, als dass irgendjemand Rückschlüsse auf das Harmony House hätte ziehen können.

Also, was war passiert?

Erneut versuchte er, sein Team zu kontaktieren, aber beide Handys sprangen sofort auf Voicemail. Da stimmte etwas ganz gewaltig nicht. Barnes fragte sich, wo seine Männer steckten. Ihren tatsächlichen Aufenthaltsort ahnte er nicht einmal annähernd – auf dem Grund des Atlantiks.

Teile von ihnen lagen jedenfalls schon dort.

Kapitel 83

5,3 Seemeilen vor der Küste von New Jersey, 27. Mai, 22:14 Uhr

Die GPS-Koordinaten lauteten 39°37'51.44"N, 74°05'56.59"W. Vor drei Jahren hatten die zwei Baseballfans zusammen das Motorboot Albemarle 360 XF gekauft, vor allem wegen des Volvo Penta IPS-Antriebs. IPS stand für *Inboard Performance System*, und genau das machte dieses Boot zu etwas Besonderem.

Im Moment allerdings standen die nach vorn gerichteten Propeller still, denn der Motor war abgestellt. Das Boot lag einigermaßen ruhig auf dem Wasser und schaukelte nur aufgrund der darunter liegenden ozeanischen Strömungen ein wenig hin und her. Die Baseballfans hatten diese Stelle gewählt, weil direkt unter ihnen der Kontinentalhang hinter dem Schelf abrupt neunzig Meter in die Tiefe abfiel. Hier lebten überaus gefräßige Fische, denen es egal war, ob ihr Futter vom Land oder aus dem Wasser stammte. Was die Haie nicht fraßen, übernahmen Fächerfische, Dorsche, Makrelen und Barrakudas. Und was jene übrig ließen, landete bei den Tiefseemonstern, die wirklich alles vertilgten, was auch nur annähernd essbar schien. Das Fehlen von Sonnenlicht in diesen Tiefen schloss naturgemäß eine kritische Betrachtung aus und senkte offenbar die Ansprüche.

Das Geheimnis, wie man diese Fische dazu brachte, menschliche Überreste zu verschlingen, bestand darin, die Leichen in hinreichend kleine Teile zu zerhacken. Genau das taten die Bootsbesitzer gerade, was auch das Blut erklärte, das über den gesamten hinteren Bootsteil, sogar bis über den so hübsch verschlungen geschriebenen Namen, verspritzt war.

Die zwei Männer erledigten ihre Arbeit mit identischen, dreißig Zentimeter langen Fleischbeilen aus Karbonstahl der Marke Henckels. Die Klingen waren rasiermesserscharf. Keiner der Männer zeigte auch nur die geringste Gefühlsregung. Es war einfach Teil ihrer Arbeit. Nachdem das letzte Stück Menschenfleisch über Bord geworfen wäre, würden sie binnen weniger Minuten alle Blutspuren mit Wasserschläuchen beseitigt haben.

Giles hielt inne, als sein Handy klingelte. Nicht sein normales, sondern das Kryptohandy für die Kommunikation mit ihrem Auftraggeber. Vermutlich wollte der wissen, wie weit sie mit der Sache gediehen seien. Also ging Giles ran und sagte: »So gut wie erledigt.«

»Daran hatte ich nicht gezweifelt«, erwiderte Stenson. »Aber das ist nicht der Grund meines Anrufs. Ich habe einen weiteren Auftrag für Sie.«

»Ich höre«, antwortete Giles, was er immer sagte, wenn Stenson anrief. Murphy unterbrach seine Arbeit ebenfalls, um zu lauschen.

»Die Sache muss noch heute Nacht erledigt werden.«

Für die Baseballfans bedeutete das nur eins: Ihr Boot wäre sehr viel früher abbezahlt, als sie erwartet hatten. Und wenn sie Glück hätten, könnten sie es am nächsten Tag noch schaffen, ihre Lieblingsbaseballteams im Citizens Bank Park in Philadelphia gegeneinander spielen zu sehen.

Kapitel 84

American Heritage Foundation, Alexandria, Virginia, 27. Mai, 22:15 Uhr

Als er merkte, es würde eine lange Nacht werden, war Stenson froh, dass er sich morgens die Zeit für sein gemischtes Doppel und die Massage genommen hatte. Man brauchte schon viel Kondition, um vierundzwanzig Stunden am Stück – manchmal sogar länger – wach und konzentriert zu bleiben. Solche langen Arbeitstage waren selten, aber sie trafen einen ohne Vorwarnung. Jeder beliebige Tag konnte derart ausufern, was die Arbeit bei der *American Heritage Foundation* einerseits spannend, andererseits aber auch frustrierend machte.

Die Mitarbeiter der Stiftung hatten vierundzwanzig Stunden am Tag, sieben Tage die Woche und dreihundertfünfundsechzig Tage im Jahr Bereitschaft. Sie waren wie Notärzte. Die Welt war ihre Patientin. Eine, die jeden Moment einen Herzstillstand erleiden konnte. Oder eine Hirnblutung. Oder davon ausging, sie habe eine, während sie sich tatsächlich nur den Kopf gestoßen hatte. Die meisten Patienten hatten keine Ahnung, was sie wirklich brauchten, und für die Welt galt genau dasselbe.

Wenigstens sah es Bob Stenson so.

Er pflegte eine Intensivpatientin, die den Großteil der letzten dreißig Jahre immer wieder lebenserhaltenden Maßnahmen hatte unterzogen werden müssen. Es ging ihr mittlerweile viel besser als zu der Zeit, da sie mit ihrem einzigartigen Interventionsprogramm begonnen hatten, und mehr brauchte Stenson nicht zu wissen, um seine Anstrengungen als gerechtfertigt anzusehen.

Aufmerksam beobachtete er die Infrarotbilder auf seinem Monitor, während die Baseballfans offenbar die Einzelheiten ihres neuen Auftragsangebots diskutierten. Stenson hatte ihnen den Namen ihres nächsten Ziels genannt (Michael Barnes), seine Beziehung zu den Zielpersonen des gerade ausgeführten Auftrags (ihr Vorgesetzter) sowie Highlights seiner militärischen sowie zivilen Laufbahn (es war eine lange und beeindruckende Liste). Die Baseballfans sollten haargenau wissen, mit wem und was sie es zu tun hätten.

Sie brauchten erheblich länger als sonst, um ihren Preis zu kalkulieren, aber das hatte Stenson erwartet. Noch nie zuvor hatte er ihnen ein so gut ausgerüstetes und trainiertes Ziel gegeben. Mittlerweile hatte Barnes sicher gemerkt, dass sein Zweimannteam verschwunden war. Was bedeutete, dass jemand die Männer eliminiert hatte. Und wer immer das gewesen war, hatte Barnes' nächsten Schritt vorausgeahnt und war ihm zuvorgekommen. Barnes wäre jetzt überaus wachsam, da er mit einem weiteren Angriff rechnen musste. Dieser Auftrag erforderte, jemanden auszutricksen, der in diesem Spiel selbst zu den Besten gehörte, und ein Erfolg war nicht garantiert.

»Fünfhunderttausend.« Die Zahl hing in der Luft, sowohl über dem Boot 5,3 Seemeilen vor der Küste von New Jersey als auch in Stensons Büro in Alexandria, Virginia. Sie war zehnmal so hoch wie ihr Standardtarif. Das Doppelte von dem, was sie für Senator Townsend gefordert hatten.

Stenson sagte zwanzig Sekunden lang gar nichts. Er hatte schon vor dem Anruf beschlossen, nicht sofort zu antworten, egal, welche Zahl sie nennen würden. Er wollte, dass die Killer ein wenig ins Schwitzen kämen.

Er bezweifelte, dass sie wussten, welche Summe für ihn noch akzeptabel wäre, und ihr Preis spiegelte genau das wider. Es war die Hälfte dessen, was er zu zahlen bereit gewesen wäre. Selbst bei einer Million Dollar hätte er nicht mit der Wimper gezuckt. Vielleicht sollte er denken, sie würden ihm wieder einen Sonderpreis bieten. Vielleicht lag es aber auch daran, dass sie nun mal nicht wie Stenson über Barnes und seine Möglichkeiten Bescheid wussten. Schon zu lange war der Sicherheitschef des Harmony House der *Foundation* ein Dorn im Auge gewesen, und für seine Eliminierung war Stenson bereit, einen überaus hohen Preis zu zahlen.

»Akzeptiert.« Stenson legte auf und beobachtete, wie Giles seinem Partner die Neuigkeit verkündete. Sie klatschten einander ab und beeilten sich dann, die letzten Leichenreste zu zerhacken und über Bord zu werfen. Danach würden sie so einige Vorbereitungen treffen müssen.

Kapitel 85

Secaucus Junction, Secaucus, New Jersey, 27. Mai, 22:20 Uhr

Eddie brauchte weitere dreihundertsiebzehn Schritte, um den Zug nach Philadelphia zu erreichen, was eine Gesamtsumme von fünfhundertzweiundfünfzig Schritten ergab. In dieser Zahl waren auch zwei Treppen mit jeweils zweiunddreißig Stufen enthalten. Als sie unten angekommen waren, hatte Eddie angemerkt, dass es eine ungewöhnlich hohe Anzahl von Treppenstufen sei, was aber vielleicht nicht für Bahnhöfe gelte, was er nicht beurteilen könne, weil Secaucus Junction der erste Bahnhof sei, den er je von innen gesehen habe.

Skylar ging mit Eddie zu dem am weitesten von der Treppe entfernten Waggon, der zufällig der erste war, direkt hinter dem Triebwagen. Sie setzten sich ans Ende des Waggons, weil man sie dort vom Bahnsteig aus nicht sehen konnte, sie aber gleichzeitig die Türen gut im Blick hatten. Sie würden jeden, der einstieg, früher sehen als dieser sie.

Als sie endlich saßen, zog Eddie gleich das Trikot aus und gab es Skylar. »Sie haben gesagt, ich muss es nur tragen, bis wir im Zug sitzen.«

»Ja, das habe ich.« Sie lächelte, als Eddie die Augen schloss und den Kopf hin und her drehte, um sich mit den GERÄUSCHEN im Waggon vertraut zu machen. Skylar tat auf ihre Weise Ähnliches: Sie musterte die anderen Passagiere. Es waren sieben, zwei Pärchen und eine Dreiergruppe. Das eine Paar war schon älter und sprach entweder Schwedisch oder Norwegisch, Skylar war sich nicht ganz sicher. Das andere war vermutlich ein Ehepaar. Beide waren etwa Ende dreißig und unterhielten sich über eine Veranstaltung, die sie gerade besucht hatten. Welche es auch immer gewesen war, die Frau hatte sie als gut und lehrreich empfunden. Der Mann hingegen klagte, er habe sich schrecklich gelangweilt und geärgert und würde das nächste Mal sogar dafür bezahlen, so einen Mist nicht wieder ertragen zu müssen. Die Dreiergruppe bestand aus einem Vater und seinen Söhnen im Teenageralter, alle in Mets-Trikots, nur dass ihre im Gegensatz zu Skylars und Eddies schon verwaschen aussahen. Es waren echte Fans auf dem Weg zur »besten Show der Welt«.

Wegen keinem der Mitreisenden musste sie sich also Sorgen machen. Skylar atmete erleichtert aus, als sich die Türen schlossen und der Zug anfuhr. Sie hatten es geschafft – dank etwas Glück und der Freundlichkeit eines Fremden. Sie beobachtete die Passagiere erneut, um sicherzugehen, dass sie sie beim ersten Mal richtig eingeschätzt hatte.

Erst jetzt fiel ihr auf, dass sie wie jemand auf der Flucht dachte und nicht wie jemand, der den Verlust eines geliebten Menschen betrauerte. Etliche Stunden schon hatte Skylar nicht mehr an Jacob gedacht. Sie wusste, dass sie um ihn trauern musste, aber jetzt war nicht die rechte Zeit. Und dafür war sie sogar dankbar. Skylar zog den Müsliriegel, den sie aus Ruperts Handschuhfach mitgenommen hatte, aus der Tasche und bot ihn Eddie an. »Hunger?«

Eddie gab keine Antwort. Er hörte sie nicht. Seine Finger flogen über die Tastatur seines Laptop-Supercomputers. Er musste ihn eingeschaltet haben, während sie die anderen Passagiere beobachtet hatte.

»Eddie?« Sie wedelte mit dem Riegel vor seinem Gesicht. »Möchtest du etwas essen? Sonst esse ich den nämlich.«

Auch diesmal antwortete Eddie nicht. Er achtete nur auf seinen Computer und tippte mit einer irrsinnigen Geschwindigkeit. Er war wie in einer anderen Welt.

Skylar erinnerte sich an Schwester Glorias Worte: »Er hat plötzlich eine bestimmte Idee im Kopf, und dann können ihn keine zehn Pferde davon abhalten, alles aufzuschreiben.« Während sie ihn beobachtete, stellte sie fest, dass auch er so etwas wie Erleichterung spüren musste. Offenbar dachte er weder daran, dass er weit vom Harmony House entfernt war, noch, dass er gefangen werden könnte, und auch nicht, dass er Hunger hatte. Er dachte nur an das, womit er sich gerade beschäftigte. Und das war gut so.

Aber woran dachte er wohl? Skylar sah über seine Schulter auf den Bildschirm, merkte jedoch, dass es eine für sie fremde Sprache war. Ob er die Algorithmen seiner Echo-Box verbesserte oder irgendwas anderes machte – sie konnte es nicht erkennen. Es erinnerte sie an ihren Bruder Christopher und die Hunderte von Seiten mit Gleichungen, die er hinterlassen hatte und die sie seitdem immer wieder mal zu entziffern versuchte. Das meiste sei ziemlicher Blödsinn, aber manches sehe tatsächlich wie ein möglicherweise vielversprechender Ansatz aus – zumindest hatten das die Physiker behauptet, denen sie seine Arbeit gezeigt hatte.

Skylar aß den alten Müsliriegel und sah aus dem Fenster auf die vom Mond beschienene Landschaft. Überrascht entdeckte sie sogar ein paar Rohrkolben, die sich sanft im Wind wiegten, und freute sich, dass tatsächlich noch welche erhalten geblieben waren. Es musste wirklich eine schöne Gegend gewesen sein, bevor man die Stadien errichtet hatte.

Der Zug sollte um 0:39 Uhr in Philadelphia ankommen, also in exakt zwei Stunden und siebzehn Minuten. Sie konnte Eddie nicht allein lassen, also musste sie sich, so gut es ging, beschäftigen. Sofort dachte Skylar an Jacob, und ihr wurde klar, dass es eine sehr lange Zugfahrt für sie werden würde.

Kapitel 86

Polizeirevier sechs, New York City, 27. Mai, 23:19 Uhr

Marcus Fenton war noch nie auf einem Polizeirevier gewesen und fest entschlossen, nach heute Nacht nie wieder eines zu betreten. Wie konnte der Kerl es wagen, ihn zu einem Verhör herzukarren? Für wen hielt sich dieser verdammte Polizist eigentlich? Und wie konnte er es wagen, ihn fast eine halbe Stunde in einem fensterlosen Verhörzimmer schmoren zu lassen?

Er war überzeugt, dass er durch den Einwegspiegel beobachtet wurde, der den Großteil einer Wand einnahm. Sie suchten nach Zeichen von Schuld. Nach irgendetwas, das sie gegen ihn verwenden konnten. Weil sie nichts in der Hand hatten. Solange er also ruhig bliebe, konnte ihm nichts passieren.

McHenry hatte ihn hereingeführt und das Zimmer wortlos wieder verlassen. Erst hatte Fenton überlegt, seinen Anwalt anzurufen, der wiederum einen anderen Anwalt kontaktiert hätte, der diese Art von Angelegenheit regelte, sich dann aber dagegen entschieden. Es sei denn, sie würden ihn verhaften. Er hatte auch kurz darüber nachgedacht, Senator Davis einzuschalten, dann jedoch beschlossen, diesen kleinen Zwischenfall, sobald er vorbei wäre, lieber unter den Teppich zu kehren. Er würde lächeln, die kurzzeitige Unannehmlichkeit ertragen und danach einfach weitermachen. Wie lang konnte das hier denn schon dauern?

Butler McHenry schlürfte den letzten Rest eines zwei Tage alten Kaffees aus einem Styroporbecher und starrte durch den Einwegspiegel auf Fenton, der reglos am Tisch des Verhörzimmers saß.

Detective Lieutenant Victoria Daniels betrat das kleine Kabuff. »Hat er schon nach seinem Anwalt gefragt?«

»Nein.«

»Haben Sie ihn schon verhört?«

»Nein.«

»Wie lange wollen Sie ihn hierbehalten?«

»Solange Sie mich lassen.«

»Wir haben den Mann überprüft. Ein angesehener Arzt mit Verbindungen zu hohen Tieren, und sein Institut wird von der Regierung finanziert. Sobald Sie ihm eine Frage stellen, die er nicht beantworten will, holt er seinen Anwalt und ist wieder auf freiem Fuß. Und danach kommen Sie nicht mal mehr in seine Nähe.«

Butler nickte. »Ich weiß.«

»Was wollen Sie dann von ihm, verdammt?« Verständnislos schüttelte Daniels den Kopf.

»Ich genieße einfach den Moment. Der Drecksack ist schuldig, das war in dem Moment klar, in dem er einwilligte, mitzukommen. Aber ich konnte dann ja nicht gut anhalten und sagen: ›Tja, danke für die Bestätigung, aber ich habe nichts gegen Sie in der Hand und kann genauso gut gleich wieder umkehren und Sie nach Hause bringen.‹«

»Nein, aber das können Sie ihm jetzt sagen. Ich kümmere mich darum, dass ihn jemand zurückfährt.«

Als Butler das kleine Zimmer verließ, registrierte er aus dem Augenwinkel, dass Daniels etwas aus der Tasche zog.

»Tut mir leid, dass ich Sie warten ließ«, sagte er und setzte sich dem Arzt gegenüber.

Marcus Fenton faltete vor sich auf dem Tisch die Hände. »Nein, das tut es nicht im Mindesten.«

Butler nickte. »Ich wollte höflich sein.«

»Geben Sie sich keine Mühe, das steht Ihnen nicht.«

Der Detective sah ihm fest in die Augen. »Wollen Sie beichten?«

»Sind Sie etwa Priester?«

»Sehe ich so aus?«

»Wenn Sie kein Priester sind, habe ich nichts zu beichten.«

Bevor Butler etwas erwidern konnte, kam durch den Lautsprecher über dem Einwegspiegel ein statisches Rauschen und Knacksen. Plötzlich hörten sie Michael Barnes' Stimme: »Sind Sie sicher?«

Fenton sah ihn verständnislos an, aber Butler erkannte die Aufnahme sofort. Er drehte sich um und starrte auf den Spiegel, hinter dem Victoria Daniels stand. Dies war einer der seltenen Momente, in denen jemand genau zur richtigen Zeit genau das Richtige tat. Dankbar nickte er ihr zu.

Daniels hielt Deputy Inspector Nataros Diktiergerät vor das Mikrofon und spielte das rekonstruierte Gespräch aus Fentons Büro ab.

FENTON: *Ja, absolut. Skylar ist zu wertvoll. Sie hat bei Eddie schon nach wenigen Tagen mehr Fortschritte gemacht als andere nach Jahren.*

Marcus Fenton verzog merklich das Gesicht, als er das Gespräch wiedererkannte.

BARNES: *Wünschen Sie spezielle Maßnahmen?*

FENTON: *Nicht in seiner Wohnung. Lassen Sie es wie einen Unfall aussehen.*

BARNES: *Er fährt U-Bahn.*

Das Klicken der Stopptaste war deutlich zu hören, als Victoria die Wiedergabe beendete. Sie stand so dicht am Spiegel, um Fenton zu beobachten, dass ihr Atem die Scheibe beschlug.

Butler fixierte den Arzt und genoss jede Sekunde. Sollte das NYPD je einen Werbespot für Kreditkarten drehen, wäre dies der Moment, der als unbezahlbar gelten konnte.

»Ich möchte mit meinem Anwalt sprechen.« Fentons Stimme zitterte. Er war offenkundig tief erschüttert.

»Das denke ich mir.« Butler erhob sich. »Aber Sie können gehen. Jemand wird Sie nach Hause fahren.«

Überrascht stand der alte Arzt auf und ging zur Tür. Dort hielt er noch einmal inne. »Sie können das nicht verwenden. Das wissen Sie, oder?«

»Haben wir aber gerade.«

»Ich meine, in einem Gerichtssaal.«

»Das mag wohl sein. Aber jetzt wissen Sie, dass wir es wissen. Und Sie werden es nie vergessen.« Er hielt Fenton die Tür auf, und der Arzt stürmte hinaus.

Kapitel 87

Homeland Security, Büro New York, 28. Mai, 0:07 Uhr

Max Garber hatte Agent Raines' Anweisungen befolgt und sein Augenmerk auf die fünf großen Bahnhöfe der Region gerichtet: Penn und Grand Central Station in New York City, Hoboken Terminal, Newark Penn Station und Secaucus Junction in New Jersey. Alle waren per U-Bahn erreichbar. Penn und Grand Central waren die nächsten, aber aus genau dem Grund wollte Garber die drei anderen nicht vernachlässigen. Die zwei Flüchtigen hatten es bislang geschafft, einer Festnahme zu entgehen, und während das zum Teil natürlich reines Glück war, lag auch ein gutes Maß Kalkül darin. Die Ärztin und ihr Patient trafen kluge Entscheidungen. Und in diesem Fall wäre es eine kluge Entscheidung, die nahe gelegenen Bahnhöfe zu meiden.

Garber teilte seine Analysten in fünf gleich große Teams, die sich um jeweils einen der Bahnhöfe kümmerten. Sie gingen die Aufnahmen der Überwachungskameras der letzten zwei Stunden durch – das war schätzungsweise der Zeitraum, in dem die Flüchtigen einen dieser Bahnhöfe hätten erreichen können. Mithilfe des speziellen Gesichtserkennungsprogramms wurden die Gesichter aller hinreichend sichtbaren Personen ausgewertet.

Alle Personen, bei denen eine Übereinstimmung von siebzig oder mehr Prozent festgestellt worden war, wurden von den Analysten persönlich in Augenschein genommen. Dieser Anteil möglicher Treffer erforderte ihre volle Konzentration – und führte dazu, dass alle mit glasigen Augen dasaßen und so viele Red Bulls, Rockstars, Monsters und sonstige Energydrinks in sich hineinschütteten, wie sie zu fassen bekamen.

In jedem Bahnhof trugen viele der Reisenden Yankees- oder Mets-Trikots. Und Kappen. Immerhin war Baseballsaison, und die New York Mets würden am folgenden Nachmittag gegen ihre Rivalen in der National League East, die Philadelphia Phillies, spielen. Egal, ob man das Spiel live besuchte oder nicht – jeder Fan musste natürlich die Farben seiner Mannschaft tragen. Und die Yankees und Mets hatten in New York viele Fans. Max Garber selbst war Mets-Fan. Sofern er nicht im Büro festhinge, würde er das Spiel ebenfalls anschauen. Allerdings sah es immer mehr danach aus, als würde er dann immer noch hier sein, also bliebe ihm nichts anderes übrig, als das Spiel hin und wieder auf seinem Handy zu verfolgen.

Während er sich abwechselnd zu seinen fünf Analystenteams gesellte, fiel ihm auf, dass in Grand Central und Secaucus Junction am meisten Mets-Fans herumliefen. Eine kurze Überprüfung der Zugverbindungen erklärte es: Von dort aus gingen die meisten Schnellzüge nach Philadelphia. Das Problem war nur, dass alle fünf Teams ihre Suche mittlerweile beendet hatten und keines mit einem echten Treffer aufwarten konnte.

Garber kratzte sich am Kopf. Es wäre ihm unangenehm, Agent Raines berichten zu müssen, dass sie keinerlei Ergebnisse vorzuweisen hatten. Was also tun? Zum einen, weil er keine andere Idee hatte, und zum anderen, weil ihm sein Gespür sagte, dass jemand etwas übersehen haben musste, ließ er die Teams die Bahnhöfe tauschen und von vorn anfangen. Garber wollte absolut sicher sein.

Die Regierung ist für Redundanz bekannt. Sie kostet unmäßig Geld und ist ineffizient, aber hin und wieder ist sie auch sinnvoll. Dieser Fall war ein gutes Beispiel dafür, dass die Verschwendung von Steuergeldern gelegentlich auch gerechtfertigt war. Denn das zweite Team, das das Material von Secaucus Junction überprüfte, hatte nach weniger als fünfzehn Minuten die Flüchtigen in der Nähe der Rohrkolben-Skulptur entdeckt. Sie hatten sich dort um 22:09 Uhr aufgehalten, vor etwas mehr als zwei Stunden. Skylar Drummond und Edward Parks trugen beide Trikots und Caps der Mets, was vermutlich der Grund war, weshalb man sie im ersten Durchgang übersehen hatte. Max Garber war ein weiteres Mal beeindruckt von ihrem Einfallsreichtum. Während seine Teams den weiteren Weg der Flüchtigen durch den Bahnhof nachzuverfolgen versuchten, rief er Agent Raines an, um ihn darüber zu informieren.

Der fragte schlicht: »Und wohin fahren sie?«

»Daran arbeiten wir noch, haben aber noch keinen konkreten Hinweis. Ich kann nur eine begründete Vermutung anstellen.«

»Und die wäre?«

»Beide tragen Trikots und Caps der Mets.«

»Die spielen morgen gegen die Phillies, oder?«

»Genau. Sechs Minuten nachdem sie von der Kamera erfasst wurden, ging ein Schnellzug von Secaucus nach Philadelphia.«

»Wann kommt er an?«

Garber sah auf die Zeitanzeige am unteren rechten Bildschirmrand. »In siebzehn Minuten.«

Noch bevor der Analyst den Hörer aufgelegt hatte, hatte Agent Raines bereits die Kurzwahltaste für die Telefonzentrale der Homeland Security gedrückt und ließ sich nun mit dem Büro in Philadelphia verbinden.

Raines hatte keine Ahnung, dass man seinen Anruf in Alexandria, Virginia, abhören würde, so wie man dort auch das Telefonat mit seinem Lieblingsanalysten mitgehört hatte.

Kapitel 88

American Heritage Foundation, Alexandria, Virginia, 28. Mai, 0:12 Uhr

Das Telefonat zwischen Max Garber und Agent Raines bezüglich Secaucus Junction löste eine ganze Reihe von Aktivitäten aus. Jason Greers hatte das Gespräch mitgehört und informierte umgehend seinen Boss. Bob Stenson rief zum zweiten Mal innerhalb von vierundzwanzig Stunden Senator Corbin Davis an, der sich gerade mit den letzten der vierhundert Gäste unterhielt, die die Spendenveranstaltung für seine nächste Wahlkampagne besucht hatten. Davis entschuldigte sich bei seinen gut betuchten Wohltätern, trat aus dem prunkvollen Haus seines drittwichtigsten Förderers und lauschte einer Reihe detaillierter Instruktionen. Daraufhin rief der Senator Arthur Merrell an, den Direktor der Homeland Security in New York, und gab einem der drei mächtigsten Beamten der Exekutive seines Landes genaue Anweisungen, wie und wo die Flüchtigen gefasst werden sollten, und was vielleicht noch wichtiger war: wer sie und die Echo-Box danach sehen durfte.

Gnädig überging Merrell die Respektlosigkeit, denn er war neugierig geworden. »Senator, was für ein Gerät ist das genau, das die beiden da mit sich führen?«

»Das darf ich Ihnen nicht sagen.«

»Sie wissen es auch nicht, oder?«

Corbin Davis musste grinsen. »Denken Sie das ruhig, wenn es Ihnen damit besser geht.«

Merrell hasste es, ausgeschlossen zu werden. »Na, das muss ja eine bahnbrechende Erfindung sein.«

Davis schwieg einen Moment, entschied dann aber, den Direktor ein wenig anzufüttern. »Das ist noch eine Untertreibung.«

Kapitel 89

New Jersey Transit Train, Richtung Philadelphia, 28. Mai, 0:33 Uhr

Als Eddie schließlich aufhörte zu tippen, sah er sich um und registrierte, dass er keine Ahnung hatte, wo er war. Er wusste nur, dass er sich nicht in seinem Zimmer befand. *Wo bin ich?* Er empfand kurz Panik, sah dann aber Skylar neben sich, die schlief. Allein ihr Anblick beruhigte ihn. Jetzt erinnerte er sich, dass sie in einen Zug gestiegen waren. Zurück nach Philadelphia. Um seine Mutter singen zu hören.

Er sah aus dem Fenster, konnte aber nicht viel erkennen. Umrisse von Wohnhäusern und Fabriken und Tankstellen und Schrotthöfen. Ein nicht enden wollendes, verschwommenes Band aus Straßenlaternen und Parkplatzleuchten und Bremslichtern. Nicht genug jedenfalls, um einen Hinweis zu geben, wo genau sie sich befanden.

Skylar musste schon vor einer Weile eingeschlafen sein. Sie sah ganz friedlich aus. Eddie wollte gerade ihren Namen sagen, als er innehielt. Und sie nur beobachtete. Ihrem Atem lauschte. Er passte sich ihrer Frequenz an, atmete mit ihr aus und ein. Dann streckte er langsam die Hand aus und berührte ihre Haut mit dem Finger. Er wünschte sich Körperkontakt. Auch wenn er sie nur mit der Fingerspitze berührte, so war das dennoch ein großer Schritt für ihn.

Unvermittelt schreckte Skylar hoch, und Eddie zuckte zusammen. »Tut mir leid, ich muss eingeschlafen sein.«

Eddie zog seine Hand abrupt zurück und kratzte sich stattdessen am Arm. »Warum tut es Ihnen leid?«

»Ich wollte wach bleiben.«

»Sie waren müde.«

Sie nickte. Dann sah sie zu seinem Laptop und stellte fest, dass er ausgeschaltet war. Sie wollte gerade fragen, woran er gearbeitet hatte, als ein Ruck durch den Zug ging und er spürbar langsamer wurde.

»Was ist passiert?«, fragte Eddie ängstlich. »Ist der Zug entgleist?«

»Nein, Eddie.« Skylar sah auf die Uhr. Es war 0:33 Uhr, was bedeutete, dass sie gleich an der 30th Street Station halten würden. »Wir sind fast da.«

Eddie war verwirrt. »Fast wo?«

»An der 30th Street Station.«

»In Philadelphia?«

Sie lächelte. »Ja, Eddie. Willkommen zu Hause.«

Kapitel 90

Harmony House, Woodbury, New Jersey, 28. Mai, 0:42 Uhr

Michael Barnes war inzwischen sicher, dass eine dritte Gruppe ins Spiel eingestiegen war. Oder eher: Eine dritte Gruppe war schon immer an dem Spiel beteiligt gewesen, hatte sich jedoch bisher als stiller Beobachter im Hintergrund gehalten und jetzt beschlossen, in Erscheinung zu treten. Eine andere Erklärung für das plötzliche Verschwinden seines Zweimannteams, das er zu Gloria Pruitts Haus geschickt hatte, gab es für ihn nicht. Irgendwer hatte gewusst, dass sie kommen würden. Was nur bedeuten konnte, dass er in irgendeiner Weise abgehört wurde. *Mein Gott, wie lange schon?*

Bei aller Besorgnis war Barnes auch beeindruckt. So eine Aktion erforderte Geduld. Disziplin. Ressourcen. Und Erfahrung. Was bedeutete, dass wer auch immer sein Team hatte verschwinden lassen, ein würdiger Gegner war. Vielleicht sogar ein unbezwingbarer. Aber Barnes hatte sich schon früher in scheinbar ausweglosen Situationen befunden. Es war Jahrzehnte her, seit er eine derart achtunggebietende Herausforderung erlebt hatte, aber er war überzeugt, sie noch immer bewältigen zu können.

Allerdings bestand ein entscheidender Unterschied. In den damaligen Situationen, allesamt außerhalb der Staaten, hatte es kein Entrinnen gegeben. Ein Versagen hätte den Tod bedeutet. Das war hier und heute nicht der Fall. Hier konnte er entrinnen. Verschwinden. Es war eine Option, auf die Michael Barnes sich schon vor vielen Jahren vorbereitet hatte. Obwohl er Marcus Fenton gegenüber eine tiefe Loyalität empfand, war er nicht bereit, für ihn in einer Gefängniszelle zu verrotten. Er würde sich aus dem Staub machen, und zwar schnell, und nie mehr zurückblicken.

Noch aber war das angeschlagene Schiff zu steuern.

Wegen Fentons wütender Anrufe machte er sich keine Sorgen. Der ehrbare Doktor war von einem Detective der New Yorker Polizei gedemütigt worden – na und? Alles, was Butler McHenry damit erreicht hatte, war, eine extrem wichtige Information zu bestätigen: Die Echo-Box funktionierte. Akustische Archäologie war Realität. Und das erklärte, warum die dritte Gruppe in Erscheinung getreten war.

Die zwei wichtigsten Fragen, die Michael Barnes sich stellte, lauteten: Wo war die Echo-Box jetzt, und was hatte Schwester Gloria mit Edward Parks und seiner Erfindung zu schaffen?

Was Ersteres betraf, hatten Lutz und Hirsch den Agent der Homeland Security bisher nicht aus den Augen verloren. Barnes' Team hatte sich genau an seine Anweisungen gehalten und war Raines in sicherem Abstand gefolgt. Erst hatte Barnes damit gerechnet, dass der Agent zum Polizeirevier sechs zurückkehren und das Gerät an sich nehmen würde. Aber dann hörte er, dass Raines wieder ins Büro der Homeland Security an der 3rd Avenue fuhr. Was nur eins bedeuten konnte: Homeland gab die Verfolgung auf, zumindest in New York. Edward Parks und Skylar Drummond waren nicht mehr in der Stadt. Sie waren entwischt. Als Lutz und Hirsch fragten, was sie jetzt tun sollten, hatte Barnes sie ins Harmony House zurückbeordert.

Was die Krankenschwester betraf, so konnte die unbekannte dritte Gruppe nur dann ein Interesse daran haben, sie zu schützen, wenn sie wertvoll für sie war. Sie wollten, dass sie weiter für sie arbeitete, wollten den Status quo aufrechterhalten. Ihren eigenen Status quo. In dem für jemanden, der die Krankenschwester gerade hatte umbringen lassen wollen, kein Platz war. Michael Barnes konnte das Fadenkreuz auf seiner Stirn praktisch schon sehen, während er auf seine Spiegelung im Bildschirm starrte. Sie würden ihm auflauern, wahrscheinlich genau dann, wenn er am wenigsten damit rechnete.

Es überraschte ihn selbst, wie schnell sein Entschluss gefasst war. Vielleicht lag es an der Weisheit, die mit dem Alter kam. Oder dass er tief im Innern doch bezweifelte, dass er es noch mit ihnen aufnehmen konnte. Was auch immer den Ausschlag gab: Nach fast zwei Jahrzehnten treuer und pflichtbewusster Arbeit für Dr. Marcus Fenton und das Harmony House stand Barnes einfach auf und verließ sein Büro. Er nahm keinen einzigen Gegenstand mit. Kein Foto. Keinen Bleistift. Nicht mal eine der Dosen mit Magentabletten, die er immer vorrätig hatte. Er verließ das Gebäude, ging über den Parkplatz zu seinem beigefarbenen Impala und fuhr vom Gelände.

Die einzigen Dinge, die er auf seine Reise mitnehmen würde, befanden sich in zwei ein Kubikmeter großen, vakuumversiegelten Aluminiumkisten, die unter dem hölzernen Geräteschuppen in seinem Garten versteckt waren. Er hatte diese Kisten schon vor Jahren vergraben, und sie enthielten alles, was er brauchte, um in egal welcher Umgebung einige Jahre überleben zu können. Michael Barnes würde komplett untertauchen. Er musste nur noch die Kisten holen, dann wäre er verschwunden. *Pfffft!* Die Welt würde ihn nie wiedersehen.

Es sei denn, er würde das irgendwann wieder ändern wollen.

Kapitel 91

30th Street Station, Philadelphia, Pennsylvania, 28. Mai, 0:45 Uhr

Eddie trug wieder sein Trikot, als er und Skylar inmitten der anderen Mets-Fans durch den Bahnhof in Philadelphia gingen. In einiger Entfernung buhten ein paar Leute, was zu erwarten gewesen war – New Yorker hätten ankommende Phillies-Fans gleichermaßen begrüßt. In der Haupthalle registrierte Skylar ein paar Polizisten, die ohne jede Dringlichkeit gemächlich auf und ab schlenderten. Es war erkennbar, dass sie nicht nach zwei bundesweit gesuchten Flüchtigen in Besitz streng geheimer technischer Geräte Ausschau hielten. Jedenfalls *noch* nicht. Vorsichtshalber hielt Skylar sich dennoch von ihnen fern.

»Spielen wir immer noch Fangen?«, wollte Eddie wissen.

»Ja.«

»Müssen wir das?«

»Ich fürchte, ja.«

»Warum fürchten Sie es?«

»Weil die anderen immer noch spielen.« Sie nickte in Richtung zweier Polizeibeamter.

Eddie überlegte. »Ich will dieses Spiel nie wieder spielen.«

»Ich auch nicht.« Sie lächelte ihm aufmunternd zu, während sie mit dem Strom der blau und orange gekleideten Mets-Fans den Bahnhof verließen. Draußen steuerten sie die lange Reihe von Taxis an, wo ein Mann mit Dreadlocks und einer leuchtend orangefarbenen Weste stand und die Leute auf die einzelnen Wagen verteilte.

»Eddie, wäre es okay für dich, jetzt deine neunundzwanzigste Taxifahrt zu unternehmen?«

Eddie begutachtete die Schlange der Taxis mit ihren Lizenznummern auf den Dächern. »Neunundzwanzig ist eine Primzahl. Ich mag Primzahlen, weil sie nur durch sich selbst teilbar sind. Mögen Sie Primzahlen?«

»Ich liebe sie«, antwortete Skylar grinsend, weil sie genau wusste, wie er reagieren würde.

Eddie machte sein BUZZER-Geräusch.

»Unternimmst du mit mir deine Taxifahrt Nummer neunundzwanzig, weil es eine Primzahl ist?«

»Nein. Ich tue es, weil Sie mich darum bitten.« Er lächelte kurz.

Der Mann mit der Weste deutete auf das erste Taxi in der Schlange. Skylar ging hin und öffnete die Tür, damit Eddie einsteigen konnte. Dann merkte sie, dass er zum zweiten Taxi marschierte. »Wir sollen aber mit dem hier fahren.«

»Mit dem will ich aber nicht fahren.« Er deutete auf das zweite Taxi. »Ich will mit dem da fahren.«

»Und kannst du mir auch sagen, warum?«

»Ja, kann ich.«

Skylar wartete vergeblich auf eine Erklärung, und der Mann mit den Dreadlocks mahnte, sie müssten sich schon beeilen, sonst würden sie ihren Platz in der Schlange verlieren. Skylar fiel wieder ein, dass sie Eddie direkt fragen musste. »Warum?«

Er deutete auf die Taxinummer des ersten Taxis. »Das ist eine gerade Zahl.«

»Was stimmt nicht mit geraden Zahlen?«

»Gerade Zahlen können keine Primzahlen sein – außer der Zwei. Neunundzwanzig ist eine Primzahl. Sie ist ungerade.«

Zwei der hinteren Taxifahrer fingen an zu HUPEN. Eddie verzog das Gesicht und hielt sich die Ohren zu. »Sagen Sie denen, sie sollen aufhören, das tut mir in den Ohren weh.«

»Sie werden aufhören, sobald du in das Taxi steigst, Eddie. Bitte.« Zu ihrer großen Überraschung stieg er tatsächlich ein. Skylar setzte sich neben ihn auf den Rücksitz. Es roch süßlich nach billigem Bier.

Eddie krümmte sich über seinem Rucksack zusammen. »Das Auto riecht wie dieser Ort für Männer, die nichts Besseres zu tun haben, nur dass hier keine Erdnussschalen auf dem Boden liegen.«

Der Fahrer entschuldigte sich, jemand habe früher am Abend Bier verschüttet und er habe noch keine Zeit gehabt, es wegzuwaschen.

»Möchtest du gleich zu eurem alten Haus fahren, oder möchtest du erst etwas essen?«, wollte Skylar wissen.

Ohne zu zögern, antwortete Eddie: »Ich möchte gleich zu meinem alten Haus fahren. Hunger habe ich erst seit ein paar Stunden, aber die Stimme meiner Mutter will ich schon mein ganzes Leben lang hören.«

Skylar gab dem Fahrer die Adresse, und er fuhr los. Eddie neben ihr war sichtbar nervös und zappelte unruhig herum. »Ich möchte, dass du dir nicht zu viele Hoffnungen machst.«

»Woher weiß ich, dass ich mir zu viele Hoffnungen mache?«

»Du musst alle Eventualitäten bedenken.«

»Was sind alle Eventualitäten?«

»Na, zum Beispiel, dass dein Vater gar nicht mehr dort wohnt.«

Eddie nickte. »Das ist möglich. Aber die Schallwellen aus der Zeit, als er und meine Mutter dort lebten, werden trotzdem noch im Haus sein.«

»Wenn da jetzt jemand anders wohnt, dann ist es ihm oder ihr vielleicht nicht recht, dass wir ins Haus kommen, vor allem nicht um ein Uhr nachts.«

»Warum ist es ihm oder ihr vielleicht nicht recht?«

»Wäre es dir recht, wenn ein Fremder nachts in deinem Zimmer im Harmony House herumschnüffeln würde?«

»Wir werden nicht in meinem alten Haus herumschnüffeln, Skylar.«

»Das weiß ich. Aber derjenige, der jetzt dort wohnt, weiß das nicht. Und wir können auch nicht erklären, was genau wir dort machen, also denkt der neue Hausbewohner, dass wir herumschnüffeln wollen.«

»Warum können wir nicht erklären, was genau wir dort machen?«

»Das ist noch eine Sache, bei der du mir einfach vertrauen musst.« Sie lächelte schwach.

Eddie dachte kurz über die immer länger werdende Liste von Dingen nach, bei denen er Skylar einfach vertrauen sollte. »Okay, ich verstehe, dass, wenn dort jetzt jemand anders lebt, es ihm oder ihr vielleicht nicht recht ist, wenn wir ins Haus wollen.«

»Aber mach dir keine Sorgen. Wenn das so sein sollte, wird mir mit Sicherheit etwas einfallen, um sie trotzdem zu überzeugen.«

Eddie nickte und lächelte kurz, weil er wusste, dass sie die Wahrheit sagte. »Ich bin mir auch sicher, dass Sie sie überzeugen können, Skylar. Denken Sie nur an die vielen Sachen, von denen Sie mich überzeugen konnten, dass ich sie tue, obwohl mich vorher noch nie jemand davon überzeugen konnte.«

»Das kommt, weil du mir vertraust.«

»Woher wissen Sie das?«

»Das sagen mir deine Taten.«

»Meine Taten sagen, dass ich Ihnen vertraue?«

Sie nickte. »Taten sagen mehr als tausend Worte.«

Eddie starrte aus dem Fenster. »Nein, tun sie nicht.«

»Das ist eine Redewendung.«

»Ich mag keine Redewendungen.«

»Tatsächlich ist das aber eine schöne«, versicherte Skylar. »Wenn jemand sagt, dass er dich mag, dann meint er es vielleicht ernst, vielleicht aber auch nicht. Aber wenn es dir jemand durch seine Taten zeigt, dann weißt du ganz sicher, dass er es ernst meint.«

Eddie fiel auf, dass der Taxifahrer zustimmend nickte, also nickte er ebenfalls. »Dann werde ich Ihnen weiterhin durch meine Taten zeigen, dass ich Ihnen vertraue.«

Sie sah ihm in die Augen. »Das freut mich, Eddie. Das gibt mir ein gutes Gefühl.«

Er drehte den Kopf zur Seite. »Warum gibt es Ihnen ein gutes Gefühl?«

»Weil ich möchte, dass du mir vertraust.«

»Vertrauen Sie mir?«, fragte er ernsthaft.

»Ja, Eddie, ich vertraue dir hundertprozentig.«

»Das gibt mir ein gutes Gefühl.« Er sagte es mit exakt derselben Betonung wie sie.

Zum ersten Mal wusste Skylar nicht genau, ob er sie nur nachmachte, oder ob er es tatsächlich so meinte. Also fragte sie: »Warum gibt es dir ein gutes Gefühl?«

»Weil ich möchte, dass Sie mir vertrauen.« Auf seinem Gesicht war der Anflug eines Lächelns zu erkennen.

Das Taxi fuhr auf der Broad Street Richtung Norden, vorbei am Campus der Temple University und bog dann nach Westen in die Susquehanna Avenue ein. Am 300er-Block hielt der Fahrer am Straßenrand und verkündete, sie seien da. Das

Taxameter zeigte 17,30 Dollar an. Skylar gab dem Mann einen Zwanzigdollarschein und stieg aus. Eddie folgte ihr.

Er starrte auf die Tür des Hauses mit der Nummer 317, rührte sich aber nicht vom Fleck. »Eddie, was ist los?«

Er stand einfach nur da und deutete auf den Eingang. »Das ist die falsche Tür.«

»Bist du sicher, dass es die richtige Adresse ist?«

»Es ist die richtige Adresse: 317, West Susquehanna Avenue, Philadelphia, Pennsylvania, 19122. Aber es ist definitiv nicht die richtige Tür.«

»Was stimmt damit nicht?«

»Sie hat die falsche Form und die falsche Farbe. Sie sollte braun und fleckig sein, nicht schwarz, und oben abgerundet.«

»Vielleicht ist sie nur gestrichen worden.«

»Nein. Sie ist anders. Das ganze Haus ist anders. Es ist nicht mehr dasselbe.«

Erst jetzt fiel Skylar auf, wie neu das Ziegelgebäude aussah. Tatsächlich sah der ganze Block aus, als wäre er erst vor Kurzem neu gebaut worden, so wie es die Bauunternehmen mit dem Viertel von Butler McHenrys Mutter vorhatten. »Eddie, weißt du noch, ob euer Haus aus Ziegelsteinen gebaut war?« In ihrer Stimme lag nun echte Sorge.

»Nein, es war kein Ziegelhaus, es war ein Holzhaus. Und gelb gestrichen. An manchen Stellen hatte das Holz Termiten, da sah es mehr grau aus als gelb.«

Vorsichtig begann Skylar: »Eddie, wenn neue Häuser gebaut werden ... Weißt du, dass die alten dann erst abgerissen werden müssen?«

»Ja, das weiß ich.«

Sie wartete darauf, dass er die passende Schlussfolgerung zog. Das tat er nicht. »Ich glaube, das ist der Grund, weshalb das Haus jetzt so anders aussieht.«

Da machte Eddie ein Gesicht, als hätte man ihm gerade einen Hieb in den Magen verpasst. »Sie denken, die haben mein Haus abgerissen?« Skylar nickte. Nun wirkte Eddie ganz verzweifelt. »Wenn sie mein Haus abgerissen haben, sind die Schallwellen zu weit verstreut. Wenn sie zu weit verstreut sind, kann ich die Stimme meiner Mutter nicht rekonstruieren!« KLATSCH! KLATSCH! KLATSCH! Er schlug sich mit der rechten Hand immer wieder auf die Wange, während er mit der linken Hand den Rucksack umklammert hielt.

Schnell packte Skylar seine Hände und hielt sie fest, während er zerrte und zog, um sich zu befreien. »Du wirst die Stimme deiner Mutter hören, Eddie. Ich weiß noch nicht, wie, aber ich verspreche dir, dass du sie hören wirst.«

Von der Anstrengung wurde Eddie ganz rot im Gesicht. Es dauerte erheblich länger als sonst, bis er sich wieder beruhigte. Skylar ließ ihn erst los, als sie sicher war, dass er sich nichts mehr antun würde.

Und dann ging es los.

Kapitel 92

317, West Susquehanna Avenue, Philadelphia, Pennsylvania, 28. Mai, 1:01 Uhr

Eddie erstarrte. Sein ganzer Körper versteifte sich. Skylar wusste nicht, warum, bis sie die sechs Bundesagenten in Kampfanzügen auf sie zukommen sah. Die Waffen im Anschlag. Eddie begann hysterisch zu schreien. Die Homeland Security Agents aus Philadelphia hatten im Schatten verborgen auf sie gewartet. Jetzt waren sie keine zehn Meter mehr entfernt. Eddie und Skylar waren umzingelt. *Wieso habe ich sie nicht gesehen?,* dachte Skylar.

»STEHEN BLEIBEN!«, brüllte der Anführer. »HOMELAND SECURITY!«

Skylar zog Eddie an sich hin und umklammerte ihn, so fest sie konnte, während sein Körper zu krampfen begann.

»NEHMEN SIE DIE HÄNDE HOCH!«

Skylar hielt Eddie immer noch fest und schrie zurück: »Wenn ich ihn loslasse, wird er sich selbst verletzen!«

Ungerührt brüllte der leitende Agent: »HÄNDE HOCH UND HINKNIEN, ODER WIR SCHIESSEN.«

Sie zweifelte keine Sekunde, dass er seine Drohung wahr machen würde. Also gehorchte sie. Eddie begann zu krampfen und zu zucken. Der Rucksack rutschte ihm aus der Hand, Echo-Box und Laptop schlugen auf dem Gehweg auf. Dann stürzte auch Eddie neben seinen Geräten zu Boden und OHRFEIGTE sich, so fest er konnte. Zehn Mal. Zwanzig Mal. Jetzt konnte ihn nichts mehr aufhalten.

Hilflos verharrte Skylar auf den Knien, während die Agents sich weiter näherten. »Sie müssen ihn fixieren!«

Der leitende Agent baute sich vor ihr auf. »Nichts lieber als das.« Er grinste. »Ich bin Agent Kendricks.« Er nickte einem seiner Männer zu, der erst ihr linkes, dann ihr rechtes Handgelenk hinter ihrem Rücken in Handschellen legte. Skylar hatte noch nie Handschellen getragen, aber alles, woran sie denken konnte, war Eddie.

Bis die Agents es schafften, ihn zu überwältigen, hatte er sich an die fünfzig Mal geohrfeigt. Er blutete. Vier Agents waren nötig, um ihn lange genug am Boden zu halten, damit auch ihm Handschellen angelegt werden konnten.

Skylar versuchte, ihn zu beruhigen. »Eddie, ich bin immer noch da. Ich bin bei dir. Versuch, dich auf meine Stimme zu konzentrieren. Stell dir vor, dass ich dich immer noch festhalte.«

Aber Eddie zuckte und wälzte sich weiter auf dem Boden, nachdem die Männer ihn losgelassen hatten. Die Handschellen schnitten ihm ins Fleisch. Bald war das silberne Metall mit Blut verschmiert. Er konnte nicht aufhören, sich zu wehren, und schien den Schmerz nicht zu spüren.

Skylar musste weinen und versuchte, es zu unterdrücken. Ihre Augen schwammen vor Tränen. »Eddie, kannst du mich hören? Du tust dir weh. Bitte hör damit auf …«

Und dann, ganz abrupt, hielt er inne. Er hörte ganz und gar auf, sich zu bewegen. Er blinzelte nicht einmal mehr.

Sofort war Agent Kendricks bei ihm, kniete sich hin und überprüfte seine Pupillen. Sie waren stark geweitet. »Er hat einen Schock.«

»Nehmen Sie ihm die verdammten Handschellen ab!«, schrie Skylar.

Kendricks tat es. Schlaff blieb Eddie am Boden liegen.

»Bitte, lassen Sie mich ihm helfen. Ich laufe nicht weg.«

Ohne jede Gefühlsregung erwiderte Kendricks: »Er ist jetzt für sich selbst keine Gefahr mehr. Ein Krankenwagen ist unterwegs.« In der Ferne war eine Sirene zu hören.

»Wo bringen Sie ihn hin?«

»Das lassen Sie mal unsere Sorge sein.«

»Es ist aber auch meine, verdammt! *Wo bringen Sie ihn hin?«*

Er sah sie durchdringend an. »Ich an Ihrer Stelle würde mir mehr Sorgen machen, wohin wir *Sie* bringen.«

Sie starrte zurück.

Dann drehte er sich zu seinem Untergebenen um, der gerade die Echo-Box aufheben wollte. »Sir, was sollen wir damit ...«

Blitzschnell richtete Kendricks seine Waffe auf den Mann. »Finger weg. SOFORT!«

Erschrocken sprang der junge Agent zurück. »Sir, ich wollte nur ...«

»Der Befehl lautet, keines der Geräte auch nur anzufassen. Verstanden?«

»Ja, Sir.« Der Agent trat einige Schritte von der Echo-Box zurück. Vielleicht war sie in irgendeiner Weise kontaminiert? Dann wollte er nichts damit zu tun haben.

Skylar sah weiterhin zu Eddie. Die Sirene des mittlerweile eingetroffenen Krankenwagens war ohrenbetäubend laut. Wäre Eddie nicht in einen Schockzustand verfallen, würde er entsetzlich leiden. Während sich die Sanitäter um ihn kümmerten, versperrten ihr einige Agents die Sicht. Sie machte sich furchtbare Sorgen. »Ich bin bei dir, Eddie.«

»Er hat einen Schock«, rief ein Sanitäter. »Er kann Sie nicht hören.«

»Sie haben keine Ahnung, was er hören kann!«, giftete sie zurück.

Doch nun richtete sich die Aufmerksamkeit aller auf den Direktor der Homeland Security in Philadelphia, Albert Shoals. Er betrat den Schauplatz, begleitet von je zwei Agents zu beiden Seiten, von denen jeweils einer einen mit Handschellen am Handgelenk befestigten Metallkoffer trug. Vor Agent Kendricks blieb Shoals stehen. »Wo sind die Geräte?«

Kendricks deutete auf die Echo-Box und den Laptop-Supercomputer auf dem Bürgersteig. »Seit der Festnahme der Flüchtigen hat niemand sie berührt.«

Direktor Shoals begutachtete die Geräte. »Sieht aus, als wären sie runtergefallen.«

»Das stimmt, Sir. Der Flüchtige Edward Parks hat sie fallen lassen, als wir ihn umzingelten.«

»Was auch immer diese Dinger machen – ich hoffe um Ihretwillen, dass sie das immer noch tun.« Shoals nickte den Männern mit den Aluminiumkoffern zu, die sich daraufhin neben die Geräte knieten. Der erste schloss seinen Koffer auf, legte die Echo-Box hinein, verschloss ihn wieder und übergab Direktor Shoals den Schlüssel. Der zweite Agent machte dasselbe mit dem Laptop.

So plötzlich sie gekommen waren, so plötzlich verließen die fünf Männer den Schauplatz auch wieder, in exakt derselben Formation: Shoals in der Mitte, rechts und links von ihm die Agents mit den Aluminiumkoffern und mit einem halben Schritt Abstand die anderen zwei Agents an den Außenseiten. Sie stiegen in einen schwarzen Chevrolet Suburban mit getönten Scheiben, den mittleren einer Dreierkarawane. Als die

Fahrzeuge dicht hintereinander davonbrausten, war Skylar sicher, dass weder sie noch Eddie die Echo-Box jemals wiedersehen würden.

Voller Verzweiflung beobachtete sie, wie die Sanitäter Eddie auf eine Krankentrage hoben und zum Krankenwagen schoben. »Eddie, ich versprech dir, ich werde dich finden.«

Keine Antwort. Man hatte ihm ein Beruhigungsmittel gespritzt. Die Trage wurde in den Transporter verladen, und der Wagen fuhr davon. Skylar sah ihm nach, bis sie die Rücklichter nicht mehr sehen konnte.

Mit einem Schlag fühlte sie sich so allein wie noch nie in ihrem Leben.

Agent Kendricks trat auf sie zu. »Folgen Sie mir«, kommandierte er brüsk. Er führte sie zu einem bereitstehenden Fahrzeug.

»Bitte sagen Sie mir, wo Sie ihn hinbringen.« Der Agent schwieg. Nun wurde Skylar wütend. »Was kann es schon ausmachen, wenn Sie es mir sagen?«

Vor einem der Wagen blieb er stehen. »Viel interessanter wäre doch die Frage, was Ihnen das bringen soll. Meines Wissens werden Sie Ihren Patienten sowieso nie wiedersehen.«

Kapitel 93

Michael Barnes' Haus, Swedesboro, New Jersey, 28. Mai, 1:19 Uhr

Michael Barnes' Handy vibrierte und kroch dabei immer weiter über die braune Arbeitsfläche seiner kleinen Küche, so wie auch die letzten Dutzend Male, die Fenton angerufen hatte. Und wieder sprang die Voicemail an. Barnes ging nicht ans Telefon, weil er es nicht hörte. Er war damit beschäftigt, in seinem Werkzeugschuppen die zweite der Lagerkisten auszugraben, die er vor vielen Jahren so sorgfältig bestückt hatte.

Sein Haus hatte Barnes gekauft, als er mit der Arbeit für Dr. Marcus Fenton begonnen hatte. Es war günstig gewesen und schenkte ihm genau die Privatsphäre, die er brauchte. Außerdem lag Swedesboro nahe, aber nicht zu nahe an Woodbury und dem Harmony House. Siebzehn Minuten von Tür zu Tür, und viel Verkehr gab es nie. Dass das Haus eigentlich Schrott war, interessierte ihn nicht besonders.

Das Grundstück war von Anfang an schlecht beleuchtet gewesen, und Barnes gefiel das so. Obwohl es lediglich den Eindruck vermittelte, der Besitzer sei nachlässig, verschaffte es ihm einen taktischen Vorteil gegenüber den meisten Arten von Bedrohung. Das einzige Licht am hinteren Ende des Grundstücks stammte momentan von der Arbeitsleuchte, die Barnes vor Beginn seiner Buddelei über einen der Balken im Holzschuppen gehängt hatte. Er hatte seinen Impala vor den windschiefen Eingang des Schuppens gefahren, um einerseits die Sicht auf seine Aktivitäten zu verdecken und andererseits die Strecke zu minimieren, die er seine ausgebuddelten Kisten tragen müsste. Die erste stand bereits auf dem Rücksitz. Sie hatte so gerade eben dort hingepasst, und das war kein Zufall. Es war die größtmögliche Kiste, die noch durch die hintere Tür seines Fahrzeugs passte. Die zweite Kiste würde ebenso knapp in den Kofferraum passen.

Nass geschwitzt hob er sie aus der Erde. Die Kiste war nur einen halben Meter tief vergraben gewesen und wog nicht mehr als siebzig Kilo, fühlte sich aber mindestens doppelt so schwer an. *Vielleicht werde ich doch zu alt für diesen Scheiß,* dachte Barnes. In Anbetracht der Tatsache, wie radikal sich sein Leben verändern würde, fand er den Gedanken fast beruhigend. Er hatte diese Entscheidung getroffen, weil es die einzig mögliche gewesen war. Und wenn einem nur eine Möglichkeit blieb, musste man sie ergreifen.

Barnes zog die Kiste hinter sein Auto und hielt inne, um Atem zu schöpfen. Da sah er es: einen einzelnen Teilabdruck eines Schuhs im Staub seiner Auffahrt, die er aus genau diesem Grund nie gepflastert hatte. Er hatte Besuch bekommen. Sofort machte sich sein körpereigener neuronaler Computer mit unzähligen Berechnungen pro Sekunde an die Arbeit und kam zu folgendem Ergebnis: Der Abdruck stammte vom rechten Absatz eines Kampfstiefels der Marke Altama oder Belleville, beides Militärausrüster, deren Stiefel der Heeresdienstvorschrift AR-670 entsprachen. Schuhgröße etwa zwölf, was bedeutete, dass sein möglicher Gegner etwa eins fünfundachtzig groß und fünfundachtzig bis neunzig Kilo schwer war. Sehr wahrscheinlich war er ähnlich ausgebildet wie er selbst, was wiederum bedeutete, dass er nicht allein gekommen war. Er hatte mindestens einen Partner, vielleicht sogar mehrere. Barnes war in der Unterzahl.

Es waren angeheuerte Elite-Profis, von deren Service nur wenige Menschen wussten. Und mindestens einer von ihnen beobachtete ihn in genau diesem Moment. Die einzige Unbekannte in dieser Gleichung war die Frage, warum er überhaupt noch lebte. Und die Lösung konnte nur noch Sekunden entfernt liegen.

Durch die Leupold-Nachtsicht-Zielfernrohre, die von beiden Seiten seines Grundstücks auf ihn gerichtet waren, sah Barnes wie ein grünes Männchen aus. Die Baseballfans waren kurz nach ihm eingetroffen, hatten allerdings länger als erwartet gebraucht, bis sie günstige Schusspositionen fanden. Das Grundstück war ein heruntergekommener Hindernisparcours: Lagerkisten, Stapel von alten Reifen, ein halb zerfallenes Gewächshaus, rostige Gartenmöbel und ein kaputter Wohnwagenanhänger der Sorte, die wie Konservendosen aussahen, und der vermutlich seit Jahrzehnten nicht mehr bewegt worden war. Um das Grundstück herum waren noch alte Weihnachtslichterketten befestigt, von denen manche so sehr durchhingen, dass sie fast den Boden berührten. Alle Sachen lagen und standen so kunterbunt durcheinander, dass niemand ahnen konnte, dass sie ganz bewusst und mit Bedacht vom Eigentümer platziert worden waren.

Das würden die Baseballfans allerdings bald herausfinden.

Knapp dreißig Meter von seinem Partner entfernt legte Murphy den rechten Zeigefinger auf den Abzug seines SR-25 und flüsterte in sein Knochenschall-Headset. »Eins.«

Giles spürt den Puls in seinem Zeigefinger. »Zwei.« Als beide Männer eine Sekunde später exakt zeitgleich feuerten, geschah etwas Unerwartetes. Barnes ging in Deckung. Er fiel zu Boden, als hätten seine Beine urplötzlich ihren Dienst versagt, und landete direkt hinter seiner Lagerkiste, die schusssicher war. Sein Instinkt hatte ihm das Leben gerettet, ihn aber nicht vor einer Verwundung bewahrt. Murphys Projektil Kaliber .22 traf sein Ohr und riss die obere Hälfte weg, die wie ein halb gares Stück Geflügelwurst zu Boden fiel. Giles' Hohlspitzgeschoss drang durch seine linke Schulter und richtete so viel Schaden an, dass er zur vollen Wiederherstellung ihrer Funktion eine Operation benötigen würde. Das hieß, falls er die Nacht überhaupt überlebte. Aber er war nicht an der Seite seiner Schusshand getroffen, also blieb ihm zumindest die Chance, sich zu wehren.

Die Baseballfans beobachteten die Kiste, hinter der Barnes sich versteckt hielt. Sie war groß genug, um seinen Körper komplett zu verdecken. Murphy flüsterte: »Der Drecksack ist noch mal davongekommen.«

Ohne zu blinzeln, erwiderte Giles: »Aber nicht mehr lange.«

»Wir haben die gleiche Kiste«, stellte Murphy fest.

Auch Giles hatte sie erkannt. Der Grund, aus dem sie sie gewählt hatten, war derselbe, für den sie jetzt herhalten musste. »Macht also keinen Sinn, darauf zu schießen.«

Keiner von beiden rührte sich. In diesem Spiel warteten beide auf den nächsten Zug des Gegners.

((•))

Barnes litt unsägliche Schmerzen. Doch das durchdringende Gefühl schien seine Sinne nur weiter zu schärfen. Das Spiel hatte begonnen, und es fand auf seinem selbst konzipierten Spielfeld statt. Er war klar im Vorteil. Er wusste haargenau, von wo die beiden Schüsse abgefeuert worden waren. Er wusste außerdem, wie er am besten dorthin gelangte.

Barnes' erster Zug war, den beiden Angreifern ihren Vorteil der Nachtsicht zu nehmen, denn er war sicher, dass sie ein solches Gerät benutzten, weil er das auch tun würde. Hinter der Lagerkiste, die er als Schutzschild mit sich zog, kroch er in den Schuppen hinein. Am hinteren Ende griff er nach einem der Rohre, die dort in verschiedenen Längen in der Ecke lehnten, und betätigte damit einen alten Lichtschalter. Mit dessen Umlegen leuchtete das gesamte Grundstück plötzlich auf wie ein Weihnachtsmarkt, und das wortwörtlich, denn die alten, durchhängenden Lichterketten funktionierten einwandfrei. Es waren keine Flutlichter, aber sie reichten aus, um jemanden vorübergehend zu blenden, der nicht mit ihnen gerechnet hatte. Barnes zog seine Pistole.

((•))

Als die Baseballfans wieder sehen konnten, war Barnes nirgends zu entdecken. »Ziel nicht sichtbar«, sagte Giles. Er suchte seine Hälfte des Grundstücks mit den Augen ab und wusste, dass sein Partner es auf der anderen Seite genauso machte.

»Bestätigt.« Auch Murphy konnte Barnes nirgends ausmachen. Also schloss er die Augen und lauschte. Doch er konnte keinen Laut hören, der auf Bewegung schließen ließ. Grillen zirpten, aber das war auch schon alles. Die Luft schien geladen. »Er ist gut.«

»Wir sind besser.« Giles ließ den Blick methodisch von rechts nach links und wieder zurück wandern. Wie eine

Maschine. Geduld war der Schlüssel. Sie hatten die ganze Nacht Zeit. Früher oder später würde ihr Ziel sich verraten. Und wenn Barnes sie sehen konnte, könnten sie ihn auch sehen. Sie waren im Vorteil. Zwei gegen einen.

((•))

Allerdings hatten die Baseballfans nicht einkalkuliert, wie gut Barnes sein Grundstück kannte, das mehr mit einer Paintball-Kampfzone gemein hatte als mit einem traditionellen Garten. Er kannte buchstäblich jeden Winkel. Was bedeutete, dass er Schach spielte und seine Kontrahenten Dame. Würde einer von ihnen sich bewegen, würde Barnes es hören.

Der Killer auf der Westseite war ihm am nächsten. Er hatte hinter dem Wohnwagen Stellung bezogen, der etwa zwanzig Meter von Barnes entfernt hinter verwahrlosten Büschen stand. Seine Kugel war es gewesen, die Barnes' Ohr erwischt hatte, was bedeutete, dass er wahrscheinlich im Stehen geschossen hatte. Barnes schätzte, dass er immer noch zehn bis fünfzehn Zentimeter hinter der Kante des Wohnanhängers stand, die er benutzt hatte, um sein Gewehr zu stabilisieren.

Die Wände des Anhängers bestanden aus einfachen Holzplatten auf einem Aluminiumrahmen. Würde man durch sie hindurchschießen, hätte die Kugel weniger als ein Grad Ablenkung. Die Büsche beeinträchtigten das Projektil nicht im Mindesten. Barnes beschloss, drei schnelle Schüsse abzufeuern, den zweiten und dritten jeweils mit fünfzehn Zentimeter horizontalem und dreißig Zentimeter vertikalem Abstand, falls sein Ziel entschieden hatte, sich hinzuknien. Er probte die drei Schüsse einige Male trocken, dann feuerte er. BUMM! BUMM! BUMM!

((•))

Giles, der zwischen einem Stapel Reifen und einem alten Schaukelgestell hockte, konnte das Mündungsfeuer sehen und schoss sofort zurück. Bald würde er wissen, dass keiner seiner Schüsse das Ziel getroffen hatte.

Murphy hingegen sah nichts, weil ihm der Wohnwagen die Sicht versperrte. Die drei Schüsse durchschlugen das Holz und Aluminium, als wären sie Schweizer Käse. Die erste Kugel ging vorbei, die zweite traf ihn in den Unterleib, perforierte dabei den absteigenden Dickdarm und zertrümmerte seinen Hüftknochen. Die dritte zerschoss ihm den rechten Oberschenkel samt Quadrizeps und Adduktoren. Er brach zusammen, verzog das Gesicht und biss die Zähne zusammen. »Ich bin getroffen.«

»Wie schlimm?«, wollte sein Partner wissen.

»Der Doc muss sich sein Geld jetzt verdienen.« Er meinte den Notfallchirurgen, den sie für solche Fälle in petto hatten. Natürlich müssten sie zunächst einmal zu ihm gelangen, und allein würde Murphy das nicht schaffen. Ihm blieb nichts übrig, als dazuliegen, zu warten und den Schmerz zu ertragen.

Giles konnte seinen Partner erst retten, wenn Barnes ausgeschaltet wäre. Für Emotionalität war jetzt nicht die Zeit. Er musste klar und strategisch denken. Sein Gegner erwartete sicher, dass er seinem Partner half. Deshalb durfte er es nicht. Aber was würde Barnes nicht erwarten? Giles wog seine Optionen ab. Dann wählte er 911.

((•))

Barnes konnte nicht wissen, wie schwer sein Angreifer verletzt war. Er hörte, wie er hinter dem Anhänger zu Boden ging, und wusste daher, dass mindestens einer seiner Schüsse getroffen hatte. Er hielt sich bereit, falls der zweite Schütze seinem

Partner helfen würde, dann wartete er auf den nächsten Schritt des Gegners.

Nun, da einer der auf ihn angesetzten Killer halbwegs ausgeschaltet war, gefielen ihm seine Chancen schon besser, aber er war verletzt, und der andere nicht. Er konnte es sich nicht leisten, geduldig abzuwarten wie sein Gegner. Sein Vorteil bestand jedoch darin, dass er sich hier auskannte, und das musste er nutzen, solange er das noch konnte. Während er sich eine Strategie zurechtlegte, hörte er in einiger Entfernung eine Polizeisirene. Dann eine zweite. Dann noch mehr. Sie wurden lauter. *Du Scheißkerl*, dachte er nicht ohne Anerkennung. *Das war verdammt clever*. Was eben noch wie ein ergebnisoffenes Spiel ausgesehen hatte, würde nun in weniger als sechzig Sekunden entschieden werden.

Er überlegte blitzschnell. Von Leuten, die unsichtbar wie Gespenster arbeiteten, erwartete man nicht, dass sie die Aufmerksamkeit auf sich zogen, doch diese hatten es gerade getan. Wer auch immer die zwei angeheuert hatte, wäre sicher nicht erfreut darüber. Selbst wenn sie ihren Auftrag erfüllten und er die Nacht nicht überlebte, würde man ihnen dies als schwerwiegenden Fehler anlasten. Es könnte sogar das Ende ihrer Karrieren bedeuten. Je mehr Barnes darüber nachdachte, desto sicherer war er, dass die zwei beschlossen hatten, ihren Auftrag als ihren Schwanengesang zu betrachten. Was bedeutete, dass sie in derselben Situation waren wie er. Sie würden verschwinden, noch ehe die Nacht vorbei wäre. Die einzige Frage, die Barnes jetzt noch beschäftigte, war, wie gewissenhaft sie ihre Arbeit erledigen würden. Er würde es gleich herausfinden.

Er kroch zu seinem Impala zurück und benutzte den rechten Arm, um die Metallbox auf ihre Schmalseite zu stellen und sie gegen den geöffneten Kofferraum zu kippen. Irgendwie schaffte er es, den immensen Schmerz in seiner linken Schulter zu ignorieren, und nutzte das Fahrzeug selbst als Hebel, um die Kiste am anderen Ende anzuheben und in den Kofferraum zu verfrachten. Den Blick auf die Einfahrt gerichtet, schob er sich hinters Steuer und ließ den Motor an. Er konnte keine Bewegung ausmachen. *Lassen sie mich tatsächlich fahren?* Es war egal. Barnes hatte ohnehin nicht vor, über seine Auffahrt zu verschwinden. Hinter ihm, am Ende seines Grundstücks, verlief ein alter, etwa mannshoher Holzzaun, der die Blicke neugieriger Nachbarn abhielt. Außerdem konnte er im Notfall als Fluchtweg dienen. Dieser Notfall war nun eingetreten. Barnes legte den Rückwärtsgang ein und trat aufs Gas.

((•))

Vom ersten Moment an, als die Killer begriffen hatten, was Michael Barnes in seinem Schuppen ausgrub, wussten sie, dass sie einen Plan B brauchten. Plan A war die Wiederholung ihres Auftritts von vor einigen Stunden gewesen. Aber Michael Barnes wäre mit Sicherheit gut bewaffnet, und schon ein kleiner Fehler könnte in eine hässliche Schießerei ausarten. Das wiederum würde zu einer gründlichen Untersuchung führen, was keinesfalls im Sinne ihrer Auftraggeber war. Plan B wäre für ihre Bosse gleichermaßen unangenehm, weil auch er viel Aufmerksamkeit erregen würde, aber er hätte den Vorteil einer plausiblen Erklärung. Notfallausrüstungen wie die von Barnes enthielten immer sechs Dinge: eine Auswahl an Kleidung, gefriergetrocknete Nahrung, ein Wasserfiltersystem, Medikamente, eine Menge Bargeld und eine noch größere Menge an Waffen. Und meistens auch Sprengstoff. Zumindest hatten sie welchen in ihren eigenen Notfallkisten.

Während Barnes die erste seiner Metallboxen ausgrub, hatte Giles in weniger als zwei Minuten ockerfarbenen Semtex an den linken Vorderreifen des Impala geklebt. Vier Pfund des wasserfesten Plastiksprengstoffs hätten für einen tödlichen

Anschlag gereicht. Zehn Pfund hätten Barnes' Körper komplett pulverisiert. Doch die Baseballfans hatten entschieden, zwanzig Pfund zu nehmen, weil Barnes mindestens diese Menge in seinen Überlebenskisten gebunkert hätte. Und jeder wusste, dass Sprengstoff gefährlich war, vor allem, wenn er bewegt wurde.

Giles beobachtete, wie Barnes in sein Auto stieg und den Motor anließ. Als er den Gang einlegte, entfernte Giles die Sicherung des Fernzünders, den er in der Hand hielt. Er sagte zu seinem Partner leise »Volle Deckung!« und drückte den Auslöser unter dem blinkenden roten Lämpchen.

WUMM!

Auf der Richterskala der zehn Kilometer entfernten Erdbebenmessstation erreichte die Explosion einen Wert von 3,1. In Barnes' Garten wurde Giles zu Boden geworfen und bekam vorerst keine Luft mehr. Murphy, der bereits am Boden lag, verlor vorübergehend das Bewusstsein.

Im Detonationszentrum selbst wurde Michael Barnes zerfetzt. Seine Überreste wurden über sein gesamtes 1 200 Quadratmeter großes Grundstück sowie auch die Gärten einiger Nachbarn verteilt. Das größte Stück von ihm, das geborgen werden würde, maß weniger als fünf Zentimeter. Eines würde über Monate hinweg noch in der Dachrinne eines Nachbarhauses liegen.

Kapitel 94

American Heritage Foundation, Alexandria, Virginia, 28. Mai, 1:53 Uhr

Die Wärmebildanzeige der Explosion blitzte so hell über den hochauflösenden Bildschirm, dass Daryl Trotter dachte, er müsse ihn danach sicher austauschen. Caitlin McCloskey neben ihm starrte gebannt auf das Geschehen. »So viel zu unauffällig.«

Jason Greers sah ihnen über die Schulter. »Alles, was zählt, ist, dass Barnes jetzt kein Problem mehr darstellt.« Er textete die Neuigkeit an Stenson, der sich außerhalb der *Foundation* befand.

»Er wird nicht glücklich sein, wenn die Spurensicherung etwas findet.«

Jason schnaubte. »Und wenn schon! Wir können auch das verschwinden lassen.«

Caitlin schüttelte den Kopf. Sie hasste es, wenn bei ihren Kollegen das Testosteron übermächtig wurde, vor allem bei Jason. Sie starrte weiter auf den Monitor, wo jetzt ein grießiges Flattern zu erkennen war. »Was ist das?«

»Was?« Jason sah genauer hin, wusste aber nicht, was sie meinte.

Sie deutete auf den Bildschirm. »Da. In der Luft. Sieht wie Konfetti aus.« Der Wärmebildhimmel über Michael Barnes' Anwesen war von Tausenden kleinen Teilen überzogen, die tatsächlich wie großes Konfetti aussahen.

Daryl grinste. »Ich geb euch einen Tipp. Das war in den Kisten, die Barnes ins Auto geladen hat.«

Caitlin studierte das Geschehen. Es sah wie Papier aus. »Bibelseiten?«

»Ha, ha, sehr witzig.« Jason lachte. »Michael Barnes hat in seinem ganzen Leben bestimmt kein einziges Mal in der Bibel gelesen.«

»Was ist es dann?«, knurrte Caitlin. Sie wurde nicht gern ausgelacht.

Um die Spannung aufzulösen, sagte Daryl nun: »Geld.«

Fasziniert starrte Jason auf die Menge an Scheinen, die über ganz Swedesboro hinwegflatterten. »Das müssen ein paar Hunderttausend sein.«

»Mindestens.« Daryl nickte. »Und ich glaube, ich weiß, warum unsere Männer so viel Sprengstoff verwendet haben ...«

Caitlin wollte nicht schon wieder eine dumme Frage stellen, also überließ sie es Jason. »Warum?«

»Eine kleine Menge hätte genau wie das ausgesehen, was es war: ein Anschlag. Bei der großen Menge werden die Ermittler denken, dass eine ganze gelagerte Ladung versehentlich hochgegangen ist. Jeder, der so viel Bargeld bereithält, hat einen Plan. Untergrundkämpfer oder andere Extremisten haben häufig eine große Bandbreite an Waffen und Munition gelagert. Die Ermittlungen werden ergeben, dass früher am Abend zwei von Barnes' Angestellten verschwunden sind. Während diese beiden Fälle ungelöst bleiben werden, wird man annehmen, dass Barnes irgendwie ausgetickt ist und irgendwas mit ihrem Verschwinden zu tun hatte. Und dann hat er sich, als er abhauen wollte, versehentlich selbst in die Luft gejagt.«

Jason war beeindruckt. »Verdammt noch mal, sind die gut.«

Caitlins Gedanken gingen in eine andere Richtung. »Ich hoffe nur, dass wir nie irgendwas verbocken, das die beiden sauer macht.«

Kapitel 95

Homeland Security, Büro Philadelphia, 28. Mai, 2:17 Uhr

Agent Kendricks führte Skylar über einen Gang, der rechts und links von Gefängniszellen gesäumt war. »Wann lassen Sie mich meinen Anruf machen?«, forderte sie.

»Das soll ein Witz sein, oder?« Der Agent grinste.

»Klinge ich etwa, als wollte ich Witze reißen? Ich bestehe nur auf mein Recht.«

Sie blieben vor einer Zelle ganz am Ende des Ganges stehen, und der Agent nahm ihr die Handschellen ab. Die Zellentür wurde elektronisch geöffnet. »Dr. Drummond, Sie haben streng geheime Technologie entwendet. Falls sich erweisen sollte, dass sich dadurch eine Bedrohung der nationalen Sicherheit ergeben hätte, werden Sie als Staatsfeind eingestuft. Sie verlieren Ihre Bürgerrechte, und wir können Sie unbegrenzt festhalten. An Ihrer Stelle würde ich also nicht damit rechnen, dass Sie irgendwann noch einmal irgendwen anrufen dürfen.«

Kapitel 96

Kinderkrankenhaus von Philadelphia, Pennsylvania, 28. Mai, 2:26 Uhr

Das Krankenhaus, das unter der Abkürzung CHOP bekannt war, lag Eddies früherem Elternhaus am nächsten. Direktor Shoals' Büro hatte Eddies Einlieferung bereits angekündigt. Er war als ein Patient »von extrem hohem Interesse für die Regierung« bezeichnet worden, weshalb bei seiner Ankunft in der Notaufnahme schon ein ganzes Team von Ärzten und Pflegern bereitstand. Und um das medizinische Personal herum postierte sich ein noch größeres Team von Homeland Security Agents, die dem Patienten überallhin folgen würden.

So viele Sicherheitsmaßnahmen hatten die Ärzte und Schwestern noch bei keinem Patienten erlebt. Seine wenigen Symptome waren klar erkennbar, aber trotzdem überprüften sie alles doppelt und dreifach, bevor sie eine offizielle Diagnose stellten. An Gesicht und Handgelenken zeigte der Patient minderschwere Verletzungen. Letztere waren offensichtlich durch seinen Widerstand gegen die Handschellen hervorgerufen worden. Überrascht erfuhren die Ärzte, dass sich der Patient die Verletzungen im Gesicht selbst zugefügt hatte, was den

Verdacht nahelegte, dass er schon seit geraumer Zeit an einer mentalen Erkrankung litt. Es wäre gut, wenn sie dies bestätigt bekämen, sagten sie, denn nur so könne man die passenden Medikamente zur Behandlung des Traumas einsetzen, das zu dem Schock geführt hatte.

Da es keine weiteren Symptome gab, führten die Mediziner zahlreiche Tests durch, um andere mögliche Ursachen für seinen Zustand auszuschließen. Sie untersuchten sein Blut – ganze sieben Proben davon. Führten eine CT durch. Eine MRT. Röntgenaufnahmen. Dann machten sie weitere Bluttests, nur um die ersten Ergebnisse zu bestätigen, die allesamt unauffällig waren.

Während all der Zeit blieb Eddie ohne Bewusstsein. Er sah nichts. Er hörte nichts. Sein Atem ging gleichmäßig. Seine Vitalfunktionen waren normal und schwankten nur geringfügig. Unklar war nur, wie lange es dauern würde, bis er den Schockzustand überwunden hätte. Als einer der Agents danach fragte, antwortete der Chefarzt der Notaufnahme ganz klar: »Dazu können wir keine verlässliche Prognose abgeben. Wir wissen es einfach nicht. Manchmal kehrt ein Patient schon nach wenigen Minuten in den Normalzustand zurück. Bei anderen kann der Schockzustand in dieser oder einer ähnlichen Form sehr lange … nun ja, sogar unbegrenzt andauern.«

Kapitel 97

Interstate 295 Richtung Norden, Bellmawr, New Jersey, 28. Mai, 2:39 Uhr

Die Baseballfans sausten mit über hundertsechzig Stundenkilometern auf der I295 Richtung Norden. Giles saß am Steuer. Murphy lag auf dem Rücksitz und drückte, so fest er konnte, auf seine Wunden, aber es nützte nicht viel. Die Rückbank war blutdurchtränkt. Er spürte, wie das Leben aus ihm hinaussickerte. Seine Stimme war kaum noch zu hören. »Wie weit?«

»Ein paar Minuten. Und stell dich nicht so an!« Giles warf einen Blick in den Rückspiegel und freute sich, dass Murphy zumindest ansatzweise lächelte.

»Du solltest … noch mal anrufen.«

Giles nickte und wählte die Nummer ihres Auftraggebers.

Der Mann, den sie nie gesehen hatten und auch nie sehen würden, meldete sich nach dem ersten Klingeln. »Ja?«

»Auftrag erledigt.«

»Der noch ausstehende Betrag wird überwiesen.« Klick. Ihr Auftraggeber hatte aufgelegt. Keine fünf Minuten später würden 250.000 Dollar auf ihrem Konto eingehen.

Die Nummer, die Giles in dieser Nacht ebenfalls ein zweites Mal anrief, war auf seinem anderen Handy gespeichert. Sie gehörte ihrem persönlichen Notarzt. Es war das erste Mal in drei Jahren, dass sie seine Dienste benötigten. Bis zu diesem Moment war er gut dafür bezahlt worden, einfach nur jederzeit verfügbar zu sein. Doch nun musste er sich sein Geld verdienen. »In fünf Minuten sind wir da.« Er sei bereit, erwiderte der Arzt.

Kapitel 98

Harmony House, Woodbury, New Jersey, 28. Mai, 2:42 Uhr

Lutz und Hirsch waren nicht gerade scharf darauf, ins Harmony House zurückzukehren. Sie hatten versagt, da gab es nichts zu beschönigen. Und ihr Boss kannte keine Gnade. Er tolerierte keine Fehler, schon gar nicht, wenn so viel auf dem Spiel stand. Hirsch und Lutz blieb nichts anderes übrig, als sich den Konsequenzen zu stellen.

Umso mehr waren sie überrascht, welche Situation sich ihnen im Harmony House bot. Das Haupttor war unbewacht. Niemand patrouillierte das Grundstück. Hatte hier etwa jemand anders das Kommando übernommen? Die zwei Männer holten so viele Waffen aus dem Kofferraum, wie sie tragen konnten, und zogen los, um ihre Basis zu verteidigen. Allerdings schafften sie es nur, ein paar Pfleger und einen Bediensteten der Cafeteria zu erschrecken, die am Ende ihrer Schicht noch eine Runde Poker spielten. Keiner von ihnen hatte an diesem besonderen Ort für besondere Menschen heute etwas Außergewöhnliches bemerkt.

Das Seltsamste war jedoch, dass Michael Barnes nirgends zu finden war. Weder in seinem Büro noch sonst irgendwo auf dem Gelände. Sein Wagen stand nicht auf dem Parkplatz. Und er ging nicht ans Telefon. Das hatten sie noch nie erlebt. Irgendetwas stimmte nicht.

Rasch wogen Lutz und Hirsch ihre Optionen ab. Die eine war ehrenhaft: bleiben und das Fort verteidigen, bis sie herausgefunden hätten, was hier eigentlich los war. Die andere diente schlichtweg der Selbsterhaltung: fliehen und nie mehr zurückblicken. Gegen Letzteres sprachen eigentlich ihre Berufsehre und ihr jahrelanges Training, aber Barnes war wahrscheinlich längst selbst auf und davon oder aber tot, was bedeutete, dass er sowieso nicht mehr zurückkäme. Wenn Barnes sich aus dem Staub gemacht hatte, musste ihm irgendjemand einen guten Grund gegeben haben. Und wenn ihn jemand umgebracht hatte, wären sie die Nächsten.

Später würden die beiden sich fragen, warum sie so lange gebraucht hatten, um zu diesem doch so offensichtlichen Schluss zu gelangen. Sie fuhren ohne Zwischenstopp bis Iowa, wo sie das Auto gegen ein neues eintauschten und weiterfuhren.

Kapitel 99

Industriepark, Haddonfield, New Jersey, 28. Mai, 2:44 Uhr

Dr. Reggie Portman hatte seine Karriere als Sanitätssoldat begonnen, als Einsatzersthelfer »68 Whiskey« während des Golfkriegs, und sofort gewusst, dass er seine Bestimmung gefunden hatte. Die Kombination aus unsäglichem Druck, unglaublicher Gefahr und ständigem Chaos verlieh ihm einen Dauerkick. Es war die beste Droge, die er je erlebt hatte. Freiwillig meldete er sich zu einem zweiten Einsatz und wollte eigentlich noch ein drittes Mal los, aber dann wurde seine Frau mit Zwillingen schwanger. Sie drohte mit Scheidung, sollte er seine Vaterpflichten nicht erfüllen, also arbeitete er die nächsten zwanzig Jahre im Pennsylvania Hospital, dem ältesten Krankenhaus der Region, und bildete andere in Notfallmedizin aus.

Als Murphy vor drei Jahren mit einem Blinddarmdurchbruch eingeliefert wurde, lernte er die Baseballfans kennen. Sie erkannten sofort seine Erfahrung und seine Fähigkeiten und sahen in ihm einen Bruder im Geiste. Es war offensichtlich, dass er die Aufregung seiner früheren Arbeit im Krisengebiet vermisste, und sie brauchten jemanden, dem sie bei einem medizinischen Notfall voll und ganz vertrauen könnten. So wie jetzt. Seitdem war er ihr persönlicher Notarzt in ständiger Bereitschaft. Er tat es nicht des Geldes wegen, sondern wegen des Kicks – oder zumindest wegen der Aussicht darauf. Bis jetzt hatte der gute Doktor nichts weiter tun müssen, als in einem alten Lagerhaus im Industriepark am Rande von Haddonfield eine provisorische Notaufnahme einzurichten. Dort trafen sich die drei einmal pro Monat, um neue Blutkonserven der Baseballfans anzulegen. Blutkonserven hielten zweiundvierzig Tage, und Reggie wusste, sollte es irgendwann zu einem Notfall kommen, würde ein erfolgreicher Ausgang vor allem von einer ausreichenden Menge an verfügbarem Blut abhängen.

Bald würden die beiden Auftragskiller herausfinden, ob sie ihr Geld gut angelegt hatten oder nicht.

Mit quietschenden Reifen hielt das Auto vor dem Lagerhaus, und Dr. Portman stürzte herbei, um den Verwundeten mit Giles zusammen hineinzutragen. Sie hievten ihn auf den OP-Tisch, und der Arzt begutachtete seine Verletzungen.

Murphy beobachtete ihn skeptisch. »Warum grinsen Sie so, zum Teufel?«

»Weil ich für diesen Scheiß lebe.« In weniger als siebzehn Minuten hatte der Arzt den Verwundeten stabilisiert. Ohne die frischen Blutkonserven wäre es vielleicht anders verlaufen, aber wie bei so vielem war eine gute Vorbereitung die beste Voraussetzung für einen Erfolg. Sobald der Patient einigermaßen bequem lag, erläuterte Dr. Portman die Genesungsaussichten. Die zertrümmerte Hüfte würde vier bis sechs Monate benötigen, um zu heilen. Dasselbe gelte für den rechten Oberschenkel, jedoch würde das anschließende Rehabilitationsprogramm um einiges länger dauern, je nachdem, welches Endergebnis er erreichen wolle.

Den Baseballfans war deutlich bewusst, dass sie nach der Auszeit nie wieder in dieses Spiel einsteigen würden. Es war für sie zu Ende, ob sie es nun wollten oder nicht. Heute war das erste Mal, dass sie die Dienste ihres persönlichen Notarztes in Anspruch nahmen, und es würde auch das letzte Mal sein.

Kapitel 100

Philadelphia International Airport, Philadelphia, Pennsylvania, 28. Mai, 2:48 Uhr

Albert Shoals, Direktor der Homeland Security in Philadelphia, und seine Männer fuhren mit hoher Geschwindigkeit über das Rollfeld, wo ein militärischer Transporthubschrauber, ein CH-47 Chinook, sie bereits erwartete. Davor marschierte Arthur Merrell, National Director der Homeland Security, ungeduldig auf und ab. Er hatte darauf bestanden, die Geräte persönlich in Empfang zu nehmen, was Shoals, der es als Mangel an Vertrauen interpretierte, mächtig aufregte. Aber was konnte er schon ausrichten? Auch wenn Merrell keine Ahnung hatte, um was für eine Technologie es sich da handelte, hatte er sich in den Kopf gesetzt, an ihrer Übergabe beteiligt zu sein.

Shoals überreichte die beiden Schlüssel, woraufhin Merrell und die zwei Männer mit den festgeketteten Aluminiumkoffern in den Helikopter stiegen. Der Chinook hob ab und nahm Kurs auf die Joint Base McGuire-Dix-Lakehurst, auch bekannt als JB MDL. Das riesige Gelände war ein Militärstützpunkt sowohl für die Landstreitkräfte, Luftwaffe als auch Marine und beherbergte außerdem ein großes Militärgefängnis. Eine uneinnehmbare Festung.

Der Hubschrauber landete mittendrin neben einem unauffälligen Lagerhaus ohne sichtbare Beschilderung. Zwei Männer in einfachen Uniformen kamen aus dem Gebäude. Es war nicht zu erkennen, zu welcher militärischen Abteilung sie gehörten. Oder ob sie überhaupt zum Militär gehörten. Nur einer von ihnen sprach. »Direktor, wir werden die Fracht hier übernehmen.«

Merrell löste die Handschellen von den Handgelenken seiner Begleiter. Die Agents übergaben ihm die noch immer verschlossenen Metallkoffer zusammen mit den Schlüsseln. Überrascht beobachtete Merrell, dass die zwei Männer sich sofort umdrehten und zum Lagerhaus zurückkehrten. »Muss ich nichts unterschreiben?«, rief er ihnen nach.

Die beiden hielten inne. »Was möchten Sie denn unterschreiben?«, fragte der eine.

Sein Ton gefiel dem Direktor der Homeland Security ganz und gar nicht. »Irgendetwas, das meine Übergabe der Geräte bestätigt?«

Die zwei Männer sahen einander an, als fänden sie die Frage amüsant. »Sir, der Boden, auf dem Sie gerade stehen, ist auf keinem Lageplan dieses Geländes verzeichnet. Und es hat auch keine Übergabe stattgefunden, weil es diese Geräte offiziell nicht gibt.« Sie trugen die Koffer ins Lagerhaus, und Merrell und die Agents kehrten zum wartenden Hubschrauber zurück.

((•))

Bob Stenson sah zu, wie der Hubschrauber in den Nachthimmel verschwand. Er blieb ganz ruhig in seinem Chrysler sitzen, bis die Positionslichter nicht mehr zu erkennen waren, dann fuhr er zu dem gut beleuchteten, fensterlosen Gebäude, dessen Nutzung sein Vorgänger mit dem älteren Bush arrangiert hatte, als der noch Direktor der CIA gewesen war. Stenson konnte sich nicht mehr erinnern, welche Gefälligkeiten die Stiftungsgründer dem damals aufstrebenden Politiker dafür erwiesen hatten, aber ganz sicher war es dabei auch um den zukünftigen Einzug ins Weiße Haus gegangen.

Bushs Dankeschön bestand darin, alle offiziellen Belege für dieses Gebäude zu vernichten. Das gesamte riesige Gelände hatte in den letzten zehn Jahren so viele Veränderungen erfahren, dass kein Mensch wusste, was in den Bereichen, für die man selbst nicht zuständig war, alles so passierte. Das unscheinbare Lagergebäude war einfach eines von vielen, niemand wusste um seine Funktion, und niemand interessierte sich dafür.

Stenson hatte Senator Corbin Davis instruiert, diesen Ort für die Lagerung der Echo-Box zu wählen, weil es das sicherste Gebäude an der gesamten Ostküste darstellte. Es war außerdem der ideale Ort, um den Senator die neue Technologie ausprobieren zu lassen, was gleich am frühen Morgen geschehen sollte. Stenson wusste, dass das Gebäude als Bestandteil des JB MDL dem Senator ein – trügerisches – Gefühl von Sicherheit geben würde, weil es sich offiziell anfühlte.

Es hatte bisher jedes Mal funktioniert.

Kapitel 101

Homeland Security, Büro Philadelphia, 28. Mai, 6:26 Uhr

Skylar ging in ihrer Zelle auf und ab wie ein gefangenes Tier. Ihrer Schätzung nach musste es etwa sechs Uhr morgens sein. Sie hatte nicht mehr als eine Dreiviertelstunde geschlafen. Bislang hatte noch niemand mit ihr gesprochen. Die Wärterin, die ihr das Frühstück brachte, sagte keinen Ton, sondern schob das Tablett einfach durch die Öffnung in der Tür.

Das Essen war grässlich, der Kaffee jedoch gut. Eine Vier, wenn sie ihn wie Eddie beurteilen würde. Nach dem Frühstück fing sie wieder an, auf und ab zu tigern, und zählte dabei unbewusst ihre Schritte. Als sie es merkte, fühlte sie sich gleichzeitig besser und schlechter. Sie wusste nicht, wo Eddie war. Oder wie es ihm ging. Aber sie wusste, er würde Angst haben. Besser gesagt: Panik. Umso entschlossener war sie, Eddie zu finden. Sie war schuld, dass er sich in dieser Situation befand. Und sie würde alles in ihrer Macht Stehende tun, um ihn wieder herauszuholen.

Sie marschierte weiter. Sechsundneunzig, siebenundneunzig, achtundneunzig …

Kapitel 102

CHOP, Philadelphia, Pennsylvania, 28. Mai, 7:01 Uhr

Eddie starrte zur Decke. Zumindest war das seine Blickrichtung. Senkrecht nach oben. Er lag in Zimmer 423 des Kinderkrankenhauses von Philadelphia, am Ende eines Ganges. Zwei Agents waren vor der Tür postiert. Ein weiterer stand am Fahrstuhl. Und noch einer am Haupteingang des Gebäudes.

Eddie schien nichts wahrzunehmen. Er blinzelte nicht einmal. Und hatte sich, seitdem er irgendwann nachts wach geworden war, nicht bewegt. Eine rundliche Schwester aus der Dominikanischen Republik saß neben seinem Bett und fragte in regelmäßigen Abständen nach, ob er etwas essen oder trinken wolle. Ihre Stimme klang freundlich, und ihr Akzent war beruhigend. Es war kein Zufall, dass ausgerechnet ihr diese Aufgabe zugewiesen worden war. Aber bisher hatte Eddie nicht geantwortet. Er war an einen Tropf angeschlossen, sodass sein Körper ausreichend Flüssigkeit erhielt.

Der Chef der Notaufnahme, der ihn bei seiner Ankunft untersucht hatte, betrat zusammen mit einem der Agents den Raum. Er kontrollierte die Krankenakte und fragte die Schwester: »Wie geht es ihm?«

»Stabil. Keine Veränderung.«

Zufrieden nickte der Arzt. »Hat er schon gesprochen?«

Die Schwester schüttelte den Kopf. »Kein Wort.«

»Haben Sie ihm etwas zu essen und zu trinken angeboten?«

»Alle Viertelstunde.« Sie zeigte ihm den Notizblock, auf dem sie alles genau vermerkte.

Der Arzt beugte sich über Eddie und lächelte freundlich. »Wie fühlen Sie sich heute Morgen, Edward?«

Eddie starrte zur Decke.

»Können Sie mich hören?«

Eddie antwortete nicht. Seine Kiefer blieben aufeinandergepresst.

Der Arzt musterte ihn und sagte ruhig: »Es besteht keine Eile. Nehmen Sie sich alle Zeit, die Sie brauchen. Lassen Sie uns einfach wissen, ob wir irgendetwas tun können, um es Ihnen bequemer zu machen.«

Eddie starrte weiterhin nach oben, und der Arzt verließ mit dem Agent das Zimmer. Draußen fragte der Agent: »Wie lange, glauben Sie, wird es dauern, bis er wieder spricht?«

»Schwer zu sagen.«

»Schätzen Sie.«

Der Chefarzt merkte, dass der Agent eine Information brauchte, die er seinen Vorgesetzten melden könnte. »Die gute Nachricht ist, dass der Patient sich nicht länger im Schockzustand befindet. Pupillenreaktion und Reflexe sind wieder normal. Auch scheint nicht mehr die Gefahr zu bestehen, dass er sich selbst oder andere verletzt. Wann und wie er wieder kommunizieren wird, ist aber nicht absehbar. In Fällen wie diesem ist das beste Heilmittel tatsächlich Zeit. Er muss reden *wollen*. Wenn wir versuchen, es zu erzwingen, macht das die Sache wahrscheinlich nur schlimmer. Es könnte ihn sogar erneut traumatisieren und wieder in Schock versetzen. Wir müssen also geduldig sein und der Natur ihren Lauf lassen.«

Kapitel 103

Joint Base McGuire-Dix-Lakehurst, Trenton, New Jersey, 28. Mai, 7:37 Uhr

Interessiert beobachtete Senator Corbin Davis seine Weltklasse-Experten beim Untersuchen der Geräte. Die Wissenschaftler hießen Pembrose und Landgraf. Beide waren mit dem Zweck und der theoretischen Funktionsweise der Apparate vertraut. Allerdings waren beide auch überzeugt, dass so etwas nicht funktionieren konnte. Nur zu gern würden sie bestätigen, dass das alles Unsinn war – wobei sie natürlich auch nichts dagegen hätten, die ersten Wissenschaftler zu sein, die rekonstruierte Schallwellen hörten. Die drei Männer befanden sich in einem kleinen Besprechungsraum in der unscheinbaren Lagerhalle der JB MDL. Sobald die Wissenschaftler ihre Untersuchung beendet hätten, würden sie und der Senator hinausbegleitet werden.

Die Wissenschaftler wussten, wie die Geräte zu bedienen waren, weil sie sie bei vorherigen Gelegenheiten bereits getestet hatten. Sie ließen die Echo-Box aufklappen und die acht Parabolmikrofone ihren kleinen Tanz aufführen.

»Was passiert da jetzt?«, wollte der Senator wissen.

Pembrose, der jüngere der Wissenschaftler, antwortete: »Sie erstellen sozusagen eine akustische Landkarte des Raumes.«

»Theoretisch«, fügte Landgraf hinzu.

»Wir werden bald wissen, ob es funktioniert«, sagte Pembrose. Sie starrten auf den Fortschrittsbalken, der unter dem dreidimensionalen Bild des Raumes erschienen war. Der Balken füllte sich einigermaßen schnell: *drei Prozent … sechs Prozent … neun Prozent …* Dann allerdings verlangsamte er sich. *Elf Prozent.* Bis *zwölf Prozent* dauerte es länger, bis *dreizehn* noch länger. Nach weiteren zwei Minuten waren noch nicht einmal *fünfzehn Prozent* erreicht.

Davis studierte die Mienen seiner Experten. Pembrose wirkte enttäuscht, wie ein Kind, das zum Geburtstag nicht das ersehnte Geschenk bekommen hatte. Landgraf feixte, als hätte er genau das erwartet.

»Muss das so lange dauern?«, erkundigte sich der Senator besorgt.

»Nein«, antwortete der jüngere der beiden Wissenschaftler.

»Und was bedeutet das dann?«

Der ältere räusperte sich und sagte unverblümt: »Das Gerät funktioniert nicht.«

Jetzt hatte der Senator Mühe, ruhig zu bleiben. »Verdammt noch mal … Sind Sie sicher?«

Landgraf nickte. »Ja.«

»Und es besteht keine Chance, dass Sie etwas übersehen haben?«, wandte Davis sich an den jüngeren in der Hoffnung auf eine andere Antwort.

Die Wissenschaftler tauschten Blicke. »Geben Sie uns dreißig Minuten, und wir können es Ihnen mit absoluter Gewissheit sagen«, verkündete Pembrose.

Grimmig ging der Senator zur Tür. »Na, dieser Fenton kann sich auf was gefasst machen«, zischte er zwischen zusammengebissenen Zähnen. Im Gang stieß er fast mit den zwei Männern in ihren schlichten Uniformen zusammen. »Ich brauche einen Raum für mich.« Er ließ seinen Blick über die vier oder fünf unbeschilderten Türen wandern und rechnete damit, in eines der Zimmer dahinter geführt zu werden.

Die Männer rührten sich nicht. Der größere erwiderte: »Dann werden Sie nach draußen gehen müssen, Sir.«

Der Senator bedachte ihn mit einem wütenden Blick, dann stürmte er aus dem Gebäude. Dabei zog er sein neues, noch glänzendes Kryptohandy aus der Tasche. Den zwei Männern blieb nicht verborgen, dass es genauso aussah wie ihre eigenen.

Kapitel 104

American Heritage Foundation, Alexandria, Virginia, 28. Mai, 7:48 Uhr

Bob Stenson saß ruhig in seinem Büro, während ihm der aufgebrachte Senator ins Ohr brüllte. »Beruhigen Sie sich, Senator. Ich brauche Zeit, um diese Neuigkeit zu verarbeiten.« Er machte eine dramatische Pause. »Und Ihre Wissenschaftler sind sich da ganz sicher?«

»Sie sind noch dabei, ihre erste Einschätzung zu verifizieren, aber ja, das verdammte Ding funktioniert nicht. «

Stenson seufzte hörbar. Er spielte seine Rolle sehr überzeugend. »Was hat dieser Fenton sich nur dabei gedacht?«

»Ich weiß es nicht, und es ist mir auch egal. Ich will, dass er aus dem Harmony House verschwindet.«

Stenson, der Meister-Puppenspieler, schmunzelte. »Wie Sie wollen, Senator. Wir werden jede Aktion unterstützen, die Sie für angemessen erachten.« Und einfach so war es entschieden. Senator Davis würde eine außerordentliche Versammlung des SSCI einberufen, und Fenton würde noch vor Ablauf der Woche gekündigt werden. Natürlich wäre dann die Frage seiner Nachfolge zu klären, aber das hatte Zeit. Es bestand keine

Eile. Stenson lehnte sich in seinem Sessel zurück und lächelte süffisant.

Dies war zweifellos der glorreichste Moment seiner beruflichen Karriere. Daneben verblasste sogar der Stimmauszählungshickhack im Jahr 2000. Er war im Besitz der wichtigsten und weitreichendsten technologischen Erfindung der letzten vierzig Jahre, und niemand wusste davon. Binnen weniger Stunden wären alle Beteiligten überzeugt, dass die Echo-Box nicht funktionierte. Und der Rest der Welt würde denken, sie wäre von einem aufgeblasenen alten Wichtigtuer an der Nase herumgeführt worden, nur weil der um jeden Preis sein Vermächtnis aufwerten wollte. Der gute Senator aus Indiana würde Vergeltung fordern, und Stenson würde ihm seinen Rachedurst gewähren, weil Fenton für die *Foundation* nun nicht mehr von Nutzen war.

Denn niemand wusste, dass Stenson, nachdem Direktor Merrell die Geräte in dem nicht gelisteten Gebäude der JB MDL abgegeben hatte, sie durch eigene Apparate hatte ersetzen lassen. Diese Duplikate orientierten sich am letzten registrierten Stand von Eddies Erfindung, also demjenigen, der noch nicht funktioniert hatte. Die Geräte waren auf Stensons Geheiß vor über einem Jahr angefertigt worden, als er beschlossen hatte, noch weitere Genies auf dem Gebiet der akustischen Archäologie forschen zu lassen. Auch wenn deren Bemühungen nicht von Erfolg gekrönt gewesen waren, hatte Stenson trotzdem das Gefühl, die Duplikate könnten eines Tages von Nutzen sein. Allerdings hatte er sich damals nicht vorstellen können, in welcher Weise, und auch nicht, welch entscheidende Bedeutung sie dann haben würden.

Jetzt musste er sich nur noch überlegen, welches der weltgrößten Geheimnisse er als Erstes hören wollte. Er musste einen Präsidenten stürzen. Und einen neuen einsetzen. Feinde mussten vernichtet werden. Und Wankelmütige überzeugt.

Bob Stenson und die *Foundation* standen kurz davor, alles in Erfahrung bringen zu können, was sie nur wollten, und niemand würde je herausfinden, woher sie dieses Wissen hatten. Niemand würde sie mehr aufhalten können.

Zunächst war jedoch zu entscheiden, was mit Edward Parks geschehen sollte, der jetzt eher eine Belastung darstellte. Er durfte auf keinen Fall noch eine Echo-Box konstruieren oder die Algorithmen an jemanden weitergeben, der dann seinerseits in der Lage wäre, eine Echo-Box zu bauen. Es gab nur einen Weg, beides zu unterbinden. Stenson hegte diesbezüglich keine Skrupel und würde das Nötige veranlassen, noch ehe er das Büro verließ.

Doch bevor er seinen glorreichen Moment weiter auskosten konnte, nahm er Schritte wahr, die sich seinem Büro mit rasanter Geschwindigkeit näherten. *Na, na, Jason,* dachte er, *immer mit der Ruhe.*

Aber Jason hatte keine Ruhe. Er stürmte geradewegs in das Büro seines Vorgesetzten. »Sir, wir haben ein Problem.«

Kapitel 105

Dr. Marcus Fentons Haus, Pine Hill, New Jersey, 28. Mai, 8:33 Uhr

Zum zweiten Mal in weniger als zwölf Stunden hielt ein Polizeifahrzeug vor Marcus Fentons Haus. Vor diesen beiden Besuchen war zuletzt 2002 ein Streifenwagen auf das Grundstück gefahren – damals, um Fenton über eine Einbruchsserie in der Nachbarschaft zu informieren. Der alte Arzt hatte keine Lust, sich schon wieder irgendeinen Blödsinn vom NYPD anzuhören, und stürmte dem uniformierten Beamten vor der Tür entgegen. »Ich werde nirgendwo hingehen und kein Wort ohne meinen Anwalt sagen!«

Der Polizist wirkte irritiert. »Sir?«

»Sofern Sie keinen Haftbefehl haben, gehe ich nirgendwo hin«, bekräftigte Fenton.

Der Beamte schüttelte den Kopf. »Hier muss ein Missverständnis vorliegen. Sind Sie Dr. Marcus Fenton?«

Erst jetzt merkte er, dass der Streifenwagen nicht aus New York stammte. Er zeigte das Logo der hiesigen Polizei, und der Polizist war ein Sheriff aus dem Ort. »Ja, ich bin

Marcus Fenton«, bestätigte er etwas ruhiger. »Was kann ich für Sie tun?«

Der Sheriff wartete einen Moment, so wie er es für das Überbringen schlechter Nachrichten gelernt hatte. »Hat für Sie ein Michael Barnes gearbeitet?«

Kapitel 106

American Heritage Foundation, Alexandria, Virginia, 28. Mai, 8:58 Uhr

Im Konferenzraum der *Foundation* war es totenstill. Bob Stenson stand neben dem großen Mahagonitisch und starrte auf die darauf befindlichen Geräte – den Supercomputer und die Echo-Box, die bis gestern Nacht noch im Besitz von Edward Parks und Skylar Drummond gewesen waren. Daneben stand ein zweiter, handelsüblicher Computer, der dem IT-Wissenschaftler mit schütterem Haar gehörte, den Stenson zum Überprüfen der anderen Geräte herbestellt hatte. Der Computer des Spezialisten war an Eddies Laptop angeschlossen und führte gerade eine Systemanalyse durch.

Carter Harwood war der einzige Mensch, den Bob Stenson an Eddies Geräte heranließ. Wie alle Mitarbeiter und unabhängigen Vertragspartner der Stiftung war ihnen Harwood durch persönliche Empfehlungen vertrauenswürdiger Personen vermittelt worden und hatte die gründliche Überprüfung seines Hintergrunds bestanden. Viele führende Wissenschaftler hatten ein, zwei Punkte in ihrer Vita, die sie für eine Zusammenarbeit mit der Stiftung disqualifizierten. Das traf beispielsweise auf

Pembrose und Landgraf zu, die beiden IT-Forscher, die Senator Davis zur JB MDL mitgenommen hatte. Einer von ihnen war früher heroinabhängig gewesen, und der andere hatte im Zuge einer geplanten Geschlechtsumwandlung eine Hormontherapie begonnen.

Als Stenson vor zwölf Jahren Harwood engagierte, war ihm klar gewesen, dass der Mann Edward Parks' Arbeit niemals vollenden könnte, sollte diese aus dem einen oder anderen Grund nicht zum Abschluss kommen. Aber er konnte ihm vertrauen, und das war am Ende das Wichtigste. Denn was Stenson wirklich brauchte, war ein Handwerker und kein Künstler. Harwood war es gewesen, der die Duplikate angefertigt hatte, die gerade in der JB MDL getestet worden waren. Er kannte die Geräte besser als jeder andere, außer natürlich Edward Parks selbst. Und aus diesem Grund hörte Stenson ihm genau zu, als Harwood sagte, es gebe ein Problem.

Auf dem Bildschirm des Supercomputers war ein unvollständiges dreidimensionales Bild des Konferenzraums zu sehen. Der Fortschrittsbalken zeigte *dreizehn Prozent*. Und hatte sich seit zweiundzwanzig Minuten nicht verändert.

Sofort war Stenson froh, dass er Edward Parks' Beseitigung noch nicht in Auftrag gegeben hatte, denn nun konnte er ihnen doch noch von Nutzen sein. »Warum geht es nicht weiter?«

»Das kann ich noch nicht sagen. Erst muss die Systemanalyse durchgelaufen sein.« Harwood, ruhig und analytisch, deutete auf seinen eigenen Computer, der an Eddies angeschlossen war. Harwoods 3.000-Dollar-Gerät würde aufzeigen, was mit Eddies 300.000-Dollar-Gerät nicht stimmte.

Stenson sah nacheinander seine drei Abteilungsleiter an, die gleichermaßen fassungslos waren. »Irgendeine Idee?«

Caitlin McCloskey deutete auf die Schrammen, die entstanden waren, als Eddie die Geräte hatte fallen lassen. »Vielleicht wurden sie beim Aufschlagen beschädigt?«

Harwood schüttelte den Kopf. »Das dachte ich zuerst auch, aber so ist es nicht, da bin ich ganz sicher. Was auch immer das Problem ist, es betrifft nicht die Hardware.«

»Warum hat es dann gestern funktioniert und heute nicht mehr? Irgendetwas muss sich doch geändert haben«, meinte Jason Greers.

»Und was, wenn sie auch gestern nicht funktioniert haben?« Irritiert sahen alle zu Daryl Trotter.

Sofort fühlte Jason sich angegriffen, weil die Jagd auf die Echo-Box erst durch seine Schlussfolgerung, sie müsse funktionieren, begonnen hatte. »Was meinst du damit? Dass die Ärztin und ihr Patient die Aufnahmen vorgetäuscht haben?«

Daryl konnte es sich nicht verkneifen, Jason zu korrigieren. »Technisch gesehen, sind es keine Aufnahmen, sondern Rekonstruktionen von Schallwellen.«

»Was auch immer«, herrschte Jason ihn an.

Caitlin zog kurz die Mundwinkel nach oben, da sie wusste, wie sehr ihr Boss solche emotionalen Ausbrüche hasste. Jason verlor die Contenance.

Daryl blieb vollkommen ruhig. »Ich meine gar nichts, Jason. Ich stelle nur klar, dass es zwei mögliche Szenarien gibt. Das eine ist, dass die drei Rekonstruktionen auf dem Gerät eine mit Dr. Fenton und Michael Barnes, eine mit dem Jungen, der geschlagen wird, und die mit dem Verhör des Kidnappers – tatsächlich echt sind. In diesem Fall hast du recht: Irgendetwas muss verändert worden sein. Aber wenn sie nicht echt sind, gilt diese Logik nicht.«

Nun meldete sich Stenson zu Wort: »Es muss sie gegeben haben. Wir wissen zu viel über Skylar Drummond und Edward Parks. Keiner von beiden ist zu so komplexen Strategien fähig, das alles geplant, vorbereitet und vorgetäuscht zu haben. Das ist einfach zu weit hergeholt.«

In seiner ursprünglichen These bestätigt, sah Jason jetzt triumphierend zu Daryl, der mit den Schultern zuckte. Er hatte nur helfen und sicherstellen wollen, dass wirklich alle Alternativen bedacht würden. »Also, was hat sich geändert?«

Harwood sah von seinem Computer auf, der die Analyse beendet hatte. »Nichts.«

Jason starrte ihn an. »Das kann nicht sein.«

Der Wissenschaftler starrte zurück. »Maschinen lügen nicht. Ich habe jede Zeile des Codes der vorigen Version, die ich auf meinem Computer gespeichert hatte, mit dieser hier verglichen. Und es hat sich kein einziges Zeichen geändert.«

Caitlin war verblüfft. »Und wie erklären Sie sich das?«

Weder Jason Greers noch Bob Stenson konnten sich einen Reim darauf machen. Dann hatte Daryl Trotter eine Idee. »Gibt es zu jeder Rekonstruktion eine separate Datei mit den originalen, verzerrten Schallwellen, die als Basis für die Rekonstruktion diente?«

Harwood kannte die Antwort, sah zur Sicherheit aber noch einmal nach. »Alle drei Verzeichnisse enthalten sowohl die Dateien mit den Originalfragmenten als auch die jeweiligen rekonstruierten Versionen.«

»Warum?«, wollte Stenson wissen. »Was bedeutet das?«

Daryl grinste. »Ich weiß, was geändert wurde.«

Kapitel 107

Die Überreste von Michael Barnes' Haus, Swedesboro, New Jersey, 28. Mai, 9:15 Uhr

Als Begleiter des örtlichen Sheriffs durfte Marcus Fenton sich unter dem gelben Absperrband hindurchducken, das jetzt Michael Barnes' Grundstück umspannte, und den Tatort betreten. Nicht lange nach Sonnenaufgang hatten die ersten Nachbarn bemerkt, dass Geldscheine in ihre Gärten geflattert waren. Ein paar Tweets und Facebook-Nachrichten später waren Hunderte von Leuten aus der näheren und weiteren Umgebung angefahren gekommen, um aufzusammeln, was sie finden konnten. Homeland hatte zunächst ein Dutzend Agents eingesetzt, dann jedoch schnell zwei weitere Dutzend angefordert, um die allgemeine Sicherheit zu gewährleisten und, noch wichtiger, das ganze Bargeld einzusammeln. Um Viertel vor zwölf waren sie in ihrer Zählung bei 400.000 Dollar angekommen, hatten aber noch nicht einmal die Hälfte dessen erfasst, was sie gefunden hatten.

Ein großer Teil von Barnes' Gerümpel glomm noch, als der Sheriff den Leiter des Harmony House in den Garten führte. Die Motorhaube des Impala steckte im Küchenfenster. Alle möglichen Kleidungsstücke – vom olivgrünen Winterparka über Laufschuhe bis hin zur leuchtend orangen Badehose – baumelten von den Bäumen. Die zwei Männer trafen auf den leitenden Ermittler der Homeland Security, Arlo Gunn, der den Einsatz koordinierte.

»Was ist hier verdammt noch mal passiert?«, wollte Fenton wissen.

Gunn lächelte. »Wir hatten gehofft, Sie könnten uns das sagen.«

Fenton ließ seinen Blick über das Chaos schweifen und ahnte, dass seine eigene Lage sich rapide verschlechterte. »Ich habe keine Ahnung.«

»Michael Barnes hat für Sie gearbeitet, richtig?« Er fragte es wie beiläufig, ohne jeglichen Unterton einer Anschuldigung.

»Das stimmt. Er war der Leiter meines Sicherheitsteams.«

»Wo genau?«

»Im Harmony House. In Woodbury.«

»Was für eine Einrichtung ist das?«

»Das ist eine von der Regierung finanzierte Einrichtung für Patienten mit besonderen Begabungen.«

Bedächtig kratzte sich Gunn die Koteletten. »Wie lange hat er für Sie gearbeitet?«

»Weit über zehn Jahre. Fünfzehn, schätze ich.«

Gunn nickte, offenbar zufrieden mit der Antwort. »Wie würden Sie Ihre Beziehung zu dem Verstorbenen beschreiben?«

»Was das Berufliche betrifft, war er ein überaus zuverlässiger und vertrauenswürdiger Angestellter. Privat haben wir keinerlei Beziehung gepflegt.«

»Hat er jemals erwähnt, dass er zu Hause einen Riesenhaufen Bargeld und Sprengstoff gebunkert hat?«

»Nein, natürlich nicht … Ehrlich gesagt, kann ich das alles immer noch nicht fassen.«

»Tatsächlich?«

Fenton räusperte sich. »Ich meine, dass er so paranoid gewesen ist. Und so dumm. Ich hatte keine Ahnung.«

Gunn nickte. »Hatten Sie beide gestern Streit in irgendeinem Sinne?«

Fenton begann zu schwitzen. Er spürte, wie ihm der Hemdkragen am Nacken klebte. »Als Streit würde ich es nicht bezeichnen. Wir haben uns über ein Problem mit einem Patienten ausgetauscht.«

»Was für ein Problem?«

Fenton war sicher, dass Gunn die Antwort bereits kannte. Ihn interessierte wohl eher, *wie* Fenton etwas sagte, als das, *was* er sagte. »Ein Patient ist aus der Einrichtung entflohen.«

»Und Barnes' Aufgabe wäre gewesen, das zu verhindern.«

»Dafür war er unter anderem zuständig, ja.«

»Mit anderen Worten: Er hat in Ihren Augen versagt.«

»Nicht er persönlich, sondern seine Abteilung.«

Der Agent verschränkte die Arme vor der Brust. »Barnes hat darin versagt, den Patienten in die Einrichtung zurückzubringen, oder nicht?«

»So betrachtet, ja.«

Der Agent lächelte kaum merklich. Er genoss die Situation. »Wussten Sie, dass Ihr entflohener Patient Edward Parks sich etwa seit Mitternacht im Gewahrsam der Homeland Security befindet?«

Fenton presste die Kiefer aufeinander. »Nein«, sagte er dann. »Das wusste ich nicht. Aber das sind ja wunderbare Neuigkeiten.«

Arlo Gunn wandte kurz den Blick ab und sah zu jemandem hin, der sich aus einiger Entfernung näherte. Fenton konnte nur erkennen, dass es ein Mann in einem Anzug war. Der alte Arzt hatte seine Fernbrille vergessen und konnte über diese Distanz hinweg nicht scharf sehen.

»Warum wurden Sie gestern Abend zum Verhör auf das sechste New Yorker Polizeirevier gebracht?«

Fenton stöhnte. »So, wie ich das sehe: um mich mit unzulässigem Beweismaterial zu provozieren«, knurrte er in spontaner Verärgerung.

Mittlerweile war der Mann im Anzug so nahe, dass Fenton ihn erkennen konnte.

»Detective, haben Sie diesen Mann gestern verhört, um ihn mit unzulässigem Beweismaterial zu provozieren?«, fragte Gunn.

Detective Butler McHenry schüttelte den Kopf. »Nein, Sir«, behauptete er mit unschuldigem Blick. »Wie kommen Sie darauf?«

Der Agent musterte Fenton eindringlich. »Dr. Fenton, was für Beweismaterial meinen Sie da genau?«

Kapitel 108

American Heritage Foundation, Alexandria, Virginia, 28. Mai, 10:06 Uhr

Daryl Trotter stand hinter dem IT-Wissenschaftler, der im Konferenzraum an Edward Parks' Laptop arbeitete. Bob Stenson und die anderen zwei Abteilungsleiter saßen auf der gegenüberliegenden Seite des Mahagonitisches und beobachteten die beiden voller Ungeduld. Harwood setzte nun seine Kopfhörer ab und drehte sich zu Daryl um. »Ich habe herausgeholt, was ich konnte.«

Daryl nickte, dann wandte er sich an seine Kollegen. »Okay, ich möchte, dass wir uns den Unterschied zwischen diesen beiden Rekonstruktionen derselben ursprünglichen Schallwellenfragmente anhören. Ich habe unseren Spezialisten die Datei mit den geringsten Störgeräuschen bearbeiten lassen – das Verhör des Verdächtigen in dem Entführungsfall. Die Beschaffenheit eines Verhörzimmers eignet sich für eine Rekonstruktion sehr gut, und die Schallwellen sind außerdem sozusagen die frischesten.«

»Legen Sie endlich los«, forderte Stenson ungehalten.

»Also, das ist die erste Rekonstruktion, die schon auf Edward Parks' Computer gespeichert war, vermutlich seit gestern.«

Er nickte Harwood zu, der auf »Play« drückte. Die Stimmen waren deutlich zu hören, genau wie beim ersten Mal, als sie auf dem Polizeirevier abgespielt worden waren.

VERDÄCHTIGER: *Ich schwöre bei Gott, ich weiß nicht, wo sie ist!*

DETECTIVE LTD. VICTORIA DANIELS: *Sagen Sie mir, wo sie ist, Henry.*

VERDÄCHTIGER: *Ich weiß es nicht, verdammt noch mal! Sind Sie taub oder was?*

Stenson schüttelte den Kopf. »Das haben wir schon gehört, Daryl.« Der Wissenschaftler stoppte die Wiedergabe.

Daryl nickte. »Stimmt. Ich weiß. Aber es ist wichtig wegen des Vergleichs.« Er sah zu Harwood. »Spielen Sie nun bitte die zweite Rekonstruktion ab, die Sie gerade mit der zuletzt gespeicherten Version von Edward Parks' Programm erstellt haben.«

Der Spezialist drückte wieder auf »Play«. Jetzt waren die Stimmen nicht mehr zu verstehen. Alles, was man hörte, war ein schrilles Kreischen. Daryl drückte auf »Stop«. »Ein deutlicher Unterschied, nicht wahr?«

Irritiert schüttelte Stenson den Kopf. »Und was bedeutet das jetzt?«

»Wenn wir nicht irgendetwas übersehen haben, sollte die neuere Version eines Programms doch fortgeschrittener sein als die vorherige. Eine überarbeitete Software sollte besser funktionieren, nicht schlechter.«

Caitlin konnte immer noch nicht folgen. »Was ist das dann? Eine Panne?«

»Nein«, sagte Harwood entschieden. »Edward Parks passieren keine Pannen. Wenn etwas schiefgelaufen ist, dann mit Absicht.«

Caitlin zuckte mit den Schultern, weil sie es immer noch nicht verstand. Jason konnte es ihr nachfühlen, wollte das aber nicht zeigen.

Bei Stenson fiel allerdings der Groschen. Er lächelte. »Wow! Nicht zu fassen!«

Daryl lächelte ebenfalls. »Genau.« Er hatte gewusst, Stenson würde der Erste sein, der die Sache durchschaute.

Caitlin hielt es nicht mehr aus. »Was denn jetzt? Nun sagt schon!«

»Er hat es geahnt«, erklärte Daryl.

»Wer?«

»Edward Parks.«

»Dr. Drummond muss es ihm vorgeschlagen haben«, fügte Stenson hinzu.

Caitlin stöhnte. »*Was* vorgeschlagen?«

Der IT-Wissenschaftler begriff nun ebenfalls, was Daryl Trotter und Bob Stenson bereits kombiniert hatten. »Dass er sein Programm zurücksetzt. Ihr ist klar geworden, dass Parks seine Geräte verlieren würde, also hat sie ihm gesagt, er solle sein Programm auf die letzte Version zurücksetzen.«

»Er hat *was* gemacht?« Caitlin konnte es nicht fassen.

Harwood wusste noch nicht, ob er die Tat bewundern oder verdammen sollte. »Das ist … das ist …«, stammelte er.

Stenson beendete den Satz für ihn. »Brillant.« Er sagte es so eiskalt und nüchtern, dass sofort zwei Dinge klar wurden: Er bewunderte diesen ganz und gar unvorhergesehenen Schritt der beiden Flüchtigen, und er wusste bereits, was die *Foundation* als Nächstes tun würde.

Kapitel 109

Homeland Security, Büro Philadelphia, 28. Mai, 18:19 Uhr

Ihr Abendessen erhielt Skylar genauso wie Frühstück und Mittagessen: ohne ein Wort. Als könnten allein ihre Worte schon wie Gift wirken – was sie fast schon schmeichelhaft fand.

Sie aß jeden Bissen des servierten Gerichts, weil sie wusste, dass sie all ihre Kraft brauchen würde. Irgendwann würden sie ganz sicher mit ihr reden. Und dann wollte sie bereit sein.

Trotzdem war sie überrascht, als plötzlich Kendricks vor ihrer Tür erschien, der humorlose Mann, der sie verhaftet hatte. »Stellen Sie sich mit dem Rücken an die Tür und strecken Sie Ihre Hände durch die Öffnung, damit ich Ihnen Handschellen anlegen kann.«

Sie gehorchte. »Wohin gehen wir?«

»Das werden Sie sehen, wenn wir da sind.« Er fesselte ihre Handgelenke aneinander und führte sie aus dem Gebäude.

((•))

Da Skylar noch nie im Kinderkrankenhaus von Philadelphia gewesen war, erkannte sie es erst, als sie an seinem Schild vorbeifuhren. Sie wusste zwar, dass sie keine Antwort erhalten würde, aber sie fragte trotzdem: »Was machen wir hier?«

Kendricks schwieg. Er parkte den Wagen im Halteverbot, wo sie der Agent der Homeland Security, der zur Bewachung des Haupteingangs abgestellt war, in Empfang nahm und zu den Fahrstühlen begleitete. Sie fuhren in den dritten Stock, wo sie der nächste Agent vom Fahrstuhl abholte und zu einer Tür am Ende eines Ganges führte, vor der wiederum zwei Agents postiert waren. Zimmer Nummer 423. Die beiden Agents musterten Skylar interessiert. Sie war jünger und attraktiver als die Frau, die sie erwartet hatten. Der kleinere von ihnen, Ziggler, sprach sie an. »Dr. Skylar Drummond?«

»Überrascht Sie das?«

»Ich habe jemand Älteres erwartet.«

Sie war nicht in der Stimmung für Schmeicheleien. »Warum bin ich hier?«

Die Agents sahen zu Kendricks. »Sie haben ihr nichts erzählt?«

»Dazu hatte ich keine Instruktionen«, erwiderte Kendricks brüsk.

Der kleinere Agent entschied, sofort klarzustellen, wer hier das Sagen hatte. »Nehmen Sie ihr die Handschellen ab.«

Kendricks zog den Schlüssel heraus und löste die Handschellen.

Dankbar nickte Skylar dem kleinen Agent zu. »Vielen Dank.«

Ziggler fühlte sich gleich zehn Zentimeter größer. »Möchten Sie Ihren Patienten sehen?«

Ihr stockte der Atem. »Eddie ist hier?«

Er nickte. »Hinter dieser Tür.« Sie streckte ihre Hand nach der Klinke aus, doch der Agent schob sich dazwischen. »Bevor Sie ihn sehen, sollten Sie etwas wissen.«

((•))

Aufgeregt, aber auch mit großer Sorge betrat Skylar Zimmer Nummer 423. Der leitende Arzt der Notaufnahme hatte recht: Man konnte nie sagen, wann ein traumatisierter Patient aus dem Wachkoma aufwachte. Oder was das Aufwachen auslösen oder begünstigen konnte. Skylar wusste nur, dass sie Eddie sehen wollte. Und berühren. Und ihm vermitteln, dass alles wieder gut werden würde, selbst wenn er sie nicht hören könnte.

Als sie ihn sah, kamen ihr die Tränen. Er starrte zur Decke. »Eddie.« Sie legte eine Hand auf seine Wange und gab ihm einen Kuss auf die Stirn. Er reagierte nicht.

Der kleine Agent war ihr gefolgt. »Möchten Sie vielleicht einen Moment mit ihm allein sein?«

»Ja, bitte«, erwiderte sie dankbar.

»Nehmen Sie sich so viel Zeit, wie Sie brauchen.« Der Agent sah zu der Krankenschwester und bedeutete ihr, den Raum ebenfalls zu verlassen. Sie notierte es auf ihrem Notizblock und ging mit ihren Unterlagen in den Flur. Im Türrahmen blieb Ziggler noch einmal stehen. »Ich bin draußen, falls Sie mich brauchen.«

Skylar wartete, bis die Tür geschlossen war, dann schob sie einen Stuhl neben das Bett und ließ den Tränen ungehemmt ihren Lauf. Wie hilflos er aussah! So sanft und unschuldig. Er erinnerte sie an Christopher, der in seinem ganzen Leben keinem Menschen ein Leid zugefügt hatte. Eddie ebenfalls nicht. Sie wären dazu gar nicht in der Lage gewesen. Alles, was Eddie je gewollt hatte, war, die Stimme seiner Mutter zu hören. War das zu viel verlangt? Sein ganzes Leben hatte er diesem Ziel gewidmet. Und jetzt hatte man ihm die einzige Hoffnung auf die Erfüllung seines Traumes einfach weggenommen. Eddie und sein Wunsch waren der Welt egal. Die interessierte sich nur für seine Erfindung und was man damit erreichen könnte. Die Rätsel, die sie lösen, die Antworten, die sie liefern könnte. Und all das war ihre Schuld. Sie hatte sich genauso schuldig gemacht wie alle anderen auch. So wie der Rest der Welt hatte Skylar ihre Bedürfnisse über die von Eddie gestellt. Sie hätte ihn nie aus dem Harmony House weglocken dürfen. Sie würde sich das nie vergeben, so wie sie sich auch den Selbstmord ihres Bruders ihr Leben lang nicht verzeihen würde. Die Tränen liefen ihr über die Wangen. »Ach, Eddie, es tut mir so schrecklich leid.«

Seine Augen blieben weiter auf die Decke gerichtet, selbst als er mit kaum hörbarer Stimme flüsterte: »Was tut Ihnen so schrecklich leid, Skylar?«

Ungläubig sah sie ihn an. Das hatte sie sich gerade eingebildet, oder? Doch dann drehte er langsam den Kopf in ihre Richtung. »Eddie, du hast gesprochen.«

»Ja, habe ich.« Er klang unglaublich traurig und distanziert. Dann sah er wieder weg.

Skylar spürte eine Mischung aus Freude und Verwirrung. »Wie … wie ist das möglich?«

»Die menschliche Stimme ertönt, wenn Luft aus den Lungen durch die Stimmlippen im Kehlkopf strömt und so Schallwellen erzeugt …«

»Sie haben mir gesagt, du wärst traumatisiert«, unterbrach sie ihn. »Dass du … nicht mehr sprechen könntest.«

Eddie nickte. »Ich hatte große Angst, als die Agents mit ihren Waffen auf mich gezielt haben. Das hat mir gar nicht gefallen.«

»Mir hat das auch nicht gefallen, und ich hatte auch schreckliche Angst.«

»Dann habe ich gehört, wie der Arzt sagte, ich würde unbewusst versuchen, mich selbst zu schützen. Ich weiß nicht, ob es das war, was ich getan habe. Aber alle haben mich danach in Ruhe gelassen, also habe ich beschlossen, weiter so ruhig liegen zu bleiben.« Er klang ganz und gar emotionslos. So musste sie geklungen haben, als sie von Jacobs Tod erfahren hatte, dachte Skylar.

»Weißt du, wie viel Uhr es war, als du den Arzt das erste Mal gehört hast?«

»Es war 3 Uhr 17 am Morgen. Das weiß ich, weil an der Wand eine Uhr hängt.« Mit schwacher Geste deutete er auf die Wanduhr.

Skylar konnte immer noch nicht ganz begreifen, was geschehen war. »Und was hast du seitdem gemacht?«

»Ich habe hier gelegen und nachgedacht.«

»Worüber?«

»Vögel. Viele, viele Vögel. Ich habe an Gürtelfischer gedacht und an Carolinakrickenten. Und Fluss-Seeschwalben. Und Einsiedlerdrosseln. Und Schwalbenweihen. Und Blauflügel-Waldsänger. Ich habe mich daran erinnert, wie schön sie singen. Und wie viel besser ich mich fühle, wenn ich sie höre. Vögel benutzen keine Redewendungen. Sie erwarten nicht, dass man versteht, was sie meinen, aber gar nicht sagen, deshalb fühle ich mich bei ihnen nie verwirrt oder beschämt. Ich konnte sie in meinem Kopf so deutlich hören, als wären sie tatsächlich hier. Machen Sie das auch manchmal – dass Sie sich etwas so genau vorstellen, dass es Ihnen vorkommt wie die Wirklichkeit?«

»Ja, das mache ich auch.« Sie dachte an Jacob. Dann zwang sie sich, damit aufzuhören. Sie versuchte sich vorzustellen, dass Eddie siebzehn Stunden lang absolut reglos auf dem Rücken gelegen und an nichts anderes als Vogelstimmen gedacht hatte. Zenbuddhisten verbrachten oft ihr ganzes Leben damit, solch eine Hingabe an den Moment zu erlangen. »Unfassbar.«

Eddie lächelte kaum merklich. »Sie hatten recht, wissen Sie?«

»Womit?«

»Dass auch ich, wenn ich längere Zeit außerhalb des Harmony House verbringen würde, irgendwann lügen würde, weil jeder hin und wieder lügt. Sogar Sie.«

Sie staunte. »Und worüber hast du gelogen?«

»Ich habe die Ärzte glauben lassen, ich könnte nicht antworten, obwohl ich es doch gekonnt hätte. Das war Lügen durch Unterlassung.«

»Ich weiß nicht, ob ich das Lügen nennen würde. Ich würde es eher als Schauspielern bezeichnen. Wie bei dem Polizisten, der einen Herzinfarkt vorgetäuscht hat, um uns zu helfen.«

»Trotzdem hat er gelogen.« Eddie ließ seinen Blick durch das Zimmer schweifen. Er wirkte schon deutlich mehr wie er selbst. »Ich mag diesen Raum nicht, Skylar. Mir gefällt nicht, wie er klingt. Es gibt zu viele glatte Oberflächen. Mein Zimmer im Harmony House gefällt mir viel besser. Und die Nadel in meinem Arm mag ich auch nicht und die Klebeflächen auf meiner Haut. Sie jucken.«

Auf einmal musste Skylar wieder weinen. »Ich bin so froh, dass du gesund bist.«

Er sah sie an. »Sie weinen.«

»Ja, Freudentränen.«

»Ich weiß nicht, wie man Freudentränen weint. Können Sie es mir beibringen?«

»Ich werde mich bemühen.« Skylar hatte nicht vorgehabt, seine Hand zu nehmen, es geschah einfach. Bei jemand anders als Eddie wäre es eine ganz natürliche Geste gewesen. Aber er war nicht wie andere. Er war so besonders wie kein anderer, den sie je gekannt hatte. Sie wollte sich gerade entschuldigen, als sie merkte, dass Eddie seine Hand nicht weggezogen hatte.

Tatsächlich hatte er nicht einmal gezuckt. Er ließ sie seine Hand halten. »Wow.«

Er wusste nicht, was sie meinte. »Warum sagen Sie das?«

Sie starrte auf ihre Hände. »Wir halten uns an den Händen.«

»Das habe ich vorher mit noch niemandem gemacht.«

»Und deshalb habe ich ›wow‹ gesagt.« Es war der intensivste Körperkontakt, den Eddie je in seinem Leben freiwillig eingegangen war. Es war bedeutsam. Und vollkommen unschuldig. Sie hatte sich das immer mit ihrem Bruder gewünscht, aber es war nie passiert. Skylar konnte den Blick nicht von ihren Händen lösen. Was sie bald bedauerte, denn Eddie zog seine Hand wieder zurück.

Er schien wieder ganz in seine eigene Welt eingetaucht zu sein. »Ich habe nicht zugelassen, dass sie die Echo-Box bekommen.«

Skylar atmete tief durch, ehe sie antwortete. »Ich habe gesehen, wie sie sie dir weggenommen haben, Eddie. Du konntest nichts tun, um es zu verhindern.«

Er sah sie mit großen Augen an. »Das stimmt nicht, Skylar. Ich konnte etwas tun.«

Er sagte es mit einer solchen Überzeugung, dass sie ihm gern glauben wollte. »Und was war das?«

Unruhig blickte er um sich. »Das ist wieder eines von den Dingen, bei denen Sie mir vertrauen müssen.«

Über seine neuerliche Imitation von ihr musste sie schmunzeln. »Ja, das kann ich wohl.« In diesem Moment klopfte es an die Tür. Skylar beugte sich dicht über Eddie. »Ich möchte im Augenblick noch nicht, dass du auch mit anderen redest. Meinst du, du könntest noch ein bisschen schauspielern?«

»Ja, das kann ich wohl.« Er sagte es genau wie sie. Dann lächelte er kurz und richtete seinen Blick wieder starr zur Decke, gerade als die Tür geöffnet wurde.

Ziggler streckte seinen Kopf durch den Spalt. »Dr. Drummond, bitte verzeihen Sie die Störung, aber hier ist jemand, der Sie sprechen möchte.«

Skylar trat in den Gang und fand sich vis-à-vis einem Mann, den sie nur aus den Nachrichten kannte. Es war Senator Corbin Davis. Während der Agent sie einander vorstellte, rätselte sie, was das zu bedeuten hatte. *Was will der denn hier, zum Teufel?*

Der Senator wandte sich an den Agent. »Ich möchte mit Ms. Drummond – entschuldigen Sie: Dr. Drummond – unter vier Augen sprechen.« Der Beamte führte sie ins Patientenzimmer nebenan, das leer stand, und ließ sie allein.

Davis musterte Skylar wohlwollend, so wie es die meisten Männer taten. »Sie haben ein paar aufregende Tage hinter sich.«

»Das stimmt.«

Er schwieg einen Moment. »Es tut mir leid, was mit Jacob Hendrix passiert ist.«

»Mir auch.«

Der Senator nickte. »Der Mann, den die Homeland Security für seinen Tod verantwortlich hält, wurde heute Morgen tot aufgefunden.«

»Wie?«, platzte sie heraus.

»Eine Explosion. Es scheint ein Unfall gewesen zu sein.«

»Das haben sie bei Jacob auch gesagt.«

Er nickte erneut und sagte fast entschuldigend: »Wir werden das noch richtigstellen.«

»Nichts kann das jemals richtigstellen.« Ihr war immer noch nicht klar, was der Senator von ihr wollte. »Was passiert mit Fenton?«

»Die New York City Police hat Ermittlungen aufgenommen, um zu klären, inwieweit er in das Verbrechen verwickelt ist, aber es ist unwahrscheinlich, dass dabei etwas herauskommt.« Er sah sie unverwandt an, und sie hielt seinem Blick stand. »Die Echo-Box. Sie funktioniert nicht. Aber das wussten Sie, oder?«

Nein, tatsächlich hatte sie keine Ahnung gehabt. Das letzte Mal, als sie sie gehört hatte, hatte sie noch funktioniert, aber das würde sie dem Senator natürlich nicht auf die Nase binden.

»Es war sehr clever, Fenton glauben zu lassen, sie würde funktionieren.«

Sie nickte kaum merklich. *Warum denken sie, dass sie nicht funktioniert? Ist es das, was Eddie gemeint hat? Was hat er gemacht?* »Stehe ich immer noch unter Arrest?«

»Nein. Sie können gehen.«

Jetzt glaubte Skylar zu wissen, warum dieser Mann hier war. Schadensbegrenzung. Sie hatten Angst vor dem, was sie alles tun könnte. Was bedeutete, dass sie am längeren Hebel saß. »Und was ist mit Eddie?«

»Er wird ins Harmony House zurückgebracht.«

»Nicht, wenn ich es verhindern kann.«

»Das können Sie nicht.«

»Warum reden wir dann, Senator?«

»Weil Sie es *könnten*.« Dann legte er ihr das Szenario dar, das man ihm davor sorgsam erläutert hatte. Über Skylars Gesicht breitete sich ein triumphierendes Lächeln aus.

Kapitel 110

Harmony House, Woodbury, New Jersey, 29. Mai, 8:31 Uhr

Gedankenverloren starrte Dr. Marcus Fenton, der hoch angesehene leitende Arzt des Harmony House, aus dem Fenster seines Büros. Nachdem er am Vortag viel Zeit bei den Überresten von Michael Barnes' Haus verbracht und immer wieder eine Litanei an Fragen diverser Homeland Security Agents und eines nervtötenden New Yorker Detective beantwortet hatte, wollte er den heutigen Tag frisch und früh beginnen. Das Harmony House war sein Zuhause. Sein sicherer Hafen.

Noch.

Er sah, wie eine Limousine die Sicherheitsschranke am Eingangstor passierte, an der jetzt ein Mitglied des Sicherheitsteams postiert war, das eine von der Regierung anerkannte Firma als Übergangslösung geschickt hatte. Oak Ridge Security war das kleinste Unternehmen, das sich für diese Aufgabe beworben hatte, aber Senator Corbin Davis hatte genau dieses besonders empfohlen, und ihn hatte Fenton nach dem ganzen Debakel beschwichtigen wollen. Er ging davon aus, dass Davis die Firma persönlich kannte. Doch dass diese Annahme weit von der Wahrheit entfernt lag, würde Fenton nie erfahren.

Nach Michael Barnes' Tod und dem immer noch ungeklärten Verschwinden seiner übrigen Männer war Oak Ridge Security vor vierundzwanzig Stunden als Notbehelf engagiert worden, bis eine dauerhafte Lösung gefunden wäre.

Fenton erwartete an diesem Morgen niemanden, also drückte er auf den Knopf der Sprechanlage. »Stephen, erwarten wir jemanden?«

Sein persönlicher Assistent hatte keine Ahnung von den Vorkommnissen am Wochenende. »Nein, Sir, erst um halb zwölf.«

Fenton sah auf die Uhr. Es war 8:47 Uhr. »Dann finden Sie bitte heraus, wer da zum Teufel gerade durch unser Haupttor gefahren ist.«

Noch bevor Stephen Millard eine Antwort vom neuen Sicherheitsmann am Tor erhielt, beobachtete Fenton, wie der Wagen vor das Hauptgebäude fuhr. Der Fahrer stieg aus und öffnete die hintere Tür. Senator Corbin Davis stieg aus. Das war kein gutes Zeichen. Fenton machte sich auf den Weg, um den Senator zu begrüßen.

Sein Assistent sprach noch mit dem Sicherheitsmann, als Fenton aus seinem Büro ins Vorzimmer trat. Schnell hielt Millard eine Hand über die Sprechmuschel. »Sir, Senator Davis ist da und …«

»Ich weiß schon, wer es ist«, unterbrach Fenton und marschierte an ihm vorbei Richtung Eingangshalle. Er nahm an, dass Davis die neuen Sicherheitsmaßnahmen überprüfen wollte. »Senator, was bringt Sie den ganzen weiten Weg nach Woodbury?«

Erst jetzt entdeckte er, dass Skylar Drummond hinter Davis herging, und blieb wie vom Donner gerührt stehen.

»Lassen Sie uns in Ihrem Büro reden«, erwiderte der Senator kühl.

Fenton starrte Skylar an. »Ich dachte, sie wäre in Polizeigewahrsam.«

»Ich habe ihre Freilassung angeordnet.«

Fentons Hände begannen zu zittern. »Was ist hier eigentlich los, verdammt?«

»Dasselbe, als hätte sich eine große Drogenladung als Backpulver erwiesen. Es werden Maßnahmen ergriffen, damit so etwas nicht wieder vorkommt.«

»Sie sprechen in Rätseln, Senator«, knurrte der alte Arzt.

»Nicht mehr lange. Wie gesagt: in Ihrem Büro, bitte.«

((•))

Fenton schloss seine Bürotür und setzte sich hinter den Schreibtisch, als wäre dies eine Besprechung wie jede andere. Misstrauisch sah er erst zu Skylar, dann zu Davis. »Muss sie dabei sein?«

Der Senator nickte. »Unbedingt.«

»Sie wissen aber, dass, welche Anschuldigungen auch immer sie vorgebracht hat, alles Lügen sind?«

»Sie hat keine Anschuldigungen formuliert.« Davis sah zu Skylar. »Aber ich.«

Skylar setzte sich Fenton direkt gegenüber, wieder auf den unbequemen metallenen Klappstuhl, auf dem sie auch bei ihrem Vorstellungsgespräch gesessen hatte, das jetzt eine Ewigkeit her schien.

Davis wählte einen bequemeren Sessel und sah Fenton an. »Ich will gleich zum Punkt kommen: Packen Sie Ihre Sachen, Fenton, Sie sind gefeuert.«

Fenton senkte den Kopf und schwieg.

»Dr. Drummond ist hier«, fuhr der Senator fort, »weil ich sie gebeten habe, Ihre Position stellvertretend zu besetzen, bis wir jemand Neues gefunden haben. Freundlicherweise hat sie zugesagt, was bedeutet, dass sie ab sofort die Leitung dieser Einrichtung übernimmt.«

Ungläubig schüttelte Fenton den Kopf. »Das ist doch lächerlich.« Er sah zur Decke, als erwartete er, dass die Welt sprichwörtlich über ihm zusammenbrach.

Mit eiskaltem Blick musterte Skylar ihn über den Schreibtisch hinweg und sagte, so ruhig sie konnte: »Sie haben dreißig Minuten, um Ihre Sachen zu packen.«

»Das können Sie mit mir nicht machen.«

»Oh, doch, ich kann«, erwiderte sie ungerührt.

Um Davis' Lippen spielte ein feines Lächeln. »Und sie hat meine volle Unterstützung.«

In aller Seelenruhe stand Skylar auf. Sie schien diesen Moment außerordentlich zu genießen. »Wenn Sie das Gelände bis zu meiner Rückkehr nicht verlassen haben, werde ich Sie vom Sicherheitspersonal hinausbegleiten lassen.« Damit drehte sie sich um und ging hinaus.

Fenton sah zum Senator. »Aber warum?«, fragte er schwach.

Der Senator erhob sich, drehte eine Runde durch das Büro und betrachtete die gerahmten Fotos von Fenton mit diversen Präsidenten und anderen bedeutenden Persönlichkeiten. »Sie haben mit Ihrem Blödsinn vielen Menschen über viele Jahre hinweg wertvolle Zeit, Energie und Geldmittel gestohlen. Dieses Wochenende hat das Fass zum Überlaufen gebracht. Sie haben uns wegen nichts und wieder nichts in Aufruhr versetzt und beinahe das Leben dieser jungen Frau ruiniert.«

»Was genau meinen Sie mit ›Blödsinn‹?«

»Dieses gottverdammte Gerät, das nicht funktioniert. Die Echo-Box. Sie hat nie funktioniert und wird es wohl auch nie tun.«

Fenton begriff überhaupt nichts mehr. »Was reden Sie da? Sie funktioniert doch! Deswegen ist sie ja geflohen. Hören Sie, was auch immer sie Ihnen gesagt hat …«

Davis schnitt ihm das Wort ab. »Sie hat mir überhaupt nichts gesagt. *Ich* habe es ihr gesagt.« Der Senator ging zur Tür, wo er kurz stehen blieb, um durch das Fenster die Ankunft einiger Fahrzeuge der Homeland Security zu beobachten. Fenton wollte noch etwas sagen, aber Davis hatte keine Lust, sich auch nur ein weiteres Wort anzuhören. »Gerade kommt Homeland, um Ihre Computer sicherzustellen, sowohl hier als auch bei Ihnen zu Hause, also kommen Sie gar nicht erst auf die Idee, etwas verschwinden zu lassen. Sie sollten sich jetzt dringend einen guten Anwalt suchen, denn wenn Sie oder Michael Barnes dumm genug waren, irgendwelche Hinweise zu hinterlassen, werden Sie jede Hilfe gebrauchen können.«

((•))

Corbin Davis fuhr am Sicherheitsposten vorbei durch das Haupttor des Harmony House. Dann holte er sein Kryptohandy heraus und wählte Bob Stensons Nummer, um ihm mitzuteilen, dass er Marcus Fenton aus dem Dienst entlassen hatte.

((•))

Vom ersten Augenblick, als Senator Davis ihr Fentons Job angeboten hatte, war Skylar misstrauisch gewesen. *Was zu gut klingt, um wahr zu sein, ist es in der Regel auch.* Aber wie hätte sie ablehnen können? Einerseits war es eine befriedigende Rache an dem Mann, der Jacobs Tod angeordnet hatte, andererseits hatte sie damit ungehinderten Zugang zu Eddie, zumindest im Moment. Vor etwas über vierundzwanzig Stunden hatte ihr ein übereifriger Agent der Homeland Security prophezeit, sie würde ihren Patienten nie wiedersehen und überdies ihre Bürgerrechte verlieren. Jetzt durfte sie einen Traumjob übernehmen – auf den sie im Normalfall zwanzig Jahre hätte hinarbeiten müssen.

Skylar nahm an, dass die Regierung das ganze Geschehen nach Möglichkeit unter Verschluss halten wollte. Auf keinen Fall sollte sie mit ihrer Geschichte an die Öffentlichkeit gehen und die Homeland Security wegen falscher Beschuldigung und unrechtmäßiger Inhaftierung verklagen. Solange sie zufrieden war, würde sie schweigen, und genau das war der Deal. Tatsächlich hatte sie dazu sogar eine vertrauliche Vereinbarung unterschrieben.

Sie war jedoch sicher, dass mehr dahintersteckte, etwas, das sie aller Wahrscheinlichkeit nach nie erfahren würde. Allerdings wusste sie auch, dass Menschen ihre Meinung ständig änderten. Es war nicht sicher, wie lange, wie lange sie im Harmony House das Sagen haben würde, also wollte sie keine Zeit verlieren. Sie musste handeln, solange sie es konnte.

In ihrem alten Büro ging sie schnurstracks zu den Kisten mit der Aufschrift »Parks, Edward«. Sie öffnete die erste Kiste, in der die frühesten Aufzeichnungen über Eddie verwahrt waren, zog einen Stapel Ordner heraus und blätterte darin auf der Suche nach etwas ganz Bestimmtem. Einer Telefonnummer. Die sie auch fand.

Kapitel 111

Dr. Marcus Fentons Haus, Pine Hill, New Jersey, 29. Mai, 9:19 Uhr

Als Fenton in seine Auffahrt einbog, waren die Bundesagenten seit über einer halben Stunde dabei, sein Haus zu durchsuchen. Er parkte direkt hinter ihren Fahrzeugen, stieg aus und klemmte sich den mitgebrachten Karton unter den Arm, in dem sich unter anderem einige gerahmte Fotos seiner verstorbenen Frau Ruthie befanden.

Zu niemand Bestimmtem sagte er, er werde jetzt den besten Anwalt engagieren, den er kenne, und der werde all dem hier bald ein Ende bereiten. Dann ging er in sein Arbeitszimmer und setzte sich an den Schreibtisch. Sein Computer und alle Speichergeräte waren verschwunden. *Wie konnten sie es wagen!* Fenton stellte die Fotos auf die leere Tischplatte und zog eine Schublade auf, die eigentlich keine Schublade war, sondern eine Art Deckel über einem kleinen Safe mit Kombinationsschloss. Er drehte den Knopf zwei Stellen nach rechts, eine nach links und noch eine nach rechts, öffnete den Safe und zog einen Stapel Notizbücher hervor. Dahinter stand ein kleines Schmuckkästchen. In dem Kästchen befanden sich zwei weiße

Tabletten. In jeder waren 500 Milligramm einer tödlichen, nicht nachweisbaren chemischen Verbindung namens KT-186. Es würde so aussehen, als hätte Marcus Fenton einen Herzinfarkt erlitten, was unter den gegebenen Umständen durchaus nachvollziehbar wäre.

Michael Barnes hatte seinen Fluchtplan gehabt, Marcus Fenton hatte einen eigenen.

Er schenkte sich ein Glas Wasser ein und schluckte die Tabletten. Zunächst passierte gar nichts. Das hatte er auch nicht erwartet. Fenton klappte das Kästchen zu und legte es zusammen mit den Notizbüchern in den Safe, den er wieder verschloss. Dann schob er die Schublade zu und betrachtete die Fotografien seiner Frau. »Bis gleich.«

Zwanzig Sekunden später hörte Fentons Herz auf zu schlagen. Nach wenigen Minuten fanden ihn die Agents hinter seinem Schreibtisch auf dem Boden, in einer Lache von Körperflüssigkeiten. Nach weiteren elf Minuten kam der Krankenwagen, der binnen siebenundzwanzig Minuten das Jefferson Hospital erreichte, in dem der einst hoch angesehene leitende Arzt des Harmony House um 10:07 Uhr für tot erklärt wurde.

Kapitel 112

Harmony House, Woodbury, New Jersey, 29. Mai, 12:22 Uhr

Skylar würde erst später am Abend von Fentons Tod erfahren und der Nachricht dann nicht die gebührende Aufmerksamkeit schenken können. Dafür war sie zu sehr mit Eddies Rückkehr ins Harmony House beschäftigt, auf dessen Ankunft sie jetzt zusammen mit Schwester Gloria vor dem Haupteingang wartete.

Gloria merkte immer noch, dass sie am Wochenende zu viel Alkohol getrunken hatte. »Stimmt das eigentlich, Dr. Drummond?«

Skylar stellte sich dumm. »Was denn?«

Die Schwester schätzte die Bescheidenheit der jungen Ärztin. »Dass Sie Dr. Fentons Stelle übernehmen?«

Sie nickte verhalten. »Ja, aber nur vorübergehend, bis man einen passenden Ersatz gefunden hat.«

»Trotzdem, meinen Glückwunsch! Ist auf jeden Fall eine große Sache.« Gloria überlegte bereits, wie sie später all die neuen Informationen in einer kurzen Textnachricht für ihren geheimen Auftraggeber zusammenfassen könnte.

Der Krankenwagen kam ohne großes Tamtam. Eddie lag auf der fahrbaren Trage und täuschte weiterhin überzeugend ein Wachkoma vor, während die Sanitäter ihn in sein Zimmer rollten. Er starrte reglos nach oben. Schwester Gloria machte ein besorgtes Gesicht. So hatte sie ihn noch nie gesehen. »Wie lange hat er das schon?«

»Etwa sechsunddreißig Stunden.«

»Wissen Sie, was passiert ist?«

»Ja«, sagte Skylar schlicht.

Am beunruhigendsten fand Schwester Gloria, dass die neue Ärztin so wenig Anteilnahme an Eddies Schicksal zeigte. Jetzt, wo sie den neuen wichtigen Job hatte, waren die Patienten der jungen Ärztin anscheinend nicht mehr so wichtig. Dr. Fenton hatte wenigstens so getan, als würde er sich um sie sorgen.

Als sie in Eddies Zimmer kamen, staunte Gloria, dass die Echo-Box bereits dort war. Das bedeutete, dass sie unabhängig von Eddie hergebracht worden war. Seit sie diesen besonderen Patienten kannte, hatte sie noch nie erlebt, dass er länger als eine Essens- oder Therapiezeit von seinem Gerät getrennt gewesen war. »Das ist aber komisch.«

»Was?«, fragte Skylar unschuldig.

»Er hatte die Echo-Box doch mitgenommen. Ich frage mich, wie sie allein wieder hergekommen ist.«

Skylar zuckte die Schultern. »Die von Homeland Security müssen sie mitgebracht haben.«

»Homeland Security? Was hatten die denn damit zu tun?«

»Hm, da müssen Sie die fragen.« Sie sah die Schwester einen Moment lang an, dann sagte sie: »Würden Sie uns bitte einen Augenblick allein lassen? Ich möchte den Patienten gern untersuchen.«

Schwester Gloria nickte und verließ den Raum. Sie würde die Regel ihres geheimen Auftraggebers heute wohl erneut brechen und zwei Nachrichten schicken müssen. Sie sah keine Möglichkeit, alle Informationen in eine einzige Textnachricht zu pressen.

Skylar setzte sich auf Eddies Bettrand. »Du kannst jetzt mit dem Schauspielern aufhören.«

Eddie starrte weiterhin zur Decke. Seine Augen bewegten sich nicht.

»Eddie?«, fragte sie erschrocken nach, doch da drehte er langsam den Kopf und sah zu der Echo-Box, die genau da stand, wo sie das letzte Mal in diesem Raum gestanden hatte.

»Ich bin schon ein guter Schauspieler, finden Sie nicht?«

Sie lächelte. »Ja, Eddie. Ein sehr guter.«

Er schloss die Augen. »Klingt das nicht wunderbar?« Er meinte die Stille.

»Wunderbar ist, dass ich dich wieder lächeln sehe.«

Eddie öffnete die Augen wieder und sah sich im ganzen Zimmer um. Er fühlte sich so gut wie schon seit Tagen nicht mehr. Erleichtert SEUFZTE er auf. »Ich bin glücklich, dass ich wieder in meinem Zimmer bin.«

»Das bin ich auch.«

»Ich mag die Welt da draußen nicht.«

»Das kann ich verstehen.«

Eddie richtete sich auf und starrte auf die Box. Er fragte sich dasselbe wie Schwester Gloria. Ganz langsam erhob er sich, ging hin und betastete Box und Laptop mit den Händen. Erst jetzt sah er die Schrammen. »Jemand hat sie verkratzt.«

»Das warst du selbst«, sagte Skylar.

»Warum habe ich das gemacht?«

»Du hast sie vor deinem früheren Haus in Philadelphia fallen lassen, als die Agents uns mit ihren Waffen bedroht haben.«

Eddie sah überallhin, nur nicht zu Skylar. »Ich kann mich nicht erinnern.«

»Du hattest einen Schock.«

Er dachte eine Weile nach und versuchte, sich zu erinnern. »Das hat mir nicht gefallen, das mit dem Schock.«

Skylar deutete auf die Geräte. »Sind sie dabei kaputt gegangen?«

»Ich werde mal nachsehen.« Er öffnete das Laptopgehäuse und überprüfte sorgfältig jedes Bauteil, dann dasselbe bei der Echo-Box. Beide Geräte schienen in Ordnung, und beide fuhren problemlos hoch. Eddie ließ ein paar Diagnosetests laufen und stellte fest, dass alles normal funktionierte. »Sie wurden nicht beschädigt, und das ist gut, weil ich sie jetzt nicht reparieren muss.«

Skylar wartete einen Moment, dann fragte sie vorsichtig: »Eddie, weißt du, ob die Echo-Box immer noch richtig funktioniert?« Sie wusste, dass das nicht der Fall war, und war neugierig, was Eddie antworten würde.

»Ja, das weiß ich.« Er sah aus dem Fenster, als überlege er, welcher seiner Freunde ihn wohl als Erstes besuchen käme.

Die Ärztin formulierte ihre Frage konkreter. »Funktioniert die Echo-Box richtig?«

Eddie schüttelte den Kopf. »Nein.«

»Aber du hast doch gesagt, dass die Geräte nicht beschädigt wurden.«

»Das stimmt. Keines der Geräte wurde beschädigt.«

»Und warum funktionieren sie dann nicht richtig?«

Eddie sah zu Boden, als hätte er etwas Schlimmes getan. »Weil ich dafür gesorgt habe, dass sie nicht mehr richtig funktionieren.«

Das hatte Skylar sich bereits gedacht, und trotzdem war sie überrascht, es von ihm selbst zu hören. »Hast du das während der Zugfahrt nach Philadelphia gemacht?«

Er nickte.

»Warum?«

»Ich wollte nicht, dass mir jemand die Echo-Box wegnimmt.«

»Aber was ist mit der Stimme deiner Mutter? Was, wenn dein altes Haus noch da gewesen wäre und du sie hättest rekonstruieren wollen?«

»Die Echo-Box ist hier drin.« Er deutete auf seine Stirn. »Wäre das Haus noch da gewesen und hätten uns die neuen Bewohner hineingelassen, hätte ich sie wieder so verändert, dass sie funktioniert.«

»Einfach so?«

»Einfach … wie?«

»Wie lange hätte das gedauert?«

»Genau so lange, wie es im Zug gedauert hat, als Sie eingeschlafen sind. Dreiundsiebzig Minuten.« Er sah sie kurz an, dann richtete er seinen Blick wieder aus dem Fenster und hoffte, eine Graumeise zu hören, eine Amsel oder einen Lappentaucher oder vielleicht sogar einen Star. Er wünschte sich ganz dringend, mit seinen Freunden zu singen. Und seine nächste Mahlzeit zu bewerten. Und einen neuen Ordner mit Fragen und Beobachtungen zu füllen. »Wenn ich die Stimme meiner Mutter nicht hören kann, gibt es keinen Grund, die Echo-Box zu reparieren.«

Skylar stellte sich dicht neben Eddie, weil sie die nächsten Worte flüstern wollte. Ein Geheimnis. Ein großes Geheimnis. »Es besteht immer noch die Möglichkeit, die Stimme deiner Mutter zu hören.«

Abrupt setzte Eddies sich gerade. Alle Traurigkeit und Melancholie waren mit einem Schlag verschwunden. »Wie?«, fragte er aufgeregt nach. Skylar lächelte auf ganz bestimmte Weise, und mittlerweile konnte Eddie sofort deuten, was sie damit ausdrücken wollte. »Sie wollen mich bitten, Ihnen bei dieser Sache einfach zu vertrauen, oder?«

((•))

Mit ausdruckslosem Gesicht saß Eddie im Rollstuhl, genau so, wie Skylar es ihm aufgetragen hatte. Die Echo-Box und der Supercomputer-Laptop lagen auf seinem Schoß. Als sie nur noch drei Meter vom Haupteingang entfernt waren, trat ihnen ein uniformierter Mann in den Weg. Er war etwa Ende vierzig und sprach mit behäbigem Tennessee-Akzent. »Entschuldigung, Dr. Drummond, kann ich Ihnen behilflich sein?«

»Es wäre nett, wenn Sie uns die Tür öffnen würden. Danke.«

Der Wachmann tat dies und fragte höflich nach: »Wohin soll's denn gehen?«

»Ich bringe den Patienten zu einer Spezialbehandlung außerhalb des Harmony House.«

»Oh, aber nicht allein. Da müssen meine Kollegen Sie begleiten.«

Skylar runzelte die Stirn. »Wie bitte?«

»Vielleicht hat man Ihnen die Regeln noch nicht mitgeteilt.«

»Wer sind Sie eigentlich?«, fragte Skylar streng zurück.

»Yancy Packard, der neue Sicherheitschef.«

»Nun, Yancy, dann klären Sie mich doch bitte auf.«

»Bitte verzeihen Sie, falls ich zu ruppig war, Dr. Drummond, aber was die Sicherheit im Harmony House betrifft, bin jetzt ich zuständig.« Er klang keineswegs arrogant, sondern schien um freundliches Entgegenkommen bemüht. »Meine Aufgabe ist es, Schutz und Sicherheit für Sie, das Personal und alle Ihre Patienten zu gewährleisten. Ich organisiere Ihnen gern einen Wagen, der Sie überall hinbringt, wohin Sie nur wollen.«

»Ich will aber keinen Fahrer, ich möchte selbst fahren.«

»Und mir wäre es lieber, wenn Sie einer meiner Männer fährt.«

»Der Zustand meines Patienten ist äußerst kritisch. In unserem Wagen sollte kein Fremder mitfahren«, sagte sie sehr bestimmt.

»Dann werde ich Ihnen ein Begleitfahrzeug mitschicken. Wäre das akzeptabel?«

Skylar tat, als müsse sie überlegen. Natürlich war ihr klar gewesen, dass sie das Gelände nicht ohne bewaffneten Schutz verlassen könnten, aber sie hatte erreicht, was sie wollte. Sie und Eddie wären in ihrem Privatauto, das die New Yorker Polizei am Vortag hatte herbringen lassen, allein, sodass Eddie unbeobachtet an seinem Laptop arbeiten könnte. Bis sie in etwa zwei Stunden ihr Ziel erreicht hätten, würde die Echo-Box wieder funktionieren.

Kapitel 113

Route 323, Saylan Hills, Pennsylvania, 29. Mai, 14:53 Uhr

Saylan Hills lag 190 Kilometer von Woodbury entfernt. Skylar und Eddie und ihre Eskorte brauchten exakt zwei Stunden und neunzehn Minuten bis zur Ortsgrenze. Oder genauer gesagt: bis zu der einsamen Ampel, die am östlichen Ortseingang hing. Es war eine rein landwirtschaftliche Siedlung, umgeben von zerklüfteten Hügeln, in denen Kohle und andere Treibhausgase erzeugende Rohstoffe abgebaut wurden.

Eddie saß auf dem Rücksitz, die Geräte neben sich, und sah aus dem Fenster. »Es sieht genauso aus wie das letzte Mal, als ich hier war. Fast alle Gebäude sind noch gleich, außer der Scheune da hinten. Die war rot.« Er deutete auf ein blassgelbes Gebäude in einiger Entfernung. »Und auf dem Feld da war kein Mais, sondern Reihen von Brechbohnen. Meine Großeltern haben gesagt, die Besitzer hätten nichts dagegen, wenn ich welche abpflücke und mit nach Hause nehme.«

»Und – hast du?«

Eddie schüttelte den Kopf. »Mein Vater wollte nicht anhalten. Er meinte, wir hätten keine Zeit.«

»Wie alt warst du, als du das letzte Mal hier warst?«

»Sieben Jahre, drei Monate und neunzehn Tage. Mein Vater hatte Nana und Poppa gefragt, ob ich bei ihnen leben könnte, aber sie haben Nein gesagt. Ihr Haus war da drüben.« Er zeigte auf ein großes Feld, auf dem jetzt Mais gepflanzt war. Ein Gebäude war nicht mehr zu sehen. »Es ist sehr still hier. Ich glaube, ich hätte gern bei Nana und Poppa gelebt.«

»Wenn du hier gelebt hättest, wärst du wahrscheinlich nicht ins Harmony House gekommen, und wir hätten uns nie kennengelernt.«

»Dann bin ich froh, dass ich nicht hierhergezogen bin.« Er sah zu der alten Kirche, die in der Ferne vor ihnen auftauchte. »Fahren wir da hin?«

»Ja, ich glaube, die ist es.« Die beiden Wagen fuhren auf den Parkplatz der Kirche, vorbei an einem Schild mit der Aufschrift: »St. Christopher's Episkopalkirche, gegründet 1907«.

»Hier wurde die Episkopalkirche der Vereinigten Staaten gegründet?«, wollte Eddie wissen.

Skylar schmunzelte. »Nein, Eddie, da wurde dieses Kirchengebäude errichtet. Die Episkopalkirche wurde Ende des achtzehnten Jahrhunderts gegründet.«

»Sollte das dann nicht so auf dem Schild stehen?«

Die Kirche war klein und aus Holz gebaut, mit einem leicht durchhängenden Dach. Verwittert, aber durchaus charmant. »Diese Kirche ist mehr als hundert Jahre alt. Es sind bestimmt jede Menge Schallwellen darin … Ist es dann schwierig für dich, genau diejenigen zu finden, die du suchst?«

»Solange ich das Datum und die Uhrzeit der Schallwellen weiß, die ich rekonstruieren will, sollte es nicht schwieriger sein als in anderen alten Gebäuden.«

Skylar beobachtete, wie die zwei Männer der Security aus dem Auto stiegen und auf sie zukamen. »Denk bitte daran, dass du jetzt wieder schauspielern musst, bis ich dir sage, dass du damit aufhören kannst«, instruierte sie Eddie.

Er nickte und verfiel wieder in eine starre Haltung mit abwesendem, unfokussiertem Blick.

Skylar stieg aus und öffnete den Kofferraum, in dem sie Eddies Rollstuhl verstaut hatte. Die Männer fragten, ob sie ihr helfen könnten, aber sie lehnte dankend ab. Sie schob den Rollstuhl vor Eddies Tür, half ihm beim Umsitzen und legte ihm die Geräte wieder auf den Schoß. Er hielt sie fest umklammert, als wären es seine liebsten Kuscheltiere.

Auf dem Weg zur Kirche blieben die Männer dicht bei ihnen, einer vorn, einer hinten. Ganz offensichtlich waren sie gut geschult und nahmen ihre Jobs sehr ernst. Und natürlich protestierten sie, als Skylar forderte: »In die Kirche kommen Sie aber nicht mit.«

»Dr. Drummond, wir haben die Order, jederzeit bei Ihnen und dem Patienten zu bleiben.«

»Der Patient heißt Eddie. In der Kirche erwarten uns seine Großeltern, die er seit fast zwanzig Jahren nicht mehr gesehen hat. Bei diesem Ausflug geht es vor allem darum, dass Eddie sich so wohl und sicher wie möglich fühlt. Ihre Anwesenheit spricht dem, was ich erreichen möchte, leider entgegen.«

Die beiden Sicherheitsleute tauschten Blicke und begutachteten dann die Umgebung. Im Umkreis von etwa dreißig Metern standen keine Bäume. Der einzige Zugang zur Kirche war diese Eingangstür. »Nun gut, wir werden draußen auf Sie warten. Wie lange werden Sie brauchen?«

»So lange, wie es dauert.« Skylar schob Eddie durch die Tür, während die Männer an zwei gegenüberliegenden Seiten des Gebäudes ihre Posten bezogen. In der ersten Bankreihe saß ein älteres Pärchen, das sofort aufsprang. Der Mann hatte ein von jahrzehntelanger Farmarbeit runzliges und wettergegerbtes Gesicht, wirkte jedoch warmherzig und freundlich, ebenso wie die Frau, deren Augen bei Eddies Anblick aufleuchteten.

»Ist das mein Enkel?«

Eddie reagierte nicht, sondern starrte weiter ins Leere, bis Skylar sich zu ihm hinunterbeugte und flüsterte, dass er mit dem Schauspielern aufhören könne. »Ja, das bin ich. Und du bist meine Nana?«

»Deine Nana, die dich über alles lieb hat.« Sie wollte auf Eddie zugehen und ihn vermutlich umarmen, doch ihr Mann fasste sie leicht am Arm, wie um sie zu erinnern, dass ihr Enkel sich mit Körperkontakt nicht wohlfühlte und sie lieber ein wenig Abstand halten solle.

Er streckte Skylar seine Hand entgegen. »Ich bin Bert, und das ist meine Frau Charlene. Sie müssen die Ärztin sein, mit der ich telefoniert habe.«

Skylar erwiderte seinen festen Händedruck. »Ja, ich bin Skylar Drummond. Haben Sie herzlichen Dank, dass Sie bereit sind, uns zu treffen.«

»Nein, wir haben zu danken!«, sagte Charlene. »Es ist schon so lange her, dass wir Eddie sehen durften. Wir hatten keine Ahnung, wo er ist oder wie wir mit ihm in Kontakt treten könnten.«

»Hat Eddies Vater Ihnen nicht gesagt, wo er jetzt lebt?«

»Seit seinem letzten Besuch mit Eddie haben wir nicht mehr mit Victor gesprochen«, antwortete Bert. »Eddie war noch ziemlich klein, und der Besuch ist nicht so gut verlaufen.«

»Das war, als Dad euch gefragt hat, ob ich bei euch wohnen kann, und ihr habt Nein gesagt. Er hat auch gesagt, wir hätten keine Zeit zum Bohnenpflücken.«

Es war Charlene anzusehen, wie sehr es ihr leidtat. »Damals konnten wir uns einfach nicht vorstellen, diese zusätzliche Verantwortung auf uns zu nehmen. Sie müssen verstehen …«

Skylar nickte mitfühlend. »Das tue ich. Ehrlich gesagt, haben Sie die richtige Entscheidung getroffen. Eddie lebt jetzt in einer Einrichtung, die perfekt auf seine besonderen Bedürfnisse zugeschnitten ist.«

»Das Harmony House ist ein besonderer Ort für besondere Menschen«, warf Eddie ein.

Seinem Großvater schien das dennoch nicht zu gefallen. »Ist das eine Klaps… Sie wissen schon … so ein … Haus?«

»In gewisser Weise ja. Aber Eddie geht es dort wirklich gut. Es ist ein ganz besonderes Haus.«

Die Großeltern wirkten immer noch nicht überzeugt. »Und warum sitzt er im Rollstuhl?«

»Das ist nur eine Vorsichtsmaßnahme«, sagte Skylar.

Eddie stand auf, die kostbaren Geräte weiter in den Händen. »Ich bin Schauspieler.«

Seine Großeltern wirkten erleichtert, aber auch etwas irritiert. Schnell sagte Skylar: »Sie haben mir erzählt, dass dies wahrscheinlich der letzte Ort war, an dem Eddies Mutter gesungen hat.«

Bert nickte. »Seit sie zwölf war, hat Michelle hier fast jeden Sonntag im Kirchenchor mitgesungen.«

Eddie blickte aufmerksam rundum und versuchte, sich die vielen, vielen SCHALLWELLEN vorzustellen, die zwischen den Wänden durch die Luft gewabert waren. Er stellte seine Geräte auf den Boden und schaltete den Rechner ein. »Sie hat gesungen wie ein Engel, oder?«

»Ja, das haben viele Leute von ihr gesagt«, sagte Charlene.

Misstrauisch beäugte Bert die technischen Geräte. »Was macht er da?«

»Das ist schwer zu erklären. Aber wie ich schon am Telefon sagte, wäre es sehr hilfreich, wenn Sie sich an ein genaues Datum und eine genaue Uhrzeit erinnern könnten, zu der Michelle hier gesungen hat.«

Charlene reichte ihr ein altes, verblichenes Fotoalbum. »Das mag vielleicht ein wenig albern erscheinen, aber ich war so stolz auf meine Tochter, dass ich jedes Konzertprogramm, bei dem sie mitgewirkt hat, aufgehoben habe.«

»Das ist überhaupt nicht albern.« Skylar blätterte in dem Album. Die meisten Programme stammten aus der Kirche, aber es waren auch Aufführungen der Highschool und andere Feierlichkeiten des Dorfes dabei.

Erschrocken fuhr Bert zusammen, als die Echo-Box aufsprang und sich die acht Parabolmikrofone in programmierter Choreografie um ihre eigenen Achsen drehten, um den Raum akustisch abzutasten. »Was ist das für ein Ding?«

»Das ist meine Echo-Box.« Eddie beobachtete den Fortschrittsbalken auf dem Bildschirm, während sich das Innere der Kirche als dreidimensionales Bild aufbaute. *Siebzehn Prozent … zweiundzwanzig Prozent … neunundzwanzig Prozent …*

»Deine was?«

»Es wird viel einfacher sein, wenn er sie Ihnen vorführt«, warf Skylar ein. »Und, Eddie? Funktioniert sie?«

Er nickte und beobachtete weiter den Bildschirm. »Dreiundvierzig Prozent. Neunundvierzig Prozent.«

»Hatte Michelle ein gutes Gehör?«, wollte Skylar wissen.

»Sie meinen, so wie Eddie?«, fragte Charlene nach. »Nein, etwas so Extremes haben wir nicht bemerkt.«

»Aber sie hatte das absolute Gehör«, ergänzte Bert. »Solange sie in Saylan Hills wohnte, gab es kein Klavier, das nicht richtig gestimmt war.«

Skylar studierte das letzte Konzertprogramm aus der Kirche, das in der Mitte des Fotoalbums klebte. Die Seiten dahinter waren leer – eine traurige Erinnerung daran, dass ein Leben viel zu früh geendet hatte.

Eddie sah auf. »Ich bin jetzt bereit für ein Datum und eine Uhrzeit.«

Skylar musterte ihn eindringlich. »Bist du sicher, dass du bereit bist?« Er nickte. Da las sie ihm das Datum des letzten Konzerts vor. »26. Juli 1987. Das war ein Sonntag. Das Konzert hat um zwei Uhr begonnen.«

Eddie tippte Datum und Uhrzeit ein und wollte die Schallwellen begutachten. Das Problem war nur: Es gab keine. Die dreidimensionale Darstellung des Raumes auf dem Bildschirm war leer. »Da sind keine Schallwellen!«, rief er voller Panik.

Skylar trat zu ihm, um ihn notfalls festzuhalten, und bemerkte den Fehler. »Das kommt, weil du das falsche Jahr eingegeben hast, Eddie.« Vermutlich vor Aufregung hatte er versehentlich 1897 getippt.

Schnell korrigierte er seinen Fehler. Sofort füllte sich die dreidimensionale Abbildung des Raumes mit den verschiedensten Schallwellen. Eddie drückte auf »Play«.

Man hörte ein Scharren und Raunen, während sich die Zuhörer auf ihre Plätze setzten. Dann begrüßte der Priester die Gäste zum alljährlichen Sommerkonzert. Seine Stimme klang nur leicht verzerrt, weil die Akustik in der Kirche ausgesprochen gut war.

Charlene erschrak. »Das ist die Stimme von Priester Maxwell. Aber der ist doch seit vielen Jahren tot!«

»Wie kann es sein, dass wir ihn so deutlich hören, als würde er direkt vor uns stehen?«, wollte Bert wissen.

Da hob Eddie zu seinem bekannten Vortrag an. »Theorien über das Einfangen und Rekonstruieren von Schallwellen, sogenannte ›akustische Archäologie‹, bestehen seit 1969 …«

Skylar unterbrach ihn. »Stellen Sie sich die Echo Box als eine besondere Art von Aufnahmegerät vor. Anstatt aber Klänge wiederzugeben, die irgendwann einmal live von einer Schallquelle aufgenommen wurden, kann dieses Gerät Klänge aus den originalen Schallwellen rekonstruieren, die irgendwann einmal in einem Raum entstanden sind, auch wenn sie vorher nie aufgenommen wurden.«

Bert lauschte weiter der Ansprache des Priesters. »Und das ist echt?«

Skylar nickte. »Eddie hat sein ganzes Leben mit der Arbeit an dieser Echo-Box verbracht, damit er irgendwann einmal die Stimme seiner Mutter hören kann.«

Charlene sah zu Eddie. »Dann spul um Himmels willen etwa eine halbe Stunde vor. Unser Priester hatte leider die Angewohnheit, ins Schwafeln zu verfallen.«

Eddie bewegte den Cursor weiter, bis ein neuer Schallwellensatz einer einzelnen Stimme auf dem Bild erschien. Er atmete tief ein und drückte wieder auf »Play«.

Was nun ertönte, war der schönste und wunderbarste Klang, den er je gehört hatte und je hören würde, da war er sicher. Es war die Stimme, auf die er sein ganzes Leben gewartet hatte, und sie war klar und deutlich zu verstehen:

Amazing Grace, how sweet the sound,
That saved a wretch like me.
I once was lost, but now am found,
Was blind, but now I see.

Bert und Charlene mussten sich setzen, da ihnen augenblicklich die Beine versagten. Unbeholfen tastete Bert nach einem Taschentuch, während ihm die Tränen über das Gesicht liefen und sicher so bald nicht aufhören würden zu fließen.

Tief gerührt lauschte auch Skylar der klaren Stimme. Eddies Mutter klang tatsächlich wie ein Engel, das war keine Übertreibung. Eine solche Stimme hatte sie noch nie gehört, und die Menschen, die sie damals erlebt hatten, hatten nicht gelogen.

Eddie sah zur Kanzel, von der aus seine Mutter gesungen hatte. Ihm war, als könnte er sie dort auch sehen. Sie stand vor ihm und sang aus vollem Herzen. Als wäre sie nie fortgegangen. Als würde sie ihrem einzigen Kind etwas vorsingen, ihrem hübschen und einzigartigen Jungen. *Oh, holde Gnad', welch süßer*

Klang, du hast errettet mich. War einst verlor'n – gefunden nun, war blind, nun sehe ich.

Es war zu erkennen, dass Eddie die Stimme nicht nur hörte. Er *fühlte* sie. Als er sich zu Skylar umdrehte, sah sie, dass ihm eine einzelne Träne über die Wange lief. Dann noch eine. Und dann wurden es immer mehr. Er berührte sein Gesicht und begutachtete seine Fingerspitzen. Und sagte ganz stolz: »Freudentränen.«

Skylar nickte, während sie ebenfalls vor Freude weinen musste. So eine schöne Stimme! Eddies Engel! Was auch immer noch kommen oder passieren würde, sie hatte ein gutes Werk getan. Sie hatte Eddie nicht im Stich gelassen. Sie hatte ihn nicht enttäuscht. Sie hatte ihm geholfen, seinen lebenslangen Traum zu erfüllen. Er hörte die Stimme seiner Mutter, genau, wie sie es ihm versprochen hatte. Seine Freude war ihre Freude, und sie war rein und unverfälscht. Der Riss in ihrem Herzen, den sie seit dem Tod ihres kleinen Bruders zu spüren meinte, schien zu einem erheblichen Teil geheilt. Es war ein wunderbares Gefühl.

Through many dangers, toils, and snares
I have already come;
'Tis Grace that brought me safe thus far
And Grace will lead me home.

Durch Not und Elend aller Art
Muss ich gegangen sein,
Doch Gnade hat mich wohl bewahrt,
und Gnade führt mich heim.

Kapitel 114

Harmony House, Woodbury, New Jersey, 1. Juni, 10:12 Uhr

Einige Tage später gingen Eddie und Skylar früh am Morgen ohne bestimmtes Ziel durch den Park des Harmony House. Das übten sie jetzt regelmäßig. Die letzten Tautropfen auf den Wiesen verdunsteten in die klare Luft, und sie gingen langsam und genossen in aller Ruhe die friedliche Stimmung. Zumindest tat Skylar das. Eddie war damit beschäftigt, seinen Kopf hin und her zu drehen. »Die Vögel sind fröhlich heute Morgen.«

»Woher weißt du das?«

»Sie singen.«

Skylar schloss die Augen und lauschte. »Ich wünschte, ich könnte sie auch hören.«

»Warum, glauben Sie, kann ich so viel mehr hören als alle anderen, Skylar?«

»Das ist eine gute Frage.«

»Warum ist es eine gute Frage?«

»Weil ich darauf auch gern eine Antwort hätte.«

»Sie wissen ja, was man sagt: ›Große Geister denken gleich.‹«

Erstaunt blieb Skylar stehen. »Eddie! Du weißt, dass das eine Redewendung ist, oder?«

»Ja, das weiß ich.« Er begann, leicht verzerrt zu grinsen.

»Ich dachte, du magst keine Redewendungen.«

»Das tue ich auch nicht.« Er wartete, um zu sehen, ob sie seine Absicht durchschaute. »Das war ein Witz.«

Verblüfft schüttelte sie den Kopf. »Es geschehen noch Zeichen und Wunder.«

»Ach nein, ich hoffe, nicht.«

((•))

Kurze Zeit später stand Eddie mit den anderen Patienten des Harmony House in der Warteschlange der Essensausgabe. Er hatte sich den Ordner Nummer 138 unter den Arm geklemmt, und aus seinen Ohren ragten wie immer Fetzen von Papiertüchern. Es war Donnerstag, und das hieß, dass es Hühnerfrikassee mit Pommes frites und Maissalat gab und verschiedene Götterspeisen als Nachtisch. Heute waren sie gelb, grün und rot. Eddie war froh, dass es keine lila Götterspeise gab, oder wenn doch, dass sie im Harmony House nicht serviert wurde.

Jerome lächelte ihn an. »Na, Eddie, was geht ab?«

Eddie deutete auf seinen Ordner. »Der Aufkleber hier. Ich brauche einen neuen.«

Jerome lachte. »Nein, Mann, ich meine: Was läuft? Alles klar?«

»Das Licht ist klar, aber laut. Die Leuchtstoffröhren da oben brummen ganz schrecklich, deshalb stecke ich mir zum Essen Papiertücher in die Ohren.« Eddie zeigte auf die weißen Fetzen, die jeder sofort sah, weil er sich keine Mühe gab, sie zu verstecken.

»Ich hab mir schon Sorgen um dich gemacht, Mann. Hab dich ein paar Tage nicht gesehen. Geht's dir gut?«

»Mir geht es sogar besser als gut, Jerome. Es geht mir toll. Und wissen Sie, warum?«

»Weil es heute Götterspeise gibt?«

»Ich habe meine Mutter singen gehört. Sie hatte wirklich eine Stimme wie ein Engel, so, wie die Leute es gesagt haben.« Er strahlte.

Jerome sah zu seiner Chefin Ida, der es nie zu gefallen schien, wenn er mit diesem besonderen Patienten sprach. »Das freut mich für dich, Mann. Und sag Bescheid, wie dir die Götterspeise geschmeckt hat.«

»Das werde ich«, erwiderte Eddie und trug sein Tablett zu einem Tisch. Dann legte er den Ordner daneben und stellte mit routinierten Bewegungen alle Sachen vom Tablett auf den Tisch, jede Speise in genau demselben Abstand zu den anderen. Beim Essen bewertete er wie immer den Geschmack und trug alle Daten in den Ordner ein. Das Hühnerfrikassee bekam eine Vier, die Pommes frites eine Drei, der Maissalat eine Zwei – weshalb er ihn gleich wieder ausspuckte – und die Götterspeise eine Fünf. Er aß sie bedächtig und genoss jeden Bissen und sah dann zur Ausgabetheke. Hätte es dort noch welche gegeben, hätte er sich bestimmt eine zweite Portion geholt.

Nach dem Essen stellte er sein Tablett auf das Förderband unter dem Schild »Schmutziges Geschirr« und zählte die einhundertdreizehn Schritte zu seinem Zimmer. Überrascht stellte er fest, dass die Tür nur angelehnt war. Eddie war sicher, dass er sie vorhin geschlossen hatte. Es war nicht ungewöhnlich, dass Schwestern oder Pfleger sein Zimmer betraten, wenn er nicht da war, aber sie hatten die Tür nie offen stehen lassen.

Eddie klopfte an. »Hallo, ist da jemand?« Keine Antwort. Vorsichtig schob er die Tür auf, doch das Zimmer war leer. Er trat ein und warf einen prüfenden Blick auf seine Sachen. Alles war am rechten Platz: die Echo-Box, der Laptop, die Ordner, die Bleistifte, der Anspitzer, selbst sein Batman-Kissen lag noch genauso da, wie er es zurückgelassen hatte. Doch dann sah er es. Aufgebracht stürzte er aus dem Zimmer und stieß dabei mit Schwester Gloria zusammen.

»Eddie, was ist los? Ich wollte dich gerade besuchen.«

»Schwester Gloria, jemand hat etwas in mein Zimmer gestellt!«

Sie blieb wie immer ganz ruhig. »Was denn? Und wer? Was ist es?«

»Das sollte nicht da sein! Es gehört nicht in mein Zimmer! Sehen Sie es nicht?« Er deutete in den Raum.

»Was denn?« Sie hatte keine Ahnung, wovon er sprach.

Eddie lief an ihr vorbei und den Flur entlang zu Skylars Büro, das bis vor Kurzem noch Dr. Fenton gehört hatte. Sie hatte bisher keine Zeit gehabt, einen neuen Assistenten einzustellen, deshalb saß Stephen Millard immer noch im Vorzimmer. Als Eddie hereinstürmte, blickte er auf. »Dr. Drummond ist nicht da. Kann ich helfen?«

Ohne zu antworten, lief Eddie an ihm vorbei in Skylars Büro. Alle Sachen von Dr. Fenton waren verschwunden, doch es gab bisher kaum persönliche Dinge von Skylar darin. Stephen streckte den Kopf durch die Tür. »Ich habe es doch gesagt, Eddie: Dr. Drummond ist nicht hier.«

»Wo ist sie?« Eddie klang panisch.

»Ich weiß nur, dass sie einen Außentermin hat.«

»Ich weiß nicht, was ein Außentermin ist. Wo außen?«

»Außerhalb des Harmony House.«

»Aber das ist ein Notfall. Sie muss zurückkommen!«

Schwester Gloria kam dazu. Sie hatte den letzten Satz gehört. »Eddie, kann ich dir vielleicht helfen, bis Dr. Drummond zurückkehrt?«

»Ich will, dass das aus meinem Zimmer verschwindet!«

»Ich helfe dir wirklich gern, Eddie, aber zuerst musst du dich beruhigen. Schaffst du das?« Ihre Stimme klang ruhig und besänftigend.

Eddie atmete tief durch und nickte.

»Zeigst du mir, wovon du sprichst?«

Er nickte wieder und machte kehrt.

((•))

Stephen sah ihnen noch nach, dann zog er ein Handy aus der Tasche. Es war dasselbe Modell, das nun auch Senator Davis immer bei sich trug. Stephen drückte die Kurzwahltaste für die einzige Nummer, die er mit diesem Gerät anrufen durfte. »Sie haben gesagt, ich soll mich melden, wenn etwas Ungewöhnliches passiert.«

Danksagung

Diesen Roman gibt es nur, weil ich das Glück hatte, von vielen Menschen jede Menge Hilfe, Unterstützung und Informationen zu bekommen. Einige davon möchte ich hier nennen: Ich danke Jessica Tribble und dem Team von Thomas & Mercer sowie Amazon Publishing und Kevin Smith für die wunderbare Zusammenarbeit; Paul Lucas und allen bei Janklow & Nesbit, weil sie sich so mutig darauf eingelassen haben; Adam Levine, Karl Austen und Tom Strickler, die so tapfer durchhielten; Steve Silberman, der so gründlich über die Geschichte des Autismus geforscht hat; Elisabeth Bingham, Steve Bernt, Susanne Bernt, Karin Colquitt, Josh Goldstein, Patti Goldstein, Schwester Judith Costello sowie meinen ersten Lesern für ihr äußerst wertvolles Feedback; David Moore für seinen unaufhörlichen Rat; und nicht zuletzt den zwei Lehrern, die mich davon überzeugten, dass ich schreiben kann: Mark Parish an der James Madison Memorial High School und Reginald Gibbons an der Northwestern University. Sie beide haben mein Leben verändert.

Druck:
Canon Deutschland Business Services GmbH
im Auftrag der KNV-Gruppe
Ferdinand-Jühlke-Str. 7
99095 Erfurt